Collaboration forcée

Un bébé en danger

JULIE MILLER

Collaboration forcée

Traduction française de
PHILIPPE DOUMENG

BLACK ROSE

HARLEQUIN

Collection : BLACK ROSE

Titre original :
PARTNER-PROTECTOR

Ce roman a déjà été publié en 2013

HARPERCOLLINS FRANCE
83-85, boulevard Vincent-Auriol, 75646 PARIS CEDEX 13
Service Lectrices — Tél. : 01 45 82 47 47 - www.harlequin.fr
ISBN 978-2-2804-7474-0 — ISSN 1950-2753

Composé et édité par HarperCollins France.
Imprimé en avril 2022 par CPI Black Print (Barcelone)
en utilisant 100% d'électricité renouvelable.
Dépôt légal : mai 2022.

FSC
www.fsc.org
MIXTE
Papier issu de sources responsables
FSC® C159065

Pour limiter l'empreinte environnementale de ses livres, HarperCollins France s'engage à n'utiliser que du papier fabriqué à partir de bois provenant de forêts gérées durablement et de manière responsable.

Prologue

— Je vous en supplie… Ne faites pas ça !

Elle s'éloigna de lui à reculons, et gémit lorsque son dos heurta le mur froid et humide : elle était acculée.

Ses cheveux se prirent dans les échardes du bois rugueux, lesquelles égratignèrent la peau délicate de sa nuque. Dans un réflexe de pudeur, elle croisa les bras sur sa poitrine dénudée. Il n'y avait nul endroit où se cacher, nul espoir de lui échapper.

— Je suis désolée, dit-elle. Je ne connaissais pas les règles du jeu.

Mais aucune parole n'aurait su calmer la colère qu'elle lisait dans son regard, ni apaiser sa haine. Un froid atroce l'envahit. Elle tremblait. Les larmes lui montèrent aux yeux.

L'homme avançait lentement vers elle.

— Toutes mes excuses à propos du cadeau, maître.

Terrorisée, incapable de raisonner, elle se raccrocha à la première idée qui lui traversa l'esprit.

— Maître… Cela vous plaît que je vous appelle ainsi ?

Elle tâcha de sourire, mais ne put que grimacer. Le mur lui écorchait le dos.

— Je peux vous appeler ainsi, si vous le désirez,

maître, ajouta-t-elle entre deux sanglots. Je ferai tout ce que vous voulez.

Il lui semblait que son cœur allait cesser de battre. Ses supplications n'attendrissaient pas l'homme.

Elle avait osé rire, d'un petit rire moqueur.

Jamais elle n'aurait dû se moquer de lui.

— Vous savez, la plupart des hommes me donnent de l'argent. J'ai été prise de court, c'est tout. Cela ne veut pas dire que je n'ai pas aimé. Je peux apprendre à apprécier vos cadeaux.

L'homme lui caressa le visage. Dégoûtée, elle détourna la tête. Une odeur âcre de sueur mêlée de pourriture assaillit son odorat. Tandis que les doigts descendaient le long de son cou, elle ferma les yeux et tenta de s'évader au plus profond d'elle, comme elle le faisait chaque fois qu'un homme la touchait. Cela n'eut aucun effet. L'homme se mit à débiter des mots dont elle ne comprit pas le sens. Nue, paralysée par la peur, elle était parcourue de tremblements incontrôlables.

Elle devait absolument trouver un moyen de s'en sortir.

Sa vie en dépendait.

Elle se mordit la lèvre inférieure, ce qui eut pour effet d'en raviver la teinte pourpre. Puis elle baissa les bras, offrant ses seins à son regard terrible, et s'adressa à lui de sa voix chaude et grave, cette voix qui avait le don d'exciter les hommes.

— Dites-moi seulement ce que vous attendez de moi. Je ferai tout ce que vous voudrez. Gratuitement.

Il sortit alors de sa poche une longue écharpe de soie, effilochée, jaune moutarde à pois fuchsia. Dieu qu'elle était laide !

Elle retint son souffle comme il la déployait, et frissonna lorsqu'il en promena l'extrémité sur sa poitrine.

— C'est… très joli. C'est aussi un cadeau pour moi ?

Elle fut prise d'un sursaut quand elle comprit qu'il ne s'agissait nullement d'un autre présent.

— Non !

Tout devint soudainement sombre et il lui fut impossible de penser à autre chose qu'à la douleur dans sa gorge. Elle serra les poings, se débattit, chercha à lutter.

Ses écorchures saignaient et des mèches de ses cheveux s'arrachaient, prises au piège dans les aspérités du mur.

Plus l'obscurité se faisait en elle, plus elle sentait la mort l'étreindre de sa poigne glaciale. Ses cris se mouraient en un horrible gargouillement. L'air lui manquait et une violente douleur lui déchirait les poumons. Des petits points rouges se mirent à danser devant ses yeux, et ses jambes se dérobèrent sous elle. Elle sombrait dans le néant.

Au moins la douleur allait-elle cesser…

Réveille-toi ! Réveille-toi !

Kelsey Ryan avait les mains serrées autour de son cou lorsqu'elle s'éveilla brusquement de son cauchemar.

Cependant, elle savait en son for intérieur qu'il ne s'agissait pas d'un simple cauchemar.

Elle ouvrit les yeux et découvrit un regard interloqué, une petite truffe noire, des pattes posées sur l'oreiller à son côté.

Frosty ?

Retour à la vie, la vraie.

Kelsey prit le jeune chien dans ses bras et s'assit dans son lit. Elle se mit à le caresser, le cajoler, enfouissant son visage dans sa douce fourrure de poils argentés et humant son odeur familière. Le contact de sa petite langue râpeuse sur sa joue lui réchauffa le cœur.

— Est-ce que je t'ai fait peur, chéri ?

Elle se pencha afin d'atteindre sa lampe de chevet, et le désordre de sa chambre apparut en pleine lumière. Il n'était pas étonnant que son fidèle gardien, Frosty, se soit inquiété de son comportement.

— Maman est désolée. Tout va bien, à présent.

Elle déposa un petit baiser sur le sommet de sa tête, puis lui rendit sa liberté. Il ne lui en fallait pas plus pour se sentir de nouveau en confiance et trotter vers le coin de tapis dont il avait fait sa couche pour la nuit.

Kelsey repoussa les draps enroulés autour de ses jambes et sauta du lit. Malgré ses épaisses chaussettes et le jogging de fort coton qu'elle portait en guise de pyjama, le froid la saisit. Elle remit en place le réveil, tombé pendant son sommeil. 3 h 15. Avait-elle crié ? Il faut dire que ses voisins, un couple de retraités, ne lui prêtaient pas grande attention ; tant qu'elle débarrassait l'allée de la neige qui s'entassait l'hiver et qu'elle entretenait le jardin aux beaux jours, ils semblaient ravis de sa présence dans ce petit pavillon du quartier nord de Kansas City.

Elle frissonna et, fermant les yeux, tenta d'endiguer le flot de ses souvenirs. En vain. Elle se força à respirer largement, tout en sachant que la terreur ne la quitterait pas de sitôt.

Elle n'avait pas fait ce cauchemar par hasard.

Elle avait vécu la douleur de cette femme.

Ressenti sa peur.

Assisté à ses derniers instants.

Elle sursauta en réalisant soudain que quelque chose avait forcément déclenché cette vision.

Les yeux rouges de larmes contenues, elle ramassa les couvertures, refit sommairement son lit. Puis, après avoir retrouvé l'oreiller, qu'elle avait dû jeter contre le mur, elle s'employa à ranger sa collection de poupées. Elle les avait certainement fait tomber de leur étagère, située au-dessus de la tête de lit, lorsque, au beau milieu de son cauchemar, elle s'était débattue.

L'une après l'autre, elle les replaça avec soin. Il y avait celle en porcelaine pour laquelle sa grand-mère avait cousu une jolie robe en patchwork. Celle qu'elle avait elle-même confectionnée et habillée d'une jupe de perles multicolores. La princesse de conte de fées qu'elle avait dénichée chez un brocanteur des bas quartiers de Kansas City et qu'elle venait de s'offrir pour Noël.

Kelsey prit cette dernière par la taille.

Elle éprouva alors une sensation de froid, de peur, de souffrance.

A l'aide !

La présence de la mort.

Les images de son cauchemar revinrent la hanter avec une réalité stupéfiante.

Elle laissa échapper la poupée comme si elle lui avait brûlé les doigts.

La figurine gisait à présent inerte sur le lit, tel un jouet inoffensif. Kelsey la toisait d'un regard dur, rechignant à s'en saisir de nouveau.

Elle prit un châle qui traînait sur le lit pour en envelopper la poupée maléfique et, prenant soin de ne pas la toucher directement, s'en empara et gagna la cuisine. Elle récupéra dans la poubelle la boîte qui l'avait contenue et l'y replaça.

Puis, allumant toutes les lumières, elle parcourut le Bottin à la recherche d'un numéro de téléphone. Son appel aurait bien pu attendre le lendemain matin, mais il y aurait moins de personnel pour se moquer d'elle à cette heure de la nuit.

La femme de son cauchemar était affreusement seule.

Kelsey connaissait bien cette sensation de solitude. Elle l'avait accompagnée tout au long de sa vie.

Elle était la seule à pouvoir lui venir en aide.

Sa conscience, ainsi qu'une certaine promesse faite à sa grand-mère, la poussait à agir.

Inspirant fortement pour refouler sa peur, elle composa le numéro.

— Poste de police de Kansas City, ligne spéciale homicides, j'écoute, marmonna une voix d'un ton las.

Une fois de plus, Kelsey se maudit de posséder ce don étrange.

— Je voudrais déclarer un meurtre.

1

— Vous me demandez de faire équipe avec la Givrée ?

L'inspecteur Thomas Merle Banning interrogea du regard son supérieur, le capitaine Mitch Taylor. Quel cadeau de bienvenue après la trêve de Noël !

— En fait, c'est elle qui fera équipe avec vous, Tom.

Cette précision n'apportait aucun réconfort.

— C'est vous le policier. Elle n'intervient qu'en qualité de consultante.

— Tout le service se moque d'elle.

— Toujours est-il qu'elle doit vous rencontrer en fin de matinée.

La chance l'avait-elle abandonné à ce point ? Il n'avait pourtant pas grand-chose à prouver quant à ses talents de policier ! Le nombre de ses arrestations était important, sa motivation, indiscutable, ses rapports, minutieux et détaillés. Et personne de son entourage — à deux exceptions près — n'osait plus l'appeler Tom en sa présence. Il s'était débarrassé depuis fort longtemps de ses surnoms de « blanc-bec » et de « fêlé d'informatique ».

Cette nouvelle affectation sentait la mauvaise blague ou la punition. Au choix.

— Il n'y a pas moyen de m'éviter cette corvée ? Je pensais que vous alliez m'affecter au service des affaires non résolues, le temps que Ginny accouche.

— C'est le cas.

— Alors, laissez-moi travailler. Ne me faites pas perdre mon temps avec cette… excentrique.

— Cette excentrique, comme vous dites, prétend avoir eu des visions qui nous permettraient d'avancer sur l'une de nos affaires.

Sa partenaire officielle, Ginny Rafferty-Taylor, étant contrainte au repos pour le dernier trimestre de sa grossesse, Merle avait été transféré du service des homicides à celui des affaires non résolues, et il passait ses journées à étudier les archives. Il n'avait pas protesté contre cette nouvelle affectation car le capitaine Taylor avait intelligemment su flatter son ego, insistant sur sa capacité à déceler des détails ayant échappé à ses collègues.

Mais il ne se laisserait pas avoir aussi facilement aujourd'hui. Il faisait équipe avec la femme la plus agréable, la plus jolie et la plus distinguée de tous les postes de police de la ville réunis. Rien à voir avec cette espèce de diseuse de bonne aventure, cette férue de spiritisme et autres sciences occultes. Il lui était suffisamment pénible de perdre Ginny ; il n'accepterait pas qu'une autre femme prenne sa place.

Cette soi-disant consultante…

Il se passa la main sur la joue et haussa les épaules de dépit.

— La Givrée ?

— Elle a un nom, vous savez.

Le ton de réprimande du capitaine Taylor lui rappela son père, mort des années plus tôt.

— Elle s'appelle Kelsey Ryan. Elle possède une maîtrise en droit criminel et dispense des cours de parapsychologie appliqué à l'université du Missouri-Kansas City.

Parapsychologie appliquée ?

— Qu'est-ce que c'est que ce charabia ? Depuis quand notre département fait appel au paranormal pour résoudre ses affaires ? Ce n'est qu'une illuminée. Personne ne me prendra au sérieux si je fais équipe avec elle. Je serai beaucoup plus efficace en opérant seul.

Merle se leva et, écartant les pans de sa veste en daim pour enfouir ses mains dans ses poches, se mit à arpenter la pièce. Son tiraillement au genou droit s'était intensifié depuis que la température avait brusquement chuté, mais un homme tel que lui savait composer avec la douleur. Il était dans la police depuis sept ans, dont cinq en qualité d'inspecteur. Sa période d'initiation appartenait à un lointain passé.

Quelques balles bien ajustées avaient laissé des cicatrices çà et là sur son corps, et surtout formaté son âme de jeune homme. Tout cela alors qu'il n'avait que vingt-neuf ans.

Durant ses sept années de service, il n'avait sorti son arme qu'à deux reprises ; chaque fois, il avait été contraint de tuer.

C'étaient là des événements qui tempéraient l'ardeur d'un homme et le forçaient à réfléchir sur la gravité de ses actes. A comprendre aussi que le hasard ou la chance n'avait pas de place dans son métier.

Voilà pourquoi la proposition de son supérieur n'avait aucun sens.

Il revint se camper devant ce dernier.

— Pourquoi moi, capitaine ?

Mitch Taylor déplaça la photographie de sa femme et de son jeune fils d'un geste délicat qui contrastait étrangement avec sa carrure imposante. Merle se laissa retomber sur sa chaise avec un soupir. Le vieil homme désirait s'épancher et Merle savait par expérience tout le bien qu'il pouvait retirer de ses paroles.

— J'ai appris une chose sur vous durant toutes ces années, Banning : vous êtes un homme bien. Vous avez autant appris au contact des gens que dans les livres. Vous avez su tirer la leçon de vos victoires, mais aussi de vos échecs, et de ceux des autres, qui plus est. Je suis convaincu que collaborer avec Mme Ryan vous sera profitable.

Il eut un signe de tête vers la salle des inspecteurs.

— Vos collègues n'hésiteraient pas un instant à l'envoyer promener. Je sais pouvoir compter sur votre galanterie et votre tact pour ne pas lui rire au nez lorsque vous prendrez sa déposition.

Merle ne put contenir une pointe de sarcasme.

— Vous me demandez de m'occuper d'elle uniquement parce qu'on m'a enseigné les bonnes manières ?

— Il faut que quelqu'un l'écoute, lui prête attention. Faites au moins cet effort. S'il y a le moindre fait plausible dans ses propos, vous saurez en tirer parti, j'en suis sûr.

Le capitaine accordait-il donc tant d'importance à Kelsey Ryan ? Ou bien tentait-il, une fois encore, de flatter son ego pour l'amener à accepter une mission que ses collègues avaient tous refusée en bloc ? Merle n'allait certainement pas sauter de joie, mais il jugea opportun de le satisfaire.

— Donc, tout ce que j'ai à faire est prendre sa déposition ?

Taylor opina.

— Elle prétend pouvoir nous aider dans l'affaire du Tueur de Noël.

— Laissez-moi deviner : elle pense s'être prostituée dans une vie antérieure ?

Le capitaine s'esclaffa.

— Ne la sous-estimez pas, Banning. Et dois-je vous rappeler que nous ne pouvons pas nous permettre de nous mettre la population à dos, en ce moment ?

Il déplia le journal du matin sur son bureau et pointa du doigt une manchette en première page.

Le département de police de Kansas City dans l'incapacité d'identifier le cadavre de la fillette.

— Bon sang !

La découverte du corps d'une jeune fille dans un terrain vague à la sortie de la ville, plus de deux mois auparavant, avait mobilisé tout le département, de la brigade des homicides à celle des personnes disparues, en passant par les simples agents de la circulation ; chaque membre de la police, homme ou femme, semblait en avoir fait une affaire personnelle. Malgré tout, aucune piste sérieuse n'avait pu mener à l'identification de cette malheureuse enfant.

— Je ne vous le fais pas dire. Le nouveau commissaire, Mme Shauna Cartwright, désespère de rendre aux journaux la monnaie de leur pièce. Elle nous a ordonné de ne négliger aucune piste et d'éplucher toutes les dépositions. Elle nous demande avec insistance de parvenir à résoudre cette affaire.

— En somme, rencontrer Kelsey Ryan équivaut à rendre service au nouveau commissaire ?

— C'est à moi que vous rendrez service.

— Dans ce cas…

Le fait que Mitch Taylor lui demande personnellement de s'acquitter de cette mission témoignait de la confiance que son supérieur plaçait en lui.

Merle se leva de nouveau, et repositionna son arme et son insigne à sa ceinture.

— Si j'ai bien compris, il me revient de faire les gros titres dans les journaux.

— Faites en sorte qu'ils soient en notre faveur.

— Oui, monsieur.

S'apprêtant à quitter le bureau, Merle se ravisa.

— Comment se porte Ginny ?

Mitch devait le savoir. En plus d'être son supérieur, il était le cousin par alliance de la jeune femme, ainsi que le meilleur ami de son époux. Les Taylor formaient une grande et heureuse famille, un clan, dans lequel Merle était toujours le bienvenu, mais dont il ne ferait jamais partie.

Mitch n'était pas au courant de son penchant pour Ginny. Mais après tout, quoi de plus normal qu'un policier prenne des nouvelles de sa coéquipière…

— Elle se porte bien. Ces trois mois clouée au lit finissent par la rendre folle, mais Brett la surveille de près et s'assure qu'elle suit bien les conseils de son médecin.

Merle aimait Ginny en secret ; il n'avait jamais franchi le cap de l'amitié. Pour elle, il incarnait le grand frère qu'elle n'avait jamais eu.

Or ses sentiments étaient tout sauf fraternels, même si elle était éprise d'un autre homme…

Il acquiesça vaguement, tâchant de dissimuler sa peine dans un sourire de circonstance. Une peine dont personne, pas même Mitch, ne mesurerait jamais l'étendue.

— Transmettez-lui mes amitiés lorsque vous la verrez.

— Pourquoi ne pas passer lui rendre visite ? Cela lui ferait très plaisir. D'après Brett, elle s'ennuie à mourir.

— Je n'y manquerai pas, mentit Merle.

Le téléphone du capitaine Taylor se mit à sonner ; le vieil homme leva le doigt pour signifier à Merle qu'il n'en avait pas terminé avec lui. Il décrocha d'un geste brusque.

— Oui, Maggie ? répondit-il avant de regarder Merle avec insistance. Je le lui dirai.

— Qu'y a-t-il ? demanda Merle.

Etait-ce un petit sourire de satisfaction qu'il voyait sur les lèvres de son supérieur ?

— Votre Givrée est manifestement ponctuelle. Maggie

m'informe que Mme Ryan vient tout juste d'arriver. Elle vous attend à votre bureau.

Merle s'approcha des stores et jeta un regard à l'extérieur du bureau du capitaine. Il lui fallait un instant de répit afin de se composer l'attitude du parfait gentleman que son capitaine attendait de lui.

— J'espère que vous plaisantez…

Il avait déjà vu cette femme en photo, mais rien n'aurait pu le préparer à la voir « en vrai ».

Ce fut tout d'abord sa chevelure qui attira son attention. Un carré court, bouclé, avec de petites mèches lui encadrant le visage et venant frôler ses tempes et ses cils.

Mais leur coupe n'était pas ce que ses cheveux avaient de plus singulier, c'était plutôt leur couleur.

Rouge. Non pas cuivre, ni auburn, mais un rouge flashy qui lui rappelait l'éclat du rubis. Un rouge flamboyant.

Un rapide coup d'œil à sa silhouette lui apprit que les mots « discrétion » et « bon goût » ne s'appliquaient pas vraiment à son style. Son manteau noir et blanc lui arrivant au genou bâillait tristement tandis que le foulard d'un turquoise criard noué autour de son cou jurait sévèrement avec son pull trop ample, d'un bleu électrique. Quant à sa jupe longue en daim, le moins qu'on puisse dire, c'est qu'elle ne s'accordait pas avec ses bottines noires à lacets.

Le bout de son nez ainsi que ses joues étaient rougis par le froid. Assise dans une posture rigide, elle observait du coin de l'œil ce qui se passait autour d'elle, comme si elle prenait mentalement des notes sur tout ce qu'elle voyait.

Il crut déceler dans son regard une pointe d'arrogance, de défi, ce qui le surprit.

Kelsey Ryan ne semblait pas plus disposée à se confier à lui qu'il ne l'était à l'écouter.

Merle fronça les sourcils. Il ignorait s'il devait s'en sentir soulagé ou vexé.

— Quelque chose ne va pas ? s'enquit Mitch.

Et comment !

Mais Merle ferait un effort pour le nouveau commissaire. Pour le capitaine Taylor.

— Non, monsieur, répondit-il fermement.

Il réajusta sa cravate, prit une grande inspiration, et sortit.

Kelsey demeura immobile en observant cet homme qui approchait.

Pantalon kaki, veste bleu marine, cravate de soie marron glacé. Cheveux blonds coupés très court, probablement pour passer inaperçu en toute situation. Traits fins, ciselés, et visage rasé de près, dénué de toute expression cordiale. Carrure imposante aux larges épaules. Hanches étroites.

Elle ressentit un petit frisson dans le bas du dos.

Ce type était trop net, trop parfait, trop rigide et maître de lui pour avoir l'esprit ouvert.

Les choses se présentaient mal.

Aucun policier ne l'avait jamais vraiment prise au sérieux et l'inspecteur Banning ne ferait sans doute pas exception à la règle.

Cependant, la jeune femme de son cauchemar lui était apparue tellement seule et abandonnée, elle avait partagé si intensément sa détresse et sa terreur qu'elle n'avait pas le cœur à l'abandonner.

La malheureuse ne pouvait compter que sur elle pour lui venir en aide et ne pas sombrer dans l'oubli.

L'inspecteur contourna son bureau. Il devait mesurer un peu plus d'un mètre quatre-vingts et, malgré le léger sourire qui relevait maintenant le coin de ses lèvres, il ne semblait pas disposé à lui témoigner la moindre empathie.

Kelsey se leva par politesse, saisissant instinctivement son pendentif de cristal niché entre ses seins, sous son sweat-shirt.

— Inspecteur Banning ?

Il acquiesça et lui tendit la main.

— Madame Ryan.

Comme elle portait ses gants de laine turquoise, elle n'hésita pas à lui serrer la main. Ce bref échange de civilités serait certainement le seul instant de convivialité de leur entretien.

— Je vous en prie, asseyez-vous.

Il lui désigna la chaise de l'autre côté de son bureau et prit place dans son fauteuil.

— Donc, vous avez découvert des informations sur le Tueur de Noël ?

Kelsey regarda le sac à dos de cuir noir posé aux pieds de sa chaise, dans lequel se trouvait la poupée. Elle mourait d'envie de la lui remettre — et de se débarrasser ainsi de ses mauvaises vibrations.

Mais ce geste aurait été déloyal et lâche vis-à-vis de la pauvre fille dont elle avait partagé les derniers instants.

Sa grand-mère lui avait appris comment utiliser son don afin de venir en aide aux autres. Lucy Belle prétendait que c'était là une façon louable d'exercer cet étrange talent, et de l'assumer. La vieille femme avait toujours fait preuve d'une immense sagesse et lui avait en toute circonstance témoigné un amour sans bornes. Kelsey ne pouvait décevoir la confiance qu'elle avait placée en elle.

Elle releva la tête. L'inspecteur l'observait avec une impatience polie. Prenant une grande inspiration, elle se focalisa sur le pendentif de cristal bleu que sa grand-mère lui avait offert et qui avait le don d'apaiser ses nerfs.

— Vous devez savoir que je ne ressens pas les choses

de la même façon que le commun des mortels, monsieur Banning, dit-elle à voix basse.

— Je suis au courant, en effet, répondit-il en faisant mine de consulter les dossiers épars sur son bureau. Vous avez rêvé d'un meurtre, la nuit dernière, et vous avez appelé notre ligne réservée aux homicides.

Kelsey s'adossa à sa chaise, certes déçue, mais pas le moins du monde surprise par son ignorance.

— Je ne « rêve » pas, inspecteur. Je possède le don de sentir les choses. Lorsque je me concentre, ou lorsque je suis absolument détendue, comme la nuit dernière, il m'arrive de vivre pleinement certaines situations. Quand j'entre en contact avec des gens, avec des objets, j'éprouve des émotions, je partage des souvenirs…

— Oui, vous pouvez prédire l'avenir.

Kelsey eut un mouvement d'humeur.

— Non. Ça ne se passe pas ainsi. Je ne pourrai jamais vous faire gagner au loto, monsieur Banning. Il m'arrive parfois de deviner ce que pense une personne ou ce qu'elle prévoit de faire dans un futur proche, mais quant à ce qu'elle fera réellement… J'ai plus de chance de découvrir un fait qui s'est déjà déroulé.

— De la chance, hmm ?

Elle avait mal choisi ses mots et riposta aussitôt, sans se démonter :

— Ecoutez, Banning, voulez-vous savoir ce que j'ai vu, oui ou non ?

Il opina, mais elle ne décela aucune bienveillance dans son regard.

— D'accord. Donc, vous avez été en contact avec quelque chose la nuit dernière, vous vous êtes fait peur et avez appelé la police.

Résumé un peu direct mais tout à fait juste, se dit-elle avant de se décider à poursuivre.

— Je suis convaincue d'avoir touché un objet en rapport avec ces meurtres de prostituées dont on parle depuis plus d'une dizaine d'années.

— Neuf meurtres en onze ans, précisa-t-il.

— Je ne sais si cet objet a appartenu à l'une des victimes ou au meurtrier, mais…

— En résumé, vous avez trouvé un objet que quelqu'un a touché, et vous pensez que cela va nous permettre de résoudre cette affaire ?

Ce M. Je-sais-tout n'allait pas lui faire de cadeau. Kelsey se redressa.

— Ecoutez, je ne prétends pas faire votre job à votre place. Mais, vu que les meurtres n'ont toujours pas été résolus, j'ai pensé que vous accepteriez mon aide. J'aimerais que vous me laissiez m'exprimer.

Il se leva soudain de son fauteuil.

— Bon, très bien. Mais nous avons besoin d'un café. Comment l'aimez-vous ? Noir ? Avec du lait, du sucre ?

— Lait et sucre, s'il vous plaît.

Il lui sourit et la laissa seule. La raideur qu'elle remarquait dans son genou droit était-elle la cause ou la conséquence de son boitement ?

Pour le savoir, il lui suffirait de le toucher.

Mais entrer en contact direct avec lui, peau contre peau, n'était pas une bonne idée. Elle avait fait fuir tant d'hommes en leur tenant simplement la main ou en les embrassant…

Songer à sa désastreuse relation avec Jeb ne faisait que la conforter dans l'idée qu'elle n'était pas faite pour vivre une relation amoureuse saine et épanouie. Ses mauvaises blagues et ses paroles déplacées avaient annihilé en elle toute forme de désir envers la gent masculine.

En parlant des hommes…

Des éclats de rire résonnaient dans la cafétéria. A travers la large baie vitrée, elle vit un gaillard court sur pattes et trapu adossé à la machine à café. D'autres policiers en tenue réglementaire se tenaient à table dans une posture plutôt décontractée. Le premier devait avoir lâché une bonne plaisanterie bien grasse, car le petit groupe était hilare.

Le regard de Kelsey croisa celui du policier grassouillet. Oh non ! Il se moquait d'elle. Comment cet individu, avec sa calvitie galopante et son air abruti, se permettait-il de rire de ses semblables ? Il la considéra effrontément un long moment, et pour finir lui tourna le dos. Peut-être se fichait-il éperdument d'avoir été pris sur le fait ?

L'un d'eux se mit à siffloter.

Elle soupira en reconnaissant une version approximative du thème de *La Quatrième Dimension.*

Sympa !

Pas très original, néanmoins.

Toutes les insultes, les railleries et les accusations dont elle faisait l'objet depuis toutes ces années… Certains jours, il lui semblait que seul un comportement asocial pouvait la prémunir contre ces agressions.

Il était tellement facile pour les gens de se moquer de ce qu'ils ne pouvaient pas comprendre ! La plupart du temps, elle leur témoignait de l'indulgence. Pas aujourd'hui, pas après ce qu'elle avait vécu cette nuit.

Elle s'était sentie si seule, si terrifiée.

Elle avait ressenti la mort de cette jeune femme comme s'il s'était agi de la sienne.

Banning, debout devant la machine à café, se retourna brusquement vers elle, comme s'il avait perçu sa détresse. L'espace d'un instant, Kelsey soutint son regard vert, croyant y lire une lueur de compassion et de réel intérêt.

Un battement de paupières et son regard se perdit au loin, derrière elle. Kelsey éprouva alors un vide inexplicable.

Banning s'adressa à l'un de ses collègues, et le sifflement cessa, aussitôt remplacé par un petit rire désobligeant. A sa décharge, il ne partageait pas l'hilarité de ses collègues. Craignait-il qu'ils remarquent qu'elle l'attendait à son bureau et qu'ils ironisent sur son propre compte ?

Jeb était souvent gêné lorsqu'elle lui faisait part de ses visions.

En un instant, sa colère la reprit. Bon sang ! Il devait y avoir quelqu'un dans cette fichue ville prêt à l'écouter !

Elle se leva d'un bond et, jetant son sac à dos sur son épaule, se fraya un chemin entre les bureaux tout en boutonnant son manteau. Mieux valait périr de froid que de supporter, ne serait-ce qu'une seconde de plus, les sarcasmes de ces rustres. Brûlant d'impatience de se retrouver seule dans la rue, elle pressa le pas vers les ascenseurs.

— Hé !

Elle fit comme si elle n'avait rien entendu et poursuivit son chemin. Il pouvait toujours tenter de la retenir, elle ne reviendrait pas s'asseoir à son bureau.

Elle allait atteindre les ascenseurs lorsqu'une main la saisissant par le bras la fit sursauter.

— Hé !

Banning la relâcha aussitôt, montrant les paumes de ses mains en signe de rémission.

— Où allez-vous ? On vient à peine de commencer.

Il lui tendit une tasse fumante.

— Votre café.

Un instant perdue dans la contemplation de la tasse, elle leva la tête et darda sur lui un regard de défi.

— Non merci, monsieur Banning. Nous en avons terminé. Au risque de vous étonner, mon temps est compté. Si je suis venue, c'est pour une raison bien précise ; j'ai vu une femme se faire tuer. Je ne suis pas du genre à inventer des histoires et je n'accepterai pas que vous vous permettiez de me ridiculiser, vous, vos collègues, ou qui que ce soit.

Quand elle voulut se rapprocher des ascenseurs, il s'interposa, et elle put sentir son parfum poivré, auquel se mêlait l'odeur du café chaud.

— Dans ce cas, sortons d'ici.

Kelsey se figea et le dévisagea.

— Auriez-vous honte d'être vu avec la Givrée ?

Il ne prit pas la peine de protester ou de dissimuler son embarras.

— Heu… A vrai dire, vos cheveux attirent tellement l'attention… Je suppose que ce n'est pas leur vraie couleur ?

Etait-il sérieux ou se moquait-il d'elle ? Sa question était si bête qu'elle fit fondre sa colère.

— Le rouge me procure de bonnes vibrations.

— Je me suis toujours demandé pourquoi les femmes teignaient leurs cheveux. C'est donc à cause des vibrations ?

Lorsqu'il tendit le bras pour consulter sa montre, sa veste s'entrouvrit, découvrant son insigne et son holster. La vue de son arme rappela à Kelsey que, malgré son charme certain et sa politesse, elle devait demeurer sur ses gardes.

— Vous déjeunez ? demanda-t-il soudainement.

— Je dois m'alimenter comme tout le monde, vous savez. Je suis un être humain.

Sans le pli sérieux qui lui pinçait la bouche, il paraissait plus jeune, plus sympathique aussi. Plus séduisant. Plus sexy.

— Je voulais dire ce midi…

— Oh !

Elle se reprit aussitôt. Elle ne devait voir en lui qu'un policier et rien d'autre. Sûrement pas un homme attirant.

— Non, je n'ai rien avalé depuis hier soir.

Son cauchemar lui avait coupé l'appétit.

— Eh bien, puisque moi aussi je dois m'alimenter, prenons le temps de manger un morceau. Nous pourrons poursuivre notre conversation en toute tranquillité, ajouta-t-il en désignant du menton la cafétéria. Loin de ces zozos.

Kelsey regarda par-dessus son épaule. Le balourd à moitié chauve la scrutait de nouveau de ses petits yeux stupides. Croyait-il la reconnaître ? Etait-elle censée le connaître ? Etre observée de la sorte, avec impudence, tel un phénomène de foire, la rendait folle. Elle devait fuir cet endroit.

— D'accord. Ça me va. Je dois de toute façon déjeuner avant de reprendre mes cours.

— Très bien. Laissez-moi ranger ces tasses et on y va.

Partager un déjeuner ? Cela sonnait comme une invitation…

Mais il n'en était rien. Elle ne le savait que trop bien : les hommes ne l'invitaient pas à sortir. En tout cas, pas ceux qui étaient informés de ses talents. Que Banning la comprenne ou pas, il s'agissait d'un simple déjeuner de travail.

Dans son sac à dos, en plus de cette poupée qui semblait à présent peser une tonne, Kelsey transportait les souvenirs, ô combien lourds, de son cauchemar de la nuit passée — et ce sentiment de malédiction qui lui collait à la peau depuis toujours.

2

Le Juke-box, en plein centre de Kansas City, était un établissement dans le pur style des années cinquante, avec un distributeur à volonté de boissons gazeuses et un comptoir illuminé de néons d'où on pouvait passer commande. Leur nom inscrit sur un badge épinglé à leur blouse, à hauteur de poitrine, les serveuses étaient chaussées de bottines en vinyle rouge. La décoration, clinquante et colorée, suscitait la mélancolie. La nourriture était à la fois bonne et simple. La clientèle se composait pour l'essentiel d'hommes plutôt âgés, nostalgiques de leurs années de fac, et de jeunes couples avec leurs enfants en vacances de Noël.

Le choix de ce restaurant avait surpris Kelsey. De la part de Merle Banning, elle s'attendait à quelque chose de plus branché. L'avait-il amenée là afin de minimiser ses chances d'être vu par ses collègues en sa compagnie ?

Au moins, la nourriture était bien préparée et nourrissante. Le simple fait de manger quelque chose lui permettait d'oublier temporairement la poupée maudite et la jeune femme assassinée. Parviendrait-elle un jour à dompter le flot de ses visions ? A les maîtriser d'un point de vue physique, spirituel et émotionnel ? Une chose était sûre : elle était toujours la proie d'horribles migraines et sujette à d'incontrôlables sautes d'humeur. Cependant, elle mettait tout en œuvre pour garder la forme, entretenir son corps, en dépit de ses tourments.

Bien qu'on fût en plein hiver et que la ville fût sous la neige, elle commanda un milk-shake au chocolat, qu'on lui servit dans un gobelet de métal. Entre deux bouchées de cheeseburger accompagné de délicieuses frites tranchées très finement, elle sirota l'épaisse boisson crémeuse. Engoncée dans un épais pull-over, son manteau jeté sur ses épaules, elle était pourtant parcourue de frissons, de ces frissons tenaces qui ne l'avaient pas quittée depuis la fin de son cauchemar. Mais les vitamines contenues dans le chocolat et la crème glacée lui permettraient de reprendre des forces.

D'autant que l'inspecteur Banning ne cessait de la questionner au sujet de ses visions.

— Ça ressemblait aux murs d'une cabane de bois ? demanda-t-il en prenant du bout des doigts son dernier beignet aux oignons avant de l'avaler d'un trait.

Kelsey dissimula son agacement ; alors qu'elle lui faisait part de l'horrible sensation du bois rugueux lui écorchant le dos, elle avait l'impression qu'il feignait de s'intéresser à son récit.

— Non. Plutôt à ceux d'un immeuble en construction… ou, mieux, abandonné, à cause de l'odeur.

Banning s'essuya les doigts avec une serviette en papier qu'il jeta dans son assiette vide.

— L'odeur ?

Une odeur née d'un mauvais pressentiment, l'odeur de secrets profondément enterrés. Cette description abstraite aurait très certainement fait rire son interlocuteur, aussi s'en tint-elle à des faits concrets.

— Une odeur de pourriture, de moisissure. L'endroit

était sombre et effrayant. La femme n'y était jamais venue auparavant. Ce n'était pas son lieu de passe habituel.

Il ne fit aucun commentaire et se borna à régler son nœud de cravate. Si son nez bien droit et la forme carrée de son visage dénué de rides témoignaient de son jeune âge, sa façon de s'habiller le vieillissait. D'ailleurs, il ne se comportait pas comme un homme âgé d'une trentaine d'années. Il affichait une attitude distante, polie, trop conformiste au goût de Kelsey. Il avait les manières d'un quinquagénaire et se tenait assis droit comme un « i ».

Son besoin constant de sonder la personnalité des gens qui l'entouraient la força à relever d'autres petits détails le concernant. En dépit de son jeune âge, ses mains, bien que propres et soignées, étaient affublées de cicatrices, et leurs paumes renforcées de corne attestaient d'un dur labeur. Toutefois, ces mains évoluaient avec grâce et précision…

Soit il n'était pas conscient de l'étude à laquelle elle se livrait sur lui, soit il s'en moquait.

— Pour quelqu'un qui n'a pas directement assisté au meurtre, je vous trouve bien renseignée.

Il but une gorgée de son café, puis regarda sa tasse en fronçant les sourcils, comme si le goût lui semblait amer.

— Mais j'ai tout vu, insista-t-elle. Cette poupée a déclenché quelque chose en moi. Est-ce en rapport avec la scène de crime, la victime elle-même ? En tout cas, je sens en elle des traces de sa présence.

— Son ADN ?

Le regard de Banning se fit soudain plus perçant.

— Ce n'est pas aussi simple, inspecteur. Il s'agit plus d'une empreinte de sa personnalité, de sa conscience. J'ai ressenti ses pensées et ses émotions. Elle craignait pour sa survie. Et je ne pense pas qu'elle se soit doutée un instant de la violence du meurtrier.

— Vous avez vu l'homme qui l'a tuée ?

— Non.

Elle n'avait pas eu le courage de regarder son visage ; ressentir sa rage meurtrière lui avait amplement suffi.

— Avez-vous une idée de l'identité de cette femme ?

— Non.

— Et vous ne savez pas non plus où s'est déroulé le meurtre ?

L'ironie de l'inspecteur ne lui échappa pas.

— Vous n'en savez manifestement pas plus que moi, monsieur Banning, répliqua-t-elle, sinon son assassin serait déjà derrière les barreaux.

Il plissa les yeux. Kelsey réajusta son manteau sur ses épaules et déposa la boîte contenant la poupée sur la table.

— Je ne sais pas si vous trouverez la moindre preuve sur cette poupée, mais je vous conseille de la transmettre à votre laboratoire en vue d'analyses. Il n'est pas question que je la garde avec moi.

— C'est très généreux de votre part, madame Ryan, dit-il sur un ton toujours ironique, mais, à moins qu'elle soit l'arme du crime ou qu'il y ait une confession du meurtrier cachée à l'intérieur, elle ne m'est d'aucune utilité.

Elle se trémoussa sur sa chaise, se rappelant les conseils de Lucy Belle : faire preuve de patience avec les incrédules. Sauf qu'elle avait beaucoup de difficultés avec ceux qui n'essayaient même pas de la comprendre.

— Je n'ai pas imaginé ces choses, inspecteur. Je sais que cette poupée n'est pas l'arme du crime. La jeune femme a été étranglée à l'aide d'une écharpe.

Il secoua la tête, comme s'il venait de la surprendre en train de mentir.

— Je pense que vous rêvez de choses que vous lisez

dans les journaux et que vous utilisez cette poupée pour, en quelque sorte, matérialiser vos visions.

— Pas du tout !

Il reposa brusquement sa tasse.

— Ou alors vous avez assisté au meurtre et vous inventez cette histoire de visions pour me relater les faits sans vous mouiller.

Exaspérée, elle agrippa les accoudoirs de sa chaise.

— Je n'ai aucune idée de l'endroit où le meurtre a eu lieu ! C'est pourquoi je tente de vous le décrire au mieux.

— Pire, vous avez peut-être intentionnellement dissimulé des indices présents sur la scène de crime…

— Inten… ? Je ne savais rien de ce meurtre avant cette nuit. J'ai prévenu la police aussitôt après mon cauchemar, à 3 heures du matin ! s'emporta-t-elle en martelant la table du poing.

— Même si cette poupée est reliée au meurtre, trop de gens ont dû la manipuler entre-temps pour qu'elle nous soit d'un quelconque intérêt. Donc, non merci.

Il repoussa la boîte vers elle. Kelsey eut un mouvement de recul.

— J'hésite entre deux choses, ajouta-t-il. Soit vous conseiller un soutien psychologique, soit oublier toute cette histoire et reprendre une vie… normale.

Il tenta d'excuser la dureté de ses propos en lui offrant un petit sourire condescendant.

— En clair, madame Ryan, vous me faites perdre un temps précieux.

C'en était trop ! Elle se leva d'un bond. Ce faisant, elle heurta son sac à dos, dont le contenu se répandit sur le sol. Le juron qu'elle laissa échapper n'avait rien de féminin, ni de distingué. De son point de vue, cette conversation était terminée. Mais comment prendre congé de lui sans pour autant se sentir ridicule ? Elle enfila rapidement son manteau, et s'accroupit pour récupérer les objets épars.

Banning se leva à son tour afin de lui apporter son aide. Lorsqu'il s'abaissa près d'elle, elle remarqua le rictus qui tordait sa bouche et se demanda si son genou le tiraillait, mais elle se refusa à lui témoigner la moindre marque de sympathie. Ses affaires rassemblées, elle se releva vivement.

— J'apprécie votre implication et l'aide que vous souhaitez nous apporter, madame Ryan, reprit-il. Notre service vous en est infiniment reconnaissant.

Avec humeur, elle plongea la main dans son sac et en sortit un billet de dix dollars, qu'elle jeta sur la table.

— C'est ma participation.

Il lui barra le chemin alors qu'elle allait lui fausser compagnie, s'empara du billet et le lui tendit.

— C'est moi qui invite.

C'était trop facile.

— Oh non. J'insiste. Je vous ai déjà fait perdre du temps, inspecteur, je m'en voudrais de vous faire également perdre de l'argent. Cela dit, que faites-vous des analyses que je devais effectuer ce matin au laboratoire et des cours que je devais préparer pour cet après-midi ? Et qui va sortir mon chien, à présent que vous m'avez mise en retard ? Je dois être sur le campus d'ici une demi-heure. En fait, c'est vous qui m'avez fait perdre mon temps, monsieur Banning.

Il leva les mains en signe de reddition.

— Gardez votre argent. Nous n'allons pas en faire toute une histoire. Si cela peut vous rassurer, je me ferai rembourser par le service.

Il la saisit par le poignet, ficha le billet de dix dollars dans sa paume et referma ses doigts d'un geste rude. Tous deux avaient les mains nues. Il y eut contact direct de peau à peau.

Oh mon Dieu !

Elle fut aussitôt assaillie d'une multitude de sensations. L'inspecteur continua de lui parler, de s'excuser, mais elle ne percevait qu'un bourdonnement. Sa poitrine se contracta et elle reçut un flot d'images saccadées, comme une bobine de film se dévidant de plus en plus vite.

Elle voyait Banning à terre, gisant dans un bain de sang. Beaucoup de sang. Une intense souffrance. Une petite femme blonde, fluette, dans sa robe de mariée. Regrets. Tristesse. Désespoir…

Puis le claquement d'un coup de feu. Un tir dirigé vers une silhouette imprécise. Une immense colère, accompagnée d'une telle détermination !

L'odeur musquée de la transpiration. Un effort surhumain. Banning contractant ses muscles pour affronter la situation. Un courage tel qu'il pousse le corps au-delà de ses limites.

Un petit garçon assistant à des obsèques, serrant la main de sa mère. Immense chagrin. Solitude.

T. Merle Banning inscrit sur un cahier d'école, et un crayon, soulignant son prénom. La peur. La honte.

Cette honte la frappa de plein fouet, lui faisant l'effet d'une douche glacée. Elle la tira brusquement de son état second.

Kelsey retira vivement sa main.

— Laissez-moi tranquille.

Encore abasourdie, elle vit de larges épaules et un menton volontaire penchés sur elle. D'instinct, elle plongea les mains dans ses poches à la recherche de ses gants. Elle les enfila prestement.

— Madame Ryan ? Vous vous sentez bien ?

Elle se força à respirer profondément, seule façon de recouvrer son calme.

Il la prit doucement par les épaules ; la chaleur de ses mains la ramena à la vie. Elle leva les yeux et, au-delà de sa bouche sensuelle, rencontra son regard, dans lequel se lisait une vive inquiétude. Une décharge d'énergie la traversa de part en part ; malgré son style un peu trop maniéré, cet homme était vraiment séduisant.

Non. Reprends-toi.

Ecoutant la voix de sa conscience, Kelsey eut un soubresaut et se dégagea de son étreinte.

— Otez vos mains de moi, Tee.

Dès qu'il s'exécuta, elle sentit le froid l'envahir, un froid peut-être même plus intense que celui précédant sa vision.

— Pardon ? Comment m'avez-vous appelé ?

— N'est-ce pas votre surnom ? Tee « quelque chose » Banning ?

Elle posa son sac sur la table afin de nouer son écharpe et de boutonner son manteau avec un minimum de grâce.

— Merle est votre second prénom, n'est-ce pas ?

— Tee est le diminutif de Thomas, mais personne ne m'appelle jamais ainsi. Et je ne vous ai jamais parlé de ça.

Elle se contenta de le dévisager, l'encourageant à découvrir de son propre chef comment elle avait su. Mais il n'était pas prêt à accepter la vérité.

— Je ne sais pas où vous avez obtenu cette information, très chère, mais ce petit jeu n'amuse que vous. Je considère qu'en ce qui vous concerne j'ai accompli mon devoir.

Il tira de sa poche un billet de dix dollars et le déposa sur celui de Kelsey, laissant ainsi un généreux pourboire à la serveuse. Puis il enfila son manteau et gagna d'un pas rapide la sortie, la privant du plaisir de le planter là.

— Bonne journée, madame Ryan. Soyez prudente au volant.

Kelsey reporta son regard sur la maudite boîte qu'il avait

délibérément laissée sur la table. Pourquoi cet entretien avait-il viré à l'affrontement ? Comment son attitude défensive s'était-elle muée en agressivité vis-à-vis de Tee Merle Banning ? Et pourquoi avait-elle laissé ses émotions lui dicter sa conduite ? La première leçon de Lucy Belle n'était-elle pas de rester concentré sur son objectif ?

Son objectif était de démasquer le meurtrier de cette pauvre jeune femme afin de lui offrir une vengeance posthume. A priori, cet entretien n'avait pas pour objet Kelsey Ryan, ses dons parapsychiques, et encore moins le tumulte d'émotions que l'inspecteur Banning déclenchait en elle.

Frustrée d'avoir laissé de vieilles blessures venir altérer son comportement, elle attrapa la boîte en carton et se lança aux trousses de Banning. L'ayant rejoint alors qu'il s'apprêtait à ouvrir la porte, elle se planta devant lui et tenta, une fois encore, de plaider sa cause.

— Je ne sais rien de cette femme. Je ne l'avais jamais vue. Tout ce que je sais, c'est qu'elle était nue dans un immeuble délabré. Je sais aussi que cet homme l'a étranglée avec une écharpe, écharpe qu'elle a d'abord prise pour un cadeau récompensant sa prestation. Peut-être la poupée était-elle aussi un cadeau ?

Elle marqua une pause. Il ne réagissait pas.

— Je n'en sais rien, reprit-elle face à son mutisme. Ces informations, ajoutées les unes aux autres, me laissent à penser qu'il s'agit de l'une de vos prostituées assassinées.

Il écarta les pans de son manteau pour placer ses mains sur ses hanches, exposant ainsi son insigne et son arme.

— C'est votre déduction ?

Elle saisit la pointe d'ironie dans sa voix mais ne se laissa pas abattre.

— Je suis titulaire d'un diplôme en justice criminelle,

inspecteur. Je suis parfaitement informée des procédures policières. Vous ne m'avez posé aucune question en lien direct avec cette affaire. Vous n'avez pas pris une seule note dans votre fichu calepin. Vous n'avez fait que vous ingénier à décrédibiliser mes propos. Et maintenant vous regagnez votre bureau pour rire à mes dépens avec vos collègues.

— Jamais je ne…

— Vous n'êtes certainement pas le premier flic à penser que je suis folle. A vrai dire, vous êtes borné et stupide. Vous voulez des faits concrets ? Trouvez cet immeuble. Allez dans cette boutique où j'ai acheté la poupée. Cuisinez le type qui me l'a vendue. Cette poupée est la clé de l'affaire, à condition que vous trouviez la serrure qui lui correspond.

Elle lui fourra la boîte dans les bras, et ouvrit la porte avant de déclarer :

— Maintenant, cet entretien est terminé.

Tee ?

Merle, cravate dénouée, col déboutonné et manches relevées, était assis à son bureau. Il lui semblait avoir trimé tout l'après-midi ; cependant, ce n'était qu'une illusion. Cette originale aux cheveux de feu s'était immiscée dans ses pensées et venait le déconcentrer, tout cela parce qu'elle avait employé ce stupide diminutif.

Que savait-elle d'autre de son passé ? Auprès de qui s'était-elle renseignée ? Avait-elle un lien quelconque avec l'un des investisseurs que son père, alors agent immobilier, avait ruinés plus de vingt ans auparavant ? Dans ce cas, il devait saisir sa chance de réparer les méfaits de son père en se comportant bien avec elle.

Merle demeurait immobile, perdu dans la contemplation

de l'écran de son ordinateur, se demandant comment elle avait pu découvrir…

Alors qu'il était encore un jeune garçon, il avait décidé d'abandonner son prénom Thomas. Principalement parce qu'il s'agissait du prénom de son père. Sa mère, elle aussi, avait cessé de l'appeler ainsi et utilisait Merle, son second prénom, lorsqu'elle s'adressait à lui.

« Thomas » était un mot interdit à la maison, synonyme de honte.

Cela étant, Merle ne valait guère mieux. C'était un prénom désuet, passé de mode. Il véhiculait l'image d'un ballot. Ce fichu prénom lui avait valu les moqueries de ses camarades du primaire jusqu'à l'université. Un nom qui faisait rire les filles et que les professeurs écorchaient régulièrement.

Il ne s'y était jamais fait, et pourtant ce prénom lui collait à la peau.

Les seules personnes qui l'appelaient Tom ou Tee sans que cela ne le mette mal à l'aise étaient sa mère et Ginny, sa partenaire. Cette dernière le prononçait d'une voix douce et musicale.

Thomas Merle Banning Jr.

C'était là son nom au complet.

Mais il n'osait s'en réclamer.

S'adossant à son fauteuil, il poussa un long soupir puis se massa la nuque, tâchant de mettre de l'ordre dans ses pensées. Il ne se sentait pas seulement déconcentré ou sur la défensive : un puissant sentiment de culpabilité le tarabustait.

L'idée que Kelsey Ryan ait pu découvrir son ancien surnom l'agaçait tout autant que le fait qu'elle ait compris qu'il ne l'avait emmenée déjeuner que pour se distraire.

D'un certain point de vue, il avait obéi au capitaine Taylor, mais avait-il réellement bien fait son travail ?

Qu'elle soit givrée ou non, il aurait dû écouter son récit, la remercier pour son aide et reprendre le cours de son existence. Et certainement pas émettre des commentaires déplacés sur ses « visions », la titiller au point de la mettre hors d'elle, et la laisser le planter là avec de pâles excuses.

Cependant, elle avait éveillé sa curiosité. Le fêlé d'informatique voulait de l'action ? Donnons-lui une illuminée en pâture ! Le sergent Watkins ainsi que les collègues présents dans la cafétéria ce matin-là, avaient trouvé excessivement drôle que la Givrée lui soit confiée.

Elle ressemble à un sapin de Noël avec ses décorations, avait dit l'un d'eux. *Emmène-la à une soirée de la Saint-Sylvestre et sers-toi de sa chevelure comme feu d'artifice,* s'était esclaffé un autre. Le sergent Watkins avait été plus méchant : *Je m'étonne que le corps médical laisse cette foldingue en liberté...*

Etrangement, Merle n'avait pas eu le cœur à rire. Leurs blagues de mauvais goût et leurs sous-entendus avaient suscité en lui un élan de compassion envers Kelsey. Il était leur supérieur et, de fait, aurait pu leur imposer le silence d'un simple regard. Il était suffisamment admiré et respecté pour que tous s'exécutent sans broncher.

S'il n'avait pas ri aux dépens de Kelsey Ryan, c'est parce que la jeune femme l'avait ému. Peut-être aussi s'était-il reconnu en elle, alors qu'il n'était qu'un petit garçon maigre et timide, un petit garçon solitaire dont le père endetté avait préféré se suicider plutôt que d'assumer les conséquences de ses actes.

Merle s'était réfugié dans la lecture et le dépannage d'ordinateurs, et s'était coupé des autres. Son corps avait fini par se développer, et ses études l'avaient mené jusqu'à l'université. Avec l'aide de Moira, sa mère, il avait travaillé dur afin de remonter l'affaire immobilière de son père, de telle sorte qu'aujourd'hui il avait un peu d'argent de côté. Il était entré dans la police en qualité de simple agent et avait gravi, seul, les échelons le menant au statut d'inspecteur. Bien sûr, il avait commis des erreurs au cours de sa carrière, mais il avait aussi résolu de nombreuses affaires. Dans l'exercice de ses fonctions, il avait reçu quelques balles et abattu des criminels.

Thomas Merle Banning avait décidé de prendre son destin en main.

Cependant, il n'oublierait jamais totalement la sensation désagréable d'être une victime.

Et il lui était aisé d'en reconnaître les stigmates chez autrui.

Kelsey Ryan avait vécu une tragédie au cours de sa vie. A présent, elle se teignait les cheveux, adoptait une attitude excentrique et perdait rapidement son calme. Cela montrait combien elle souffrait.

Il lança un regard vers la boîte posée à l'angle de son bureau. Même s'il ne croyait pas en cette histoire de poupée transmettant des images du meurtre, il aurait dû respecter la démarche de Kelsey. Ce genre de femme ne se rendait pas ridicule intentionnellement. Elle n'aurait jamais pris un tel risque à moins d'être sûre d'elle.

Il n'y a pas si longtemps, lui-même avait dû lutter pour faire entendre ses idées et être pris au sérieux, pour avoir la chance de démontrer ses qualités.

Mitch Taylor était l'homme qui lui avait offert cette chance.

Il serait bien mesquin de ne pas offrir cette même chance à Kelsey Ryan.

Merle s'empara de la boîte. Le logo d'une marque depuis

longtemps disparue s'étalait en lettres d'un vert fané sur son couvercle, qu'il ôta. Il était clair que la poupée ne se trouvait pas dans son emballage d'origine.

Et elle était présentement emmaillotée dans un châle bariolé, de style oriental. L'œuvre de Kelsey, présuma-t-il. Il déposa le tout sur son bureau et se mit à déballer la poupée.

Il y avait une première couche de papier journal. Merle chercha à en lire la date de parution. 24 décembre 1994.

— La veille de Noël, dit-il à voix haute.

Il fronça les sourcils tandis qu'une multitude d'éléments lui revenaient à la mémoire. Chaussant ses lunettes à monture métallique, il se mit à parcourir la base de données de son ordinateur et finit par découvrir ce qu'il cherchait : la première victime, une pauvre prostituée que les enquêteurs de l'époque avaient surnommée Jézabel.

Il lut le fichier avec attention, puis fixa le morceau de journal qui entourait la poupée. Ce ne pouvait être qu'une coïncidence…

Le corps nu de Jézabel, étranglée, avait été découvert le lendemain de Noël.

Le 26 décembre 1994.

Il se redressa sur sa chaise, prit une paire de gants en latex dans son tiroir et les enfila.

Une coïncidence ne prouve rien, tenta-t-il de se raisonner.

Sous le papier journal, il y avait une couche de tissus, puis la poupée elle-même ; il s'agissait d'une pièce de collection.

Son corps était fait d'un squelette de fil de fer. Son visage était en porcelaine, la plus fine qui soit. Sa chevelure blonde brillait de reflets dorés et sa robe de soie se parait de délicates broderies rehaussées de perles multicolores. Un vrai travail d'orfèvre.

Et un sacré joli présent pour les années quatre-vingt-dix.

Elle avait certainement été offerte le jour même du meurtre de Jézabel. Partagé entre la lecture des informations défilant sur son écran et l'analyse de l'objet, Merle tentait de relier les faits entre eux.

— Tu t'es découvert un nouveau passe-temps ?

Il releva la tête et découvrit le tandem le plus improbable de tout le service : Josh Taylor et A. J. Rodriguez se tenaient devant son bureau et le considéraient, amusés.

— Oui. Je joue à la poupée, maintenant, déclara-t-il le plus sérieusement du monde avant d'ôter ses lunettes. Je cherche à savoir si cet objet constitue une preuve ou s'il s'agit juste d'une mauvaise plaisanterie.

Josh, un grand gaillard à la tignasse blonde qui se mêlait toujours des affaires des autres, ôta son manteau et s'assit sur le coin du bureau.

— J'ai appris ce matin que tu avais le privilège de faire équipe avec la Givrée. Cette poupée a quelque chose à voir avec elle ?

— C'est elle qui me l'a confiée. Elle prétend avoir eu une vision… pardon, une visualisation parapsychique concernant l'une des victimes du Tueur de Noël. D'après elle, cette poupée dégage un genre de vibration, d'onde négative.

— Super ! Et tu gobes son histoire ?

Josh, le cousin du capitaine Taylor, n'avait pas l'habitude de mâcher ses mots.

— Lorsqu'elle dit s'être vue dans la peau de la victime et avoir ressenti sa terreur ? Non. Mais la date de ce journal correspond à celle du premier meurtre. C'est une piste comme une autre, même si elle est bien mince.

— Ça peut être payant, qui sait ?

A. J. n'avait jamais été très bavard. Cela dit, l'inspecteur râblé aux cheveux noirs de jais avait d'autres qualités : un instinct sûr et une connaissance de la rue sans pareille, auxquels s'ajoutait une patience infinie lui permettant de démasquer tôt ou tard la plupart des criminels qu'il traquait. A. J. n'avait nul besoin de gaspiller sa salive. Il attendait tout bonnement d'avoir quelque chose de pertinent à dire. Du coup, les gens sensés lui prêtaient une oreille attentive.

S'il pensait que la piste méritait d'être suivie…

En fait, Merle en avait déjà décidé ainsi, mais il lui était agréable de savoir qu'un autre que lui partageait ce point de vue.

— Vous voudrez bien m'excuser, gentlemen.

Acceptant à contrecœur de renouer contact avec Kelsey Ryan, il parcourut les pages de son calepin à la recherche de son numéro de portable. Alors qu'il attendait qu'elle veuille bien décrocher, il se composa une attitude. Il voyait cet appel comme une opportunité de faire amende honorable et de soulager sa conscience. Une chance d'accomplir la mission dont l'avait chargé le capitaine Taylor. Et puis, peut-être parviendrait-il à trouver quelques réponses ?

— Allô ?

La douceur de la voix, à l'autre bout du fil, le prit de court. Cependant, Merle reconnut la légère pointe d'accent du Sud qu'il avait notée pendant le déjeuner.

— Madame Ryan ? Ici l'inspecteur Banning.

Il entendait le bruit de la circulation en arrière-fond. Le temps n'était plus à la plaisanterie ; sachant qu'il ne bénéficiait d'aucun capital sympathie auprès d'elle, il opta pour un ton neutre et professionnel, le même dont elle usait pour s'adresser à lui.

— Je vous appelle pour vous demander le nom de la boutique dans laquelle vous avez acheté la poupée. Je me suis dit que je pouvais suivre cette piste, après tout.

— Trop tard, monsieur Banning. J'ai pris de l'avance sur

vous. J'ai déjà contacté M. Meisner, le gérant du magasin d'antiquités du centre-ville où j'ai acheté la poupée, lequel m'a appris qu'il l'avait dénichée à l'Underground. C'est une espèce de dépôt-vente situé entre la 10e Rue et Broadway Avenue. Je suis en train de m'y rendre.

— Qu'est-ce que vous dites ?

Merle jura in petto. La 10e Rue et Broadway se trouvaient au beau milieu d'un quartier abandonné, coincé entre les nouveaux édifices du Bartle Convention Center et les bas quartiers. En cette fin de décembre, à 16 h 45, il ferait bientôt nuit. Les bureaux ne tarderaient pas à fermer et, à cause du vent frigorifique qui soufflait en ville, les clients ne devaient pas se presser dans les quelques boutiques encore ouvertes. Les habitants de ce quartier ne voyaient pas d'un bon œil l'intrusion d'étrangers dans leur périmètre, en particulier ceux qui posaient trop de questions. Et il avait l'intime conviction que Kelsey se montrerait particulièrement curieuse.

Merle avait déjà déroulé ses manches et boutonné son col de chemise.

— Vous ne pouvez pas aller seule dans ce quartier. Surtout pas à la nuit tombée.

— Tout ira bien, inspecteur Banning. Je me fais des idées et je vois le danger partout. C'est vous qui me l'avez dit.

Cliquetis sec.

Avait-elle osé lui raccrocher au nez ?

Il essayait de la protéger et elle lui raccrochait au nez !

Il se mit sur ses pieds, le corps parcouru d'étranges frissons d'appréhension, et attrapa sa veste sur le dos de sa chaise d'un geste rageur. Josh leva la tête.

— Un souci ?

— Mouais…

Son souci mesurait environ un mètre soixante-huit,

arborait une chevelure rouge, et s'était mis en tête qu'elle pouvait se passer de lui.

— Cette histoire de collaboration ne marche pas comme prévu. Si jamais je ne suis pas de retour demain matin, tu diras au capitaine que je me suis sacrifié pour la bonne cause.

Josh et A. J. rirent de bon cœur tandis qu'il s'élançait vers les ascenseurs. Kelsey Ryan savait peut-être comment interpréter les indices, mais certainement pas comment survivre dans la jungle de Kansas City.

Il comptait bien la ramener chez elle saine et sauve, puis l'oublier à jamais.

3

L'Underground était une espèce de caverne dans laquelle les objets les plus hétéroclites se côtoyaient, un incroyable bric-à-brac. Baigné d'une lueur glauque pénétrant par des vasistas à fleur de trottoir, l'endroit sentait le moisi et le pipi de chat.

Malgré la puanteur, Kelsey ne vit qu'un seul chat, un siamois bigarré, assoupi sur le comptoir. Elle attribua la disparition de ses congénères aux trois boas constrictors qui paressaient dans l'aquarium que les gérants du lieu, Mort et Edgar, avaient exposé près de la caisse.

L'établissement était peu éclairé, sans doute pour masquer le fait qu'il ne respectait pas les règles des services sanitaires ni les consignes de sécurité incendie. La SPA y aurait aussi trouvé à redire. Les marches descendant au magasin étaient couvertes d'une neige souillée qui absorbait la lumière déclinante du soleil plutôt qu'elle ne la réfléchissait.

C'était dans ce genre d'endroit que la jeune femme de son cauchemar avait trouvé la mort, un lieu froid, sombre et humide.

Et pas une âme secourable en vue…

Seules les odeurs différaient de celles de son rêve. Mais c'est ici que la piste de la poupée l'avait menée. Si seulement elle parvenait à remonter à son tout premier propriétaire, elle pourrait peut-être démasquer l'assassin, le livrer à la police et permettre à cette prostituée de reposer en paix.

Malheureusement, ses différentes questions n'avaient provoqué que ricanements et moqueries de la part des deux hommes. Kelsey mourait d'envie de sortir de cet endroit pour inspirer une grande bouffée d'air frais, mais elle décida de poursuivre son interrogatoire.

— Auriez-vous noté sur un registre le nom de la personne qui l'a déposée ? Avez-vous un quelconque souvenir de ce à quoi elle ressemblait ?

— Est-ce que j'ai la tête d'un type qui s'intéresse aux poupées ?

Mort, âgé d'une quarantaine d'années environ, affichait une rangée de dents jaunies et des tatouages sur toutes les parties exposées de son corps sec et efflanqué.

— J'examine ce que les gens m'apportent et, si j'aime, j'achète. S'ils ne viennent pas réclamer leur bien, je le vends. C'est ça qu'on fait ici, chérie. Acheter et vendre. Rien de plus.

Il se pourlécha les lèvres d'une façon qui aurait pu être suggestive si cela n'avait servi à faire circuler le jus brunâtre du tabac qu'il mastiquait sans relâche.

— Ce n'est pas notre genre de nous mettre à table.

Kelsey déglutit avec peine, luttant pour dompter un soudain haut-le-cœur, et se retourna vers l'associé de Mort.

— Et vous ? Vous n'avez rien à ajouter ?

Edgar était un Noir à la stature imposante qui semblait fasciné par les objets clinquants. Il reluquait en tout cas le pendentif de cristal bleu au cou de Kelsey avec un intérêt non dissimulé — et sans dire un mot.

A moins de leur acheter quelque chose ou de les payer pour les renseignements fournis, les deux hommes ne lui diraient rien de plus. A aucun prix elle n'aurait ramené une de leurs breloques chez elle. N'ayant que peu d'espèces sur elle, elle ôta son bracelet d'ambre et le leur proposa en échange d'informations.

Le bracelet délia la langue de Mort, lequel lui confirma que M. Meisner avait bien acheté la poupée chez eux, un mois auparavant. Mais, suite à cet aveu, il se réfugia derrière sa caisse, prétextant une soudaine amnésie au sujet de sa provenance.

Edgar se rapprocha alors d'elle, lui imposant l'odeur de son eau de toilette bon marché et de son haleine fétide, et prit le pendentif entre ses doigts boudinés. Il se permit au passage de frôler négligemment sa poitrine. Kelsey vacilla, incapable de cacher son profond dégoût. La panique s'empara d'elle et la cloua sur place. Malgré l'épaisseur de ses vêtements, elle eut l'impression d'un attouchement à même la peau.

Elle respira par petites bouffées, tâchant de rassembler ses esprits. Sa poitrine se souleva, ce qui n'échappa pas à Edgar.

Mon Dieu !

Que cherchait-elle à prouver en venant dans cet endroit sordide ? Pire encore, qui voulait-elle impressionner ? Elle ne voulut même pas y penser. Tant pis pour son bracelet, sacrifié afin d'obtenir une information qu'elle possédait déjà, il lui fallait tourner les talons et s'enfuir.

Elle balbutia quelques excuses et retira son pendentif des mains d'Edgar.

— Il est 17 heures passées. Vous allez fermer. Je ferais mieux d'y aller.

La prenant par surprise, Edgar serra son poing autour du cristal, bloquant ainsi ses ondes protectrices, et, d'une légère pression sur son sternum, la plaqua contre le comptoir.

— Je vous file cinquante billets pour ça, dit-il dans

un large sourire découvrant une dent en or partiellement déchaussée. Cent, si vous me laissez le prendre moi-même.

Il tendait déjà les mains vers son cou afin d'ouvrir le fermoir lorsqu'elle lui retira brusquement le bijou des doigts.

— Il n'est pas à vendre.

Pas plus qu'elle ne l'était, d'ailleurs.

Elle fit disparaître le pendentif sous son pull et pria son ange gardien, Lucy Belle, de l'aider à se concentrer plutôt que de céder à la panique. Vu qu'elle ne pourrait jamais affronter un gaillard comme Edgar, elle devait rapidement mettre au point une stratégie pour se sortir de cette délicate situation. Elle leva la tête d'un air de défiance et fit une contre-proposition.

— Je possède une collection de pierres précieuses, là, dans mon sac à main. Je vous autorise à en choisir trois si vous me dites tout ce que vous savez à propos de la poupée.

Elle avait un sacré culot de tenter une telle approche plutôt que de chercher à s'enfuir.

Edgar donnait l'impression d'étudier sérieusement son offre. Hélas, tandis qu'elle mettait tout son espoir en lui et observait sa réaction, elle négligea de surveiller son compère. Mort se déplaça avec une surprenante agilité pour un homme de sa corpulence et, tendant le bras au-dessus du comptoir, s'empara de son sac d'un geste vif.

— Des pierres précieuses, hein ?

— Hé !

Instinctivement, elle voulut faire le tour du comptoir pour récupérer son bien, mais Edgar la saisit par le poignet et la fit se tenir tranquille. Dans la lutte, elle se cogna violemment le coude contre la caisse.

— Oh !

Une vague de douleur irradia de son avant-bras jusqu'à l'extrémité de ses doigts.

— Laissez-le jeter un œil, dit Edgar, l'air mauvais.

Elle tenta de lui échapper.

— Rendez-moi mon sac ou je crie.

La bouche de Mort se tordit dans un rictus.

— Qui peut vous entendre, chérie ?

Mort prit tout son temps pour fouiller dans son sac, en sortant ses babioles une à une.

— Alors, qu'avez-vous là-dedans qui pourrait valoir quelque chose…

— Arrêtez !

Edgar venait de la saisir par la taille et fourrait son nez dans ses cheveux.

— Ça devrait sentir la fraise là-dedans.

Elle le repoussa avec l'énergie du désespoir.

— Laissez-moi tranquille !

— Ce n'est pas très gentil.

Il évita de justesse sa gifle et lui tordit le bras dans le dos, lui vrillant l'épaule. Puis il fit pression de tout son corps contre ses hanches et sa poitrine, et reprit son petit manège.

— Non !

Elle se débattit férocement. A présent, ils s'amusaient de la voir prise au piège. Combien elle aurait aimé mesurer un bon mètre quatre-vingt-dix et peser une centaine de kilos !

— Lâchez-moi !

Ses clés se trouvaient dans la poche de son manteau, elle pouvait donc leur abandonner son sac à main. Il n'y avait pas beaucoup d'argent dans son porte-monnaie. Mais, et ses cartes de crédit ? Ses précieuses photos de Lucy Belle ?

Elle ne pouvait en supporter davantage. Elle se contorsionna, libéra son bras de la douloureuse étreinte d'Edgar et lui assena un coup de coude dans le bas-ventre.

— Rendez-moi mon sac !

Mais Edgar se jeta sur elle, la bloquant contre le comptoir.

— N'y compte pas, chérie.

Elle lui écrasa le pied d'un coup de talon et lui donna un coup de poing dans la pomme d'Adam.

— Ecartez-vous de moi !

La sonnette de l'entrée tinta, interrompant la lutte.

— Tu as entendu ce qu'a dit la dame ? Bouge de là.

Si Mort se figea, Edgar lutta encore pour maîtriser Kelsey.

— Je ne ferais pas ça à ta place.

Elle reconnut cette voix. A la fois dure et métallique, grave et sentencieuse.

— Tee, murmura-t-elle dans un soupir de soulagement.

— Qui se permet de…

La réponse d'Edgar mourut sur ses lèvres lorsqu'il se retourna et découvrit l'homme qui se tenait derrière lui.

C'est aussi à cet instant que Kelsey le vit.

Son cœur se mit à battre précipitamment tandis qu'elle hésitait entre courir se réfugier dans ses bras et s'enfuir de la boutique. Elle découvrait une nouvelle facette de la personnalité de Tee Merle Banning.

Et il n'apparaissait plus du tout comme un homme guindé, coincé et un peu trop poli.

Il n'était pas aussi grand qu'Edgar, ni aussi imposant que Mort, mais il avait su accaparer leur attention ; sa présence jetait un froid. Planté là, solidement campé sur ses jambes, il ouvrit les pans de son manteau et posa ses mains gantées de cuir noir sur ses hanches.

— Inspecteur Banning ! s'exclama Kelsey tout en se demandant quelle part de ce regard mauvais lui était destinée.

— Désolé, inspecteur, s'excusa Edgar d'un ton plus craintif que sincère en lorgnant son insigne et son arme. Je n'ai pas été prévenu de votre visite.

Mort s'empressa de contourner le comptoir et s'arrêta auprès de son associé.

— Pourquoi vous en prendre à nous, inspecteur ? C'est elle qui est venue nous voir pour nous tirer les vers du nez. Elle prétend avoir des bijoux à mettre au clou, mais nous n'avons encore rien vu.

— Doucement, les gars, lâcha Banning.

Son regard acéré les surveillait tous deux avec une même acuité.

— Vous feriez bien de vous calmer. Et laissez vos mains bien en évidence.

Mort parut hésiter un instant sur l'attitude à adopter ; il regarda tour à tour l'arme, Kelsey, Banning. Finalement, il regagna sa place derrière le comptoir.

— On ne savait pas qu'elle était avec vous, maugréa-t-il. Il s'agit d'un malentendu. Si elle avait dit qu'elle travaillait pour le KCPD, on aurait volontiers répondu à toutes ses questions. On se fait un devoir de coopérer avec la police, inspecteur.

— Oui, on coopère, dit Edgar en écho.

Kelsey ne les crut pas une seconde, pas plus que Banning. Ce dernier lui tendit la main.

— Vous feriez mieux de venir près de moi.

Dès qu'Edgar la relâcha, elle se retourna pour attraper son sac. Ignorant le regard accusateur de Mort, elle rassembla ses affaires éparses sur le comptoir et rejoignit Banning. Elle frémit quand il lui prit la main et l'attira à lui, signifiant ainsi aux deux escrocs que la dame était sous sa responsabilité.

— Si on avait su que vous étiez si proches..., marmonna Edgar.

— Vous devez garder un œil sur elle, inspecteur,

enchaîna Mort. On voit rarement de si jolies filles dans le quartier, à moins qu'elles ne viennent… pour affaires.

Banning haussa les épaules.

— Je suis sûr que vous ne commettrez pas deux fois la même erreur, n'est-ce pas, les gars ?

— Non, inspecteur, firent les deux hommes en chœur.

Kelsey savourait ce moment de vengeance. Banning serrait sa main d'une façon possessive, comme s'ils étaient plus que de simples collaborateurs. Elle n'était pas habituée à ce qu'un homme ait envie de lui tenir la main.

Le sentiment de sécurité qu'elle ressentait fit place à une profonde lassitude. Elle avait vécu tant d'humiliations et accusé tant de critiques qu'elle ne pouvait plus envisager une relation normale avec un homme.

Afin de contrer le désir qu'elle sentait naître pour Banning, elle fit un petit pas de côté. La probabilité qu'elle puisse trouver dans ses bras la paix à laquelle elle aspirait depuis toujours lui paraissait bien faible.

Mais il refusa de la laisser s'échapper.

— Vous avez récupéré toutes vos affaires ?

Elle lut dans son regard qu'il lui conseillait de jouer franc-jeu. Un silence de mort planait dans la boutique. Kelsey comprit que son éventuel refus d'obtempérer aux consignes de Banning la mettrait davantage en danger que la présence de Mort et d'Edgar.

Elle fit donc oui de la tête et décida de se tenir tranquille, tâchant de se souvenir de la façon dont elle se comportait avec Jeb alors qu'elle pensait être encore amoureuse de lui. Avant qu'elle prenne conscience de son petit jeu. Avant qu'elle ne comprenne enfin qu'elle ne pouvait offrir impunément son cœur à un homme.

Edgar détenait toujours le bracelet d'ambre, mais elle

renonça à remettre en cause le stupide marché qu'elle lui avait proposé.

— Partons d'ici, dit-elle.

— Allons-y.

Elle emboîta le pas de Banning vers la sortie. Il marqua une pause après avoir ouvert la porte.

— Au fait…

Son sourire narquois fit se raidir Mort et Edgar.

— Avez-vous répondu aux questions de Mme Ryan ?

Mort fit taire Edgar d'un regard.

— On a assez parlé comme ça, répliqua-t-il.

Banning sembla peser le pour et le contre, puis décida de ne pas insister.

— Je vais ramener cette dame chez elle. On reprendra cette discussion plus tard.

L'idée du retour de Banning ne parut pas enchanter les deux associés.

— Vous êtes le bienvenu, inspecteur, n'est-ce pas, Edgar ?

— Bien entendu.

Sans crier gare, Banning traversa soudain la boutique d'un pas décidé et arracha le bracelet d'ambre des mains d'Edgar.

— Vous permettez ?

Il offrit aux deux hommes un bref salut.

— Messieurs…

Kelsey franchit le seuil, pressée de recouvrer sa liberté après cette pénible incursion dans les bas-fonds. L'air glacial la saisit de plein fouet et la fit frissonner. Elle plissa les yeux et baissa la tête afin de se protéger des rafales de vent qui tournoyaient dans l'escalier menant au niveau de la rue.

Elle attendit que Banning l'ait rejointe pour sortir son bonnet de laine de la poche de son manteau. Cependant, elle n'eut pas la possibilité de l'enfiler car, dès que l'inspecteur fut sorti de la boutique, il la prit par la taille et la poussa, plus qu'il ne l'entraîna, vers l'escalier.

— Hé !

Elle fit mine de protester, mais elle avait tout autant envie que lui de fuir cet endroit.

— Où êtes-vous garée ?

— Au prochain pâté de maisons. Juste en face d'une mission catholique.

Comme ils débouchaient sur le trottoir, il regarda de part et d'autre de la rue. La nuit était tombée et les éclairages urbains faisaient miroiter les cristaux de l'épaisse couche de neige recouvrant les véhicules immobiles.

— Tant mieux. Ce n'est pas très loin de là où je me suis garé.

Il la prit par le bras, l'invitant à régler son pas sur le sien. Kelsey s'arrêta net et se libéra de son étreinte.

— J'ai été assez maltraitée pour la journée, vous ne croyez pas ? Laissez-moi au moins fermer mon manteau. Il fait un froid de canard.

— Faites vite.

Banning la dépassa et fit halte quelques pas plus loin.

— Vous vous sentez bien ?

— Ça va. Un peu fourbue, mais ça va.

L'intérêt qu'il lui portait, bien que manifesté un peu tard, était tout de même appréciable. Elle fit glisser le bracelet d'ambre sur son poignet et lui offrit un sourire empreint d'une gratitude sincère.

— Merci beaucoup pour votre intervention.

Elle nota qu'il n'avait pas pris la peine de boutonner son manteau. Etait-ce pour garder son arme à portée de main, ou bien était-il insensible au froid mordant du vent ?

Elle avait tout d'abord pensé qu'il avait plus sa place devant un ordinateur que sur le terrain. Mais l'avoir vu gérer de main de maître la situation à l'Underground lui faisait à présent réviser son opinion ; Tee Merle Banning était un être bien plus complexe qu'il ne voulait bien le laisser paraître. Sans parler des images de son passé qu'elle avait perçues lorsque leurs peaux étaient entrées en contact, et du lien qu'elle sentait entre ces événements et sa raideur au genou…

— C'est pour aujourd'hui ou pour demain ? la pressa-t-il.

Parce qu'il avait sauvé sa vertu, et peut-être même sa vie, elle se dépêcha d'enfiler son bonnet et enroula son écharpe autour de son cou. Elle inspirait profondément, se délectant de cet air pur qui chassait de ses sinus l'odeur nauséabonde de la boutique de Mort et Edgar.

— Je crois que j'ai surestimé mes capacités en voulant enquêter seule à l'Underground.

— Vous croyez ?

Elle ignora son sarcasme.

— Ils en savent plus qu'ils ne veulent l'admettre. Le souci est de parvenir à les faire parler.

Il la regarda droit dans les yeux.

— Vous avez vu cela dans votre boule de cristal ?

— Je vous l'ai déjà dit, je ne…

— Dépêchons-nous, ma belle.

Il n'était d'évidence pas d'humeur à l'écouter se justifier. La saisissant par le coude, il lui fit accélérer le pas.

— Je vous avais pourtant fortement déconseillé de venir seule par ici.

— Vous n'aviez pas l'air décidé à aller les cuisiner.

— Vous n'en savez rien, répondit-il du tac au tac.

Elle étudia son profil du coin de l'œil. Mâchoire carrée, nez fin et droit, expression maussade.

— Si tel était le cas, pourquoi n'en avez-vous rien dit ?

— Est-ce que vous m'en avez donné l'occasion ?

Ils attendirent au carrefour que le feu passe au rouge.

— J'étais à mon bureau en train d'examiner cette boîte que vous m'avez confiée…

— Vraiment ?

Elle ne dissimula pas sa surprise.

— … lorsque vous m'avez raccroché au nez. Regardez autour de vous ; c'est un des quartiers les plus dangereux de la ville. Et vous y êtes venue seule, et désarmée, qui plus est.

D'un mouvement de tête, il lui désigna un grand Noir baraqué, de l'autre côté du boulevard. Vêtu de cuir noir et portant sur lui suffisamment de bijoux en or pour ouvrir une bijouterie, il les toisait sans manifester la moindre émotion.

— C'est Zaro, le plus grand proxénète du quartier. Il a dû planquer ses filles en apprenant qu'un flic arpentait le secteur. J'imagine que vos deux amis de l'Underground ont passé des coups de fil dès que nous avons quitté leur boutique.

— Je savais que je prenais quelques risques, inspecteur, mais j'ai des notions de self-defence.

Une femme comme elle ne grandissait pas sans apprendre à se défendre, que ce soit dans la rue, dans un bar ou — comme cette dernière nuit passée avec Jeb — dans un lit.

— J'avoue que j'ai admiré avec quelle précision vous avez atteint le gars tatoué en plein bas-ventre. Mais que se serait-il passé si son collègue lui avait prêté main-forte ? Vous auriez pu les maîtriser tous les deux ?

— Je ne pense pas, concéda-t-elle. Mais après tout, je ne faisais que poser quelques questions à des commerçants. Ce n'est pas comme si j'avais tenté de démanteler un réseau de trafiquants de drogue !

Banning rit, exhalant des petits nuages de vapeur aussitôt

dissipés dans l'air frais. Le feu passa au vert mais il ne broncha pas.

— Vous plaisantez ? Vous n'avez pas senti cette odeur de marijuana dans la boutique ? Mais ce n'est pas le plus grave. Sachez que ces pauvres femmes assassinées que vous vous êtes mis en tête de venger ont toutes été trouvées dans cette partie de la ville.

Elle baissa la tête, consciente d'avoir risqué sa vie, et accepta ses reproches sans broncher.

— Je suis désolée. Je n'aurais jamais dû me lancer seule dans cette aventure. Il se passe des choses horribles par ici.

— Vous n'imaginez pas à quel point. Mon partenaire s'est fait tirer dessus à quelques pâtés de maisons de là où nous nous trouvons.

Pas étonnant qu'il se sente responsable de sa sécurité…

— Je suis sincèrement désolée.

Elle réprima son envie de s'approcher de lui pour lui offrir un peu de réconfort. Nul besoin de don psychique pour sentir qu'il n'avait que faire de sa compassion.

— A-t-il…

— Elle… Elle s'est remise de ses blessures après plusieurs mois de convalescence. Nous étions tombés dans une embuscade. J'ai réglé son compte au tireur. Ses deux acolytes ont pu s'enfuir mais se sont fait descendre quelques semaines plus tard.

— C'est horrible.

— Elle est à présent en congé de maternité. C'est pourquoi je travaille en solo…

Alors qu'il évoquait sa partenaire, Kelsey sentait enfin de la douceur dans sa voix.

— … et pourquoi je me retrouve coincé avec cette vieille affaire.

Autrement dit, *pourquoi je me retrouve coincé avec*

vous. Kelsey savait qu'il ne s'exprimerait jamais avec cette même douceur en parlant d'elle.

— Je suis soulagée de la savoir en bonne santé, dit-elle avec bienveillance.

Un homme portant un genre de sac-poubelle sur la tête, sous une casquette bariolée, la bouscula au moment où le feu repassait au rouge. Elle fut projetée dans les bras de Banning. Il put facilement la rattraper au vol mais prit appui sur sa mauvaise jambe.

— Bon sang !

Sa poigne se referma sur l'avant-bras de Kelsey. Se tenant parfaitement droit, il serra si fort les dents que sa mâchoire se crispa tandis qu'il luttait pour contenir la douleur.

— Votre genou ?

— Le froid n'arrange pas les choses. Cette satanée articulation n'est plus aussi souple qu'avant.

Il la dévisagea d'une façon étrange.

— Comment savez-vous pour mon genou ?

— J'ai remarqué que vous boitiez. Vous parvenez à bien le cacher mais on sent une rigidité dans votre jambe droite.

Il lui prit la main et l'interrogea du regard ; quelle autre information avait-elle lue en lui ?

Un petit groupe de personnes les dépassa. Un coup de Klaxon retentit ; le feu venait de repasser au vert. Banning l'entraîna de l'autre côté de la rue.

— Venez. On ne doit pas rester là.

Il marchait à la même allure, mais son boitement était légèrement plus prononcé.

— A quoi ressemble votre voiture ?

— C'est une Ford rouge.

Il lui fit contourner un groupe de sans-abri qui faisaient la queue devant la mission Wingate. Un tableau près de la porte d'entrée indiquait que la mission proposait des repas, des soins gratuits trois jours par semaine, un office religieux, des classes d'alphabétisation et un abri pour la nuit. Un second écriteau précisait cependant que les dortoirs étaient complets, les consultations limitées en nombre, et que les cours étaient suspendus dans l'attente d'un nouveau professeur.

Kelsey éprouva une profonde compassion pour ces êtres abandonnés.

— Les pauvres gens…

L'hiver particulièrement rude les contraignait à côtoyer au quotidien dealers, proxénètes et prostituées. Il semblait à présent que leur unique refuge fût à cours de fonds et de bénévoles. En passant, elle croisa le regard de certains de ces hommes et ne put y lire que désolation et tristesse.

— Ces pauvres gens, comme vous dites, en savent plus que vous et moi sur la survie dans cette jungle. Au moins ont-ils l'intelligence de déserter la rue quand le soleil se couche.

Kelsey fit soudain halte. La femme dont elle avait vécu le meurtre menait-elle cette vie-là ? Sa principale occupation se résumait-elle à survivre au jour le jour ? S'était-elle réfugiée dans cette bâtisse froide et humide ? Avait-elle échangé la poupée contre un repas chaud ? Eté contrainte de louer son corps ? Autant de questions sans réponse…

Se pouvait-il que le meurtrier de son cauchemar soit l'un de ces déshérités ?

Elle frissonna, et regarda plus attentivement les hommes de la file d'attente. Campé sur le perron de l'imposante bâtisse, un homme charismatique, à la barbe poivre et sel, les saluait un à un avant de les inviter à entrer.

Elle se mit à les détailler, à observer leurs mains…

— Kelsey ? Vous êtes sûre de vous être garée par ici ?

— Oui, je…

L'air perdu, elle fit un tour complet sur elle-même. Elle venait de vivre un de ces moments d'absence qui lui avaient valu son surnom de la Givrée. Banning la rejoignit tandis qu'elle rebroussait chemin à la recherche de son véhicule.

— Qui est cet homme à l'entrée ?

— Le révérend Ulysse Wingate. Il dirige la mission depuis plus de quinze ans. Et votre voiture ?

— Je me suis garée… juste ici !

Une énorme berline noire était garée à l'endroit où devait se trouver sa petite Ford rouge.

— Vous plaisantez, n'est-ce pas ?

— Non. Je l'ai garée ici, je suis formelle. Nom d'un chien, on me l'a volée !

Banning ôta son gant et toucha le capot de la berline.

— Le moteur est encore chaud…

— J'ai verrouillé les portières. Je verrouille toujours les portières. D'ailleurs, les clés sont dans ma poche. Avec tous ces gens devant la mission, vous pensez que quelqu'un aurait pu assister au vol ?

Le regard que Banning lui adressa l'en fit fortement douter. Après s'être assuré qu'il n'y avait pas de parcmètres dans la zone — il n'y avait donc aucune raison que la Ford ait été emportée à la fourrière —, il signala le vol au standard de la police, communiquant le numéro d'immatriculation et la position du véhicule.

— Portez-vous toujours la poisse à vos collaborateurs ? demanda-t-il tandis qu'il attendait un retour d'informations de la part de la standardiste.

— Non.

Se pelotonnant dans son manteau, Kelsey fut la proie d'une immense détresse et eut une pensée pour Lucy Belle.

— C'est parfois pire, ajouta-t-elle en se mordant la lèvre.

4

— Je passerai la consigne aux équipes B et C.

Ed Watkins abaissa la visière de sa casquette et haussa les épaules.

— Mais, si sa voiture a été volée entre 16 et 17 heures, elle doit être à présent désossée et dispatchée dans plusieurs garages pour être revendue en pièces détachées. Je doute qu'on la retrouve un jour.

Merle prit quelques notes, écoutant d'une oreille distraite le rapport du sergent. Il rongeait son frein ; la douleur dans son genou le lançait, ses lunettes étaient recouvertes de buée et il n'avait pas progressé sur le vol de la voiture de Kelsey ni sur les meurtres des prostituées. Sa seule victoire de la journée avait été d'éviter le pire à Kelsey à l'Underground.

Au rythme où les choses évoluaient, cela risquait de devenir une occupation à plein temps.

En la voyant lutter contre les avances d'un gaillard d'une corpulence deux fois supérieure à la sienne, Merle avait compris qu'assurer sa sécurité ne serait pas une mince affaire. Elle pouvait remercier le ciel qu'il soit intervenu à temps. Le voisinage avait certainement remarqué sa chevelure rouge sitôt qu'elle avait pénétré dans le quartier.

Il préférait penser qu'on ait volé sa voiture par hasard

plutôt que délibérément, afin de lui interdire tout moyen de fuite.

Malgré ses airs bravaches, il la sentait vulnérable et fragile. Du reste, elle pouvait jouer les intrépides tant qu'elle voulait, des hommes tels que Mort, Edgar ou le Tueur de Noël pouvaient la réduire au silence en un claquement de doigts.

Merle consulta sa montre, et déposa ses lunettes sur le capot du véhicule de patrouille. Il avait envoyé Kelsey à la mission environ une heure auparavant pour qu'elle se réchauffe — et la soustraire aux blagues lourdingues de Watkins sur l'air de « la Givrée a perdu sa voiture ».

Tandis que le policier court sur pattes et grassouillet lui posait les questions de routine, elle lui avait fièrement tenu tête dans le vent glacé, le bout du nez rougi, sans laisser la colère assombrir son doux regard. Watkins, contrarié que Merle assiste à cet interrogatoire, avait jugé pertinent de la bousculer outre mesure. Ignorant les protestations du sergent, Merle l'avait alors présentée au révérend Wingate avant de la forcer à entrer se mettre au chaud.

Entre le moment où elle était arrivée et celui où ils étaient tous deux revenus de l'Underground, ce quartier de Kansas City semblait s'être vidé de toute vie. Les quelques personnes interrogées n'avaient rien vu, ni rien entendu. Il était à parier que quelqu'un les avait suffisamment intimidés pour les faire taire, surtout face à un représentant de la loi.

Même le sergent Watkins, auquel incombait pourtant la surveillance de ce quartier qu'il connaissait bien, n'avait pu obtenir la moindre information intéressante, excepté le fait que certains avaient effectivement vu une Ford rouge devant la mission. Personne n'avait assisté à l'effraction du véhicule.

Si les inspecteurs enquêtant à l'époque sur le Tueur de

Noël avaient reçu le même accueil, il n'était pas surprenant que le cas ne soit toujours pas résolu. Il fallait que Merle découvre qui possédait un tel pouvoir, qui pouvait terroriser les gens du quartier au point de les réduire au silence.

Et surtout qui aurait le courage de parler.

C'est avec un certain agacement qu'il se surprit à fixer la porte de la mission par laquelle Kelsey avait disparu.

— Hé, inspecteur !

Il reporta son attention sur Watkins, lequel ne semblait pas le moins du monde affecté par le froid. Agé d'une bonne cinquantaine d'années, il semblait las et morose.

— Vous vous occupez du rapport ou vous préférez que je m'en charge ?

— C'est moi qui ai appelé du renfort ; je gère la paperasse, répondit Merle en rangeant son calepin. Depuis combien d'années es-tu en charge du secteur, Watkins ?

— Vingt ans. Et j'y ai laissé trois partenaires et deux épouses, maugréa-t-il.

Après tout, peut-être n'était-ce pas seulement une longue journée de travail qui le rendait si désabusé.

— Vingt ans ? Donc tu étais dans le quartier chaque fois qu'une prostituée se faisait tuer.

Watkins eut un petit rire sans joie.

— Même que j'étais de service pour quatre des meurtres et que j'ai aidé à évacuer les corps. Malgré ce qu'on pourrait penser, c'est aussi pénible chaque fois. Ces pauvres filles nues, étranglées, les yeux exorbités de terreur… Un cadavre à demi congelé est un drôle de spectacle. Je pensais que ces neuf meurtres auraient fait fuir les prostituées du quartier, mais il n'en est rien.

Il jeta un regard noir à travers la rue vers un groupe de filles trop légèrement vêtues pour la saison. La première, une fille noire, portait un short au ras des fesses et une paire de bottes à très hauts talons. L'autre, une petite blonde, laissait voir des jarretelles d'un rose flashy sous sa minijupe. Leur discussion très animée attisa la curiosité de Merle.

— Tu les connais ? demanda-t-il à Watkins.

— La grande noire se fait appeler Cléopâtre. La blonde, Maeva. La vie est dure pour les filles dans ce coin de la ville. Je ne cautionne pas cette vie de misère, mais personne ne mérite de vivre dans ces conditions.

— Non, certainement pas.

Merle avait eu l'occasion de consulter des photos des différentes scènes de crime. Les corps des jeunes femmes assassinées avaient été abandonnés tantôt dans des ruelles désaffectées, tantôt dans des poubelles, le tout dans un rayon de deux kilomètres autour de la mission. Il n'y avait aucun trait commun entre les victimes à part leur profession.

Merle eut soudain une idée.

— Dis-moi, Watkins, as-tu jamais entendu parler d'une poupée retrouvée sur les scènes de crime ?

Cette fois, le sergent rit de bon cœur.

— Une poupée ? Vous vous fichez de moi ? On a retrouvé Jézabel, la première victime, les mains serrées autour d'une croix qu'elle avait au cou au bout d'une chaîne en or. Les autres filles étaient totalement nues.

— Je me souviens que les enquêteurs avaient interrogé le révérend Wingate à cause de cette croix.

— Ouaip.

Watkins haussa les épaules et regarda les deux filles, entre qui le ton montait.

— Tu ne peux pas faire ça ! s'écriait la femme noire. Tu sais très bien comment il va réagir.

Ses paroles sonnaient comme une véritable mise en garde. La petite blonde pleurait.

— Le révérend a prétendu ne rien savoir de ce médaillon,

reprit Watkins. Par ailleurs, il avait un solide alibi : il a enchaîné plusieurs offices le jour où Jézabel a été tuée.

— Devant un parterre de fidèles tous prêts à témoigner, je suppose.

— C'est sûr. Nous n'avons jamais eu d'autre suspect que lui. Sinon, vous connaissez le dossier… Les gens se fichent de ces filles. Ils attendent que nous trouvions le meurtrier de la gamine du terrain vague, pas celui des prostituées.

Pour sa part, Merle comptait bien le démasquer.

— C'est à propos de ces meurtres que la Givrée vous file un coup de main ? poursuivit Watkins en ricanant. A vous deux vous fouillez le passé à la recherche de l'assassin fantôme ? Le nouveau commissaire doit vraiment être au bord du désespoir.

Ses talents psychiques et ses déboires au sein du KCPD avaient valu à Kelsey ce sobriquet dont Merle lui-même s'était servi à de nombreuses reprises. Mais à cet instant, le mot givrée dans la bouche de Watkins n'était rien de moins qu'une insulte. Il heurta ses oreilles et fit se hérisser les poils sur sa nuque.

— J'aimerais beaucoup que tu l'appelles Mme Ryan.

Watkins pouffa.

— Vous ne seriez pas en train de vous faire avoir par ses sornettes ? Les jolies médiums, ça n'existe que dans les séries télé. A mon avis, elle a plus sa place à l'asile que chez nous.

Bien que Merle ne soit pas convaincu qu'elle ait vraiment le don qu'elle prétendait avoir, il entendait qu'on la traite avec un minimum de respect. Il s'y était engagé auprès du capitaine Taylor. Sa propre mère réprouverait ce manque d'éducation.

— Elle est officiellement consultante pour le service, déclara-t-il, préférant user de cet argument implacable plutôt que de tenter de persuader cette tête de mule de Watkins par de longues explications. Le capitaine Taylor me demande de faire équipe avec elle sur cette affaire ? Eh bien, j'obéis. Cela étant, je ne me permettrais jamais d'insulter ton partenaire, Ed. J'attends donc la même attitude de ta part.

— Comme vous voudrez. De toute façon…

Il se pencha en avant et murmura, tel un vieux policier aguerri s'adressant à une jeune recrue :

— Au moins, moi, je sais que mon partenaire ne risque pas de perdre les pédales et de me laisser poireauter dans le froid.

Merle serra les poings, luttant contre le désir de corriger Watkins pour faire disparaître ce rictus de son visage.

— Maeva !

La petite blonde traversait la rue dans leur direction. Sa collègue voulut la suivre, mais un camion qui passa en trombe la força à remonter sur le trottoir.

— Inspecteur ? Je peux vous parler une minute ?

Maeva essuya ses larmes du revers de la main et prit appui sur le bras de Merle.

— Je voudrais signaler une disparition.

Elle sentait le parfum bon marché et la cigarette, et ses ongles exagérément longs étaient laqués d'un vernis fuchsia. Son jeune âge et la détresse qu'il lut dans ses grands yeux dégoulinants de mascara émurent Merle.

— Quel âge avez-vous ? Vous vous sentez bien ?

Elle secoua la tête et ravala un sanglot.

— Ce n'est pas à propos de moi. Je n'ai pas revu ma colocataire, Delilah, depuis plusieurs jours. Elle est partie juste avant Noël avec l'un de ses jules… je veux dire, avec son petit copain. Elle a été admise à la mission pour y passer la nuit et consulter le médecin et…

— Connaissez-vous son véritable nom ? Et celui de son petit copain ?

— Susan Cooper. Je ne connais pas le nom du type avec qui elle sort. On l'appelle juste M. H. J'ai déjà vu sa tête dans les journaux.

— A quoi ressemble-t-elle ?

— Hé ! Maeva, pourquoi embêtes-tu ces messieurs ?

La main puissante d'un homme, avec au minimum une bague à chaque doigt, s'abattit sur l'épaule de Maeva et fit reculer cette dernière, lentement mais fermement. Merle leva les yeux et croisa un regard noir. Zaro.

— Nous avons une petite conversation, répondit Merle.

Zaro prit Maeva par les épaules et l'attira à lui. Ce geste aurait pu passer pour tendre si le regard de la jeune femme n'avait exprimé une peur abjecte. Merle jeta un coup d'œil de l'autre côté de la rue. Cléopâtre n'avait pas l'air rassurée que Zaro se soit joint à eux. La voix feutrée et traînante de l'imposant proxénète se voulait amicale.

— Ces hommes sont très occupés, chérie. On n'a pas le droit de leur faire perdre leur temps. N'est-ce pas, inspecteur ? Sergent ?

Peut-être trop amicale, tout bien pesé.

Zaro et Watkins semblaient bien se connaître…

— Je demandais juste s'ils avaient des nouvelles de Delilah, fit Maeva en pleurnichant.

— Je t'ai déjà dit qu'elle est partie rendre visite à son fils.

Zaro fit à Merle un clin d'œil sous-entendant que la fille était un peu dérangée.

— Le fils de Delilah vit dans une famille d'accueil. Elle est allée passer Noël avec lui.

Merle commençait à s'impatienter. Watkins s'interposa.

— Je m'occupe de ça, inspecteur.

Il prit Maeva et son proxénète par le bras.

— Pourquoi ne pas entrer dans la mission pour retrouver votre partenaire, Mme Ryan ? ajouta-t-il ironiquement. Je vous tiendrai au courant si j'apprends quoi que ce soit au sujet de sa voiture.

Puis, lui tournant le dos, il escorta la fille et son souteneur de l'autre côté de la rue. Après tout, il était dans son secteur, et ces gens étaient sous sa responsabilité. S'il avait une façon bien à lui de les approcher, Merle n'allait pas s'en mêler. Cela ne l'empêcherait pas de se renseigner dès que possible auprès du service des personnes disparues.

En entrant dans la mission Wingate, Merle fit une pause afin de déboutonner son manteau et ôter ses gants. La vision de ces pauvres gens faisant la queue devant le réfectoire pour recevoir oreiller et couverture et prendre rendez-vous avec le médecin lui fichait le cafard.

Son sentiment de culpabilité refit surface. Quelques-uns de ces pauvres bougres avaient-ils été victimes de la malveillance de son père ? Ses arnaques avaient-elles ruiné des vies de labeur ?

Une vingtaine d'années après les faits, ces gens étaient plus probablement les victimes de leurs mauvais choix ou des rouages de la société, ou des deux à la fois. Il éprouvait tout de même le besoin de leur venir en aide.

— Inspecteur Banning ?

Le révérend Ulysse Wingate jaillissait de son bureau.

— Je vois que vous avez finalement décidé de venir vous réchauffer parmi nous ? Pas de nouvelles de la voiture volée ? C'est un regrettable incident. Si seulement je m'étais présenté plus tôt à l'entrée, j'aurais peut-être été témoin de la scène. Malheureusement, nous ne démarrons le service qu'à partir de 17 heures. Avant cela, notre équipe est soit dans les bureaux, soit en cuisine. Nous ne sommes pas très curieux de nature, vous savez.

— Ne vous faites pas de souci. Le KCPD retrouvera tôt ou tard le voleur.

— Je sais que vous faites de l'excellent travail.

— Avez-vous aperçu Mme Ryan ? La femme à la chevelure rouge que je vous ai amenée.

— Je l'ai mise au travail. En fait, c'est elle qui s'est portée volontaire.

Il donna une tape amicale dans le dos de Merle.

— Le Seigneur apprécie le bénévolat !

La main toujours posée sur son épaule, le révérend le conduisit au réfectoire et lui désigna l'extrémité de la pièce, par-delà la rangée de tables et de chaises alignées le long du mur.

— Vous la voyez ? Elle sert des beignets. Nous en avons préparé une grande quantité, ce soir. Si vous voulez vous joindre à nous…

Merle repéra Kelsey de l'autre côté du comptoir en inox. Nantie d'une charlotte et d'une paire de gants en caoutchouc, elle prélevait dans une énorme gamelle une portion de beignets, qu'elle déposait dans les assiettes des pauvres affamés. Elle prenait le temps d'échanger quelques mots avec eux et leur souriait.

Il s'ébroua ; le révérend attendait sa réponse.

— Je prendrais volontiers une tasse de café.

— Faites comme chez vous. J'ai encore pas mal de travail administratif. C'est la fin du mois et, qui plus est, la fin de l'année. C'est toujours un calvaire d'équilibrer les comptes. La Bible dit que le Seigneur pourvoira aux plus démunis, mais cela ne se fera que si je parviens à récolter assez de fonds ! Passez un bon moment.

Satisfait de sa repartie, le révérend traversa le réfectoire d'un pas alerte. Il s'arrêta en chemin pour bavarder avec ce qui semblait être une vieille connaissance puis, de sa voix puissante, rappela à ceux qui devaient passer la nuit dans l'établissement qu'ils devaient d'abord signer le registre. Ulysse Wingate n'était certainement pas le genre d'homme à tuer une prostituée ; il n'avait pas l'air d'un sadique. Cela dit, Merle avait été témoin des choses les plus invraisemblables au cours de sa carrière... Tous les meurtres avaient eu lieu dans le périmètre de la mission. Ce n'était pas parce qu'Ulysse Wingate avait un alibi pour le premier meurtre, onze ans plus tôt, qu'il devait le rayer de la liste des suspects ; et, s'il était certainement innocent, la présence d'une croix autour du cou de la première victime et la proximité de la mission demeuraient des faits troublants.

Se souvenant de la blague du révérend à propos de la collecte de fonds, Merle glissa une pièce dans la tirelire pour payer sa tasse de café. Il rêvait d'un sac de glace sur son genou et il aurait aimé ne pas traîner, mais il devait attendre que Kelsey ait fini son service. Il attendit donc.

Et plus il attendait, moins l'attente lui semblait pénible.

Kelsey Ryan était une femme remarquable et plutôt séduisante, quand elle ne se mettait pas en tête de sauver le monde.

La charlotte masquait en partie ses cheveux flamboyants et dégageait son visage, le mettant en valeur. Lorsqu'elle le voulait bien, elle avait un joli sourire, et la chaleur que dégageaient les fourneaux lui conférait un teint dans les tons pêche des plus ravissants. Débarrassée de son gros manteau noir et blanc, elle apparaissait dans toute sa féminité.

Son idéal féminin — Ginny Rafferty-Taylor — était une jeune femme blonde, mince et délicate. Kelsey Ryan était aux antipodes de cette description. Elle était plus grande que Ginny et possédait des formes généreuses. Sa poitrine épanouie pointait sous son sweat-shirt chaque fois qu'elle prenait une inspiration ou éclatait de rire. Merle ne voyait rien de véritablement sexy chez Ginny, mais il la trouvait intelligente, belle, vulnérable bien qu'elle soit assez courageuse pour faire une excellente inspectrice des homicides. Kelsey était plus déterminée, plus haute en couleur. Plus impulsive aussi, avec un caractère bien trempé. Elle était…

Il prit conscience que son pouls s'était accéléré et qu'une douce chaleur l'envahissait tandis qu'il observait Kelsey.

Celle-ci leva alors la tête et l'aperçut à travers la pièce bondée. Elle parut surprise de le voir là. Elle baissa presque aussitôt les yeux et sourit à la vieille femme qui se présentait devant elle.

Il fut aussitôt jaloux de ce sourire, tout en sachant pertinemment qu'il n'avait rien fait pour le mériter.

Il avait tout intérêt à se consacrer à son travail et satisfaire ainsi les attentes du nouveau commissaire. Il devait calmer sa libido et ignorer les plaintes de son cœur solitaire.

Son mug de café noir à la main, Merle se joignit à la queue devant le comptoir. Le sourire de Kelsey s'effaça quand son tour vint.

— J'ai l'impression que vous ne m'apportez pas de bonnes nouvelles, lança-t-elle à la place de l'agréable « Bon appétit ! » dont elle avait gratifié les personnes qui le précédaient.

Merle fit non de la tête.

— Le sergent Watkins pense que votre voiture est déjà partie en pièces détachées. Il vous faudra prévenir l'assurance dès demain. Je vous donnerai un double de mon rapport d'ici la fin de la journée afin de le joindre à votre déclaration de sinistre.

— Merci.

— J'aurais tellement voulu faire plus. Allez, dès que vous en aurez terminé ici, je vous raccompagne chez vous.

Kelsey prit le temps d'étudier sa proposition. Merle ne pouvait s'empêcher de reluquer sa poitrine et se promit de prendre une douche froide avant de se coucher afin de chasser ces pensées lubriques de son esprit.

— Je pense que je vais accepter.

Quel enthousiasme ! L'ego de Merle était décidément bien malmené, ce soir.

— Cela dit, j'ai promis d'aider au ménage. Je ne pourrai certainement pas partir avant une heure ou deux.

Voulant paraître sympathique, il lui sourit, même s'il y avait peu de chance qu'elle lui rende son sourire. Il posa son mug sur le comptoir, ôta son manteau et dénoua sa cravate.

— Pas de problème. De toute façon, j'ai fini ma journée. Autant vous aider. Cela me rappellera l'université, quand je faisais la vaisselle pour payer mes cours. Dites-moi juste où se trouve la cuisine.

Ainsi, Tee Merle Banning s'était mis au travail sans rechigner, aidant les bénévoles à laver, sous un jet d'eau rapidement glacial, une quantité phénoménale de vaisselle.

Il n'est pas aussi guindé que tu le pensais, hmm ?

Kelsey pouvait imaginer sa grand-mère Lucy Belle lui murmurer à l'oreille : *Je te l'avais dit.*

Lucy Belle n'aimait pas Jeb Adams, malgré son élégance et ses bonnes manières. On l'avait menée à sa tombe sans qu'elle n'ait jamais cessé de conseiller à sa petite-fille de le quitter. Fort heureusement pour elle, Kelsey avait fini par entendre raison et reconnaître que sa grand-mère avait vu juste à propos de cet homme qui, soi-disant, l'aimait tant.

Mais elle avait la certitude que Lucy Belle aurait apprécié Tee.

Kelsey, elle, l'appréciait.

C'était peut-être insensé ou stupide, mais il en était ainsi.

Comment aurait-elle pu être insensible au charme de cet homme qui lui avait sauvé la vie, qui la regardait avec désir et qui risquait d'attraper des engelures en récurant des plats ?

D'un autre côté, ce même homme la considérait comme une enquiquineuse.

Une réelle attirance n'en existait pas moins entre eux.

Prêter main-forte à l'équipe de la mission avait fait le plus grand bien à Kelsey. Elle ressentait un vif sentiment de culpabilité vis-à-vis de la jeune femme qu'elle avait vue mourir. Alors qu'elle voulait bien faire, elle s'était précipitée et retrouvée dans une situation délicate à l'Underground — et pour finir, du fait du vol de sa voiture, sans moyen de locomotion dans ce quartier malfamé.

Elle avait ressenti le besoin de faire une bonne action, d'intervenir de façon positive dans la vie de ses semblables avant que la journée ne tourne véritablement à la catastrophe.

Etrangement, Tee ne lui en avait pas voulu de le faire poireauter, et il avait même retroussé ses manches.

A présent, il l'attendait patiemment, portant son manteau tandis qu'elle se séchait les mains et rassemblait ses affaires.

Jeb Adams n'avait jamais fait preuve de la moindre once de patience.

— Bon sang !

Son écharpe turquoise lui avait échappé des mains. Elle se pencha vers le sol graisseux et la ramassa du bout des doigts d'un air dégoûté.

— Un souci ?

— Rien de bien méchant. Un petit nettoyage et il n'y paraîtra plus.

Elle courut jusqu'à l'un des éviers et lava son écharpe, prenant soin en l'essorant de ne pas la déformer.

— Le souci est qu'il fait - 20 dehors, dit-il en grimaçant. J'ai une idée ; le révérend Wingate a disposé une malle dans l'entrée dans laquelle sont mis à disposition des couvertures, des manteaux, des bonnets, ce genre de choses. Je parie qu'on peut y dénicher une écharpe.

— Vous croyez qu'il ne verra pas d'inconvénient à ce que j'en prenne une ? s'enquit-elle en lui emboîtant le pas.

— A mon avis, tant que vous faites un don à la mission, vous pouvez prendre tout ce que vous voulez.

Kelsey rit de bon cœur.

— Il doit me rester dix dollars dans mon porte-monnaie. Vous pensez qu'il s'en contentera ?

Tee fit alors quelque chose d'inattendu : il porta la main à son visage pour ranger une mèche rebelle derrière son oreille et, prolongeant le geste, promena ses doigts dans ses cheveux.

Un attouchement amical et chaste, comme s'ils étaient des amis de longue date. Cela faisait tout de même bien longtemps qu'un homme ne lui avait pas caressé les cheveux… Son cœur se mit à cogner dans sa poitrine et une brusque chaleur lui monta aux joues.

C'était la troisième fois qu'il se permettait de la toucher, et ce, sans la moindre hésitation. Un peu comme s'il la considérait comme quelqu'un… de normal.

Normal.

Il ne se doutait pas à quel point elle était différente des autres femmes.

— Je vous préviens, Ulysse : je vaux dix fois plus que ce que vous me payez !

Kelsey s'arrêta brusquement. L'éclat de voix provenait du bureau du révérend. Un homme grand et maigre, avec de longs cheveux filandreux, se tenait sur le pas de la porte entrouverte, la main tremblant sur la poignée.

— Vous avez déjà tenté de m'impressionner, docteur, mais vous savez que cela ne marche pas avec moi, lui répondit Wingate. Halliwell mettra la main à la poche. Il le fait toujours. Cela dit, vous ne retrouverez pas facilement une autre place…

— Ici, ce n'est pas un travail, c'est une pénitence. Il faut me verser mon argent ou ce bouge ne restera pas longtemps ouvert !

L'homme fit subitement volte-face. Tee tira Kelsey en arrière par le bras, lui évitant la collision.

— Faites attention, dit-il.

L'homme écarquilla les yeux et dévisagea Banning, puis il reporta son regard sur Kelsey, la détaillant ouvertement de la tête aux pieds. Cette inspection lui fit l'effet d'un viol. Il ne semblait pas se soucier de la présence de Tee, lequel dut s'interposer pour lui faire cesser son petit manège.

— Je peux vous aider ? demanda-t-il d'un ton ferme.

Kelsey s'était réfugiée derrière lui. Il y avait tant de colère contenue, tant de mépris dans le regard de cet homme ! Ses yeux noirs lui rappelaient ceux du tueur de son cauchemar.

— Otez-vous de mon chemin.

Il heurta l'épaule de Tee et traversa le hall d'un pas rageur avant de disparaître par la porte d'entrée.

— Docteur ?

Le révérend Wingate haussa la voix.

— Docteur !

Docteur ?

— Drôle de médecin, commenta Kelsey.

Le révérend surgit de son bureau, la mine contrariée. Dès qu'il vit Kelsey et Banning, son visage courroucé s'adoucit et afficha un sourire de circonstance.

— Il est parti ?

— Nous sommes désolés d'avoir assisté à votre altercation, dit Kelsey. On ne voulait pas vous déranger.

— Ce n'est rien. Vous venez de croiser le Dr Siegel. Il est censé tenir notre cabinet médical, si toutefois je parviens à le garder à jeun, ce qui n'arrivera pas ce soir. Me croirez-vous si je vous dis que la première fois qu'il est entré ici, ce n'était qu'un vagabond ? Il avait son diplôme de médecine en poche et une épouse. Il a tout perdu à cause de l'alcool. C'est arrivé il y a une dizaine d'années. Ne vous occupez pas de lui ; il a juste besoin de cuver et dormir quelques heures. Que puis-je pour vous ?

— J'ai dû laver mon écharpe et elle est mouillée. Je me demandais si je pouvais en choisir une dans votre malle et vous la payer, bien entendu.

— Prenez ce que vous voulez. Tout fonctionne sur le principe de la donation, ici.

Excepté, d'après la scène à laquelle ils venaient d'assister, les services du Dr Siegel.

— Merci, révérend.

— Non, merci à vous.

Il allait leur tendre la main. Kelsey se tourna vers Tee ; de longues années de pratique lui avaient été nécessaires pour éviter d'établir un contact à peau nue en serrant une main par réflexe.

— Nous avons beaucoup apprécié votre aide, ce soir. Vous êtes tous deux les bienvenus, à n'importe quel moment.

Plus particulièrement pendant les vacances, lorsque les bénévoles se font rares.

— Merci, dit Tee avant de lancer un regard à Kelsey. Il se pourrait bien qu'on vous prenne au mot, un de ces jours.

Tandis que les deux hommes échangeaient une poignée de main virile, Kelsey enfila discrètement son gant droit. Elle put ensuite serrer la main du révérend en toute quiétude.

— Bon, je vais retourner à mes livres de comptes, conclut ce dernier. Bonne soirée, mes enfants.

— Bonne soirée, révérend.

Il regagna son bureau et en referma doucement la porte ; il s'était bien gardé d'évoquer la dispute dont ils avaient été les témoins malgré eux.

— Allons-y, dit Tee avec un soupir d'exaspération.

Kelsey voulut récupérer son manteau, et Tee, dans une attitude galante, le lui présenta afin qu'elle l'enfile. Après une hésitation, elle accepta son offre avec un plaisir qu'elle tâcha de lui dissimuler.

— Merci. Allons me choisir une écharpe.

Ayant déposé un peu d'argent dans le tronc réservé aux donations, elle s'agenouilla pour fouiller la malle. Elle avait négligé de ganter sa main gauche, mais les sensations qu'elle recevait des différents vêtements étaient légères et aisées à contenir. La plupart émanaient de gens bien intentionnés. Elle y sentait tantôt la satisfaction d'aider son prochain, tantôt la fierté de faire une bonne action. Elle brassait gilets, vestes, gants, bonnets — laine, coton, Nylon…

Seigneur !

Elle fut frappée de plein fouet par un flot d'émotions.

Une femme hurlant, se mourant lentement.

Un cri étouffé dans un gargouillement sinistre.

Kelsey était de retour dans cet immeuble désaffecté, dans la pénombre et dans l'odeur de pourriture de son cauchemar. Elle s'écorchait le dos contre le mur. Le froid la pénétrait jusqu'aux os. Ses poumons la brûlaient. Elle tentait de griffer le visage de son agresseur, d'ôter de son cou cette écharpe qui l'étranglait.

Mais la pression que l'homme exerçait sur sa gorge était trop forte. Ses mains trop puissantes.

Elle fut prise d'un malaise. Ses jambes se dérobaient.

L'homme la força à s'allonger sur le sol, près du corps sans vie de la jeune prostituée, et l'obscurité se fit totale. Elle entendit des sons, une voix qui psalmodiait un air lugubre.

Abi in malam rem. Abi in malam rem.

Encore et encore, jusqu'à prendre possession de sa raison.

Abi in malam rem. Abi in malam rem.

— Kelsey ?

Elle crut entendre quelqu'un prononcer son nom, une voix amicale, hors de son cauchemar.

— Kelsey ?

Sa main gauche lui semblait en feu.

— Kelsey !

Elle fit un suprême effort pour revenir dans le présent. Se relevant d'un bond, elle jeta l'écharpe loin d'elle.

— Kelsey, bon sang ! Que se passe-t-il ?

Des bras vigoureux l'enlacèrent.

— Kels ?

— Tee ?

Elle se retourna pour enfouir son visage dans son cou.

— Oh ! mon Dieu. Tee…

— Je ne comprends pas pourquoi vous persistez à m'appeler ainsi.

Il murmurait à son oreille. Le cauchemar était fini. Elle inspira son odeur, s'imprégna de sa chaleur.

Il lui caressa le dos jusqu'à ce que ses tremblements cessent.

— Que s'est-il passé ? Il y avait un serpent tapi au fond de cette malle et il vous a mordue ? Vous vous êtes fait prendre la main dans un piège à souris ? Allez, Kels, il faut tout me dire.

Un serpent ? Un piège à souris ?

Il cherchait évidemment une explication rationnelle à son comportement…

Après un instant de réflexion, Kelsey décida de lui dire la vérité. Elle inspira à fond et recula un peu, sans pour autant quitter l'orbe de ses bras.

— Oh ! j'ai mis du mascara sur votre manteau…

Elle n'avait pas eu conscience de ces larmes… Elle leva les yeux vers Tee.

— J'ai eu une nouvelle sensation psychique du meurtre de Jézabel. Cette fois, j'ai perçu des sons, des mots.

Le regard de Tee s'assombrit. L'inspecteur Banning était de retour. Elle eut un petit frisson lorsqu'il la lâcha.

— Ne jouez pas à ce petit jeu avec moi, dit-il d'une voix dure. Si vous avez des faits à me communiquer, allez-y. Mais cessez de tout dramatiser. Il m'est impossible de traîner un homme devant un tribunal simplement parce que vous avez eu des visions. J'ai besoin de faits pour arrêter un meurtrier et le faire accuser.

Son ton incrédule la blessa. Il voulait des faits ? Très bien. Kelsey revint vers la malle.

Nul besoin de réfléchir pour identifier l'objet ayant provoqué sa vision. Nul besoin de le toucher de nouveau pour revivre la terreur qui s'était emparée d'elle. Elle connaissait cette écharpe pour l'avoir déjà vue dans son cauchemar.

Elle avait l'arme du crime sous les yeux. Une longue écharpe de soie jaune moutarde avec des motifs fuchsia.

Prenant soin de ganter sa main gauche, elle s'en empara et se retourna vivement vers Banning.

— La voilà, votre preuve.

— Cette vieille écharpe ?

— L'arme du crime.

Comme il ne semblait pas disposé à s'en saisir, elle la lui passa autour du cou et le planta là.

— Kelsey… Kelsey !

Elle se hâta vers la sortie. Le son inégal de ses pas sur le parquet lui apprit qu'il se lançait à sa poursuite. Le froid lui coupa le souffle, mais elle ne prit pas le temps de boutonner son manteau. Se protégeant le visage à l'aide de ses mains, elle baissa la tête et descendit quatre à quatre les marches du perron de la mission.

— Kelsey, attendez-moi ! Où allez-vous comme ça ?

— Chez moi.

— Il doit bien faire - 10°. Ma voiture est de l'autre côté de la rue. Je vous ai proposé de vous ramener.

— Non, merci. Je prendrai un taxi.

— Vous n'en trouverez pas dans ce quartier à cette heure-ci.

Elle s'arrêta net et lui fit face.

— Je ne vais pas vous imposer ma présence plus longtemps, inspecteur. Si je ne trouve pas de taxi, eh bien, je prendrai le bus ou j'irai à pied.

— Ne soyez pas ridicule.

— Je le suis déjà à vos yeux.

— Vous pensez que cette écharpe est réellement l'arme du crime ? Et pour les huit autres femmes ?

— Je n'en sais rien. Le meurtrier s'en est servi pour tuer Jézabel, de cela, j'en suis certaine.

A cet instant, Kelsey vit une voiture jaune franchir le carrefour, une centaine de mètres plus loin. Elle s'élança dans sa direction en faisant de grands signes.

— Taxi !

Le véhicule disparut dans la nuit. Kelsey reprit sa marche.

— Que faisait cette écharpe à la mission ? demanda Banning en pressant le pas pour la rejoindre.

— Je n'en ai aucune idée, répondit-elle sans le regarder. Mais la mission semble au cœur de cette affaire. Trop d'indices nous y ramènent. Peut-être était-ce l'endroit idéal pour commettre ces crimes. Des centaines de personnes viennent ici chaque jour.

— Pourriez-vous marcher moins vite ? Je ne plaisante pas, vous ne trouverez pas de taxi par ici.

Elle s'arrêta de nouveau.

— Ecoutez, je veux seulement rentrer chez moi le plus vite possible. Bien que cela vous soit indifférent, sachez que j'ai souvent de terribles migraines après ces manifestations psychiques.

— Je ne suis pas indifférent, je…

— Vous ne me croyez pas.

Elle leva les bras au ciel.

— Et votre pitié me rend folle !

— Bon sang, Kelsey !

Il l'attrapa par le bras. Elle se libéra aussitôt. Il lui reprit le bras et la força à l'écouter.

— Soit nous marchons jusqu'à ce que votre joli postérieur gèle et mon genou rende l'âme, soit vous me laissez vous conduire chez vous.

Pourquoi ne la laissait-il pas en paix ? Pourquoi n'avait-elle pas le courage de le planter là ? Pourquoi, enfin, se préoccupait-elle de sa souffrance ?

— C'est vraiment douloureux ?

— Probablement autant que vos migraines.

Alors que sa colère s'estompait, elle remarqua que l'extrémité de l'écharpe jaune et fuchsia dépassait de la poche de son manteau. Elle la désigna du menton.

— J'avais cru comprendre que vous ne me croyiez pas.

— Lorsque vous prétendez ressentir des choses ? J'avoue que je ne sais pas.

Il la prit gentiment par les épaules.

— Lorsque vous prétendez détenir des infos à propos de ces meurtres ? C'est ce que je compte bien découvrir.

5

Kelsey fut forcée d'admettre que les solutions pratiques donnaient souvent de meilleurs résultats que l'obstination ou la souffrance.

Une fois au volant de sa Jeep noire, Tee avait réglé le chauffage au maximum et déniché une couverture en laine dans laquelle elle s'était emmitouflée. Elle avait rapidement senti le bout de ses doigts et de ses pieds reprendre vie.

Ils demeurèrent silencieux tandis qu'ils traversaient le centre administratif de Kansas City, désert à cette heure, puis le marché municipal, situé au cœur du quartier italien. Chaque fois qu'il en avait l'occasion, Tee se massait le genou discrètement. Kelsey avait la certitude que son boitement provenait d'une blessure récoltée pendant le service. Le mauvais temps et sa course pour la rattraper ne pouvaient qu'aggraver son état.

Ses mains se mouvaient avec efficacité et méthode, à l'image de sa façon de penser. Il n'y avait là aucun geste superflu. Tout était planifié, précis.

Il lui avait pris la main, il avait joué avec ses cheveux, il l'avait serrée dans ses bras avec un même souci d'efficacité, bien qu'il ne soit pas capable de comprendre les causes de son angoisse. Mais, en même temps, sa façon d'appréhender la vie, rigoureuse et pragmatique, lui avait permis de se sentir en sécurité et lui avait réchauffé le cœur.

Ce bien-être, Merle Banning le lui avait communiqué avec son regard, son corps, ses paroles réconfortantes et le respect qu'il lui avait témoigné tout au long de la journée. Cela faisait une éternité qu'un homme n'était parvenu à chasser le sentiment de peur dans lequel elle se débattait.

Réussirait-elle un jour à épouser sa vision logique et structurée de l'existence ?

Kelsey savait que c'était la condition pour jouir enfin pleinement de la vie.

— Tournez à droite, indiqua-t-elle comme ils approchaient de son quartier. C'est la quatrième maison sur la gauche. La petite villa en pierre de taille.

— Mignon, fit Tee en engageant sa Jeep dans l'allée. Vous devriez toujours laisser une veilleuse allumée.

Elle sortit ses clés de son sac à dos et se tourna vers lui.

— Je n'avais pas prévu d'être absente si longtemps. Merci pour le coup de main à la mission, vous n'étiez pas obligé.

— Vous non plus.

Elle plia la couverture et l'inséra entre leurs fauteuils. Elle avait mis du temps à se décider, mais c'était le moment de clarifier les choses.

— Ecoutez, en venant dans ce quartier, j'ai cru pouvoir trouver, seule, les réponses aux questions que je me posais. Je comptais vous passer un coup de fil pour vous informer du résultat de ma petite enquête et ensuite disparaître à jamais de votre vie.

Elle avait déjà un pied hors de la Jeep.

— Merci de m'avoir ramenée. Je vous appellerai demain matin pour prendre des nouvelles de ma voiture. Bonne nuit.

Sur un sourire de politesse, elle claqua la portière.

A peine avait-elle fait quelques pas que Tee coupait le moteur et venait la rejoindre.

— Que faites-vous ?

Il plaça une main dans son dos.

— Je vous escorte jusqu'à la porte.

— Je connais le chemin, vous savez.

— Il est tard et il fait nuit. Accordez-moi cela.

Ce qui, en clair, signifiait : *Vous ne vous débarrasserez pas de moi aussi facilement.*

A contrecœur, elle accepta qu'il l'accompagne jusqu'au perron. Dès qu'elle ouvrit la porte grillagée, des aboiements haut-perchés retentirent, entrecoupés de grognements rageurs. Elle sourit en insérant sa clé dans la serrure.

— Vous avez un chien de garde ?

— Si on veut. Vous avez peur des chiens ?

— Uniquement des chiens de combat. Ecoutez…

Il posa délicatement la main sur son poignet alors qu'elle allait ouvrir la porte, et poussa un soupir qui dessina dans l'air un petit nuage de vapeur. Il semblait contrarié.

— Je suis sincèrement désolé que vous ayez passé une si mauvaise journée.

— Vous n'y êtes pour rien. Ce n'est pas votre faute si on a volé ma voiture.

— Je ne parlais pas de ça.

Le chien aboyait toujours.

— Je suis désolé de m'être conduit comme un imbécile. Je reconnais que je suis plutôt sceptique concernant vos facultés parapsychiques. En admettant qu'elles vous permettent réellement de lire dans les pensées, alors ne devrions-nous pas parvenir à résoudre tous les crimes ?

— Ce n'est pas une science infaillible. Il m'arrive parfois de recevoir tant de sensations qu'il m'est impossible de discerner ce qui est utile de ce qui ne l'est pas.

Il posa un doigt ganté sur ses lèvres.

— Laissez-moi poursuivre.

Elle frémit sous cet attouchement mais s'interdit d'y voir une marque d'affection. Elle se contenta d'opiner.

— Ce n'était pas très gentil de ma part de me moquer de vous et de douter de votre sincérité. Je ne vous ai pas prise au sérieux alors que j'aurais dû. Ma pauvre mère m'a pourtant donné une bonne éducation…

Mme Banning pouvait être fière de son fils.

— Si j'avais prêté une plus grande attention à vos propos, ce matin, vous ne seriez pas allée seule à l'Underground. Cette crapule n'aurait pas posé les mains sur vous et on n'aurait pas volé votre voiture.

— Rien de tout cela n'est votre faute.

— Je me suis laissé guider par mes émotions, et je ne sais absolument pas pourquoi. Je me suis comporté comme un blanc-bec. Je me suis présenté à vous sous un mauvais jour. Cela ne me ressemble pas.

— Je ne vois rien qui vous autorise à vous traiter de blanc-bec. De mon point de vue, vous avez rempli votre rôle de policier avec brio. Vous maîtrisiez la situation.

Son expression de culpabilité se mua en un sourire.

— Alors, vous ne voyez pas bien clair, madame Ryan, car je n'ai fait que douter de vous de toute la journée.

S'il continuait à se battre les flancs, Kelsey aurait bientôt le choix entre fondre en larmes ou se jeter dans ses bras.

Elle choisit de rire et frappa à la porte pour rassurer le chien.

— Doucement, Frosty. C'est moi.

Cessant aussitôt d'aboyer, le chien se mit à gratter la porte en jappant.

— Il est très protecteur, commenta Kelsey.

— Je comprends aisément pourquoi, répondit Tee en lui lançant un regard lourd de sous-entendus.

Echanger des politesses et se livrer au jeu de la séduction, devant chez elle à cette heure tardive, avait quelque chose d'absurde, mais aussi d'excitant et de merveilleux.

Tee lui permettait d'oublier, ne serait-ce qu'un instant, qu'une relation amoureuse classique lui était interdite. A ses côtés, elle se prenait à rêver qu'un homme puisse sincèrement l'aimer. Elle se mettait à penser à l'amour... Assez ! Elle était fatiguée de penser.

— Voulez-vous entrer prendre un café ?

— Vous ne me proposez pas plutôt une infusion aux herbes magiques ?

Kelsey fit la grimace.

— Je plaisantais, s'empressa-t-il d'ajouter. Et je prendrais un café avec plaisir.

Ils passèrent une heure à siroter leur arabica en parlant de tout et de rien, tranquillement, comme de vieilles connaissances. Mais le café refroidissait et le temps filait...

Les meilleures choses ont une fin.

Kelsey dut longuement insister pour que Tee accepte de goûter les biscuits au chocolat qu'elle avait préparés la veille pour elle et Frosty. Le jeune chien s'était assoupi aux pieds de sa maîtresse mais, dès qu'elle se leva pour aller déposer leurs tasses dans la cuisine, il s'éveilla d'un bond et la suivit en trottinant. Il l'accompagna lorsqu'elle alla récupérer les affaires de Tee sur le canapé, puis jusqu'à la porte d'entrée où elle lui porta son manteau et ses gants. Le petit chéri se laissa volontiers caresser par Tee, tout en veillant néanmoins à bien se positionner entre eux deux.

Aucun espoir, donc, d'échanger un baiser d'adieu, non pas que cette éventualité ait traversé l'esprit de Kelsey...

Il était déjà merveilleux qu'ils soient parvenus à une trêve.

— Frosty est un bon chien, dit Tee. Il sait monter la garde. Un bon petit système d'alarme.

Le chien semblait aussi apprécier Tee, et pour cause :

l'inspecteur lui avait généreusement offert la moitié de ses biscuits et n'avait pas été avare de caresses.

— Il est toujours à mes côtés car il sait que je vais le chouchouter, expliqua-t-elle.

Tee haussa les épaules et enfila ses gants.

— Je vous imaginais plutôt avec un chat.

Y avait-il un sous-entendu dans sa remarque ? Toujours est-il que Kesley s'en offusqua.

— Un chat noir, tant que vous y êtes, inspecteur. Navrée, je ne suis pas une sorcière.

Jeb l'avait une fois appelée ainsi.

— Oh. On revient à inspecteur, hein ? Je commençais à m'habituer à Tee.

La trêve venait de prendre fin. Pourquoi était-elle fâchée contre lui ? A cause d'une simple blague ? En l'espace d'une journée, pourtant longue et pénible, Tee Merle Banning avait fait preuve de plus de patience et de gentillesse à son égard que Jeb Adams en six mois.

Mais le manque qu'elle éprouvait était trop douloureux, trop intense — un manque d'attention et d'amour qu'aucun homme ne pourrait jamais combler.

Elle se sentait seule.

Elle n'avait que ses cauchemars et son chien pour lui tenir compagnie.

— Excusez-moi, je suis fatiguée. Et vous devez l'être aussi.

— Oui, je l'avoue. Mais je ne faisais que commenter la complicité qui vous lie, Frosty et vous. J'imagine que c'est rassurant de l'avoir auprès de vous. Vous pouvez le toucher sans crainte d'avoir des visions, n'est-ce pas ?

Avait-il remarqué sa répulsion à toucher à main nue les gens ou les objets qui lui étaient inconnus ? Il devait penser qu'il s'agissait là d'une excentricité de plus. Eviter au quotidien toutes les agressions du monde extérieur lui étant impossible, elle s'était résignée à porter des gants et à garder son secret bien enfoui au fond d'elle-même.

Comprendrait-il un jour ce qu'elle ressentait ?

— Frosty est un fidèle compagnon, mais ce n'est qu'un animal.

Elle alluma la lumière du perron et lui ouvrit la porte ; le vent glacé qui s'engouffra dans la maison lui fit le plus grand bien, chassant de son esprit ces idées saugrenues.

— Bonne nuit, inspecteur. Je vais me coucher. J'ai tellement à faire demain …

Tee ouvrit lentement le grillage de protection. Il ne semblait pas décidé à s'en aller.

— Promettez-moi de ne pas retourner seule à la mission. Je m'engage personnellement à creuser cette piste. Laissez-moi m'en occuper. S'il vous plaît.

Elle n'allait pas s'engager aussi aisément. Tant que l'affaire ne serait pas résolue, la mort de cette jeune femme ne cesserait de la hanter. Et plus tôt elle trouverait les réponses aux questions qui la tarabustaient, plus tôt elle serait débarrassée de Merle Banning et du tumulte d'émotions qu'il provoquait en elle. Elle pourrait enfin reprendre le cours de sa petite vie tranquille… et solitaire.

— Je tâcherai d'arrêter mes recherches bien avant la tombée de la nuit. Au revoir.

Il bloqua la porte d'une main ferme.

— C'est trop dangereux.

— Vous n'êtes pas responsable de moi, rétorqua-t-elle en poussant sur la porte de tout son corps.

— Chaque citoyen de cette ville est sous ma responsabilité.

— Parfait. Allez donc vous occuper des autres.

— Je me suis pourtant excusé…

— Vos belles paroles ne prouvent rien, inspecteur.

Tee cessa soudain sa pression contre la porte.

Kelsey la claqua, tourna le verrou et retint son souffle jusqu'à ce qu'elle entende la porte grillagée se refermer.

Le moteur de la Jeep de Tee démarra et la maison fut bientôt plongée dans le calme. Un calme que le bruit du vent contre les fenêtres rendait lugubre.

Elle avait toujours trouvé un réel apaisement dans le calme et la solitude.

Mais pas ce soir.

Ce soir, elle avait ouvert sa porte à l'inconnu et laissé Tee Merle Banning entrer dans sa vie.

Et à présent, elle l'avait chassé.

Elle s'adossa contre la porte et se laissa glisser au sol, prenant Frosty sur ses genoux pour le câliner.

Elle avait obtenu ce qu'elle voulait, n'est-ce pas ?

Elle était enfin seule. Désespérément seule.

Que s'était-il donc passé la nuit dernière pour qu'il y pense encore le lendemain matin ?

Merle appela l'ascenseur qui devait le mener au dernier étage du célèbre immeuble Peabody. Ginny y logeait dans un loft avec son entrepreneur de mari, Brett Taylor, lequel se trouvait assurer la rénovation du bâtiment. Coinçant son enveloppe kaki sous son aisselle, Merle ôta ses gants et déboutonna son manteau. Il avait repoussé cette visite depuis des semaines. C'était trop douloureux pour lui de la voir amoureuse et pleinement heureuse auprès de Brett.

Il aurait dû se réjouir pour elle. Elle méritait ce bonheur. La perte de toute sa famille l'avait fait se replier sur elle-même, se réfugier dans le travail. Rencontrer Brett lui avait redonné la joie de vivre qu'elle avait perdue.

Merle avait longtemps espéré gagner son cœur. Elle

était à présent enceinte et au repos forcé. Bien qu'elle l'ait, à de nombreuses reprises, convié à venir la voir, il s'y était refusé, car il souffrait de ne pouvoir la posséder pour lui tout seul.

Jusqu'à la soirée d'hier.

Jusqu'à ce que Kelsey Ryan vienne bouleverser sa petite vie bien ordonnée.

Après avoir jeté son dévolu sur une femme qu'il n'aurait jamais, il perdait le sommeil à cause d'une autre qui le rendait dingue.

Il s'était pourtant senti bien et détendu, sur le canapé de Kelsey. Le café était bon, les biscuits faits maison délicieux, la conversation intéressante et la femme qui lui avait offert l'hospitalité d'une beauté à couper le souffle.

C'était le genre de soirée dont il avait toujours rêvé avec Ginny. Le seul bémol, c'est qu'il peinait à imaginer la petite blonde assise en face de lui avec son chien sur les genoux et éclatant de rire alors qu'il lui racontait avoir mis le feu à sa chambre en bricolant son tout premier ordinateur.

Kelsey, elle, avait ri de bon cœur. Elle lui avait montré sa collection de poupées, de santons et de magnets. Elle avait parlé de sa grand-mère avec fierté, respect et amour. Elle avait posé des questions pertinentes, développé des théories sur la vie surprenantes de lucidité. Il adorait l'entendre l'appeler « Tee » au lieu de Thomas, ça lui permettait d'oublier qu'il partageait le prénom de son père.

En la quittant, il avait espéré qu'elle lui offre un baiser d'adieu ; il avait eu la sensation qu'elle le désirait aussi. Au lieu de cela, elle lui avait claqué la porte au nez, sans se soucier de son inquiétude à l'idée qu'elle puisse retourner, seule, dans ce quartier mal famé.

Le vol de sa voiture aurait pourtant dû la faire réfléchir. Il était prêt à parier que c'était une mise en garde, une intimidation, et non un simple vol. Mais Kelsey refusait de voir le danger. Quelle serait la réaction d'un Edgar ou d'un Mort, d'un Zaro ou d'un Dr Siegel, face à une jeune femme un peu trop curieuse ?

Merle ne le savait que trop.

Il lui faudrait oublier la douleur nichée dans son genou et retourner arpenter le bitume pour résoudre ces meurtres avant que Kelsey se fourre dans un pétrin dont il serait très compliqué de la sortir. Elle était sous sa responsabilité, nom d'un chien, qu'elle le veuille ou non ! Le capitaine Taylor l'avait désignée comme son équipière. Sa mission et une tout autre raison, strictement personnelle, lui intimaient l'ordre de veiller à sa sécurité.

Vos belles paroles ne prouvent rien, inspecteur.

Il allait donc agir.

Après avoir été mis à la porte de chez elle, il s'était rendu au bureau. La plupart des équipes de nuit sillonnaient les rues, ou bien étaient de faction dans d'autres commissariats, aussi l'endroit était-il relativement désert. Parfait. Il n'était pas franchement d'humeur à supporter la compagnie des autres.

Il avait passé plusieurs heures sur internet à lire différents témoignages relatant des phénomènes paranormaux, à consulter des sites proposant des astuces à même de démasquer les imposteurs. Ces recherches n'avaient fait que renforcer le doute dans son esprit. Des gens autoproclamés « médiums » prétendaient parvenir à lire dans les pensées ou être en mesure de prédire l'avenir — Kelsey avait avoué que cette dernière prouesse lui était impossible. D'autres se disaient capables de ressentir des vibrations, tantôt positives, tantôt négatives, selon la densité de l'air ambiant. D'autres encore entraient en transe, et il y en avait enfin qui canalisaient ou déviaient ce qu'ils appelaient des « ondes énergétiques » au moyen de cristaux spéciaux.

Kelsey prétendait devoir entrer en contact avec un objet ou une personne pour avoir des visions. Cela signifiait-il qu'elle en recevait de tout ce qu'elle touchait, vingt-quatre heures sur vingt-quatre ? On parlait alors de surcharge émotionnelle, d'intrusion dans le moi suprême. Qu'avait-elle vu en lui, lui qu'elle appelait Tee ?

Merle est votre second prénom.

Il avait eu pour finir une solide migraine, en plus de sa douleur au genou.

Que savait-elle d'autre sur lui ?

Le fait qu'elle ait pu lire dans son esprit prouvait-il qu'elle disait vrai sur le reste ? Ou bien devait-il simplement la considérer comme la Givrée, une femme excentrique qu'il devait protéger contre ses propres fantasmes ?

Irrité par ces interrogations de loin supérieures en nombre aux réponses qu'il pouvait opposer, il avait éteint son ordinateur et reporté son attention sur des faits concrets. Il avait remis la poupée dans sa boîte et enregistré sa référence dans le fichier des pièces à conviction. Puis, en dépit de son scepticisme, il en avait fait de même avec l'écharpe. Ces deux objets seraient confiés à Mac Taylor et son équipe scientifique pour analyses.

Il doutait que l'un ou l'autre recèle la moindre trace — ADN, empreinte ou fibre — permettant de remonter jusqu'au meurtrier. Mais il était convaincu de parvenir à dénicher un élément incriminant les deux gérants de l'Underground. Et pourquoi pas des traces de stupéfiants ? Dans ce cas, il obtiendrait facilement un mandat et pourrait les incarcérer. Ce serait toujours une menace de moins contre Kelsey.

Ensuite ? C'était le flou le plus total. Bien qu'il ait passé la nuit sur le cas Ryan, il ne savait pas dans quelle direction poursuivre ses recherches.

Le carillon de l'ascenseur tinta, il était arrivé à destination. Merle sonna à la porte de Ginny et attendit. C'est en fauteuil roulant qu'elle vint lui ouvrir. Elle semblait en pleine forme.

— Salut, partenaire.

— Ginny.

— Banning à la rescousse, plaisanta-t-elle.

Avec un grand sourire, elle l'invita à entrer.

— C'est gentil de venir rompre ma monotonie. J'allais me lancer dans une énième partie de solitaire… Brett ne devrait pas tarder. Je lui ai demandé de passer à la librairie récupérer des livres que j'ai commandés. J'ai dévoré tout ce qu'il y avait dans la bibliothèque.

— J'aurais pu te les ramener.

— Je sais, mais il faut toujours que Brett soit aux petits soins avec moi. En lui confiant cette mission, je lui permets de se sentir utile.

Merle ôta son manteau et la suivit dans le salon spacieux et ensoleillé. La décoration, favorisant les couleurs vives, s'accordait bien avec les cheveux blond platine et le pyjama turquoise de Ginny.

— Les travaux avancent bien.

— Il ne nous reste qu'à peindre la chambre du bébé. Mais le médecin a dit que je ne pouvais travailler que quelques heures par jour, et du coup ça prend du temps.

Il baissa le regard sur son ventre arrondi.

— Le bébé se porte bien ?

Enlaçant tendrement son ventre, Ginny sourit.

— Très bien.

— Et toi ?

— A merveille.

Ginny vint s'arrêter près de la table basse et lui désigna le sofa.

— Mais assez parlé de moi. Raconte-moi des choses pour me distraire, me stimuler l'esprit. Je t'en prie. Dis-moi sur quoi tu travailles actuellement. J'ai appris que Mitch t'avait affecté au service des affaires non résolues.

Merle acquiesça et s'installa dans le sofa. Ginny n'allait certainement pas apprécier la suite.

— Je suis sur l'affaire du Tueur de Noël.

Le sourire de Ginny disparut brusquement. La dernière fois que le département avait enquêté sur l'affaire, elle avait été gravement blessée. L'informateur qui avait déclenché l'opération était un traître, dont le but était d'attirer les membres de la famille Taylor dans un piège. Ginny avait survécu et cette expérience, suivie heureusement de près par son mariage avec Brett, l'avait d'une certaine façon endurcie.

L'homme qui lui avait tiré dessus était mort.

Merle lui avait réglé son compte.

Ginny observa un long silence puis s'ébroua.

— Allez, dis-moi, pour quelle raison tu es venu me voir ?

Il lui tendit l'enveloppe.

— Un collectionneur de poupées, ça te dit quelque chose ?

— A priori, non. Mais je peux chercher. Que veux-tu savoir ?

Merle lui montra les photos de la poupée, lui expliqua que la jeune femme qui la lui avait confiée la prétendait reliée au premier meurtre et peut-être aux suivants. Il lui fit part de chaque détail de sa collaboration avec Kelsey, depuis leur rencontre au bureau jusqu'à son comportement étrange chez elle, la nuit précédente.

Il arpentait nerveusement la pièce lorsqu'il termina

son récit. Ginny griffonnait sur son calepin, un sourire amusé aux lèvres.

Merle se figea en le remarquant.

— Qu'est-ce que tu as ?

— On dirait que tu as beaucoup de choses à raconter au sujet de Mme Ryan.

— Evidemment. On fait équipe.

Il leva aussitôt les mains en signe de protestation.

— De manière temporaire, bien entendu.

— Mmm, mmm.

Ginny plissa les yeux.

— Je te sens particulièrement agité ce matin. Je ressens des ondes étranges de ta part.

Des ondes ? C'était plutôt le vocabulaire de Kelsey.

— Ecoute, s'il y a quelque chose entre elle et moi, ce ne sont que des frictions. Il n'est pas facile de faire équipe avec elle. Elle n'est pas assez… rationnelle à mon goût.

Ginny haussa les sourcils.

— On ne te demande pas de l'épouser. Je remarque que tu parles beaucoup de cette femme, c'est tout.

— Elle ne m'intéresse pas. Crois-moi, elle n'est pas mon genre. Tu sais que j'aime les femmes calmes, les beautés nordiques. Blondes, de préférence.

Ginny lui sourit avec compassion. Elle était parfaitement consciente de son attirance pour elle et appréciait qu'il n'en ait jamais fait état. Consciente, aussi, de la difficulté qu'il devait rencontrer à côtoyer chaque jour une femme pour laquelle il nourrissait des sentiments qu'il savait ne devoir jamais être partagés. Chaque fois qu'il était question de leur relation, de façon plus ou moins sous-entendue, l'un d'eux se chargeait de changer de sujet et de dédramatiser la situation.

— J'en déduis qu'elle n'est pas blonde.

— Loin de là. Ses cheveux sont d'un rouge éclatant. Elle a à peu près cette taille, dit-il en joignant le geste à la parole. Avec de belles formes. Juste ce qu'il faut. De grands yeux noisette. Un regard doux, presque enfantin.

Le sourire de Ginny réapparut.

— Nous faisons équipe depuis six ans et Kelsey Ryan est la première femme dont tu me parles avec autant de détails. La première qui ne soit pas dans la liste de tes suspects et dont tu aies remarqué la couleur des yeux et la physionomie. Je trouve cela… très intéressant.

— Elle me rend dingue, c'est tout, se défendit-il. Je veux dire qu'elle ne me facilite pas la tâche.

Ginny le regardait en silence.

Merle eut un soupir accablé.

C'était vraiment très intéressant, songea Ginny.

Le pâle soleil de cette matinée n'avait pas encore atteint le toit de la mission Wingate. Merle était en chemin pour rendre visite à Mort et Edgar à l'Underground quand un appel radio l'avait prévenu de la découverte d'un cadavre dans une benne à ordures.

Il n'en était qu'à deux pâtés de maisons, mais il eut l'impression en y arrivant que la moitié des habitants de Kansas City l'avait devancé sur la scène de crime.

— Oh mon Dieu ! Delilah ? Non !

Maeva, la petite prostituée blonde, hurlait et pleurait dans les bras de son amie Cléopâtre.

Le flash d'un appareil photo aveugla Merle et il dut détourner le regard un instant.

Bien. Inutile de procéder à une identification du corps…

Il dissimula sous une couverture ce visage glacé et pétrifié dans une expression de terreur et, se relevant en se massant le genou, s'adressa en premier lieu à la femme qui ne cessait de prendre des photos.

— Vous n'avez pas le droit, madame.

Elle sortit une carte professionnelle de dessous son blouson et l'exhiba sous le nez de Merle.

— Je suis Rebecca Page et je travaille au service des homicides du *Kansas City Star*.

Elle se hissa sur la pointe des pieds pour regarder par-dessus son épaule.

— On dirait que le Tueur de Noël a de nouveau frappé.

— Nous n'en savons encore rien, madame Page. Et je vais vous demander de quitter les lieux.

Elle voulut lui tenir tête.

— Le KCPD n'a pas avancé d'un pas dans cette enquête depuis plus de dix ans. On prétend qu'en désespoir de cause vous venez d'engager une voyante. Est-ce exact ? Pensez-vous que ce soit la raison pour laquelle le meurtrier a encore frappé ?

Comment savait-elle pour Kelsey ? Prêchait-elle le faux pour savoir le vrai ? Merle serra les poings et tâcha de ne pas oublier que Rebecca Page était une femme.

— Je n'ai rien à vous répondre. Désolé.

— Mon père a couvert le premier meurtre, il y a onze ans, quand il était encore au *Star*. A présent, c'est moi qui suis sur l'affaire et j'entends bien terminer ce qu'il a commencé. Vous n'avez vraiment rien à me dire ?

Il secoua la tête avec détermination.

— Tout ce que je peux vous dire, c'est que vous êtes en train de contaminer la scène de crime. Vous terminerez l'histoire de votre père une autre fois.

— Très bien. Mais vous n'en avez pas terminé avec moi.

L'air passablement vexé, Rebecca Page s'éloigna.

Les deux prostituées et la reporter n'étaient pas les

seules personnes intriguées par la présence des véhicules de police. Une bonne vingtaine de personnes s'agglutinait à l'extrémité de la ruelle, et régulièrement un badaud venait grossir leurs rangs après avoir jeté un regard curieux en passant.

— Hé ! Pouvez-vous quitter la scène de crime ?

Un des policiers s'adressa à un trio de pauvres bougres attroupés autour d'un vieux réfrigérateur qu'ils ne voulaient manifestement pas abandonner.

Aussi tragique que cela puisse paraître, ce dixième meurtre permettrait peut-être à Merle de résoudre les neuf autres — à condition que la scène de crime ne soit pas totalement contaminée.

Il croisa le regard d'Ed Watkins, lequel se tenait voûté comme à son habitude, et l'interpella.

— Je veux que tu délimites toute la ruelle avec du ruban officiel et que tu filtres toutes les allées et venues. Tu penses en être capable ?

Le sergent lui offrit un petit salut moqueur.

— Bien, m'sieur l'inspecteur.

Merle attendit qu'il s'éloigne, entraînant à sa suite la majeure partie des badauds, et se rangea afin de laisser les hommes du CSI prendre des photos et effectuer leur relevé d'indices.

Lorsque le central avait appelé sur la fréquence d'urgence, il avait hésité à répondre. D'une part cet appel réveillait de vieux souvenirs, et d'autre part il réactivait l'enquête. Cet appel scellait sa réaffectation au service des homicides.

Encore une prostituée assassinée. Jour présumé de la mort ? Cinq jours auparavant. Le jour de Noël.

Joyeuse fêtes !

Ravalant son dégoût face à la perte vaine d'une vie humaine, il se remit au travail. Il rattrapa Maeva et Cléopâtre alors qu'elles quittaient la ruelle, et aida la petite blonde à s'asseoir sur les marches de la mission.

— Il s'agit de votre colocataire, n'est-ce pas ? Susan Cooper ?

Maeva hocha faiblement la tête et versa quelques larmes dans le mouchoir qu'il lui avait tendu.

— Je suis désolé. Je sens que vous étiez très proches.

— Je… je savais bien que quelque chose de grave lui était arrivé. Peu importe ce que Zaro pouvait bien dire. Si elle était partie voir son fils, Delilah m'aurait appelée. Elle l'aurait fait aussi pour me prévenir qu'elle restait là-bas. Elle aimait tant son fils chéri. A présent, il est seul au monde.

Elle se mit à verser toutes les larmes de son corps. Cléopâtre tentait de la réconforter.

— Vous m'aviez dit qu'il était dans une famille d'accueil, lui rappela Merle. Je suis sûr qu'on prendra bien soin de lui.

— Je sais, dit-elle entre deux sanglots. Mais Delilah a toujours pensé qu'il serait mieux avec sa véritable famille…

— Elle essayait de mettre assez d'argent de côté pour changer de vie, intervint Cléopâtre. Trouver un travail décent et récupérer son fils, c'était son rêve. Elle n'a jamais voulu qu'il traîne par ici.

Susan Cooper se doutait-elle de sa fin tragique ? Merle espérait en tout cas que son enfant soit trop jeune pour en supporter les séquelles, trop jeune pour avoir à choisir entre la douleur, la honte et la culpabilité, comme lui-même avait dû le faire toute sa vie.

Mais ce n'était pas le moment de laisser ses émotions prendre le dessus.

— Vous m'avez dit qu'elle s'était inscrite à la mission tout juste avant Noël ?

Maeva cligna des yeux.

— Elle devait voir un médecin. Je ne sais pas si son

poignet était cassé ou simplement foulé. M. H. était un… ami proche qu'elle avait rencontré il y a environ un an. Il est passé la prendre l'autre nuit et ensuite…

Maeva fondit de nouveau en larmes.

— Elle est revenue très tard ce soir-là, et elle était pleine d'ecchymoses, poursuivit Cléopâtre. Maeva et moi l'avons emmenée voir le Dr Siegel. Il lui a bandé le poignet, désinfecté quelques plaies et l'a couchée dans son bureau — le dortoir de la mission était complet. C'est la dernière fois que nous l'avons vue.

— Vivante, ajouta Maeva en levant la tête vers Merle.

La quasi-totalité de son maquillage avait coulé. Sa lèvre inférieure était enflée. Merle nota la présence de traces bleutées autour de ses poignets.

— On dirait que vous avez été maltraitée, vous aussi.

Il avait sa petite idée sur l'identité du responsable : Zaro.

— Qui vous a fait cela ? L'un de vos chéris ?

Merle aurait aimé embarquer ces deux filles pour les mettre en sécurité. Un endroit où elles n'auraient pas eu à vendre leur corps et salir leur âme pour survivre. Il rêvait d'arrêter Zaro. De le mettre hors d'état de nuire.

Mais il ne travaillait pas aux mœurs et avait pas moins d'une dizaine de meurtres à résoudre.

Susan Cooper était peut-être rentrée chez elle avant d'être agressée ; quelqu'un en qui elle avait confiance pouvait l'avoir attendue, tapi dans l'obscurité.

Merle entendit le cliquetis des chaînes avant d'apercevoir du coin de l'œil un manteau de cuir noir.

— Mesdames, mesdames. Ne vous ai-je pas déjà dit de ne pas importuner ces messieurs ? Surtout aujourd'hui. Nous devons les laisser faire leur travail.

Merle s'interposa.

— Je les interroge, Zaro. Tu n'es pas concerné.

— Gardons notre calme, inspecteur. Je ne veux pas qu'elles vous causent de problèmes. Elles sont sous le choc. Je ne sais pas si vous pouvez vous fier à ce qu'elles racontent.

— Zaro…

D'un regard, le proxénète fit taire Cléopâtre.

Merle ne quittait pas des yeux cet homme qu'il suspectait de violenter les deux jeunes femmes.

— Vous n'êtes pas obligées de le suivre, mesdames.

Maeva tapota le bras de Merle et rejoignit son souteneur.

— Nous n'avons pas le choix.

Zaro enlaça les deux femmes par les épaules et se mit à parader. Merle aurait tout donné à ce moment précis pour pouvoir ranger son insigne et chasser de ses poings cette expression de victoire de son visage.

— Il nous protège. A condition de lui obéir au doigt et à l'œil, il s'assurera qu'il ne nous arrive pas le même genre d'ennui qu'à Delilah.

— Il a pourtant un casier judiciaire long comme le bras, mesdames.

Le sourire de Zaro s'estompa.

— Qu'est-ce que vous racontez ?

— Durant les onze dernières années, neuf de tes filles ont perdu la vie. Est-ce parce qu'elles t'auraient toutes désobéi ?

Merle regarda Maeva et Cléopâtre ; leur visage était dénué de toute expression.

— Vous êtes sûres de vouloir lui faire confiance ?

— C'est faux ! clama Zaro.

Une lueur d'agacement brilla dans ses yeux.

— La première fille, celle dont on a parlé à la télé et dans tous les journaux — cette Jézabel —, n'était pas sous ma protection. Avec mon grand cœur, je lui ai offert le droit de travailler dans le quartier car elle n'avait nulle part où aller.

Zaro avait donc un cœur ?

— Je lui ai proposé un petit meublé mais elle ne cessait de répéter qu'elle ne faisait que passer. Je n'ai pas à assurer la protection de ce qui ne m'appartient pas.

Merle saisit la perche qu'il lui tendait.

— Delilah était sous ta protection, en revanche. T'a-t-elle désobéi, Zaro ? Cette fameuse nuit, sa dernière nuit, aurais-tu manqué à ton devoir de la protéger ? Ou peut-être n'a-t-elle pas voulu t'écouter ?

Il avança d'un pas vers le proxénète et sonda son regard.

— As-tu vu Delilah la veille de Noël ?

Zaro resserra son étreinte autour des deux filles. Elles se seraient volontiers volatilisées, mais elles étaient terrorisées. Merle fit taire sa compassion et fixa Zaro droit dans les yeux ; il exigeait une réponse à sa question.

— Elle devait aller voir son fils.

— Essaie autre chose.

A présent, les deux hommes s'affrontaient ouvertement.

— Ce que je vais vous dire peut rester entre nous, inspecteur ? demanda finalement le proxénète.

— Mets-toi à table.

Après un moment d'hésitation, Zaro relâcha les filles. Malgré ses fanfaronnades, son regard témoignait d'une légère perte de confiance en lui.

— M. H. est venu la chercher le soir du réveillon de Noël, comme tous les vendredis soir. Dans une limousine, s'il vous plaît ! Il la traitait comme une déesse. Avec lui, on avait l'impression qu'elle oubliait qui elle était et d'où elle venait.

— Est-ce qu'elle avait prévu de te plaquer ?

— Je ne vois aucun inconvénient à ce qu'une de mes

filles me quitte, à condition qu'elle s'acquitte de ce qu'elle me doit.

Aucun doute que le montant de cette taxe devait être astronomique.

— M. H. est un homme très riche. Je suis sûr qu'elle comptait sur lui pour payer.

— Sais-tu si elle lui a demandé ?

— Oui, et elle a obtenu l'argent, dit Zaro en regardant autour de lui avec méfiance et en baissant la voix d'un ton. Elle est venue chez moi avec la somme en espèces et m'a payé rubis sur l'ongle. Mais son visage était plein de bleus, comme vous l'ont dit les filles. En plus, elle est arrivée en bus, alors que d'habitude M. H. la ramenait en voiture. La dernière fois que je l'ai vue, elle allait chez le médecin.

— M. H. aurait-il rencontré d'autres femmes victimes du Tueur de Noël ces dernières années ?

— C'est possible.

— Zaro…

Le proxénète se décida à parler.

— C'est un client régulier qui fréquente les filles depuis longtemps. Mais je ne tiens pas de registre, inspecteur.

— Tu connais le nom de ce M. H. ?

Zaro pointa l'une de ses bagues vers la mission.

— Il y a plus simple. Au moment où je vous parle, il doit être dans le bureau du révérend Wingate et parler affaires.

6

Patrick Halliwell n'était pas un amateur de prostituées tel qu'on se le représente habituellement. Le millionnaire veuf de soixante-dix ans arborait une tignasse de cheveux cendrés, avait la peau tannée, un léger accent du Midwest, et surtout un solide alibi pour le meurtre de Susan Cooper.

C'était à prévoir, songea Merle avec une bonne dose d'ironie. Pourquoi tout dans cette affaire serait-il simple ? Il garda toutefois cette réflexion pour lui-même.

— Merci, dit-il à l'opérateur qui venait de lui confirmer ce dernier point par téléphone. Je rappellerai si besoin est.

Il raccrocha et reporta son attention sur le trafic, abondant en cette fin de journée. Il se sentait affreusement las et impatient à la fois. Il avait passé la matinée à se creuser l'esprit, en vain. Il n'avait découvert aucune piste, aucun élément nouveau. Vers 16 h 30, il avait dressé une liste de suspects en trois colonnes : ceux qui avaient eu l'opportunité de commettre les meurtres, ceux qui avaient un mobile, et ceux qui pouvaient en avoir eu le cran. Mais aucun d'eux ne réunissait les trois conditions et ne pouvait faire l'objet d'un mandat d'arrestation. Les premières constatations des techniciens du CSI n'indiquaient aucune empreinte digitale ou présence d'ADN étranger sur le corps de la jeune femme. Il n'y avait rien à ajouter.

Patrick Halliwell séjournait à Tampa durant les fêtes,

avec sa fille et ses petits-enfants. La compagnie aérienne avait fourni le double de son billet, lequel stipulait qu'il avait quitté Kansas City le 24 décembre à 22 h 37, c'est-à-dire quelques heures avant que Delilah ne rentre chez elle le visage tuméfié.

Fort de la présence de son avocat, venu superviser sa donation à la mission, Halliwell, confortablement assis face au révérend, avait déclaré que Delilah était sa maîtresse et qu'il la couvrait de cadeaux ; qu'il ne s'agissait aucunement de rétribution pour services rendus ; qu'il n'avait jamais levé la main sur elle, excepté peut-être une ou deux fois pendant leurs relations sexuelles, mais avec son consentement. Son alibi fourni, il avait souhaité bonne chance à Merle, son avocat concluant qu'on devrait désormais s'adresser à lui si l'on souhaitait poser d'autres questions à son client.

Le millionnaire n'avait pas manifesté le moindre chagrin à l'annonce du décès de sa maîtresse. Il s'était fendu d'un simple « Quel dommage ! » en apprenant la triste nouvelle.

Ulysse Wingate avait eu une tout autre réaction.

Le jovial révérend avait fait un bond avant de s'écrouler dans son fauteuil. Déplorant la disparition d'une pauvre enfant victime de la violence, il avait joint les mains et s'était mis à prier. Visiblement ému, il avait proposé d'offrir le service funéraire et de payer les obsèques de Susan Cooper. Merle l'avait remercié et s'était engagé à le mettre en contact avec qui de droit pour ce faire, tout en se demandant pourquoi Halliwell, qui clamait haut et fort son attachement pour la défunte, n'avait pas lui-même proposé de s'acquitter de ces frais.

Tout cela n'avait aucun sens. Dix meurtres dans le périmètre de la mission en onze ans. Le meurtrier avait sauté une année après la mort de Jézabel, puis avait repris son manège macabre à chaque Noël. Pourquoi ? Quel était son mobile ? Pourquoi cette date ?

Ne sachant décidément pas quelle piste suivre, ni par où commencer, Merle avait décidé de se rendre à l'université du Missouri à Kansas City, et plus précisément dans le service de psychologie où travaillait Kelsey Ryan.

— Hé, Merle !

Le Dr Rachel Livesay-Taylor, professeur de psychologie et accessoirement épouse de Josh Taylor, l'y accueillit avec un grand sourire. La main reposant sur son ventre bien rebondi, la jeune femme, à quelques semaines d'accoucher, se leva lentement pour venir à sa rencontre.

— Ça fait plaisir de te voir. Tu as passé de bonnes fêtes ?

Avant de se retrouver à enquêter sur un meurtre, oui…

— J'ai passé le réveillon tranquillement avec ma mère.

Cela n'avait certainement rien de comparable avec la fête qu'avait dû donner la famille Taylor.

— Et toi ?

— C'était le rassemblement familial le plus génial auquel j'ai assisté. J'ai adoré, même si, à cause du bébé, j'ai été obligée d'abandonner les autres pour aller me reposer.

Il l'écouta poliment raconter la joie et l'excitation que sa première fille âgée d'un an avait ressenties à cette occasion. Mais Rachel était assez fine pour savoir que Merle n'était pas venu discuter avec elle de la magie de Noël.

— Que puis-je faire pour toi ?

— En fait, je suis venu voir Kelsey Ryan. Elle m'a dit qu'il lui arrivait de travailler tard au laboratoire les mardi et vendredi.

— En effet, elle est là. Elle t'attend ?

— J'en doute.

Il hésitait à lui expliquer le motif de sa visite.

— C'est d'ordre professionnel.

— Oh…

Rachel avait un mari policier, elle comprit aisément sa volonté d'être discret. Elle lui désigna un couloir distribuant une série de petites pièces contiguës.

— Elle mène une expérience dans le bureau du fond. Je vais t'y conduire.

Merle ressentit un picotement désagréable dans la nuque tandis qu'il la suivait dans le couloir. L'endroit lui rappelait le commissariat plus qu'il n'évoquait un lieu d'enseignement. Les pièces étaient de la taille des bureaux réservés aux interrogatoires, et certaines étaient affublées de miroir sans tain.

Rachel lui fit signe de s'arrêter et murmura :

— Attendons ici qu'elle ait terminé. Mieux vaut ne pas l'interrompre.

Son sentiment de malaise le reprit lorsqu'il regarda dans la dernière pièce sur la droite. Kelsey n'était pas en train de mener une expérience. Elle en était le cobaye, et c'était un jeune étudiant en blouse blanche qui la dirigeait.

— On dirait qu'elle passe au détecteur de mensonges, dit Merle à voix basse.

Assise à l'extrémité d'une longue table, Kelsey avait des électrodes fixées aux tempes et aux poignets, desquelles partait une tresse de câbles connectés à un ordinateur. D'autres étaient reliées à son crâne, sous sa chevelure rouge, ou passaient sous son sweat-shirt, certainement pour suivre l'activité de son cœur. Un écran opaque la séparait du jeune laborantin, l'empêchant de le voir. Près de l'ordinateur, une imprimante à multiples traceurs enregistrait en temps réel les informations recueillies par les capteurs.

— C'est un peu le même principe, expliqua Rachel. Cet appareil permet de tester les réactions physiologiques aux stimuli psychiques. Notre meilleure recrue étudie actuellement ses ondes cérébrales et ses fonctions vitales tandis que Kelsey se livre à différents tests cérébraux. Le but est de découvrir si les personnes possédant des facultés mentales sollicitent davantage leur cerveau que le commun des mortels ou si elles l'utilisent de manière différente.

— Crois-tu qu'elle possède de réels talents psychiques ?

Rachel lui sourit.

— Je n'ai pas d'avis sur ce point.

Merle posa le front contre la vitre sans tain, comme s'il voulait établir un contact à distance avec Kelsey.

Comme la veille, lors de sa venue au commissariat, elle semblait se tenir sur ses gardes. Ses épaules étaient rigides. Ses yeux se promenaient tout autour de la pièce pour revenir fixer l'écran de séparation. Le tumulte de ses émotions était certainement bien plus important que ne pouvait l'enregistrer l'équipement ultrasophistiqué.

Merle sourit. Ce gamin n'avait aucune chance de parvenir à cerner la personnalité de Kelsey Ryan.

Rachel appuya sur l'interrupteur de l'intercom fixé au mur.

— On peut entendre ce qui se dit à l'intérieur.

— Essayez encore, ordonnait l'étudiant.

Kelsey frémit. Elle tentait apparemment de contrôler ses émotions. Etait-elle contrariée, ou simplement fatiguée ?

— Je ne possède pas de don de télépathie, Randy. Pour la dernière fois, sachez que je ne peux lire dans votre esprit.

— Pouvez-vous me dire ce que représentent les cartes que j'ai choisies ?

Le jeune étudiant essayait-il de la pousser à bout ?

— Non. Je ne peux visualiser qu'une image approximative et je dois manipuler les cartes pour y parvenir.

Merle posa les mains sur l'encadrement de la vitre et appuya de tout son poids, comme s'il voulait traverser la cloison pour la rejoindre et… et que ferait-il ? Lui tapoter le dos en l'invitant à se détendre ? La prendre dans ses bras et lui offrir sa protection, comme il l'avait fait à la mission, lorsqu'elle avait touché cette écharpe ?

— Très bien.

Randy contourna l'écran de séparation et vint disposer six cartes devant elle, face contre table. Il retourna s'asseoir et enclencha un interrupteur.

— Faisons une nouvelle tentative. Prenez une carte à la fois et dites-moi ce que vous voyez.

Etait-ce ainsi que cela s'était passé avec la poupée ? Avait-elle assisté au meurtre en prenant l'objet dans ses mains ? Découvert l'arme du crime en touchant l'écharpe ? Cela paraissait irréel à Merle.

A moins que…

Elle prit une carte et la brandit de façon que Randy soit le seul à voir le pictogramme. Merle remarqua alors que ses doigts étaient longs et fins, des mains de pianiste. Il ne les avait pas bien vues à cause des gants qu'elle portait la plupart du temps. Elle avait de très jolies mains.

— Une maison, dit-elle après s'être concentrée.

Randy opina et fit une marque sur la bande de papier qui sortait de l'imprimante.

— Poursuivez.

Kelsey enchaîna les autres cartes sans marquer de pause.

— Arc-en-ciel. Chat. Voiture. Plume.

Lorsqu'elle prit la dernière carte, elle blêmit tout d'abord, puis ses joues s'empourprèrent. L'air irrité, elle s'adossa à sa chaise en croisant les bras.

— Très drôle. Où vous croyez-vous ? Encore au collège ?

Randy souriait, content de lui.

— Vous devez répondre pour terminer l'expérience.

— L'image obscène d'un homme nu, répondit-elle, exaspérée. Ce n'est pas très sérieux pour un thésard.

— Est-ce qu'il a le droit de faire ça ? demanda Merle à Rachel, indigné.

— J'ai voulu introduire dans le lot une image que vous n'aviez jamais vue auparavant, dit Randy, cela afin d'éviter tout risque de probabilité.

Tout comme Merle, Rachel ne semblait pas goûter l'humour du jeune homme.

— L'idée n'est pas mauvaise, mais son choix est plus que douteux. Je vous laisse avec Kelsey, je me charge de lui.

Elle pressa le second bouton de l'intercom.

— Randy. C'est le Dr Livesay.

Randy tourna la tête vers la vitre sans tain. Kelsey en profita pour arracher ses électrodes.

— Veuillez ranger votre matériel, Randy. Je vous veux dans mon bureau. Maintenant. Kelsey ? Tu as de la visite.

— Moi ?

Kelsey rougit et cessa de fouiller dans son décolleté, sans doute à la recherche d'une dernière électrode coincée dans son soutien-gorge. Cette manœuvre avait permis à Merle d'entrevoir la naissance de sa poitrine, et une soudaine pulsion l'avait saisi en dessous de la ceinture.

N'était-il, lui aussi, qu'un simple collégien ?

Randy n'avait pu que remarquer sa gorge généreuse…

Sous l'emprise d'un embarrassant désir de possession, Merle ouvrit la porte d'un geste brusque.

— Bonjour, Kels.

— Tee ?

Elle se raidit.

Randy eut l'air davantage surpris qu'elle. Merle le dévisagea durement. Aussitôt Randy rassembla ses affaires et sortit sans demander son reste.

— Est-ce qu'il est toujours…

— Qu'est-ce que vous venez…

Ils avaient parlé en même temps.

Au grand dam de Merle, Kelsey fit disparaître ses mains dans les poches de son jean. Quand elle prit une inspiration, il se surprit à observer les rondeurs sous son sweat-shirt au lieu de chercher les mots qui justifiaient sa présence.

Elle fut la première à reprendre ses esprits.

— Que venez-vous faire ici ?

Compris. Elle n'allait pas lui mâcher le travail.

— J'ai... fait des recherches sur les phénomènes parapsychiques et leurs implications. J'ai pensé que vous étiez la mieux placée pour m'expliquer certains détails.

— Vous n'avez pas confiance en moi.

Son regard était dur, sauvage. Néanmoins, elle semblait puiser des forces dans sa colère.

— Vous ne cherchez qu'une chose : me prendre en flagrant délit de mensonge.

— J'ai des questions à vous poser. Cela fait partie de mon travail. Bon sang, Kelsey...

Il leva les mains au ciel. Il ne parvenait plus à contrôler ses émotions ; il était sous l'influence de ses hormones, ce qui ne faisait que lui compliquer la tâche.

— Faites un effort, je vous prie. Il me faut des réponses concrètes.

Elle pencha la tête de côté et fronça les sourcils.

— Que se passe-t-il, Tee ?

Soit elle était télépathe, soit il avait vraiment l'air perdu. Pour se donner une contenance, il écarta les pans de sa veste et posa les mains sur ses hanches, de part et d'autre de son insigne et de son arme.

— Un nouveau corps a été découvert ce matin, dans une benne à ordures, près de la mission. Il s'agit encore d'une prostituée. Etranglée, probablement le jour de Noël. Notre affaire non classée est de nouveau d'actualité.

Il vit l'étonnement, la colère, la tristesse se succéder sur son visage. Elle vint à lui et sa bouche gourmande s'entrouvrit pour exhaler un soupir.

— Je suis tellement désolée.

Elle tendit les mains et…

Elle se figea.

Ses mains demeuraient tendues à quelques centimètres des siennes. Merle, pour sa part, gardait les mains sur ses hanches. Il jugeait que ce n'était pas à lui de faire le premier pas, mais il mourait d'envie qu'elle le touche.

— Pourquoi ne pouvez-vous pas me toucher ?

Le fait d'aborder directement le sujet la surprit et la fit reculer d'un pas. Elle croisa les bras.

— Est-ce douloureux ? Est-ce que l'expérience à laquelle vous venez de vous livrer est douloureuse ?

Elle leva les yeux à cette dernière question.

— Ce sont des choses que je dois savoir.

— Il y a tellement de gens qui se sont moqués de moi et m'ont traité d'affabulatrice, avoua-t-elle en baissant les yeux. C'est cela, le plus douloureux.

Il n'avait pas pensé qu'elle pouvait avoir peur de se sentir ridicule. Cependant, il comprenait aisément. La tension qu'il avait ressentie toute la journée se relâcherait à condition qu'elle accepte de partager sa souffrance avec lui.

— J'ai besoin de votre aide, Kelsey. J'ai une liste de suspects et aucune preuve. Je dois absolument comprendre comment fonctionnent vos… sensations.

Il pencha la tête et plongea son regard dans le sien ; plus que jamais, il y cherchait une marque de sa sincérité.

— Je dois comprendre comment vous fonctionnez.

Elle lui offrit un regard dans lequel il put lire toute la confiance qu'elle plaçait en lui.

— Il se pourrait que vous n'aimiez pas ce que vous allez entendre.

Elle décroisa les bras et fit jouer ses doigts afin de les dégourdir. Elle esquissa un sourire.

— Les autres hommes m'ont souvent ri au nez avant de prendre leurs jambes à leur cou.

— Je ne suis pas les autres hommes.

Sa détermination fit l'effet escompté ; il lui sembla qu'elle reprenait confiance en elle.

Elle fit bravement un pas en avant et commença à jouer avec sa cravate, puis avec sa veste et son manteau, ses doigts fins et gracieux caressant la soie et la laine de ses vêtements.

— C'est votre mère qui vous a donné ce manteau. Vous êtes très proches.

Il s'interdit de lui demander comment elle savait cela et la laissa poursuivre.

— Elle l'a choisi avec amour et vous a même aidé à le mettre le jour où elle vous l'a offert. Je reçois d'autres images de ce manteau, mais moins distinctes. Peut-être venant du fabricant, ou alors du vendeur.

Elle posa les mains sur ses épaules, et Tee lutta férocement contre la tentation de l'embrasser.

Elle sourit et se mit à rire comme une enfant.

— Qu'avez-vous ?

Elle lui tapota les épaules et s'éloigna d'un pas.

— Votre mère trouve que vous ne vous habillez pas assez chaudement.

— Nul besoin d'être doté de pouvoirs psychiques pour savoir ce que pense une mère en vous offrant un manteau à Noël.

Kelsey se campa devant lui dans une attitude de défi.

— Très bien. Votre mère mesure environ un mètre

soixante-cinq, elle est blonde et porte un chignon. Elle n'a jamais pu vous forcer à boutonner votre manteau. Elle vous a aussi acheté des caleçons longs ; ils sont encore dans leur emballage, dans le tiroir du bas de votre commode.

— Vous avez su tout ça en touchant mon manteau ?

— J'ai dû me concentrer. Je peux quasiment sentir tout ce qui se rapporte à un objet si je me laisse complètement aller.

— Donc, si vous touchez quelqu'un, peau contre peau…

— Le ressenti est beaucoup plus intense.

Son sourire disparut brusquement.

— Vous ne voulez tout de même pas que je touche le cadavre de cette fille ?

— C'est trop vous demander, n'est-ce pas ?

Elle frissonna et lui tourna le dos.

— Vous n'êtes pas drôle.

— Qu'y a-t-il sous votre sweat-shirt ? Vous ne cessez de vous trémousser. Qu'est-ce que c'est ?

Elle se massa les tempes, là où les électrodes avaient laissé des petites marques circulaires. Tee se demanda si elle était sujette à l'une de ses fortes migraines ou si sa question la dérangeait. Kelsey tira alors une chaîne de dessous son sweat-shirt, au bout de laquelle se trouvait un pendentif de cristal bleu en forme de goutte d'eau.

— C'est un présent de Lucy Belle, ma grand-mère. Elle adorait fabriquer des bijoux, c'était son passe-temps favori. C'est là mon seul héritage. Je n'ai jamais connu mes parents. D'après ce qu'on m'a dit, « papa » était un genre de musicien itinérant qui a mis ma mère enceinte avant de s'évaporer dans la nature. Ma mère n'ayant pas survécu à l'accouchement, Lucy Belle m'a élevée. Elle m'a appris à utiliser mon don à bon escient. Elle m'a aussi convaincu qu'à condition de l'utiliser pour faire le bien je ne le vivrais pas comme une malédiction.

— Je comprends mieux votre attachement à ce bijou.

— Sa valeur n'est pas seulement sentimentale. Allez-y, touchez-le.

Il s'exécuta. Le cristal bleu scintilla entre ses doigts et lui communiqua sa chaleur.

— C'est chaud. Cela provient de votre corps ?

— Il est toujours chaud, même quand mon corps ne l'est pas. Je pense qu'il a le pouvoir de canaliser les impressions que je ressens.

— Un peu comme… la kryptonite de Superman ?

Elle referma les doigts sur le pendentif et s'éloigna, manifestement agacée par la référence.

— Ce n'est pas une blague. Ce pendentif, symbole de l'amour le plus sincère que j'ai reçu dans ma vie, me protège. Il affine ma perception des choses quand je me concentre sur lui. Quand je le touche, il atténue et diffuse les sensations qui m'assaillent. Un peu comme les gants que je m'efforce de porter.

Tee faisait son possible pour comprendre.

— Donc, lorsque vous ressentez un grand stress — comme quand un inspecteur tenace vous pose mille questions désagréables et prétend que vous lui mentez —, vous vous servez de ce pendentif pour vous calmer. Pour recentrer votre énergie vitale.

— A peu de chose près.

— Le yoga ou le tai-chi seraient tout aussi efficaces, non ?

Elle secoua la tête en souriant.

— Vous me demandez comment je fonctionne et je vous réponds. Soit dit en passant, vous n'êtes pas si désagréable que ça. Ce sont les gens qui possèdent les réponses avant de poser les questions qui m'exaspèrent.

Il se mit à rire.

— Bon, eh bien, nous devrions former une belle paire, ce soir, parce que je n'ai aucune réponse à mes interrogations.

— Ce soir ?

Kelsey rangea son collier sous son sweat-shirt, prit son manteau et son sac à main, et se retourna pour lui faire face.

— Qu'y a-t-il de spécial, ce soir ?

Il lui prit le manteau des mains et l'aida à l'enfiler.

— Hier, vous avez émis le désir de retourner à la mission pour chercher d'autres indices relatifs au meurtre de Jézabel. J'ai décidé de vous accompagner. Vous allez devoir supporter ma compagnie.

— Ça ressemble à une invitation à sortir ensemble.

Un rendez-vous galant ? Il n'y avait pas pensé. Bien que, maintenant qu'il y songeait…

— Je vous emmène sur une scène de meurtre, pas au théâtre.

Elle lui rit au nez et sortit de la pièce.

— J'ai connu des soirées bien pires que celle-là, croyez-moi !

— Tee, regardez ça.

Kelsey se laissa choir sur le canapé du bureau du révérend Wingate et se mit à feuilleter l'album relié de cuir qu'elle avait déniché sur un rayon de la bibliothèque.

Trop heureux de recruter de nouveaux bénévoles, Ulysse Wingate les avait accueillis chaleureusement. S'ils arrivaient un peu tard pour aider au service, il y avait toujours quelque chose à faire dans un lieu aussi gigantesque. Par exemple, les hôtes devaient nettoyer leur chambre avant de la quitter mais personne n'avait en charge le ménage des bureaux.

Tee n'avait pas hésité à proposer leur aide, et Ulysse, en retour, n'avait pas traîné pour les équiper de plumeaux, d'un aspirateur et de sacs-poubelle. Il les avait abandonnés dans son bureau et était parti dispenser l'office à ses ouailles.

Eteignant l'aspirateur, Tee épousseta son pantalon et vint s'asseoir au côté de Kelsey.

— Vous avez trouvé quelque chose ?

— Le registre de toutes les personnes ayant passé la nuit ici pour l'année dernière.

A la demande de Tee, elle ne portait qu'un gant, cela dans l'espoir qu'elle entre en contact avec un objet chargé d'infos utiles. Officiellement, il ne pouvait rien fouiller sans mandat, excepté la benne à ordures, mais Kelsey, elle, n'avait aucune restriction.

— Regardez ici.

Elle tourna les pages jusqu'à la fin du registre manuscrit. Fermant les yeux, elle laissa errer son doigt sur les écritures et tenta de capter leurs vibrations.

— Je ressens tant d'histoires tristes dans ces écrits.

— Vous êtes au 24 décembre.

Elle frémit et rouvrit les yeux.

— C'est important ?

— Delilah a passé la nuit du 24 décembre à la mission.

Tee se pencha par-dessus son épaule afin de lire la liste de noms inscrits sur la page, approchant son visage au point que sa barbe naissante lui effleura la joue.

Elle était sous le charme de sa présence rassurante. Sans même avoir à le toucher, elle sentait sa chaleur l'irradier. Une chaleur entêtante, réconfortante, érotique d'après les frissons qu'elle ressentait à travers tout le corps.

— Fils de…

Le juron fit sursauter Kelsey. La douce intimité qui s'était tissée entre eux disparut aussitôt.

— Qu'y a-t-il ?

— Sally Latimer. C'est la victime de l'année dernière. Voyez : elle a passé la nuit de Noël à la mission.

— Vous pensez à une espèce de rite ? demanda-t-elle en déposant le registre sur les genoux de Tee avant de se lever. Vous voulez que je regarde dans d'autres volumes ?

— Non. Je veux d'abord obtenir un mandat. Il faut officialiser ces recherches.

Il la prit par la main — celle qui était gantée — et la fit se rasseoir. Sa prise était sûre, ferme et lui donnait confiance en elle. Elle aimait que les choses se passent en douceur. Elle aimait sa patience et son désir d'apprendre.

Elle commençait à l'apprécier.

— Excellent travail, dit-il, refermant le registre.

Il était à présent redevenu l'inspecteur en service et ne s'adressait plus à elle que sur un ton professionnel, mais Kelsey s'en moquait. Il lui tenait toujours la main et c'est ce qui comptait pour elle.

— Tout nous ramène à la mission Wingate. Je suis sûr que quelqu'un ayant séjourné ou travaillé à la mission est au courant de ces meurtres. Mais quelque chose doit l'empêcher de parler.

— Ces gens voient certainement la mission comme un refuge, la seule note d'espoir dans ce quartier déshérité. Vos témoins ne diront rien parce qu'ils ont peur que leur havre de paix soit définitivement fermé.

Il approuva son raisonnement d'un signe de tête. Mêlant leurs doigts, il attira sa main gantée sur ses genoux.

— Ou alors il s'agit de quelque chose de plus sinistre encore. Notre meurtrier fait peut-être pression sur eux d'une manière qui nous échappe.

— Un chantage ?

— Ou une forme d'intimidation.

Les yeux brillant d'un éclat inhabituel, il regardait sa bouche. Une fois de plus, elle fut prise d'une bouffée de chaleur. Ses lèvres étaient sèches, et elle les pinça afin de refouler le besoin de les humecter d'un coup de langue.

Au lieu de l'embrasser, Merle ne cessait de parler. Mais sa voix était une douce musique aux oreilles de Kelsey.

— C'est la raison pour laquelle je n'aime pas vous savoir seule dans les environs. Ce quartier est vraiment dangereux.

Se serait-elle rapprochée inconsciemment ? Ou bien était-ce lui qui se penchait discrètement vers elle ?

— Un homme seul peut être plus dangereux qu'un groupe, ajouta-t-il.

Kelsey posa sa main nue sur son épaule, et une chaleur plus importante encore passa à travers ce contact.

— Je serai prudente.

— Vous le promettez ?

— Je le promets.

Leurs souffles à présent se mélangeaient. Elle caressa la courbe de sa mâchoire afin de le guider…

Elle eut alors la vision d'une femme blonde devant un autel et ressentit le chagrin de Tee de façon intense.

Battant des paupières, elle se recula. Une expression de gêne et de désir inassouvi se peignit sur les traits de Tee.

— Je… je suis désolée.

Elle se leva et gagna l'autre bout de la pièce, afin de mieux lui dissimuler combien elle désirait ce baiser et combien elle était jalouse de cette femme qui occupait ses pensées.

— Je n'aurais pas dû… Je savais pourtant que nous étions là pour travailler.

Tee se leva d'un bond et vint la rejoindre.

— Kelsey. Je ne vous reproche rien. Je peux observer avec vous des rapports strictement professionnels si c'est ce que vous désirez. Mais j'ai eu l'impression que nous étions attirés l'un par l'autre. Ai-je eu tort ?

Une autre femme. Un amour voué à l'échec. Kelsey se réfugia derrière le bureau du révérend.

— Vous devez beaucoup tenir à elle.

— De qui parlez-vous ?

— De la femme blonde dans la robe de mariée.

Tee mit ses mains sur ses hanches et la fusilla du regard.

— Non mais je rêve… Alors que je m'ouvre à vous, que je prends le risque de vous faire confiance, vous êtes tranquillement assise à lire dans mon esprit ?

— J'avais envie de vous embrasser. Mais cette femme était si présente, si belle… Je ne peux pas lire dans les pensées. Comment pourrais-je savoir que vous n'étiez pas en train de rêver d'elle alors que vous alliez m'embrasser ?

Kelsey se saisit instinctivement du pendentif de Lucy Belle, sous son sweat-shirt. Tee suivit sa main des yeux.

— Oui, raccrochez-vous à ça, dit-il avec amertume. Et, si vous projetez de vous immiscer dans mon esprit pour y semer la pagaille, sachez une chose : cette blonde se nomme Ginny Rafferty-Taylor et c'est ma partenaire. Nous travaillons ensemble au KCPD depuis six ans.

— Vous l'aimez malgré tout.

Le silence s'abattit soudain entre eux. Après un moment qui lui parut interminable, Tee hocha la tête.

— Vous m'avez dit que vous ne pouviez voir que dans le passé, dit-il d'une voix dure, pourtant Ginny lui appartient. Elle est mariée et attend un enfant.

— Mais vos sentiments pour elle sont toujours actuels.

Le bruit de la porte coulissant sur ses gonds sonna la fin de la discussion. Ulysse Wingate apparut.

— Bonsoir, mes amis. Seigneur, je peux de nouveau contempler les veines du bois de ma bibliothèque ! Ça sent bon le propre, ici.

Il s'engagea dans la pièce et fit halte à mi-chemin, remarquant le registre posé sur la table basse.

— Il y a un souci ?

Tee, qui avait débranché l'aspirateur et rangeait le câble, ne répondit pas. Ulysse interrogea Kelsey du regard.

— Vous savez que j'ai toujours une oreille attentive vis-à-vis de ceux qui ont des problèmes. J'ai mené de nombreuses thérapies de couples par le passé.

— Il n'y a aucun problème, révérend, dit-elle en ramassant son sac-poubelle. Et nous sommes tout sauf un couple.

7

— Ouch !

Kelsey laissa tomber les morceaux de verre dans l'évier et se passa la main sous l'eau froide. Puis, jurant entre ses dents, elle inspecta les dégâts. Le bord du verre avait déchiré le gant en caoutchouc qu'elle portait pour faire la vaisselle et entaillé deux de ses doigts.

— Ce n'est pas joli. Pas joli du tout, dit-elle tout haut.

Elle était seule, l'équipe étant en train de prendre une pause-café — y compris Tee, lequel devait être occupé à poser ses interminables questions. Et ses appels à l'aide auraient été couverts par le tintamarre du lave-vaisselle…

Bah, ce n'était pas la première fois qu'elle était livrée à elle-même. Et, à en juger par ses relations conflictuelles et tarabiscotées avec Tee, ce ne serait pas la dernière…

Kelsey se força à respirer lentement, profondément, tâchant de ne pas penser à la douleur et au filet de sang qui coulait de sa blessure. Première étape : arrêter l'hémorragie. Elle attrapa un torchon propre, l'enroula autour de ses doigts meurtris, puis ramassa avec précaution les éclats de verre épars dans l'évier pour les jeter à la poubelle.

Seconde étape ? Désinfecter la plaie et la panser. Le sang commençait à teinter le torchon.

Le Dr Siegel avait son cabinet dans la mission, non loin du bureau du révérend Wingate. A moins de jouer de malchance, elle y trouverait ce qu'il faudrait ; elle s'aventura donc dans le hall. Le révérend s'était enfermé dans son bureau afin de travailler à son sermon de la nouvelle année. Le reste de l'équipe était soit dans le réfectoire, soit dehors pour fumer une cigarette, et les sans-logis avaient tous regagné leur chambre.

Ses talons résonnaient sur le marbre tandis qu'elle dépassait les cuisines, le bureau d'accueil et la chapelle pour gagner l'arrière du bâtiment. Le silence profond des lieux évoquait un musée. Ou une église.

Ou un funérarium…

Kelsey soupira. Elle n'avait nul besoin de toucher les murs en pierre polie pour se sentir frigorifiée. Autant l'endroit était chaud et convivial à l'heure du dîner, autant il faisait penser à une tombe lorsqu'il était désert. Elle se sentait horriblement seule, comme prise au piège.

Elle se ressaisit. Pas question de laisser son imagination fantasque prendre le dessus. Les épais murs de pierre étaient censés arrêter le froid, pas le transmettre. Et elle n'était pas seule. Il y avait au bas mot une centaine de personnes dans le bâtiment.

D'une certaine façon, la douleur qui pulsait dans ses doigts était salutaire car elle la ramenait à la réalité. Elle fit halte devant la porte marquée Dispensaire, sur laquelle une plaque en plastique bon marché indiquait Marlon Siegel, docteur en médecine. Aucune lumière ne filtrait sous la porte.

Cognant doucement, elle chuchota :

— Il y a quelqu'un ?

Pas de réponse.

Elle manœuvra la poignée, qui céda.

— Merci, mon Dieu.

La pièce sans fenêtre était plongée dans les ténèbres. Kelsey s'avança et tâtonna à la recherche de l'interrupteur.

— Victoire !

La pièce s'illumina et Kelsey poussa un cri.

Posant la main sur son cœur, elle recula et heurta le montant de la porte.

— Désolée, docteur Siegel. J'ai frappé avant d'entrer. Je ne savais pas que… Excusez-moi.

Assis à son bureau, le médecin tenait dans une main une bouteille de whisky à demi pleine, et dans l'autre un pistolet de fort calibre.

L'espace d'un instant, elle crut qu'il était mort. Ses yeux noirs étaient perdus dans le vague et ses cheveux filandreux lui pendaient sur le visage.

— Docteur ?

Clignant des yeux, il remua dans son fauteuil et engloutit une longue rasade de whisky à même la bouteille avant de ranger celle-ci dans un tiroir. L'arme la rejoignit.

— Je ne voulais pas vous déranger. Je reviendrai plus tard.

C'était un mensonge. Elle se sentait si oppressée dans cette pièce qu'elle n'y remettrait les pieds pour rien au monde. Elle se contenterait du torchon en fait de bandage.

— Qu'est-ce que vous me voulez ?

Les pieds du fauteuil raclèrent le sol.

— Je me suis coupée. Je voulais juste désinfecter la plaie. Mais je vois que je vous dérange. Bonne fin de soirée.

Pour un homme a priori complètement soûl, le Dr Siegel se déplaça avec une surprenante rapidité. Malgré son corps décharné, il était agile et bien campé sur ses jambes.

Il referma la porte et saisit Kelsey par le bras pour l'entraîner sous l'éclairage.

— Vous saignez.

Sans blague ? Elle se demanda quel examen il avait passé pour obtenir son doctorat en médecine.

Elle garda cette réflexion sarcastique pour elle et tenta de le repousser.

— Je suis sûre que l'hémorragie a cessé. Je ne veux pas vous faire perdre votre temps.

Mais le médecin la maintenait sous la griffe de ses doigts osseux.

— Vous êtes là, je suis là ; voyons donc cela de plus près.

— Doct…

— On n'est jamais trop prudent. Vous pourriez avoir besoin de points de suture ou d'un vaccin contre le tétanos.

Pas question qu'elle accepte une intervention de ce genre. En tout cas, pas de la part d'un homme ayant ingurgité une demi-bouteille de whisky. Son haleine fétide lui donnait la nausée chaque fois qu'il ouvrait la bouche.

— Je dois y aller. Tee… l'inspecteur Banning doit certainement me chercher.

Cela n'intimida pas le médecin. D'autorité, il la fit s'asseoir dans un fauteuil de soins qui semblait dater de la dernière guerre.

Seigneur, qu'était-elle venue faire là ?

Siegel la relâcha le temps d'attirer à lui un tabouret et un chariot. Kelsey sauta sur ses pieds dès qu'elle se sentit libre, mais il la rattrapa par le poignet. Lorsqu'il approcha son visage, elle vit les veines éclatées sur son nez et les stigmates d'une consommation régulière d'alcool. Aussi vifs que soient ses mouvements, il s'exprimait avec une incroyable lenteur.

— Y a-t-il une raison particulière pour que vous ne vouliez pas que j'inspecte votre main, madame Ryan ?

Parce que vous êtes ivre ! Parce que vous m'effrayez !

— J'ai juste besoin d'un pansement. Je me sens ridicule de gaspiller votre précieux temps pour une si petite blessure.

Siegel sourit. Du moins ce fut ainsi que Kelsey interpréta la grimace qui lui tordit le visage. Il la repoussa dans le fauteuil et ôta le torchon avant qu'elle puisse protester.

— Ce n'est pas joli-joli.

Il fit rouler le chariot près de lui et positionna la lampe pour inspecter sa plaie.

— C'est une joie de soigner quelqu'un qui ne soit pas infecté par une maladie sexuellement transmissible ou roué de coups de poing.

Son cynisme lui glaça le sang.

— Vous ne vous lavez pas les mains ?

Elle avait prévu de se ruer vers la porte dès qu'il se lèverait pour gagner le lavabo. Mais il n'en fit rien : sans jamais la quitter des yeux, il enfila une paire de gants en latex réutilisables. Il avait beau afficher un rictus amusé, ses yeux glauques reflétaient l'irritation d'avoir été pris en faute.

— Voyons ce que nous avons là…

Après avoir débarrassé la plaie de son bandage de fortune, Siegel saisit fermement la main de Kelsey afin de l'inspecter. Elle déglutit avec peine, tentant de se protéger contre les sensations qui l'assaillaient. Les gants en latex les atténuaient, mais ils étaient eux-mêmes chargés de souvenirs.

Lorsque le docteur portait ces gants, il songeait à l'argent, plus précisément à la somme dont il avait besoin pour ouvrir son propre cabinet et à celle qu'il se réservait pour son bon plaisir. La cupidité et le regret étaient les deux plus puissants sentiments qui l'animaient. Il avait également un puissant désir d'évasion, mais la liberté qu'il cherchait ne se trouvait certainement pas au fond d'une bouteille d'alcool.

Il prit une paire de ciseaux et découpa un morceau de peau qui pendait de son petit doigt. Kelsey ne songeait qu'à fuir. Sa respiration s'accéléra et la panique la gagna. Les pensées avilissantes de cet homme aspiraient toute son énergie.

— J'ai entendu dire que cette femme dont on a découvert le corps, cette Delilah, était venue vous consulter le soir de Noël.

Ce fut le premier sujet de conversation qui lui traversa l'esprit. Elle devait parler pour repousser l'afflux de pensées.

— On lui a tapé dessus pendant une passe, répondit Siegel. Elle a failli se faire démettre l'épaule parce que son client n'a pas apprécié ses faveurs. Vous savez, quand vous êtes fidèle à un homme, vous êtes bien traitée. Quand vous vous vendez à tout ce qui porte un pantalon, il ne faut pas vous étonner de vous retrouver tabassée ou bien assassinée un jour ou l'autre.

Quel triste regard sur la vie. Cela ravivait en Kelsey des souvenirs douloureux.

Elle avait tenté de rester avec Jeb mais il ne cessait de l'insulter, de lui manquer de respect. Et, lorsque finalement elle s'était plainte, lorsqu'elle avait menacé de le quitter, il l'avait giflée. Ses oreilles bourdonnaient encore de cette gifle. Cependant, elle avait mis sa menace à exécution ; elle s'était s'installée à Kansas City.

— Bien souvent, votre homme est précisément celui qui vous maltraite.

Mauvais choix ! A quel jeu jouait-elle ? Quel intérêt avait-elle à contrarier le docteur ? Cet homme avait des ciseaux dans les mains, une arme dans le tiroir de son bureau…

— Laissez tremper vos doigts un instant. Il faut s'assurer qu'il n'y ait plus d'éclats de verre avant de panser.

Il lui plongea la main dans une cuvette contenant une solution saline et se dirigea vers son armoire à pharmacie.

Kelsey évalua ses chances de fuite. Mieux valait risquer la colère du docteur plutôt que d'attendre sagement qu'il termine sa besogne approximative…

Mais une fois encore, il fut très rapide ; il était de retour avec ses accessoires avant qu'elle ait pu se décider.

— Je peux m'occuper du pansement, proposa-t-elle.

— Laissez-moi faire. Il est très difficile d'intervenir sur sa propre main.

Comprenant que coopérer était le seul moyen d'en finir au plus vite, Kelsey opina. Elle ferma les yeux et se concentra afin de repousser les images négatives que le docteur lui communiquait.

Elle ressentit alors une vive douleur, non pas dans ses doigts, mais dans tout le corps. Son souffle s'accéléra.

— Non, dit-elle dans un soupir.

La douleur s'intensifiait, devenait insoutenable. Kelsey s'accrocha de sa main valide au montant du fauteuil.

— Non !

— Le bandage est trop serré ?

La voix du Dr Siegel lui parvenait confuse. Etait-ce la réalité ? Un souvenir ?

La peur surpassa la douleur.

— Non… Pourquoi ?

Kelsey se mit à pleurer ; elle avait l'impression que ses larmes appartenaient à quelqu'un d'autre.

Tout était fichu. Complètement fichu. Sa confiance, abusée. Son cœur, brisé. Quelle souffrance de se sentir ainsi trahie. Quelle souffrance de ne plus se sentir libre.

Elle ne reverrait jamais plus la lumière. Elle ne reverrait jamais plus son fils.

— Non !

Le cri était bien réel. En elle. Tout autour d'elle.

— Arrêtez ça. Tout va bien. Vous n'êtes pas gravement blessée. Tout va bien.

Réalité ? Rêve ?

— Non ! Laissez-moi m'en aller. Je vous en supplie.

Il se tenait devant elle, la surplombant de toute sa hauteur. Une ombre parmi les ombres.

Elle s'assit dans le lit et cria.

Une main lui écrasa la bouche. Une main qui sentait la sueur. Une main sale.

— J'ai promis de prendre soin de toi. Pourquoi me pousses-tu à faire ça ?

Elle luttait.

— J'ai tenté de t'aider.

— Non !

Tentative de fuite. Lutte.

— Arrête ça, salope !

La main la força à s'allonger sur le lit.

— Je voulais te traiter avec respect. Je voulais être gentil.

Il sortit de sa poche une longue écharpe jaune et l'enroula autour de son cou. Un tour. Deux tours. Il ôta sa main de sa bouche et serra l'écharpe. Son cri se mua en un horrible gargouillis.

— Je t'ai dit que je prendrais soin de toi.

Elle se débattait, poussant sur son bassin pour se dégager. Elle lui saisit les poignets, mais ses forces l'abandonnaient…

Kelsey hurla :

— Tee !

Elle se mit à griffer ces mains qui appuyaient sur sa bouche et lui maintenaient la nuque.

— Qu'est-ce que vous faites ? Arrêtez ça tout de suite !

Elle sentit qu'on la secouait.

Ses visions se mélangeaient à présent avec la réalité, mais sa panique était bien réelle.

— Tee !

Elle se leva d'un bond ; sa hanche heurta un objet, le métal tinta contre le métal.

— Vous êtes folle !

— Tee !

La porte du cabinet s'ouvrit violemment. Kelsey vit tout d'abord une forme en noir et blanc. Elle fut saisie par le bras, puis aussitôt relâchée.

— Qu'est-ce qui vous prend ?

— Mme Ryan est-elle saine et sauve ?

Kelsey plissa les yeux. Des cheveux blonds, des épaules larges, et des mains fermes qui tenaient le Dr Siegel plaqué au sol.

— Tee ?

Il tourna la tête pour croiser son regard. Ses yeux d'un vert pâle la fixaient intensément.

— Tout va bien, Kels ? Vous a-t-il agressée ?

— Je ne lui ai fait aucun mal ! protesta le médecin. Elle s'est soudain débattue. J'ai juste voulu la maîtriser.

— Vous aviez les mains autour de son cou.

— Elle a voulu me frapper. Regardez ces égratignures sur mes mains. Je voulais juste l'aider.

Kelsey avait à présent totalement recouvré ses esprits. Cependant, elle ressentait toujours vivement le passé.

La mort avait visité cette pièce ; elle en était certaine.

La jeune femme était entrée ici vivante. On venait de la battre, elle était effrayée. Elle s'attendait à être aidée, réconfortée, écoutée dans cet endroit.

Elle y avait trouvé la mort.

Kelsey sentit des mains la soutenir et une voix rauque, un brin paternelle, lui murmurer :

— Vous sentez-vous bien, madame Ryan ? Je prends la situation en main.

Le révérend Wingate se tenait auprès d'elle. Du bout des doigts, elle caressa sa barbe. Les poils en étaient bouclés et rêches. Cette sensation était donc bien réelle.

Aussi réelle que l'empreinte de la mort sur son âme.

Elle se palpa la poitrine à la recherche de son pendentif et le serra avec l'énergie du désespoir.

— Je ne peux plus continuer ainsi.

En état de choc, furieuse, elle s'éloigna des trois hommes et se figea dans l'encadrement de la porte.

— Je n'en peux plus.

Puis elle traversa le hall en courant et s'enfuit dans la nuit noire, fouettée par le vent glacial.

— Kelsey !

Que devait faire Merle ? Il était face à un cruel dilemme. Le policier en lui voulait rester pour cuisiner Marlon Siegel. Lui lire ses droits et le boucler pour ébriété et désordre public, voire pour agression et peut-être plus encore — selon ce qu'avait « vu » Kelsey. Hélas, il n'avait aucune preuve.

L'homme ressentait le besoin de rattraper la femme qu'il aimait, de la protéger du froid, de découvrir ce qu'elle cachait sous le bandage qu'il avait aperçu autour de sa main. Il voulait faire renaître la vie dans ce regard perdu.

— Je vous le jure devant Dieu, je ne lui ai fait aucun mal. Elle s'est coupée toute seule. Je l'ai soignée, c'est tout.

Les paroles du médecin lui parvenaient de façon brouillée.

— Elle a été prise de panique. Je n'y suis pour rien.

Merle observa tour à tour les égratignures sur les mains de Siegel, la lampe et le chariot renversés, le lit défait. Bien : Kelsey avait su se défendre contre cette vieille crapule. Mais à présent, elle devait être morte de peur.

En allant déposer sa tasse vide dans la cuisine, Merle avait remarqué du sang dans l'évier. Un frisson d'appréhension l'avait parcouru des pieds à la tête. Aussi, lorsqu'il avait entendu Kelsey hurler, il avait cru qu'il était trop tard.

Il raffermit sa prise et Siegel geignit.

— Si jamais je découvre que tu lui as fait du mal…

— Je n'ai rien fait. Je le jure.

Merle le relâcha brutalement et se redressa. Son genou le fit grimacer.

Siegel fila à son bureau pour prendre sa bouteille de whisky.

Tee hésitait toujours : allait-il se comporter en policier ou en homme ?

— Vous feriez mieux de la retrouver, inspecteur, déclara Ulysse Wingate, l'air inquiet. Assurez-vous qu'elle n'a rien. Avec ce nouveau meurtre, le quartier est encore moins sûr que d'habitude.

Il désigna Siegel d'un petit signe de tête.

— Je m'occupe de son cas.

— Il ne doit pas quitter le bâtiment.

— Au rythme où il va, il s'écroulera avant minuit. Vous pouvez y aller tranquille.

Merle ne se fit pas prier et se précipita hors de la pièce. L'homme avait pris le pas sur le policier.

— Kelsey !

Il la chercha des yeux dans le hall ; il était vide. Il poursuivit sa course et descendit quatre à quatre les marches du perron.

Abaissant les manches de sa chemise, il scruta la rue de droite et de gauche. Quel froid ! Et si jamais elle venait à se perdre ? Si elle faisait une mauvaise rencontre ? Il refusa d'envisager le pire.

— Kelsey !

— Dans cette direction, mon gars.

C'était Zaro qui s'adressait à lui depuis l'autre côté de la rue. Il ne parvenait pas à discerner l'expression du colosse noir, mais ses bagues brillant sous les réverbères lui indiquaient d'aller vers l'est.

Vers l'Underground.

Merle pria le ciel que le proxénète ait décidé de lui prêter main-forte. Il suivit la direction indiquée et finit par apercevoir une silhouette à la chevelure rouge.

— Kelsey !

Elle ne lui répondit pas. L'air glacé lui compressait les poumons et réveillait sa douleur au genou. Ce devait être elle, marchant d'un pas rapide contre les rafales de vent…

Il la vit lever le bras afin de héler un taxi qui passait deux rues plus bas. Ignorant la douleur, il pressa le pas. Vingt mètres. Dix. Il pouvait à présent l'entendre qui pleurait.

— Kelsey !

— Allez-vous-en.

— Kelsey, chérie. C'est moi. Arrête-toi.

Il la saisit par son sweat-shirt et l'attira à lui.

— C'est moi, Kels.

Il la serra contre lui.

— C'est moi. Tee.

— Je ne peux plus continuer, Tee. J'ai une horrible migraine et je veux rentrer chez moi.

— Je comprends, chérie. Je comprends.

Il balaya la rue du regard. Aucun danger ne les menaçait. Il sema alors de petits baisers sur sa tempe tout en lui massant doucement le dos. Elle était glacée, toute tremblante.

— Je vais te ramener chez toi.

Elle renifla.

— Ta mère ne va pas te faire de cadeau ; tu es sorti sans ton manteau.

Merle lui sourit tendrement. Elle allait s'en tirer.

— Je t'ai, toi, et je te préfère de loin à mon manteau.

Kelsey eut un profond soupir et se pelotonna contre lui. Ses seins lourds et pleins s'écrasèrent contre son torse, et Merle sentit une énergie bienfaitrice l'inonder.

— J'ai assisté à la mort de Delilah, souffla-t-elle. Cela s'est passé dans le cabinet du Dr Siegel.

Il la serra plus fort encore, absorbant sa douleur et sa peur. Et dire qu'il avait laissé ce salopard avec le révérend !

— Tu l'as vu la tuer ?

— Je n'ai pas pu voir le visage du meurtrier. Je ne voulais pas le regarder en face. Mais ce ne peut être que lui ; Delilah est venue lui demander de l'aide, cette nuit-là. L'homme en qui elle avait confiance l'a tuée. Elle espérait qu'il… qu'il…

— Chut…, fit-il en la berçant dans ses bras. Tu ne retourneras pas à la mission. Tu n'auras plus à le revoir. Il n'aura plus jamais l'occasion de te faire du mal.

Lorsqu'elle eut séché ses larmes, il lui passa le bras autour des épaules et la guida jusqu'à sa Jeep.

— Je te ramène chez toi.

— Je peux prendre un taxi, insista-t-elle alors qu'elle vacillait sur ses jambes. Je peux me débrouiller seule.

— Je sais que tu en es capable, mais tu n'y es pas obligée.

Il fit halte, hésita un instant, se remémorant ce moment

chargé d'érotisme dans le bureau du révérend Wingate, quand il brûlait de goûter ses lèvres. Elle lui avait dit que ce n'était pas elle qu'il souhaitait embrasser, mais Ginny. Il était le genre d'homme à savoir tirer les leçons de ses erreurs, et il espéra qu'il en était de même pour elle.

Il lui prit doucement la main, peau contre peau, et la plaça contre sa joue.

— Quitte à lire quelque chose en moi, lis ceci : tu es la seule femme vers laquelle tendent toutes mes pensées.

Il vit dans ses yeux qu'elle s'efforçait de le croire.

— Je ne sais pas lire dans les pensées, Tee, murmura-t-elle.

— Alors, écoute-moi : je ressens le besoin de te protéger. Je trouve horriblement stressant que tu m'appelles au secours alors que je suis loin de toi. J'ai la ferme intention de rester auprès de toi, ce soir.

Elle acquiesça faiblement. Elle était à bout de forces. Il l'installa confortablement dans sa Jeep, l'enveloppa dans la couverture et poussa le chauffage. Puis, après avoir posé le gyrophare portatif sur le toit du véhicule afin de dissuader les curieux d'approcher, il verrouilla les portières et se dépêcha de regagner la mission pour récupérer leurs manteaux et son sac à main. Il trouva Wingate et Siegel dans le cabinet de ce dernier, buvant un verre et bavardant. Merle prévint Siegel qu'il reviendrait le lendemain matin afin de l'interroger sur son comportement vis-à-vis de Kelsey.

En ressortant de la mission, il considéra les véhicules stationnés alentour et remarqua un couple dans une berline. Nombre de curieux, alertés par ses cris, se pressaient aux fenêtres donnant sur la rue. Rejoint par ses filles, Zaro était adossé à un réverbère.

Quelqu'un dans le quartier savait. Mais jamais il ne parlerait. Sa survie dans ce no man's land en dépendait.

Cette personne sentait que Merle parviendrait, tôt ou tard, à démasquer le tueur.

Elle savait que Kelsey était la clé de l'histoire.

Et Merle sentait qu'on les espionnait.

Ils n'échangèrent pas un mot jusqu'au domicile de Kelsey. Elle avait voulu lui tenir la main, sans porter de gant, et Merle avait bien entendu accepté.

En arrivant devant chez elle, il remarqua qu'elle s'était assoupie, et il se permit d'ouvrir son sac pour prendre ses clés. Il alla déverrouiller la porte, prit quelques instants pour convaincre Frosty qu'il venait en ami, puis revint avec la jeune femme dans ses bras.

La lutte avec Siegel et sa course effrénée pour rejoindre Kelsey avaient enflammé son genou. Il put néanmoins, en se déplaçant lentement, porter la belle endormie jusqu'à son lit. Il ôta ses bottines, dégrafa sa ceinture et fit glisser son jean le long de ses jambes. Enfin, il remonta le drap jusqu'à son menton et déposa un petit baiser sur son front.

— Bonne nuit, Kels. Fais de beaux rêves.

Elle avait frémi au contact de ses lèvres.

— Peux-tu ressentir mes sentiments pour toi ?

Etait-elle consciente, dans son sommeil, de sa peur en l'entendant hurler son nom ? De son angoisse tandis qu'il la cherchait dans la nuit glacée ? Le revoyait-elle alors qu'on lui tirait dessus ? Que son père l'abandonnait ?

Quelles étranges interrogations de la part d'un homme qui ne prétendait se baser que sur des faits concrets !

S'ébrouant, Merle se déchaussa et déboutonna sa chemise avant de s'allonger auprès de Kelsey et de la prendre dans ses bras. Elle remua en soupirant et vint se caler contre lui.

— Tu peux lire dans mes pensées, chérie.

Il se concentra sur chaque moment qu'ils avaient partagé :

les rires, les affrontements, les attouchements. Il songea à ses amis du commissariat et à sa mère qui n'avait jamais cessé de le soutenir. Il examina enfin la probabilité qu'il puisse tomber amoureux d'une femme telle que Kelsey.

— Je suis avec toi, lui dit-il à l'oreille.

Bientôt, il la rejoignait dans un profond sommeil.

8

— Bien. Mesdames et messieurs, que la réunion commence.

La personnalité du capitaine Mitch Taylor et sa carrure imposante avaient toujours su capter l'attention de Merle. Mais ce matin il lui en fallait plus pour le tirer de ses pensées, centrées sur le petit déjeuner qu'il venait de partager avec Kelsey.

— Nous sommes à quelques heures de la Saint-Sylvestre. La ville va entrer en ébullition. Il incombera à l'équipe C de faire régner l'ordre public. Tâchons d'anticiper les problèmes. On peut prévoir quelques soirées bruyantes, quelques consommations abusives d'alcool. Je veux que vous soyez particulièrement vigilants vis-à-vis…

Le discours habituel de son supérieur se mua en bruit de fond. Tee rejoignait Kelsey par la pensée et revivait les doux moments de leur réveil. Elle n'avait pas totalement retrouvé toute son énergie, mais elle s'était laissée aller à rire et jouer avec Frosty. Elle avait aussi beaucoup apprécié le soin avec lequel Merle avait préparé le café et beurré ses toasts.

Il s'était levé tôt afin de passer chez lui se changer avant de se rendre au commissariat. Kelsey était sortie de sa douche l'air reposé, malgré ses yeux légèrement cernés, et l'avait rejoint à table sans prendre la peine de faire son brushing façon rock-star des années quatre-vingt ; ses cheveux ondulaient naturellement, lui conférant une beauté nouvelle.

Merle avait eu, durant la nuit, tout le temps de mémoriser ses formes — et de regretter que sa mère lui ait donné une si bonne éducation. Chaque fois qu'il s'était éveillé, pour tendre l'oreille à un bruit inopiné, vérifier que Kelsey dormait paisiblement, changer de position, il avait pu constater son état d'excitation ; mais, au lieu de lui faire savoir, il s'était contenté de la serrer plus fort encore et de faire travailler son imagination.

Il avait l'intime conviction que leur premier baiser serait le point de départ d'un amour passionnel. Ce baiser allait lui permettre, en outre, de chasser les doutes de Kelsey sur son amour pour elle. Ils étaient comme deux silex, et quand on les frottait l'un contre l'autre…

— Inspecteur Banning ?

Un coup de coude de son voisin l'arracha à ses réflexions. Le sergent Maggie Wheeler s'adressait à lui.

— Désolée de vous déranger.

Elle fit glisser le long de la table de conférence une enveloppe scellée.

— Voici le rapport du laboratoire du CSI.

— Merci.

Il le parcourut, tout en prêtant l'oreille aux directives du capitaine Taylor.

— … donc, aucun progrès sur le cas de la fillette assassinée. Dossier suivant : le Tueur de Noël. Banning, avez-vous de nouvelles infos à nous communiquer ?

Sans cacher sa satisfaction, il lut à haute voix les grandes lignes du rapport que Maggie venait de lui transmettre.

— J'ai établi que Susan Cooper, alias Delilah, a été étranglée au moyen d'une écharpe de soie. Les cellules épithéliales retrouvées sur l'écharpe correspondent à celles prélevées sur la victime.

Et Kelsey savait cela bien avant les techniciens du laboratoire… Tee sourit ; sa collaboratrice le guidait dans son enquête telle une boussole dans un épais brouillard.

— Le labo poursuit les tests pour découvrir si l'écharpe peut être reliée aux autres victimes. Toujours est-il que tous les indices nous ramènent à la mission Wingate. Le révérend nous a spontanément offert de consulter ses registres et nous avons découvert que chaque victime a séjourné à la mission la nuit précédant son décès.

— Vous pensez à l'un des employés ? demanda Mitch.

L'image des mains osseuses de Marlon Siegel autour de la gorge de Kelsey lui traversa l'esprit.

— Tout à fait.

Il devait néanmoins faire preuve d'honnêteté ; les charges contre Siegel étaient bien minces et se résumaient à un état d'ébriété avancé lors d'une consultation mouvementée.

— Notre consultante m'engage à diriger mes soupçons vers un employé ou un habitué de la mission.

— Notre consultante, reprit une voix d'un ton pompeux.

Quelqu'un pouffa.

— Tu crois vraiment ce que la Givrée, pardon patron, Mme Ryan te raconte ? s'enquit Watkins.

Merle agrippa le rebord de la table pour rester maître de lui. Josh Taylor, qui se tenait juste derrière lui, se pencha pour lui dire à l'oreille :

— Je peux l'atteindre d'où je me trouve, si tu veux.

Merle sourit. Ce balourd de Watkins n'avait aucune chance face au terrible Josh Taylor. Mais aussi excitant que s'annonçait leur face-à-face, il avait d'autres projets.

— Je préfère attendre le bon moment pour lui régler son compte sans risquer de récolter une mise à pied. Ou, mieux encore, je laisserai Kelsey s'occuper de lui. Elle en est parfaitement capable.

Josh se mit à ricaner, ce qui fit redescendre sa tension.

Le capitaine Taylor poursuivit :

— Si je comprends bien, la prochaine étape consiste à vérifier les casiers judiciaires de tous ceux qui passent par la mission et à dresser leur profil ?

— J'ai déjà un programme.

— Bon boulot, Merle. On dirait que vous avez davantage progressé en une semaine que nous tous en dix ans, déclara le capitaine tout en notant quelque chose sur son calepin. Josh et A. J., vous vous occupez de relancer le labo. Au fait, pourquoi ne pas aider Banning à vérifier les alibis ?

— D'accord, patron, répondit A. J.

Josh leva le pouce en signe d'assentiment et se pencha de nouveau pour murmurer à l'oreille de Merle :

— Ainsi je saurai exactement pour quelle raison tu as rendu visite à ma femme hier.

— Je voulais voir Kelsey, pas ta femme.

— Quant à vous, Watkins…

La séance de débriefing touchait à sa fin. Merle aurait dû se douter que l'altercation entre les deux hommes n'avait pas échappé à Mitch Taylor.

— … vous travaillerez sur le cas Jézabel. Allez-y franco. Comme vous êtes un familier du quartier de la mission, je veux que vous travailliez sous les ordres de Banning et le secondiez, quelles que soient ses demandes. Voyez cette affectation comme une chance de mettre la main sur celui qui vous échappe depuis tant d'années.

Merle déduisit du grognement qui s'éleva dans son dos que Watkins était vivement contrarié que son incapacité à résoudre cette affaire soit de notoriété publique. Hé hé, il n'était pas indispensable d'user de ses poings pour obtenir sa revanche…

— Pour finir, continua le capitaine Taylor avec sévérité, je vous rappelle que le commissaire Cartwright suit de près cette affaire du Tueur de Noël. Avec ce dernier meurtre étalé à la une de tous les journaux, elle attend de nous que nous avancions sur l'enquête afin de contrer cette mauvaise publicité. Attendons-nous à avoir la presse sur le dos durant les prochains jours, voire les prochaines semaines.

Merle joignit ses protestations à celles de ses collègues.

— Préparez-vous à être assaillis de coups de fil des rédactions, à rencontrer des photographes là où vous ne les attendez pas. Restez polis et soyez honnêtes. Faites en sorte de donner une bonne image du service. Si vous avez le moindre doute, venez me voir.

Le capitaine referma son agenda, et chacun y alla de son petit commentaire. Et les chaises raclèrent le sol quand il lança à la ronde :

— La séance est terminée. Allons attraper ce sadique !

Josh et A. J. serrèrent la main de Merle, se répartirent les tâches qui leur étaient assignées et sortirent de la salle de réunion. Chaussant ses lunettes, Merle lut attentivement le rapport du laboratoire avant de rejoindre ses collègues dans la salle des inspecteurs.

— Tee ?

Surpris, il ôta ses lunettes et leva les yeux. Kelsey l'attendait à son bureau, là où elle se tenait lors de leur premier entretien, exactement dans la même posture.

Il esquissa un sourire, puis fronça les sourcils ; elle avait quelque chose de différent, aujourd'hui. Son regard trahissait une angoisse, le désir de se confier à lui.

— Tee…

Elle se leva de sa chaise et vint à sa rencontre en se frayant un passage entre les bureaux des inspecteurs.

— Kelsey ? Que se passe-t-il ? fit-il en la saisissant par les bras. Tu as eu une nouvelle vision ?

Il la sentait parcourue d'un léger tremblement, comme la vibration d'un insecte pris au piège. Elle regarda autour d'elle et recula d'un pas.

— Je suis désolée.

De quoi était-elle désolée ?

— Qu'est-ce que…

Il suivit son regard et découvrit Ed Watkins, qui souriait d'une manière insupportable. Le sang de Merle ne fit qu'un tour. Se moquer de Kelsey en son absence était une chose, être grossier en sa présence en était une autre, et il n'allait certainement pas le tolérer.

— Espèce de fils de…

— Hé, Watkins !

A. J. Rodriguez, qui avait assisté de loin à la scène, signifiait ainsi à Merle qu'il prenait la situation en main. Il lui fit un clin d'œil et se tourna vers Watkins avec un sourire faussement amical.

— Amène-toi, Watkins. Tu vas t'asseoir bien gentiment et me raconter tout ce que tu sais à propos de Jézabel.

— Maintenant ?

A. J. savait y faire.

— Maintenant.

L'air contrarié, Watkins traîna les pieds jusqu'au bureau de Rodriguez et s'assit en soupirant. Afin de la soustraire aux regards indiscrets, Merle conduisit Kelsey dans une salle d'interrogatoire.

— Navré pour le désagrément, dit-il en refermant la porte derrière lui. A. J. va lui passer un savon.

— Le sergent Watkins n'est pas le seul à se moquer de moi.

Kelsey tripotait son pendentif à travers son chemisier. Mauvais présage. Elle était agitée et semblait inquiète.

— Mais sa façon de me fixer me fait peur. J'ai la désagréable sensation que ses petits yeux noirs parviennent à lire en moi et qu'il sait quelle foldingue je suis en réalité.

— Hé !

Il voulut s'approcher d'elle mais elle leva les paumes pour l'en dissuader.

— Tu n'es pas une foldingue.

— C'est pourtant ce que tu pensais il y a quelques jours.

— Je te connais… mieux, à présent, répondit-il tout en songeant à certains aspects de sa personnalité qu'il ne comprendrait jamais tout à fait. Je n'aime pas que tu parles de toi de cette façon. Tu es intelligente, pleine de bon sens, attentionnée, courageuse…

Elle leva un sourcil et sourit faiblement.

— C'est censé être un compliment ? J'ai l'impression d'entendre Lucy Belle.

— Ah oui ? Eh bien, je pense que je l'aurais appréciée.

— Elle t'aurait bien aimé, elle aussi.

Abandonnant son pendentif, elle prit appui sur le dossier de sa chaise et eut un regard vers la porte.

— Le sergent Watkins me rappelle mon ex-fiancé. Lucy Belle ne le supportait pas.

— Tu étais fiancée ?

Qu'est-ce que cela avait de surprenant ? En quoi cela le dérangeait-il qu'elle soit sortie avec un autre homme ?

— C'est difficile à croire, n'est-ce pas ? Et pourtant, ce n'est pas la période la plus heureuse de mon existence.

— Et pourquoi ça n'a pas marché entre vous ?

— Principalement parce qu'il me traitait souvent de cinglée, de sorcière, ou pire encore.

— Quel salopard.

Elle fit la grimace.

— Tu peux le dire.

Tee ressentait de la colère, surtout contre lui-même.

— Je te présente mes excuses pour t'avoir jugée alors que je ne te connaissais pas. Tu attendais certainement de moi plus de compréhension. J'ai, pour ma part, quelques mauvais souvenirs dont je dois m'affranchir.

Kelsey s'avança et lui prit la main. Le contact direct lui manqua car, ce matin, elle portait ses gants. Leurs doigts se nouèrent et il l'attira à lui, savourant cet instant d'intimité.

— Ce qui te différencie des autres, Tee Merle Banning, c'est que tu apprends de tes erreurs. Tu veux sans cesse t'améliorer. Des types comme Watkins ou Jeb ont une vision étriquée de la vie. Ils ne voient que leur petite personne.

— Et toi, tu vois le monde à travers le regard des autres.

Kelsey retira sa main et chercha de nouveau à se saisir de son pendentif tandis que Tee tâchait de contenir son émotion.

— Alors, qu'est-ce qui ne va pas ? Pour quelle raison es-tu là ?

Kelsey attira une chaise à elle et s'y assit.

— Tout d'abord, je te remercie d'être resté avec moi cette nuit. Tu es un vrai gentleman. Tout de même, tu aurais pu me laisser prendre un taxi.

Merle s'assit à côté d'elle.

— Le chauffeur, lui, ne t'aurait pas portée jusqu'à ton lit.

Kelsey rougit.

— Tu as fait plus que cela ; auprès de toi, je me suis enfin sentie en sécurité. C'est la meilleure nuit que je passe depuis des mois.

Ainsi elle avait dormi à poings fermés, sans se douter qu'il veillait sur elle. Il en fut flatté, quoiqu'un peu frustré, et vit dans son attitude une nouvelle preuve de son courage.

— Mais un événement ce matin a mis à mal ce sentiment de sécurité, c'est ça ?

Elle baissa la tête, puis le regarda droit dans les yeux.

— On m'espionne.

Merle passa en mode alerte. Lui-même avait eu la sensation qu'on les observait la veille, à la mission.

— Explique-toi.

— J'ai remarqué une voiture garée devant la maison. Elle est arrivée quelques minutes après ton départ.

Il sortit son calepin et son stylo.

— Tu peux me la décrire ?

— Il s'agit d'un 4x4 gris. Je ne connais pas bien les marques ni les modèles, mais il n'est pas récent. Les ailes étaient rouillées.

— Combien d'occupants ?

— Un. Elle était plutôt mince, avec des cheveux noirs et une casquette dont la visière était baissée sur ses yeux.

— Elle ?

— Oui. Ses lèvres étaient trop charnues pour être celles d'un homme.

Ce n'était donc pas Marlon Siegel, ni aucun de ses suspects : sa liste ne comportait pas de femme.

— Et qu'est-ce qui te fait dire qu'elle t'espionnait ?

— Quand j'ai sorti Frosty, elle nous a suivis. Elle a aussi suivi le taxi que j'ai emprunté pour venir te voir.

Quelques questions suffirent à Tee pour se faire une idée de l'identité du personnage : Rebecca Page, reporter au *Star*, faisait des heures supplémentaires. Elle était vraiment prête à tout pour boucler l'enquête que son père avait commencée des années auparavant… Or Kelsey se serait bien passée d'une telle publicité.

— Je vais m'occuper de ça, promit-il avant de l'escorter jusqu'à son bureau. Le capitaine Taylor nous a prévenus que la presse ne tarderait pas à nous tomber dessus, mais tu ne devrais pas être concernée. Ne t'inquiète pas ; s'il y a bien un endroit où tu n'as rien à craindre de Rebecca Page, ou de qui que ce soit d'ailleurs, c'est ici.

Malgré ses protections auditives, Kelsey sursautait chaque fois que Tee appuyait sur la détente. La salle de tir, en cet après-midi du nouvel an, était déserte. Après une rude journée au cours de laquelle Kelsey avait dû affronter mille péripéties, Tee lui avait proposé de se réfugier au sous-sol.

Comme il l'avait prédit, aucun journaliste n'était venu l'importuner. Mais sa seule distraction étant d'observer le va-et-vient des inspecteurs, elle avait fini par trouver le temps long. Elle avait donc décidé de lister les faits dont elle se souvenait à propos des deux meurtres. Elle avait rempli plusieurs pages de son carnet avec ses impressions ; elle y avait transcrit des images, des odeurs, des sons. Plus elle écrivait, plus ces impressions semblaient réelles, et plus elle était agitée.

Enfin, vers 15 heures, Tee lui avait tapoté l'épaule et demandé d'aller leur chercher du café. A son retour, elle avait renversé un pot contenant des crayons et des stylos, et s'était excusée de sa maladresse. Remarquant à quel point elle était tendue, Tee avait éteint son ordinateur, pris leurs manteaux et lui avait offert de changer d'air.

Durant un bref instant, elle s'était imaginé un endroit feutré et romantique : un club de jazz, un Jacuzzi, le creux de ses bras…

Puis elle s'était souvenue de sa coéquipière, Ginny, la femme qui occupait ses pensées.

Elle devait voir en Tee un ami. Un partenaire. L'homme chargé de la protéger.

Attendre autre chose de lui risquait fort de lui causer des soucis autrement plus importants que la situation cauchemardesque dans laquelle elle se débattait.

Lorsqu'il l'avait conduite au sous-sol et avait allumé la lumière, elle n'avait pu réprimer un petit rire nerveux et s'était sentie soulagée. C'était donc là qu'il venait quand la pression était trop forte. L'endroit était effectivement calme et intime, bien que dénué de tout romantisme.

— Tu as des questions particulières ?

Elle soupira. Tee posa son arme sur le comptoir et l'invita à venir prendre sa place.

— Je ne sais pas si je saurai, Tee.

— Il ne faut pas avoir peur des armes. Tu dois te sentir en confiance. Pour ça, il faut que tu en apprennes le maniement.

— Qu'est-ce qui arrivera si je manque la cible et atteins celle d'à côté ? Ou si je détruis le mécanisme de déplacement des cibles ?

— Détends-toi, Calamity Jane. On ne donne jamais une arme chargée de vraies balles à quelqu'un qui n'a jamais tiré.

— Je n'ai même jamais tenu une arme.

— Eh bien, remédions à cela.

Il prit son revolver et le plaça d'autorité dans sa main droite. Puis il guida sa main gauche vers la base du chargeur et la laissa soupeser l'arme.

Kelsey eut un petit sursaut.

— C'est lourd.

— C'est une arme réglementaire, dit-il en haussant les épaules. Un Glock 9 mm.

Elle se mit en position ainsi qu'elle l'avait vu faire, un pied légèrement en avant.

— Je le tiens bien serré, je l'arme, et…

Le Glock lui échappa et elle le rattrapa de justesse.

— Je ne peux pas avoir une bonne prise avec ces gants en laine.

— C'est pourquoi nous portons des gants de cuir. Ils offrent une meilleure prise et nous protègent des flammes dégagées par l'explosion de la cartouche.

Elle parut réfléchir un instant, puis reposa l'arme sur le comptoir pour ôter ses gants turquoise.

— Tu n'es pas obligée d'essayer, après tout.

— Autant aller jusqu'au bout, tu ne crois pas ?

Elle inspira à fond et reprit l'arme. Une myriade d'images l'assaillit aussitôt, qu'elle parvint néanmoins à refouler. La crosse du Glock était chaude ; sa gâchette, froide. Elle tendit les bras, ferma un œil et visa la cible.

Tee vint l'enlacer par-derrière et l'aida à lever l'arme à la bonne hauteur.

— Là. Appuie doucement sur la gâchette.

Brusquement, elle n'était plus dans la salle de tir avec Tee. L'arme avait sa propre histoire à raconter et, avec le contact des mains de Tee sur sa peau, les sensations devinrent d'une saisissante clarté.

— Mon arme !

Tee palpait le sol autour de lui à la recherche de son revolver, leur ultime chance de survie. Ses poumons se vidaient de leur oxygène. Sa jambe le faisait tellement souffrir qu'il craignait de s'évanouir. Il n'arrivait pas à garder les yeux ouverts.

Une main vint placer l'arme dans la sienne et il serra les doigts autour de la crosse.

L'homme approchait. Cet enfoiré revenait terminer le travail. Il allait abattre Mac Taylor, puis les tuer tous.

Blessé à l'épaule, l'homme haletait.

— Je suis désolé, monsieur Taylor.

Il leva son arme mais Tee fut plus rapide. Une détonation retentit et l'homme s'écroula.

Tee avait sauvé la vie de ses collègues. Mais il n'avait pas la force de leur porter secours.

— Fichez le camp !

Il eut la sensation que sa poitrine se déchirait comme il leur criait de s'enfuir. Il n'avait qu'une seule envie : fermer les yeux et dormir pour ne plus ressentir la douleur.

Kelsey, tétanisée, tentait d'inspirer l'air à pleins poumons.

— Là, doucement. Lâche cette arme.

Il lui ôta le Glock des mains et la prit dans ses bras.

— Kelsey. Reviens parmi nous, chérie.

Elle sentit une odeur masculine et reconnut celle de Tee. Elle sut alors qu'elle était en lieu sûr. Elle l'enlaça et posa la tête contre son torse.

Elle trembla. Ses visions s'estompaient. Tee la cajolait tout en lui murmurant des paroles douces et apaisantes.

— Oh ! Tee. C'était horrible, gémit-elle en glissant les mains sous sa veste pour le serrer encore plus fort. Tu as été contraint de tuer un homme.

Du bout des lèvres, il lui effleura l'oreille, et cette caresse si légère la fit frissonner.

— Je suis désolé. Jamais je n'aurais dû te demander…

— On t'a tiré dessus, l'interrompit-elle.

Elle se pencha en arrière et le dévisagea. Elle reconnaissait la vision qu'elle avait eue le premier jour de leur rencontre, alors qu'ils déjeunaient ensemble. Elle l'avait vu gisant dans une flaque de sang.

— Ici, ajouta-t-elle.

Elle savait exactement où la balle avait pénétré. Du bout des doigts, elle toucha la cicatrice circulaire à travers l'étoffe de sa chemise.

— Et à la jambe. Tu as reçu une balle dans le genou.

Il prit sa main.

— N'y pense plus. C'est le passé. Je me sens en pleine forme.

— Pourtant, tu souffres.

Les larmes lui montaient aux yeux tandis qu'elle revivait la scène et prenait conscience que ce jour-là il avait sauvé des vies et qu'il avait failli y rester.

— J'ignorais que tu avais souffert à ce point.

— Je ne souffre plus autant, désormais.

Du revers de la main, elle sécha ses larmes et le regarda avec une pointe d'admiration.

— Le corps guérit, l'esprit se nourrit de nos expériences, l'instinct s'en trouve plus aiguisé pour le reste de l'existence, déclara-t-il d'un ton philosophe.

Il essuya une larme sur sa joue avec son pouce.

— Je ne veux pas que tu pleures à cause de moi. Je suis plus coriace qu'il n'y paraît.

— La vie ne t'a pas fait de cadeau, n'est-ce pas ?

Elle ignorait si elle ressentait cela à travers ses caresses, ou si elle avait passé assez de temps auprès de lui pour savoir que les autres l'avaient sous-estimé tout au long de sa vie. Mais ce dont elle était certaine, c'est que cette forme de persécution l'avait rendu plus déterminé et plus courageux que tous les hommes qu'elle avait croisés.

— A moi non plus, dit-elle encore dans un sanglot.

Elle se mit à lui caresser la joue, et sa barbe naissante

lui communiqua une étrange sensation teintée d'érotisme. Sa peau était chaude, et leurs corps, irrésistiblement attirés l'un par l'autre…

Elle entrouvrit les lèvres. Une chaleur toute féminine l'inondait. Il lui sembla qu'un nectar brûlant investissait ses jambes, ses seins, les faisant peser plus que de coutume.

Elle imagina Tee lui faisant l'amour. Ses larges épaules, ses fesses dénudées. Il montait sur elle et la pénétrait doucement, en une lente torture. Puis…

Cette vision imaginaire fut chassée par la pression, bien réelle, des lèvres de Tee contre les siennes. Son souffle vint à lui manquer et le temps parut s'arrêter.

Sa bouche s'offrit à la délicatesse de son baiser. Ses doigts se promenaient sur les muscles mobiles de sa mâchoire tandis qu'il penchait la tête de côté pour l'intensifier. Elle goûtait le léger arôme de café de son haleine et soupira d'envie et d'impatience tandis qu'elle s'enivrait de son parfum viril.

Tee la prit par les hanches, puis glissa les mains sous son sweat-shirt pour parcourir ses formes à travers la soie de son bustier.

Tout son corps s'embrasa et, jetant ses bras autour de son cou, elle se mit à caresser sa nuque.

Aucune image ne venait l'importuner, aucune sensation désagréable ou déstabilisante ne gâchait ce baiser. Il n'y avait que Tee qui l'embrassait, la tenait serrée dans ses bras. Il la plaqua contre le stand de tir et fit pression de tout son corps pour lui faire savoir, de façon on ne peut plus réaliste, combien il la désirait.

Kelsey sourit intérieurement. En elle coulait un petit ruisseau de lave.

A travers ce baiser, deux âmes solitaires s'unissaient,

deux personnalités hors du commun se trouvaient, deux cœurs meurtris battaient pour la première fois à l'unisson.

Puis les mains de Tee se figèrent et il cessa soudain de l'embrasser. Il reposa sa joue contre sa tempe et eut un long soupir de frustration.

Elle entendit alors la sonnerie de son téléphone.

— Il faut que je réponde, grogna-t-il en ôtant ses mains de sous son sweat-shirt. J'attends des appels importants…

Il l'interrogea du regard, comme s'il attendait d'elle la permission de l'abandonner ainsi, à la fois bouleversée et excitée.

— … à propos de notre affaire.

— Ne t'en fais pas.

Kelsey remit de l'ordre dans sa tenue, resserra son nœud de cravate et lui offrit le sourire qu'il attendait pour retourner à ses occupations professionnelles.

De toute façon, elle était en quelque sorte déjà comblée. Elle n'avait jamais embrassé un homme sans ressentir des sensations désagréables venant de son passé, or rien de tel ne s'était produit avec Tee. Ils étaient tout simplement un homme et une femme éprouvant des sentiments l'un pour l'autre. A un instant donné, bien ancré dans la réalité.

Il sortit son portable de sa poche et décrocha.

— Banning.

Son expression se troubla ; il eut un petit signe d'excuse pour Kelsey et se retourna.

— Ginny. Bonne et heureuse année à toi aussi.

Ginny.

Kelsey se sentit trahie.

Elle attrapa son sac à main, son calepin et ses gants, et s'en fut d'un pas précipité.

Il ne s'agissait que d'un baiser, après tout. Rien de plus

qu'une manière d'échapper à la peur et à la frustration que tous deux ressentaient.

— Hé !

Il l'agrippait par le bras, la forçant à s'arrêter. Il chuchota : « Ne t'en va pas », puis la relâcha et reprit sa conversation.

— Oui, Gin. Alors, qu'as-tu découvert ?

Kelsey n'avait aucune raison de se sentir blessée, ni d'en vouloir à Ginny Rafferty-Taylor ; c'était certainement une femme bien qui méritait le respect et la loyauté de Tee.

Mais une perfide petite voix lui soufflait que l'inspecteur la désirait… tant que la femme qu'il aimait vraiment était absente.

Que croire ?

Elle jugea qu'un peu d'eau fraîche sur le visage lui remettrait les idées en place.

— Je vais aux toilettes, chuchota-t-elle.

Il opina. Elle poussa la porte métallique donnant sur le couloir, laissant Tee, son coup de fil et son baiser derrière elle, et plissa les yeux le temps qu'ils s'habituent à l'éclairage, bien plus fort que dans la salle de tir.

Elle entendit alors un bruit de pas et se raidit. La suivait-on ?

Serrant son sac contre sa poitrine, elle parcourut du regard le couloir — la porte des vestiaires, celle qui donnait sur les escaliers, et tout au fond l'ascenseur.

Plus loin derrière elle, la porte de la buanderie se referma dans un petit son métallique.

Kelsey fit volte-face. Quelqu'un se cachait-il là ?

Un journaliste ? Un photographe ? Le meurtrier ?

— Il y a quelqu'un ?

Elle recula prudemment.

Elle pensait que s'éloigner de Tee lui ferait le plus grand

bien mais, à présent, elle aurait tout donné pour qu'il soit près d'elle.

Une paire de gants de cuir noir la saisit par-derrière et l'attira dans les toilettes réservées aux femmes.

Elle voulut hurler ; aucun son ne s'échappa de sa gorge. Elle mordit la main qui lui couvrait la bouche mais le gant, renforcé, l'empêcha d'atteindre la chair. Une main ferme la ceintura et la souleva de terre. Un objet contondant lui heurta la hanche.

— Arrêtez ! Otez vos sales pattes de moi !

Elle tenta de lui donner des coups de pied, de poing, de se raccrocher à l'encadrement de la porte, mais sa prise était trop assurée. Elle pouvait sentir le souffle chaud de l'homme dans son cou. Il l'attira vers un recoin de la pièce, derrière un muret qui les empêchait d'être vus depuis le couloir.

Il lui fit faire un demi-tour et la projeta violemment contre le mur. Une vive douleur lui vrilla le crâne et la fit vaciller.

— Non. S'il vous plaît… Tee !

Le temps qu'elle recouvre ses esprits, la main gantée revenait écraser sa bouche. L'homme pesait de tout son poids sur elle.

— C'est de ta faute si je suis mauvais, maudite garce !

Elle reconnut alors ces petits yeux noirs emplis de haine. Ed Watkins la tenait à sa merci ; dans son regard se lisaient le reproche et le mépris. Jeb avait eu cette même expression, celle de qui refuse d'admettre ce qu'il ne peut comprendre.

— J'ai déjà eu à m'occuper de filles comme toi. Je sais comment tu procèdes. Tu jettes un sort à tous ceux que tu croises, et ce n'est pas juste. Je sais comment tu te joues des hommes pour leur faire perdre la tête. Tu as une mauvaise influence sur mon équipe.

Des filles comme elle ? Son équipe ?

Le sergent lui postillonnait au visage ; il semblait plus désespéré que vraiment hors de lui.

— Arrête de prétendre que tu vois des choses dans ta tête, compris ? Je peux t'aider si tu veux bien m'écouter. Mais je ne pourrai pas te protéger si tu continues à raconter n'importe quoi.

Il osait prétendre qu'elle était folle alors que c'était lui qui délirait ?

— Je sais que cela arrivera encore et encore, et je ne peux le tolérer. Je ne pourrai pas assurer ta sécurité. Je n'ai pas pu garder Jézabel en vie. Mais j'ai essayé. Tu ne sauras jamais à quel point j'ai essayé. Tu vas rester en dehors de tout ça, d'accord ?

Il glissa la main dans son jean et la tira par la ceinture.

— Si tu ne m'écoutes pas, tu auras affaire à Jézabel.

Qu'avait-il dit ?

Insensiblement, elle fit glisser son sac le long de son bras.

Watkins prit sa matraque et la lui planta au beau milieu de la poitrine, lui coupant le souffle.

— Tout allait pour le mieux dans le quartier avant que Banning et toi ne débarquiez. Je n'avais pas prévu qu'un autre flic vienne fourrer son nez dans mes affaires. Mais je sais maintenant pourquoi mon territoire l'intéresse tant. Je vous ai vus tous les deux, là-bas.

Il fit descendre sa matraque jusqu'entre ses cuisses et un sale rictus déforma ses traits.

— Tu me fais penser à Jézabel. Tu as complètement tourné la tête à Banning. Il ne pense plus qu'à te baiser.

Sa grossièreté lui fut fatale ; Kelsey balança son sac à main, qui l'atteignit à la tempe. Bien que ce ne fût pas suffisant pour lui faire lâcher prise, il desserra son étreinte.

Kelsey hurla.

9

— Teeee !

L'angoisse saisit Merle à la gorge.

— Je dois te laisser, Gin.

— Qu'est-ce que je fais des infos à propos de la poupée ? C'est un objet de collection, et j'ai les noms des différents propriétaires…

— Et moi, j'ai un gros problème. Je te rappelle.

Merle raccrocha, prit son arme sur le comptoir et échangea les balles à blanc contre de vrais projectiles de 9 mm avant de s'élancer hors de la salle de tir.

— Kelsey !

Que pouvait-il bien lui arriver dans un commissariat ? Peu importait ; il avait juré de veiller à sa sécurité, que la menace vienne de sa propre équipe ou de l'extérieur.

— Kels !

Il déboucha dans le couloir désert. Des bruits de lutte et des voix étouffées provenaient des toilettes.

— Tiens bon, Kels !

Il s'élança dans les toilettes des femmes et contourna le muret, tenant son Glock bien en évidence à bout de bras.

— Qu'est-ce que… ?

Il avait affronté bon nombre de situations incroyables au cours de sa carrière, mais rien de ce qu'il avait vécu ne l'avait préparé à la vision d'Ed Watkins écrasant la gorge de Kelsey avec sa matraque.

— Cette femme est une vraie plaie, Banning, gronda le sergent. Content que tu viennes me donner un coup de main. Qui sait quel sortilège elle est capable de nous jeter.

Merle tenta de le calmer.

— N'oublie pas que tu es un flic, Watkins. Elle est de notre côté.

— Je n'ai rien fait, gargouilla Kelsey.

— Relâche-la.

Watkins était tellement en colère qu'il n'écoutait plus Merle et ne le vit pas approcher.

Mais il sentit la pression du Glock contre sa nuque. Le froid de l'acier le fit se figer.

— Je t'ai dit de la relâcher.

— Qu'est-ce que tu fabriques ? fit Watkins, stupéfait. J'essaie juste de t'aider.

— Lâchez-la, sergent.

C'était l'ordre le plus sec qu'il avait jamais donné. Il lui prit son arme de service et l'inséra dans son ceinturon tandis que Watkins laissait choir sa matraque.

— Sors de là, Kels.

La jeune femme se faufila le long du mur et récupéra son sac à main avant de venir se blottir derrière son sauveur. Brave petite fille.

— Tu es de son côté ? J'aurais dû m'en douter, Banning. Elle est comme Jézabel. Tu es sous son emprise. J'arrive trop tard.

Le sergent était en plein délire.

— La ferme ! Face au mur.

Watkins connaissait bien la procédure ; il posa les mains contre le mur et s'y appuya en écartant les jambes.

— Tu commets une grave erreur, Banning.

— Mais oui, c'est ça. Où caches-tu ton arme de secours ?

Tous les policiers en possédaient une, en particulier ceux qui patrouillaient dans les quartiers chauds. Watkins ne faisait sûrement pas exception.

— A ma cheville droite. Il faut que je te parle, Banning, et tu dois m'écouter.

Ignorant ses protestations, Merle le garda en joue comme il se baissait pour le délester de son arme de secours.

— Je ne lui ai pas fait de mal, déclara Watkins. Je voulais juste la prévenir qu'ils en ont après elle. Il ne faut pas qu'elle retourne là-bas. On ne pourra pas assurer sa protection.

Merle sentit ses muscles se contracter.

— Tout va bien, Kels ?

— Ma tête a cogné le mur. J'ai eu très peur. Il a dit quelque chose au sujet de Jézabel et de moi. Il prétend que notre présence sème la pagaille dans ses affaires. Cela ne rime à rien.

Elle semblait choquée, mais elle tenait le coup.

— Allonge-toi au sol, Watkins.

— Qu'est-ce que tu vas faire ? M'arrêter ? demanda le sergent en commençant à se retourner.

— A terre !

Après que Watkins eut obtempéré, Merle le maintint en appuyant son genou au milieu de son dos et lui passa les menottes. Puis il se releva, appela de l'aide et inspecta Kelsey du regard afin de s'assurer qu'elle n'était pas blessée.

— Comment va ta tête ?

— Ça va mieux, dit-elle en s'accrochant désespérément à son pendentif.

Il n'était pas en mesure de la réconforter ; Watkins gigotait comme un beau diable et déblatérait.

— Tu ne peux pas me faire ça, Banning. Relâche-moi

et laisse-moi retourner dans le quartier de la mission. Tout va s'arranger. Il faut que je retourne patrouiller dans les rues. Il finira par la trouver, tout comme il a trouvé Jézabel.

— Qu'est-ce que tu racontes ? Qui va la trouver ? Siegel ? Zaro ? Qui en veut à Kelsey ?

Merle s'agenouilla et saisit Watkins par le col pour sonder son regard de lâche.

— Qui ?

— Tee, il ne tourne pas rond, dit Kelsey en le prenant par les épaules pour apaiser sa colère. Je ne pense pas qu'il soit en état de comprendre ce que tu lui dis.

— Il est suffisamment conscient pour t'agresser, rétorqua-t-il avant de reporter son attention sur Watkins. Qu'est-ce que tu veux à Mme Ryan ?

— On raconte dans le quartier qu'elle parle de choses qui ne sont pas censées exister. Elle rend les gens nerveux et attire l'attention sur des personnes qui souhaitent plus que tout rester anonymes.

— Des noms, Watkins. Je veux des noms.

— Je ne sais pas.

Merle entendit tinter le carillon de l'ascenseur, puis des bruits de pas dans le couloir ; ses collègues arrivaient à la rescousse. Il se releva et entraîna Kelsey loin de Watkins.

— Sergent… Ed ! Qui en a après Mme Ryan ?

— Jézabel est au courant. Je l'aimais. J'ai tout fait pour l'aider, mais j'ai échoué. Lui savait qu'elle était différente. Son mari l'a fichue dehors et elle s'est retrouvée livrée à elle-même…

— De qui parles-tu ? Qui est le mari de Jézabel ? Cette info nous permettrait de connaître sa véritable identité. Allez, Ed, il me faut des réponses sensées. Pourquoi l'aurait-il fichue dehors ? Pourquoi l'a-t-on tuée ?

Etait-ce un sanglot qu'il avait entendu ? Oui, ce crétin de Watkins pleurait comme un enfant.

— Je ne le connais pas… Elle n'a jamais prononcé son nom… J'ai cherché pendant toutes ces années. Si seulement je l'avais trouvé… j'aurais sauvé toutes ces filles. Pauvre Jézabel !

Merle revint s'accroupir près de lui.

— Sais-tu qui les a tuées ?

— Non. Mais je sais pourquoi.

Il le prit par les épaules et le secoua.

— Pourquoi ?

Le sergent tourna lentement la tête et regarda Kelsey ; il semblait terrorisé.

— Elle seule peut le découvrir. Jézabel détient la réponse.

— Que voulait-il dire par « Jézabel détient la réponse » ?

Kelsey avait sorti son pendentif de sous son sweat-shirt et le serrait entre ses doigts.

— Ne te laisse pas influencer par Watkins. Notre psy pense qu'il est sujet à un genre de dépression nerveuse.

— Oui, et je suis la cinglée qui l'a poussé à bout.

— Je t'interdis de penser ça.

Merle détourna un instant le regard de la route et tendit la main pour lui caresser la cuisse. Son intention était de la rassurer, en toute amitié ; mais à la façon dont elle accueillit ce geste, comme si elle se faisait violence pour ne pas repousser sa main, il comprit qu'il ne faisait qu'ajouter à son stress. A contrecœur, il replaça sa main sur le volant.

Il détestait la voir dans cet état, fermée sur elle-même et tendue, tout comme elle l'était le jour de leur rencontre.

Il était encore tout retourné par ce baiser échangé au stand de tir et la rapidité avec laquelle ils s'étaient jetés dans les bras l'un de l'autre. Il avait d'abord juste voulu la tenir dans ses bras afin de lui permettre d'évacuer la souffrance qu'elle avait lue en lui et ressentie — sa douleur lorsqu'il avait reçu les deux projectiles, sa peur de mourir sans pouvoir venir en aide à ses coéquipiers, la dure nécessité de lever le canon de son arme et d'appuyer sur la détente. Mais très vite, il n'avait songé qu'à l'embrasser, à sentir ses courbes, à se jeter dans ce feu qui brûlait au plus profond d'elle-même.

Alors, il l'avait embrassée. Et, comme elle ne l'avait pas repoussé, il avait intensifié ce baiser.

Sa réaction l'avait surpris. Elle qui évitait tout contact charnel avec les autres s'était accrochée à lui, l'avait touché à mains nues, et n'avait rien fait pour briser cette étreinte.

C'était la passion la plus sincère, l'expérience la plus intense qu'il ait jamais vécue.

Puis son portable avait sonné et le contact avec Kelsey avait été rompu. Il l'était toujours, apparemment.

— Méfie-toi de ce que raconte Watkins. Il éprouvait des sentiments pour Jézabel. Il a tenté de la retrouver après que son mari l'a répudiée. Puis elle a été assassinée. Il n'a pas pu la sauver, pas plus qu'il n'a été capable d'identifier son assassin. Une telle culpabilité peut briser la vie d'un homme.

— Mais quel est le lien avec moi ? Le sergent Watkins ne supporte pas ma présence. Pourquoi a-t-il dit que j'étais la seule à pouvoir comprendre Jézabel ?

Kelsey se tourna vers sa vitre — ils traversaient un quartier animé, aux rues noires de gens se préparant à faire la fête — mais son regard se perdit dans le vague.

— Il faut vraiment détester sa femme pour la jeter à la rue sans un sou, tout en sachant qu'elle n'a nulle part où aller, poursuivit-elle. Dieu merci, il y a des endroits comme la mission pour accueillir les pauvres gens…

— Je comptais sur Watkins pour nous donner des infos sur le mari. Son nom ou, à défaut, sa description. S'ils étaient réellement si proches, Jézabel a dû se confier à lui.

Watkins, qui avait été bouclé pour agression, était actuellement l'invité officiel du KCPD et ce, jusqu'à la fin de la trêve du nouvel an. A cause de sa santé mentale défaillante, il purgerait sa peine dans une chambre d'hôpital, et non dans une cellule.

— Il a insisté pour que j'entre en contact avec Jézabel. Tantôt il m'accuse d'être une sorcière et m'interdit d'utiliser mes dons, tantôt il me considère comme la seule personne à même d'aider sa défunte petite amie.

Kelsey poussa un profond soupir qui laissa une traînée de buée sur la vitre côté passager.

— Je ne demande qu'une chose, reprit-elle, c'est d'être débarrassée des fantômes de ces pauvres filles. Je ne pensais pas provoquer une telle pagaille.

— Tu n'as rien fait, rétorqua Merle en ralentissant l'allure comme ils approchaient d'un feu rouge. Nos investigations dans le quartier ont provoqué une suite de réactions en chaîne. Le meurtrier est intelligent ; il sait que, sans preuves, nous ne pouvons pas l'inculper. Et, bien que tu m'aies fourni de précieux indices, comme les empreintes sur la poupée, je n'ai toujours pas de véritable suspect.

— Et si le meurtrier n'était pas aussi malin ?

— Il est parvenu à s'en tirer depuis onze ans. Je suis de plus en plus convaincu qu'il est sacrément intelligent.

— C'est drôle comme cela ne me rassure absolument pas.

Un sarcasme ? Reprenait-elle du poil de la bête ?

Le feu passa au vert ; Merle demeura un instant perdu dans ses pensées. Puis, sans dire un mot, il passa une vitesse et lança le véhicule dans la première rue à droite.

— Ce n'est pas le chemin pour aller chez moi, fit remarquer Kelsey en se trémoussant dans son fauteuil.

— C'est le nouvel an. Nous avons bien le droit de fêter ça.

Elle le regarda brièvement, puis se détourna. Bien ; leurs regards s'étaient enfin croisés.

— S'il te plaît, Tee. Faire la fête est vraiment la dernière de mes préoccupations. Je n'ai pas envie d'attendre dans un bar que tout le monde s'embrasse. Toucher tous ces gens…

Elle frissonna. Il prit la direction du centre-ville.

— Je ne veux pas te savoir seule chez toi, cette nuit, et j'ai comme l'impression que tu ne comptes pas m'inviter.

— As-tu la moindre idée de ce que représente pour moi la foule ? Etre frôlée, touchée par des inconnus ? Surtout lorsqu'ils sont soûls et délurés ? C'est un peu comme si tous ces gens hurlaient dans mon oreille en même temps. Je ne peux pas appuyer sur un bouton pour les faire taire. Je suis trop fatiguée ce soir pour supporter ça.

— Fais-moi confiance. J'ai quelque chose de très calme en tête.

Elle ajusta la couverture sur ses jambes.

— Je ne pense pas être de bonne compagnie, ce soir.

— Aurais-tu peur que je cherche à reprendre notre baiser là où nous l'avons laissé ?

Elle le fusilla du regard, puis reporta son attention sur la route. Les lumières du tableau de bord et l'éclairage urbain permirent à Merle de remarquer qu'elle rougissait. Elle ne prit pas la peine de lui répondre.

— Ou bien aurais-tu peur que je n'essaie pas ?

— Tee !

— Tiens.

Il sortit un billet de vingt dollars de sa poche et le posa sur ses cuisses.

— Pour quoi faire ?

— Payer ta course de taxi, répondit-il en lui souriant.

— Je ne veux pas de ton argent.

— Prends-le comme une assurance. Si tu n'aimes pas mon idée, tu pourras prendre un taxi sur-le-champ.

— C'est la maison de ta mère ?

Quand Tee promettait quelque chose, il tenait parole. Le coin était effectivement tranquille.

— On ne va pas la déranger ?

— Absolument pas.

Tee avait un sourire coquin qui lui laissa penser qu'ils bravaient un interdit. Un peu comme sortir après le couvre-feu, ou sauter tout nu dans la piscine familiale. Il sortit un trousseau de clés et l'agita devant son visage.

— J'ai toujours le double de ses clés.

Comparée aux imposantes bâtisses du quartier, la maison de Mme Banning était plutôt modeste. Mais elle possédait un beau terrain derrière son mur d'enceinte fiché de pointes en fer forgé.

Kelsey se sentit bien et en sécurité dès qu'elle entra. La décoration était simple mais de bon goût. Cosy.

Tee referma la porte derrière eux et mit le verrou. Puis il aida Kelsey à ôter son manteau et le suspendit à la patère près du sien.

— Pourquoi m'as-tu amenée ici ?

— Primo, je savais qu'on serait tranquille. Ma mère est chez sa sœur et son beau-frère à Albuquerque. Secundo, nous sommes sur une colline, ce qui nous permettra d'être aux premières loges pour le feu d'artifice municipal. Et tertio — le plus important —, je sais qu'elle garde toujours une bouteille de champagne au frais.

Il la prit par la taille pour la guider vers la spacieuse cuisine, à l'arrière de la maison. Kelsey sentit son humeur s'égayer et comprit que c'était là l'intention première de Tee. Ses migraines et ses visions des jeunes femmes assassinées l'avaient littéralement épuisée.

Se retrouver dans la jolie maison de Moira Banning à 11 heures du soir et fouiller dans son réfrigérateur avait quelque chose d'excitant.

— Ta mère doit être une femme exceptionnelle.

— Elle l'est. Bien sûr je ne suis pas objectif puisque je n'ai qu'elle depuis mes huit ans. Mais ne t'inquiète pas. On lui rend service, ce soir.

— Comment ça ?

— Je lui ai promis de venir en son absence vérifier que tout allait bien, dit-il en souriant. Là, vois-tu, je vérifie le frigo.

Il lui désigna un placard près de l'évier.

— Les assiettes et les flûtes sont là.

Kelsey contourna le comptoir central.

— Tu es culotté, Banning.

— Oui, mais je suis tellement mignon. Demande à ma mère, elle te le dira.

Kelsey rit de bon cœur.

Les sandwichs au fromage et les biscuits salés s'accordèrent plutôt bien avec le champagne. Ils trinquèrent à la nouvelle année et à la santé de Moira. Kelsey se sentait à présent détendue — autant que pouvait l'être un médium qui avait vécu deux meurtres de suite et tombait amoureuse d'un homme qui en pinçait pour une autre.

Tandis qu'elle aidait Tee à remplir le lave-vaisselle, elle fut frappée par une révélation : en s'échappant de ses bras, elle avait eu la réaction la plus stupide de toute sa vie. C'était l'homme le plus posé, le plus gentil et le plus intelligent qu'elle ait jamais rencontré.

Lucy Belle lui avait-elle ouvert les yeux sur ses sentiments à son égard ? Depuis le début de leur relation, elle avait l'intuition que Tee était différent des autres hommes.

Il avait affiché un certain scepticisme envers ses dons, jamais de la peur. Il lui avait tenu tête, mais toujours avec respect. Il l'avait embrassée, mais n'avait pas cherché à fuir.

Elle avait fui.

Oh mon Dieu !

Si seulement sa grand-mère avait été là pour l'écouter et l'encourager… *Ne perds jamais espoir dans tes relations avec les autres, Kelsey.* Elle se remémorait son accent si particulier, pouvait sentir le goût âcre de son tabac quand elle fumait sa pipe sur le perron durant les longues soirées d'été. *Tu ne devras jamais perdre espoir dans la vie ni cesser de rechercher le bonheur.*

De quoi était fait son bonheur ?

Son travail ? Son chien ? Le fait d'aider les autres ?

Tee ?

— Alerte ! Sujet perdu dans ses pensées, plaisanta ce dernier.

Kelsey refit surface. Penché sur elle, Tee la dévisageait.

— Qu'est-ce qui a fait naître une ride entre ces jolis yeux noisette ?

Elle voulut lui caresser la joue pour le rassurer, mais, comme elle ne portait pas de gants, elle se ravisa. Son geste n'échappa pas à Tee.

— Je réfléchissais à mes résolutions pour le nouvel an.

— Et quelles sont-elles ?

— Je vais suivre certains conseils de Lucy Belle. Je veux consacrer plus de temps aux choses qui me sont chères.

— Lesquelles sont ?

Elle effleura sa chemise du bout des doigts ; les sensations qu'elle éprouva étaient vagues et incomplètes.

— Je n'en ai pas encore dressé la liste. Tu m'as interrompue.

— Toutes mes excuses.

Il jeta un regard à sa montre et prit une grande inspiration. Il faisait penser à un adolescent excité.

— Plus que quelques minutes avant minuit.

Il sortit de la cuisine et revint avec leurs manteaux.

— Que fais-tu ?

— Dépêche-toi. Je ne veux pas qu'on rate le décompte et le feu d'artifice.

Kelsey eut tout juste le temps d'enfiler ses gants avant qu'il l'entraîne dans le jardin à l'arrière. Les pans de leurs manteaux volaient dans le vent glacial ; l'épaisse couche de neige leur arrivait à hauteur de genou. Elle se laissa guider jusqu'à un petit monticule.

— Nous serons bien, ici.

Il s'arrêta près d'un vieux chêne dont les branches ployaient sous le poids de la neige et fit un tour complet sur lui-même pour embrasser le paysage du regard.

— Quelle vue magnifique.

La vue était magnifique, certes, mais le froid était glacial.

Kelsey se blottit dans son manteau. Tee lui communiquait son enthousiasme, ce qui la faisait se sentir bien.

Les murs d'enceinte les isolaient du voisinage sans pour autant leur boucher la vue. Le ciel était chargé de nuages bas qui réfléchissaient les lumières de la ville. Kelsey sourit ; la place de la mairie, en contrebas, scintillait de mille feux. Tee ne cessait de consulter sa montre en trépignant d'impatience.

Cet instant magique agissait comme un antidote contre les pensées moroses, la culpabilité et la peur. Quand les cloches des églises environnantes entamèrent les douze coups de minuit, elle était en totale communion avec Tee.

Son cœur se mit à battre plus fort et les larmes lui vinrent aux yeux.

Lucy Belle attendait d'elle qu'elle soit heureuse ? Pourquoi ne pas montrer à Tee qu'elle partageait sa bonne humeur ?

Tandis qu'il levait les yeux vers le ciel dans l'attente du feu d'artifice, elle se baissa discrètement.

Il se mit à compter tout haut les coups du carillon.

— … trois, deux, un…

Ils venaient de basculer dans une nouvelle année.

Et Kelsey lui lança une boule de neige dans le dos, la première depuis…

Il était fort probable que ce soit la première fois qu'elle se livrait à ce petit jeu.

— Ah, c'est comme ça ?

Quand il se retourna, un désir de vengeance pour rire brillait dans son regard.

— Tee…

Elle leva les mains pour se protéger tout en reculant. Il roula une boule de neige entre ses mains et avança lentement vers elle.

— Ne commence jamais quelque chose si tu ne peux en assumer les conséquences.

Elle sut lire le double message contenu dans cet avertissement. Il arma son bras : la partie commençait.

— Tee !

Elle disparut sous les branches les plus basses d'un sapin. La boule de Tee l'atteignit quand même au bras, laissant une marque blanche sur la manche de son manteau. Elle ramassa un gros paquet de neige qu'elle compacta soigneusement et contourna le tronc afin de prendre Tee à revers. Il avait les mains cachées dans le dos et sifflotait.

— Je vois clair dans ton petit jeu, Tee !

— Tu fais bien !

Elle lança sa boule de neige. Tee l'esquiva et lança une boule à son tour. Il l'atteignit en pleine poitrine.

— Argh ! C'est froid !

Elle tira sur son sweat-shirt. La neige fondait déjà et mouillait son soutien-gorge.

— A la guerre comme à la guerre, répliqua-t-il.

Elle dévala le monticule en lui fonçant dessus et projeta des paquets de neige au-dessus de lui, qui retombèrent en pluie sur sa tête. Elle se mit à rire.

— Prends ça !

A son tour de sentir la fraîcheur de la neige à même la peau ! Kelsey riait si fort qu'elle ne parvenait plus à préparer ses munitions.

Lorsqu'elle le vit approcher, le bras levé, elle courut vers son abri sous le sapin. Tee se lança à sa poursuite et tira ; elle fut touchée aux fesses.

— Ouch ! Ne lance pas si fort. Je suis une fille.

— Je ne risque pas de l'oublier.

De longs sifflements se firent alors entendre, et les fusées du feu d'artifice explosèrent dans le calme de la nuit, illuminant le ciel. Kelsey sortit de sa cachette avec une énorme masse de neige qui atteignit Tee à la poitrine.

Il vacilla ; en voulant ajuster son tir, il prit appui sur sa jambe droite et perdit l'équilibre. Il glissa et dévala la pente en direction de la clôture.

— Tee !

Sa bonne humeur céda soudain la place à une vive inquiétude. Elle s'élança vers lui, le cœur battant.

— Tee !

Il termina sa course en heurtant brutalement la clôture, et un paquet de neige lui dégringola dessus.

— Bon sang de bonsoir !

Il s'était blessé !

Elle s'agenouilla près de lui et fit pression sur son torse pour l'empêcher de se relever, jugeant sage qu'il reste allongé pendant qu'elle inspectait son genou.

— Tout va bien ? On devrait être plus prudent.

— Je te tiens.

Il l'enlaça et la fit rouler sous lui. L'épais matelas de neige épousa ses formes. Tee respirait profondément. Le désir flambait dans ses yeux. D'une main, il lui souleva la tête.

— J'ai eu peur que tu te sois fait mal, dit-elle.

— Calme-toi. Je me suis tordu le genou, c'est tout. Mais avec ce froid, il me faut quelques minutes pour récupérer.

— Je peux faire quelque chose ?

— Crois-moi, chérie, je me sens déjà beaucoup mieux.

Un étrange mélange de froid et de chaud la fit frissonner. La pression qu'exerçait Tee contre son bassin était exquisément sensuelle. Ses lèvres la brûlaient tandis qu'il la dévorait du regard et ses seins pointaient, exigeant d'être caressés. Une chaleur douce et moite prit naissance entre ses jambes et se répandit en elle.

Etait-ce bien ou mal ?

Elle sonda son regard, à la recherche de la lueur de sincérité et de confiance dont elle avait tant besoin.

Elle la trouva.

— Tee…

— Bonne année, Kels.

Alors qu'il baissait la tête pour l'embrasser, elle passa les bras autour de son cou.

— Bonne année, Tee, répondit-elle dans un soupir.

Elle entrouvrit les lèvres dans l'attente de son baiser.

Elle sentit ses mains parcourir son corps tandis que leurs bouches s'unissaient passionnément. Il prit son visage entre ses gants froids et humides, puis sa main se referma sur son sein pour le masser doucement à travers son sweat-shirt.

Elle eut un petit gémissement et commença à onduler des hanches, l'encourageant à poursuivre sa torture sur son autre sein. Il glissa la main sous ses vêtements ; le cuir froid de son gant contre sa peau la fit frissonner de volupté.

Elle écarta les cuisses, l'invitant à la posséder. Tee émit un petit râle et ajusta son bassin contre ses hanches. Malgré leurs vêtements, elle pouvait sentir son sexe en majesté, et elle s'impatientait de l'accueillir en elle.

Les sensations qu'il lui communiquait étaient tout aussi chargées d'érotisme et de volupté que ses attouchements. Tee avait longtemps attendu ce moment. Il l'avait désirée plus qu'aucun autre homme ne l'avait fait, pas même Jeb, son ex-fiancé. Tee était impétueux, entreprenant. Gentil et bon.

Ses doutes l'avaient quittée, ses peurs n'existaient plus. Elle ressentait de la confiance, du désir, de la passion pour cet homme.

Leurs lèvres se séparèrent et il se mit à déposer des petits baisers le long de son cou. Un peu essoufflée, elle inspira une grande bouffée d'air frais et s'agrippa à ses épaules.

— C'est trop fleur bleue si je te dis que je vois des feux d'artifice quand tu m'embrasses ?

Tee soupira et releva la tête ; son regard brûlait d'un désir encore inassouvi. Avec un sourire d'enfant émerveillé, il admira la voûte céleste étincelant de mille feux multicolores.

Elle l'attrapa par la nuque pour qu'il reprenne son baiser.

La peau de Kelsey était glacée, mais Merle la sentait en feu à l'intérieur. Ce petit jeu dans la neige était décidément une excellente initiative.

Son plaisir le rassurait, et calmait son sentiment de culpabilité d'avoir laissé Watkins l'approcher. La voir s'amuser dans cette bataille de boules de neige lui avait fait chaud au cœur, et maintenant sentir son corps ondulant de désir et totalement offert décuplait son envie de la posséder.

Jamais il n'avait ri comme il riait avec Kelsey. Jamais il n'avait embrassé une femme comme il embrassait Kelsey. Jamais il ne s'était laissé aller comme il le faisait avec elle. Pas même avec Ginny. Pas même dans ses rêves les plus audacieux. Son intérêt pour les blondes au type scandinave semblait passé de mode à présent qu'il avait Kelsey.

Il prit alors conscience que ses sentiments pour Ginny étaient le fruit de son imagination.

Kelsey, elle, était bien réelle, et il avait besoin d'une réalité à laquelle s'accrocher. Il lui faudrait un jour s'accepter tel qu'il était : un ancien trouillard qui préférait bouquiner dans son coin plutôt que de se bagarrer avec les autres garçons. Un homme qui voulait se prouver des choses. A lui, comme au monde entier.

Kelsey le faisait se sentir bien. Elle le tenait éloigné de ses démons. Elle l'acceptait tel qu'il était, et ne lui demandait rien d'autre que de la désirer et de l'aimer davantage.

Malgré le feu qui coulait dans ses veines, il sentait la douleur poindre dans son genou. Il ne voulut pas risquer l'incident au moment crucial.

A contrecœur, il mit un terme à leur baiser et roula sur le côté, espérant que la neige calme son excitation. Puis il se leva avec précaution et tendit la main à Kelsey.

— Aide-moi à rentrer, tu veux bien ?

Elle se glissa sous son bras droit pour soulager son poids et le tint par la taille.

— Tu t'es vraiment fait mal.

Il l'attira à lui pour l'embrasser sur la tempe.

— Mon genou n'est pas ce qui me torture le plus, chérie. Je ne pense pas que nous ayons envie de terminer dans la neige ce que nous avons commencé. Parce que, à moins que tu aies une objection, je ne compte pas m'arrêter en si bon chemin.

Une légère teinte rosée colora ses joues. Avec un petit hochement de tête, elle caressa la ligne de sa mâchoire et plongea ses yeux dans les siens.

— Je n'ai aucune objection.

Soudain, ils ressentirent l'urgence de rentrer dans la maison. Cahin-caha, ils gagnèrent la cuisine. Quand ils se furent aidés à ôter leurs manteaux, il la prit par la main et la mena à l'étage, dans sa chambre de jeune homme, où ils se dépêchèrent d'enlever leurs vêtements mouillés.

Un sweat-shirt, un chemisier… un bustier de soie !

— Combien de couches portes-tu, femme ? grogna-t-il en écrasant sa bouche contre la sienne.

— Je suis frileuse.

La belle excuse ! Merle savait néanmoins que c'était sa façon de se protéger des contacts avec les autres.

— Mais je te fais confiance pour me réchauffer, ajouta-t-elle en défaisant elle-même son bustier.

— Je ferai de mon mieux.

Sur ce, il fondit sur sa gorge offerte et, tandis qu'elle s'adossait au mur en poussant un râle de plaisir, il prit ses seins dans la coupe de ses mains et se mit à en titiller les pointes à travers la dentelle du soutien-gorge. Elle le saisit par les cheveux et guida sa bouche vers ses tétons érigés.

Il les mordilla. Elle tressaillit et cria son nom.

— Je ne vais pas tenir longtemps… On devrait…

Il déposa son arme et son insigne sur la table de nuit, prit un préservatif et se débarrassa rapidement de son caleçon. Entre-temps, Kelsey s'était glissée sous les draps.

Il vit qu'elle avait conservé ses gants.

Il fronça les sourcils et vint la rejoindre.

— Qu'est-ce que tu fais avec ça ?

Il saisit sa croupe à pleines mains et pressa son corps nu contre le sien. Puis, bien qu'il soit au comble de l'excitation, il se tint immobile, attendant qu'elle daigne répondre.

— Je ne veux pas gâcher cet instant. Je ne voudrais pas que tu te sentes mal à l'aise…

Une envie toute masculine de la posséder et de la protéger s'empara de lui ; il lui leva gentiment la tête afin de croiser son regard et caressa de son pouce sa lèvre inférieure.

— Je ne veux pas que tu t'interdises de me toucher. Je ne veux pas non plus que tu contiennes tes émotions de peur que je t'abandonne ou te traite de folle. Je serai peut-être surpris, peut-être curieux, peut-être séduit, qui sait ? Mais dans tous les cas, je ne te jugerai pas. Donne-moi une chance de découvrir ta véritable personnalité. Sois toi-même, en toute circonstance, et sois honnête avec moi. Je t'en prie, Kels.

Il prit ses mains et les appliqua contre son cœur battant.

— Je peux ?

Elle eut un petit signe d'acquiescement.

Lentement, il lui ôta ses gants turquoise, un doigt après l'autre, ne se détachant d'elle que pour les déposer sur la table de nuit. Puis il embrassa le bout de ses doigts, ses paumes. Kelsey ouvrit grand les yeux de surprise et, lorsque ses paupières s'abaissèrent à moitié, Tee sut qu'elle lisait clairement en lui le brûlant désir qu'il éprouvait pour elle.

— Touche-moi, caresse-moi, murmura-t-il, voulant gagner sa confiance tout en lui offrant la sienne.

Prenant une grande inspiration, Kelsey posa les mains sur son torse et ferma les yeux.

— Ah… ma chérie.

Elle jouait à présent avec ses tétons. Son sexe tendu battait contre ses hanches.

— Comme ceci ? fit-elle d'un air coquin.

Elle fit glisser ses mains le long de ses flancs et Merle fut pris d'une délicieuse chair de poule.

— Oui…, susurra-t-il en la serrant plus fort encore, c'est bon ce que tu me fais.

— Tu as envie de moi.

Elle se pencha pour l'embrasser dans le cou, et ses seins vinrent s'écraser sur son torse.

— Tu as envie de moi, répéta-t-elle.

Il la fit rouler sur le dos et se positionna entre ses jambes, face à la source humide et chaude de sa féminité. Il lui sourit et elle lui renvoya son sourire. Il entra en elle doucement.

— Nul besoin d'être médium pour le savoir.

10

Kelsey s'éveilla, à l'aube de cette nouvelle année, totalement nue et le corps délicieusement chaud.

L'hiver avait beau faire rage, elle se sentait comme dans un éternel printemps, blottie dans les bras de Tee.

Emergeant paresseusement de son demi-sommeil, elle vit par la fenêtre que la neige tombait à gros flocons. Elle parcourut du regard la pièce et sourit en découvrant des détails qui lui avaient échappé la veille. Apparemment, Moira avait laissé intacte la chambre de son fils depuis qu'il avait volé de ses propres ailes.

— Tu es bien matinale, fit Tee en remarquant qu'elle était réveillée. Je me suis levé pendant que tu dormais. J'ai ramassé nos vêtements, préparé le petit déjeuner et j'ai aussi prévu un peu de lecture.

De la lecture ?

Voilà qui expliquait la présence de ces lunettes sur son nez. C'était d'ailleurs tout ce qu'il portait sur lui.

— Je me suis dit que nos vêtements mouillés avaient peu de chance de sécher en tas, à même le sol.

Elle se sentit rougir. Il passa le bras autour de ses épaules afin de l'empêcher de lui échapper.

— Je les ai suspendus dans la salle de bains, ne sachant lesquels pouvaient être mis dans le sèche-linge. Nous allons devoir attendre quelques heures.

— S'il n'y a pas d'autre solution…

Kelsey s'étira dans ses bras, se remémorant les moments torrides et passionnés de la nuit passée. Son corps n'était pas habitué à une telle activité, qu'il s'agisse de leur bataille de boules de neige ou de leurs ébats amoureux.

— Je n'en vois pas d'autres, dit-il avant de déposer un baiser sur le bout de son nez. Bonne et heureuse année.

— Nous avons déjà fêté ça, il me semble.

— C'est exact. Par deux fois.

Kelsey s'assit dans le lit, et le drap glissa, exposant son buste au regard égrillard de Tee. Elle caressa ses lèvres en repensant à ses baisers et à sa joie de pouvoir toucher son corps en toute liberté, sans craindre de visions désagréables.

— Cela fera trois fois si tu ne cesses pas ton petit jeu.

Tee prit sa main et la posa sur la peau toute chaude de son torse.

— Mais il y a un souci, je suis à court de protections.

— Oh !

Kelsey changea de position tout en prenant soin de se couvrir le buste.

— Tu pourrais te montrer plus déçue, bougonna-t-il.

— Mais je le suis. Sache que je suis heureuse que tu y aies pensé. Je me suis laissée aller dans tes bras sans songer à…

— C'est tout moi. Toujours en train de penser à tout.

— Pour moi, tu es sexy dans ces moments-là.

— Tu ne trouves pas que ces lunettes me rendent plus intello que sexy ?

— Tee, les intellos sont souvent très sexy, surtout que toi, tu possèdes un petit côté Dirty Harry pour pimenter le tout. En plus, tu es chaud comme la braise.

C'était à son tour de rougir.

Kelsey se sentait pleinement en confiance auprès de cet

homme qu'elle trouvait exceptionnel. Prenant un beignet sur le plateau qu'il avait ramené de la cuisine, elle mordit dedans à pleines dents.

— Qu'est-ce que tu lis ?

— Tes notes. D'ailleurs, il faut qu'on en parle.

Le beignet eut soudain un goût amer.

— Tu ne devrais pas les lire. C'est privé.

— Je les ai trouvées par terre, à côté de ton sac à main. Dis-moi, tu as « vu » tout ça ?

Le ton de sa voix reflétait une certaine inquiétude ; Kelsey frissonna. L'inspecteur Banning était de retour.

— J'ai tenté de décrire mes impressions sur les meurtres de Jézabel et de Delilah.

Il parcourut rapidement quelques pages.

— On y trouve une multitude de détails intéressants. Bien plus que dans beaucoup de rapports officiels.

Elle posa le reste de son beignet sur le plateau et tendit la main pour récupérer ses notes.

— Merci du compliment. Je ne manquerai pas de remercier mon professeur de littérature.

Tee ignora le sarcasme.

— Explique-moi ceci, dit-il en lui montrant une série de mots répétés plusieurs fois.

Elle ramena ses jambes sous elle et croisa les bras autour de ses genoux. Elle avait un peu froid, soudain.

— Ce sont les mots que j'ai entendus à deux reprises, lors des meurtres de Jézabel et de Delilah.

D'une certaine façon, elle s'était endormie dans les bras d'un amant et réveillée dans ceux d'un spécialiste des homicides. Charmant !

— Je les ai écrits en me basant sur la phonétique.

— *Abi in malam rem.* C'est du latin.

— Ne me dis pas que tu as suivi des cours de latin ?

— Si. Durant mes quatre ans d'université.

— Il répétait ces mots encore et encore en les étranglant. Comme le chant funèbre d'une cérémonie macabre. Qu'est-ce que cela signifie ?

— Va au diable, répondit Tee d'un ton morne.

— Il dit à sa femme d'aller au diable ?

Kelsey se réfugia sous les couvertures ; toute sensation de chaleur et de protection venait de la quitter.

— Et dire que je pensais que mon ex m'insultait…

— D'après ce que tu m'as dit de votre relation, je peux t'affirmer qu'il t'a effectivement insultée, rétorqua-t-il avant de marquer une pause. Ed Watkins tenait peut-être une piste, après tout. Il pense que le meurtrier a l'impression de tuer sa femme chaque fois qu'il assassine une prostituée.

— Et ce, chaque année, pendant les vacances de Noël. Quelle belle tradition familiale !

Tee s'extirpa du lit et ramassa ses vêtements.

— J'aimerais que tu te concentres de nouveau sur tes visions. Dès aujourd'hui, si possible.

Ses visions ? Etait-il en train de lui demander son aide ? Le scepticisme dont il faisait encore preuve quarante-huit heures auparavant n'aurait-il plus droit de cité ?

— J'avais cru comprendre qu'il te fallait des preuves pour arrêter un homme, et non mes délires d'extralucide.

Tee ne releva pas et passa une chemise sur son pantalon.

— Les pièces du puzzle sont là, je le sens. Mais j'ai besoin que tu me donnes un nom, que tu me décrives un visage afin que je puisse les mettre en place.

A cet instant précis, il avait besoin de son aide de consultante parapsychique plus qu'il n'avait besoin d'elle en tant que femme…

Troublée, Kelsey se détourna et saisit le pendentif de Lucy Belle.

— Je n'ai entendu aucun nom et je n'ai vu aucun visage.

Elle sut, lorsqu'il vint s'asseoir sur le lit, qu'il n'allait pas la laisser en paix. Il tendit le bras pour lui prendre la main, mais elle refusa le contact, ne se sentant pas disposée à rajouter des images macabres à ses pensées tumultueuses. Elle ne put en revanche que soutenir le regard de ces yeux verts qui imploraient son aide.

— Hier, à l'université, tu m'as dit que, à condition de te concentrer et de laisser les émotions te pénétrer, tu pouvais lire plus profondément dans un objet ou dans un être vivant.

Il regarda son pendentif avec ostentation.

— Tu as aussi prétendu que ce cristal te permettait de renforcer les sensations.

Elle secoua la tête avec force ; elle détestait la tournure que prenait leur conversation.

— J'ai vécu ce que ses victimes ont enduré. Je n'ai certainement pas envie de m'immiscer dans l'esprit du meurtrier.

— Tu n'es pas obligée d'aller jusque-là.

Il vint enserrer ses mains et le pendentif qui s'y trouvait niché. Kelsey tenta de refouler l'image d'une femme morte, le corps zébré de traces de coups, gisant dans une benne à ordures. Une vie sacrifiée, un corps abandonné comme s'il s'agissait d'un vulgaire mannequin. Mais c'était bien ce dont Tee avait été témoin et ce contre quoi son esprit tentait de faire barrage.

— Je voudrais que tu acceptes de toucher de nouveau la poupée. Le papier journal dans lequel elle était emballée nous ramène en 1994, à l'époque du meurtre de Jézabel. Et Ginny a dressé la liste de ses différents propriétaires.

Ginny ? Kelsey aurait parié que Ginny savait affronter n'importe quelle situation. Son sentiment de jalousie envers cette femme normale, que Tee mettait sur un piédestal, l'embarrassait. Lucy Belle aurait-elle eu la même réaction ?

Mais Lucy Belle n'était plus, et Kelsey devait assumer seule sa vie et ses tourments.

— Je t'ai dit tout ce que je savais.

— Ce n'est pas ce que je constate en lisant tes notes. En fait, je n'ai aucune idée de la complexité de tes émotions, des nuances subtiles de ton analyse de la situation.

— Tu ne t'intéresses pas aux nuances subtiles.

— Je m'y intéresse, désormais, et je suis tout ouïe. Si seulement tu pouvais reconnaître un nom ou un visage faisant partie de cette liste, alors je pourrais obtenir un mandat et trouver ces preuves qui me font tant défaut.

Il glissa les doigts entre les siens et toucha le pendentif, intensifiant la réalité de la scène à laquelle il avait assisté.

— L'esprit de ta grand-mère t'accompagnera. Je serai à tes côtés. Alors, tu es d'accord ?

Les larmes lui vinrent aux yeux en découvrant l'horreur et la violence auxquelles il avait été confronté.

Kelsey battit des paupières avant qu'elles glissent le long de ses joues et sauta du lit. Elle couvrit sa nudité d'un oreiller et entreprit de récupérer ses sous-vêtements.

— Ton comportement de cette nuit me prouve à quel point tu es déterminé quand tu veux quelque chose… mais, tu sais, tu aurais pu me demander mon aide, tout simplement. Je t'aurais aidé. J'ai autant envie que toi de résoudre cette affaire et de reprendre le cours normal de ma vie.

Elle agrafa son soutien-gorge, enfila sa culotte et son bustier, et se dirigea vers la salle de bains.

— Qu'est-ce que tu racontes ?

Il l'attrapa au passage par le poignet et lui fit faire un demi-tour sur elle-même.

— Ce que nous avons partagé cette nuit n'a rien à voir avec notre enquête.

— Tu me cajoles, tu es tout mielleux et tu me tournes la tête dans le seul but que je t'aide à résoudre cette affaire.

— N'importe quoi. Nous étions tous deux consentants.

— Eh bien, l'un de nous avait manifestement une idée derrière la tête.

Il la relâcha et recula d'un pas pour la dévisager.

— Et l'autre a peur d'aller trop vite, ou d'être allé trop loin. Je suis parfaitement conscient d'avoir transgressé les règles de notre partenariat. Je sais que cela risque de compliquer notre collaboration, mais je n'ai pas été le seul à franchir ce cap, très chère.

— C'est exact, mais tu dois comprendre que je n'ai connu qu'une relation suivie avec un homme avant toi. Une seule, Tee. Et Jeb Adams n'était pas vraiment un bon choix. Ce sont toujours mes dons qui posent problème avec les hommes. Soit ils détestent ça, comme Jeb, soit ils s'en amusent, comme Randy au laboratoire ou…

— … ils se servent de toi. Tout comme moi.

Il observa une longue pause avant de poursuivre.

— Je ne pensais pas à notre affaire pendant que je te faisais l'amour. A aucun moment. Excepté peut-être quand j'ai senti que tu n'arrivais pas à te laisser aller. Je n'ai jamais songé à abuser de toi. Et je n'ai jamais voulu que tu aies peur de notre histoire, de nous. Mais il n'y a pas de « nous », n'est-ce pas ?

Il eut un profond soupir.

— Je ne sais pas comment t'amener à me faire confiance. Je pensais que tu me comprendrais. Je suis las de devoir me justifier à tout bout de champ. Je croyais que ce ne serait pas nécessaire avec toi.

A cet instant, Tee semblait réellement abattu. Il donnait l'impression de faire le double de son âge.

Kelsey était donc parvenue à semer le doute dans son esprit et la tristesse dans son cœur. Pourtant, telle n'était pas son intention…

Et elle avait la certitude que quelques mots d'excuse n'y changeraient rien.

— Ecoute, je suis d'accord pour collaborer. Tu peux organiser la séance et y convier qui tu veux.

Elle venait de décider de s'en tenir à l'aspect purement professionnel de leur relation.

— Mais je dois d'abord passer à la maison. Frosty a beau être un bon chien, il est livré à lui-même depuis hier soir. Je dois m'assurer qu'il va bien et me changer. Je te rejoindrai ensuite au commissariat.

Il avait déjà son portable en main.

— Je te conduis chez toi.

— Tu as apparemment des coups de fil à passer. J'ai toujours tes vingt dollars ; j'appelle un taxi.

— Mais cette somme était destinée à…

Ils se toisèrent un instant. Le regard de Kelsey était triste, celui de Tee, dur.

— Je te conduis chez toi.

Cinglée.

— Oh mon Dieu ! s'écria Merle en découvrant le tag de peinture rouge souillant la neige devant la maison de Kelsey.

A la seconde même où il tournait au coin de la rue, il avait repéré les voitures de police, la camionnette et la Pontiac noire de A. J. Rodriguez — A. J. qui lui avait laissé un message sur son répondeur qu'il n'avait stupidement pas pris la peine d'écouter. Un mauvais pressentiment l'avait gagné, faisant se hérisser les poils sur sa nuque. A force de poser des questions, ils avaient fait sortir le loup de sa tanière.

Le fait que cette personne connaisse l'adresse de Kelsey et s'en prenne directement à elle lui déplaisait au plus haut point.

Il gara sa Jeep de l'autre côté de la rue, notant la présence des voisins derrière leurs fenêtres. Il remarqua aussi que la porte de chez elle était grande ouverte.

Dès que le véhicule fut à l'arrêt, Kelsey sauta de la Jeep et s'élança vers sa maison.

— Frosty ? Frosty !

— Kels ! s'écria Merle. C'est une scène de crime. Ne va pas…

A. J. sortit de son véhicule et agrippa Kelsey au passage.

— Vous ne pouvez pas entrer, madame.

Elle se mit à tambouriner des poings contre son blouson.

— Où est Frosty ? Il est blessé ?

Oubliant leur discussion orageuse et leur récent différend, Merle vint la prendre par les épaules pour la calmer.

— Frosty est son chien, expliqua-t-il à A. J. dont le regard trahissait un embarras de circonstance. Tu sais s'il se trouve à l'intérieur ?

L'éclair d'un flash aveugla Merle, et les questions fusèrent avant que la journaliste entre dans son champ de vision.

— Inspecteur Banning, cette forme de vandalisme signifie-t-elle que vous avez avancé dans l'enquête sur le meurtre de Delilah ? D'autres membres de votre équipe ont-ils été inquiétés ? Avez-vous des indices concrets ou s'agit-il de ressentis de la part de votre collabora…

— Pas maintenant, madame Page, grogna Tee en s'interposant entre Kelsey et l'infatigable reporter. Que quelqu'un nous débarrasse d'elle !

— Avec plaisir, fit Josh, également présent, en venant se planter devant elle. Madame Page, Rebecca, c'est cela ?

Employant un mélange de charme et d'autorité, il raccompagna la journaliste jusqu'au trottoir.

Kelsey se blottit dans les bras de Merle.

— Tee, et si on lui avait fait du mal ? J'ai entendu dire que certains cambrioleurs abattaient froidement les chiens qui les importunent.

— Personne n'a signalé de coup de feu, madame, la rassura A. J.

La peur que Merle lisait dans les yeux de la jeune femme faillit lui faire perdre son sang-froid. Il s'ébroua.

— Allez. Il est fort comme un petit taureau. Je suis certain qu'il n'a rien.

— Oh mon Dieu, Tee. Je me sens tellement coupable. Si jamais quelque chose lui est arrivé…

Il la berça, tout en brûlant d'impatience de passer à l'action. Il interrogea A. J. du regard.

— On doit attendre encore combien de temps ?

— L'équipe du labo est à l'intérieur depuis une heure. C'est un voisin qui a appelé pour nous signaler le tag. D'après les premières constatations, le type s'est introduit dans la maison par une fenêtre donnant sur le jardin. Il a mis tout sens dessus dessous et est ressorti par la porte d'entrée. Rien ne semble avoir été volé.

Kelsey se libéra de l'étreinte de Merle pour s'adresser à A. J.

— Alors, pourquoi violer mon domicile ? demanda-t-elle en ouvrant les pans de son manteau pour se saisir de son pendentif. C'est le genre de sale coup que mon ex-petit ami pourrait me faire, juste par méchanceté. Quand pourrai-je enfin rentrer chez moi ?

A. J. leva les yeux au-dessus d'elle pour croiser le regard de Merle.

— On a pensé qu'il y avait un lien avec le Tueur de Noël. Elle a un ex qui aurait pu faire ça ?

— Non, répondit-elle à la place de Merle. Jeb est bien trop paresseux pour parcourir la route qui le sépare de chez moi juste pour commettre une effraction. Il est considéré comme un personnage important dans sa région. Si j'ai décidé de venir vivre ici, c'est parce que je croyais qu'on me remarquerait moins dans une grande ville…

Sa voix se fêla sur ces dernières paroles. Elle se sentait malgré tout en marge, et ni le fait de vivre en ville ni la présence de Tee Merle Banning à son côté ne pouvaient lui éviter le jugement des autres.

— Rodriguez ? Nous avons terminé.

Un homme et une femme en veste fluorescente sortaient de la maison.

— Je peux y aller, maintenant ? demanda Kelsey.

— Allez-y. Je serai juste derrière vous, répondit A. J.

Lorsque Merle voulut la suivre, il sentit une main ferme se poser sur son avant-bras.

— Je comprends pourquoi ton portable était coupé, dit A. J. d'un ton goguenard. Tu aurais quand même dû écouter tes messages. Je ne pense pas non plus qu'il s'agisse d'un ex-petit ami. Au fait, tu as lu le journal, ce matin ?

Merle s'était enfermé dans une bulle avec Kelsey ces douze dernières heures. Ils avaient tenté de bâtir une relation saine et sincère, laquelle s'était écroulée parce qu'elle avait mal interprété son attitude. Non, il n'avait pas eu le temps de lire les journaux. Il suivit A. J. jusqu'à sa Pontiac et prit le journal qu'il lui tendit.

L'article, relativement succinct, se trouvait perdu au milieu du quotidien. Mais le titre en gras et les deux photos qui l'illustraient étaient explicites. L'une montrait Kelsey version cheveux longs et gris argent, et devait provenir des archives du journal. L'autre était la version contemporaine de la jeune femme avec sa chevelure rouge, promenant Frosty.

UNE EXTRALUCIDE APPORTE UN ÉCLAIRAGE NOUVEAU SUR UNE SÉRIE DE MEURTRES NON RÉSOLUS.

— La salope, jura Merle entre ses dents.

Il froissa le journal et chercha du regard la brunette rachitique, dans l'intention de lui demander des explications.

— Pourquoi ne pas simplement peindre une cible dans le dos de Kelsey ? Je vais étrangler Rebecca Page.

— Non, tu ne feras pas ça, collègue. Josh va user de son charme pour la persuader de laisser cette histoire de côté, le temps que les choses se tassent. Prends sur toi, Banning, et évite de créer des histoires.

Malgré la gravité de l'affaire, A. J. parvenait à garder son calme. Merle ne l'avait d'ailleurs jamais vu s'emporter. Son sens du devoir guidait en permanence son attitude.

— Va-t'en. On te fournira le soutien dont tu as besoin, quand tu en auras besoin, ajouta A. J. en esquissant un sourire. Et n'oublie pas de garder ton portable allumé.

Merle acquiesça, un peu surpris de la confiance qu'un vétéran tel que Rodriguez plaçait en lui. Elle faisait taire ses inquiétudes relatives à sa réputation de geek parmi ses collègues. Il était bien plus que le fils d'un escroc qui avait fui face à ses responsabilités : il était un bon policier.

Peut-être n'avait-il rien à prouver, après tout.

Hormis à Kelsey. Mais, bien qu'il soit vexé, et surtout blessé, qu'elle ne croie pas en ses sentiments pour elle, il la comprenait. Il n'avait pas été d'un abord chaleureux lorsqu'il l'avait rencontrée pour la première fois. Elle avait traversé des épreuves, certes aux antipodes des siennes, mais tout aussi pénibles. Offrir sa confiance et son cœur à un homme ne lui était pas chose facile.

Peu importait à Merle : il serait patient. Il ferait preuve de persévérance.

Il gagna la maison de Kelsey au pas de course. Il lui fallait résoudre cette damnée affaire. Ensuite, il l'emmènerait loin de ce tumulte et userait de tous les arguments pour la convaincre qu'ils avaient un magnifique avenir d'amour et de passion devant eux.

— Kels. Tu l'as trouvé ?

— Il est là !

Se guidant d'après les aboiements du chien, il traversa le salon. Il en profita pour jeter un regard sur le désordre dans lequel le ou les intrus avaient laissé la pièce. On n'avait pas touché à la télévision ni à la chaîne hi-fi, mais les coussins du canapé étaient éventrés. La quasi-totalité des livres gisait au bas de la bibliothèque. Et des poupées formaient un tas sur le sol.

— Voilà votre chien, m'dame.

Merle reconnut la voix de l'homme ; un membre du CSI était encore présent dans la maison.

— Viens mon bébé. Viens voir maman, s'écria Kelsey, folle de joie.

Merle accéléra le pas et pénétra dans la chambre pour voir la petite boule de poils argentés sauter dans les bras de sa maîtresse, qui se renversa sur le lit.

A en juger par l'énergie avec laquelle il remuait la queue, Frosty ne devait pas avoir subi un trop grand traumatisme.

— Enfin une bonne nouvelle, Kels. Je t'avais bien dit qu'il était fort comme un petit taureau.

Tee alla droit vers son meilleur ami.

— Salut, Mac. On te doit une fière chandelle.

— Salut, Banning, répondit Mac Taylor en remontant ses lunettes de son geste habituel. J'étais en train de ranger mon matériel lorsque Mme Ryan est entrée. On avait pris soin de fouiller partout, y compris dans les toilettes, mais on n'avait pas pensé à regarder dans la malle.

Tee regarda Kelsey. La fête que lui faisait Frosty avait radicalement changé son humeur.

— Heureusement que la malle possédait des aérations, sinon le chien serait mort asphyxié. Il était plutôt groggy quand on l'a sorti de là. On l'a bâillonné avec ceci.

Mac lui tendit un sachet en plastique transparent contenant une longue écharpe de soie, similaire dans le design mais plus récente que celle que Kelsey avait prise à la mission. Il s'y trouvait aussi un mot qui avait dû être attaché au cou de Frosty.

« La prochaine fois ce sera ton tour. »

— A-t-elle vu cela ? chuchota-t-il.

— Oui, mais je ne pense pas qu'elle y ait porté une grande attention. Elle était trop préoccupée par la santé du chien.

— Monsieur Taylor ? Il y a du sang sur les pattes de Frosty, mais je ne vois aucune plaie sur son corps, lança Kelsey.

— Voyons cela.

Mac prit une paire de ciseaux et un sachet dans sa trousse, et s'agenouilla face au chien installé sur les genoux de sa maîtresse pour inspecter les traces maculant sa fourrure.

— Mon petit gars, j'ai l'impression que tu as conservé un souvenir de ton agresseur.

A l'aide d'un Coton-Tige, il collecta un échantillon de sang, qu'il plaça dans le sachet tout en se relevant.

— Voilà l'ADN du cambrioleur.

— Avec un peu de chance, dit Merle, une recherche dans le fichier nous permettra de l'identifier.

Kelsey caressa son chien.

— Tu es un bon garçon, Frosty. On va attraper ce sale type.

Etait-ce un renouveau de confiance en elle que Merle avait perçu dans sa voix ?

Mac leur offrit une poignée de main cordiale.

— Désolé de vous rencontrer dans ces conditions, mais bonne année tout de même. Julia jure qu'elle donnera ton prénom à notre bébé.

— Je suis sensible à cette attention, mais vous n'êtes pas obligés de torturer ce pauvre enfant, plaisanta Merle.

— Thomas, intervint Kelsey. Appelez-le Thomas. Pas Merle.

Mac eut un grand sourire.

— Tom Taylor. Ça sonne bien. Mon épouse va adorer. Prends garde à toi, frangin.

— Toi aussi.

Mac parti, Merle hésita à s'asseoir auprès de Kelsey. Elle avait ôté ses gants et caressait l'animal à mains nues.

— Mac est l'homme à qui tu as sauvé la vie, dit-elle soudain. C'est à cette occasion que tu as reçu deux balles.

— Je me demandais si tu allais le ressentir.

— Il te considère comme son frère.

— C'est réciproque. Les Taylor ont été vraiment chic avec moi. Ils m'ont appris à être un bon flic… et aussi à être un homme bon. Quand on est fils unique, on n'a personne à prendre pour modèle.

— Je comprends. Moi, j'avais Lucy Belle.

— Peut-être sommes-nous plus chanceux que nous le pensons…

Elle serra le chien dans ses bras, et Merle eut envie d'être à sa place. Il aurait tout donné pour renouer avec elle, faire table rase de leurs différends et regagner sa confiance. Mais il devait au préalable boucler cette enquête.

— Tu ferais bien de te changer, lui dit-il. J'ai demandé à Josh et à A. J. de surveiller la maison pendant que nous irons au bureau pour découvrir ce que nous cache cette poupée.

— Je peux emmener Frosty ?

— Bien sûr.

Il réglerait plus tard ce détail avec le capitaine Taylor.

Alors qu'elle allait pénétrer l'esprit du meurtrier, Tee doutait sérieusement d'être le mieux placé pour veiller à sa sécurité.

11

Les murs d'un blanc aseptisé et froid s'obscurcirent peu à peu.

— *Je vous en supplie… Ne faites pas ça !*

Elle s'éloigna de lui à reculons, et gémit lorsque son dos heurta le mur froid et humide : elle était acculée.

Kelsey caressa les cheveux de la poupée, son petit visage de porcelaine, et la serra dans ses bras. Puis elle l'amena à hauteur de son visage et darda son regard dans ses yeux de verre, à la recherche d'images du passé.

— *Vous savez, la plupart des hommes me donnent de l'argent. J'ai été prise de court, c'est tout. Cela ne veut pas dire que je n'ai pas aimé. Je peux apprendre à apprécier vos cadeaux.*

Il lui avait donné la poupée en guise de cadeau. Une poupée en échange d'une vraie femme. Elle avait ri et lui avait demandé s'il se livrait au fétichisme.

L'homme lui caressa le visage. Dégoûtée, elle détourna la tête.

— Oh ! mon Dieu, s'écria Kelsey, oppressée.

Elle comprenait à présent pourquoi ses sensations du meurtre de Jézabel avaient été si nettes. Pourquoi Ed Watkins avait insisté pour qu'elle accepte de dialoguer avec Jézabel.

Elle détestait ses attouchements.

— *Espèce de petite hypocrite !*

Il avait fait le serment de venir en aide aux plus démunis. Sa mission consistait à dispenser le bien, mais cette bonté s'accompagnait d'une menace ; ceux qui acceptaient son aide le payaient de leur vie.

Il avait en tête de la laver de ses péchés, de purifier son âme.

— Kels…

Elle entendit vaguement qu'on prononçait son nom, à travers la couche ouatée de son délire, mais se força à rester avec Jézabel afin de voir tout ce qu'elle avait vu, de ressentir tout ce qu'elle avait ressenti, y compris sa terreur.

Il fouilla dans sa poche et en sortit une longue écharpe de soie, tout effilochée. Jaune moutarde à pois fuchsia.

Kelsey attrapa son pendentif, cherchant un soutien dans les pouvoirs apaisants du cristal bleu.

Du bois pourri. Les briques apparentes d'un mur délabré.

Un grenier mansardé. La pièce était étroite et sommairement meublée. Un lit en métal blanc, comme dans les hôpitaux d'autrefois. Un lieu de détention bien sinistre.

Une écharpe jaune avec des pois fuchsia enroulée autour de son cou. Elle était en train de mourir. Elle ne parvenait plus à respirer. Elle était glacée.

— Kelsey !

— Non !

Elle fit un suprême effort pour rester en contact avec Jézabel, pour investir son corps, pour voir à travers ses yeux.

Tandis que ses poumons se vidaient de leur oxygène, l'horreur de la scène s'estompait : la haine, la colère.

Elle avait été maltraitée, tout d'abord par son mari, puis par cet homme en qui elle avait confiance.

Les ténèbres l'enveloppèrent. Ses genoux tremblaient.

Ses cheveux se prirent dans les aspérités du mur et s'arrachèrent.

Aidez-moi !

Elle s'adressait à Kelsey, à travers le temps, à travers le royaume des morts.

— Ouvre les yeux, Jézabel. Dis-moi ton vrai nom.

— *Marie.*

— Ouvre les yeux !

La terreur lui glaça les sangs. Ses cris moururent au fond de sa gorge. Dans un effort surhumain, elle parvint à soulever ses paupières. Du noir, du blanc. Ses yeux se fermèrent brusquement.

Ne plus souffrir.

Kelsey sursauta sur sa chaise ; elle laissa retomber son bras et la poupée roula au sol.

— Kels ! Tout va bien ?

Elle avait ressenti le froid de la mort. C'est alors qu'un manteau fut déposé sur ses épaules et qu'elle se sentit projetée contre un mur brûlant. Des mains lui prodiguèrent un massage vigoureux dans le dos, sur les bras, et elle reconnut l'odeur de la laine détrempée.

Elle ouvrit les yeux. Elle se trouvait dans une salle d'interrogatoire du commissariat.

— Tee ?

— Je suis là.

Sa voix, bien réelle, chuchotait à son oreille.

— Je suis à ton côté. Je suis tellement désolé de t'avoir poussée à faire ça. Je…

Kelsey posa l'index sur sa bouche. La détresse de ses yeux verts la touchait.

— Laisse-moi parler avant que la migraine me prenne et que je sois obligée de me reposer.

— Je t'écoute.

— J'ai vu l'endroit où tout s'est déroulé. Il s'agit d'une pièce tout en longueur, aux murs délabrés et au plafond incliné.

— Un grenier !

— Je crois qu'il s'agit du dernier étage de la mission. Il faut commencer les recherches par là, de toute évidence.

— Quoi d'autre ?

Elle appela Frosty, et la petite boule de poils argentés sauta sur ses genoux pour se faire cajoler.

— Nous devrions y trouver des cheveux de Marie, pris dans le mur. Marie est le véritable nom de Jézabel. Alors nous aurons la preuve que le crime s'y est bien déroulé.

— As-tu vu le visage du tueur ?

— Elle n'a pas voulu me laisser le voir. Mais elle avait confiance en cet homme. Il était censé l'aider. Un médecin, un policier, un petit ami…

— Son mari ?

— Non. Elle a dit qu'elle avait été maltraitée par son mari et cet homme.

— Tu as fait du bon travail, Kels. Tu n'as rien à nous dire de plus ?

Nous ? L'audience s'était-elle élargie durant son moment d'absence ?

Elle parcourut la pièce du regard, imitée par Frosty qui avait posé ses pattes sur la table de réunion. Etaient présents : A. J., le collègue de Tee au regard singulier et à l'accent traînant, Josh, qui, pour la première fois depuis qu'elle le connaissait, ne souriait pas, le capitaine Mitch Taylor et, assis près de ce dernier, un homme brun de forte corpulence. Enfin, une petite femme blonde, enceinte, dans un fauteuil roulant.

Kelsey l'avait déjà vue dans les pensées de Tee ; il ne pouvait s'agir que de Ginny Rafferty-Taylor. Le gros homme aux cheveux noirs devait être son mari, l'homme qui avait gagné son cœur… et brisé celui de Tee.

— Oh ! Seigneur.

Cette remarque lui échappa. Tel un animal de foire, elle était l'objet de toutes les attentions.

— Tous ces gens travaillent sur l'affaire, expliqua Tee d'une voix neutre. Excepté Brett, que tu vois là.

Ginny attrapa la main de son mari et s'exprima avec douceur.

— Il n'a pas voulu me laisser sortir seule. Pas dans cet état. Merci de nous avoir permis de participer à cette séance. J'espère que nous ne vous avons pas trop perturbée. Notre unique motivation est de vous apporter notre aide.

Ainsi Ginny était une chic fille ? Voilà qui remettait en cause les préventions de Kelsey à son égard.

— Nous devons concentrer toutes nos forces afin de mettre la main sur le meurtrier, reprit Tee.

Inconsciemment, Kelsey porta la main à sa poitrine pour saisir son pendentif. Tee la devança et, prenant ses mains dans les siennes, les referma autour du cristal bleu. Kelsey se concentra, s'attendant à revoir Ginny devant l'autel, Tee se faisant tirer dessus. Mais ce ne furent pas les images qui vinrent à elle ; elle fut plongée dans un océan de tristesse… et vit Tee avec elle, tous deux enlacés et jouant dans la neige.

Ses souvenirs personnels interféraient avec ses visions. Elle se sentait épuisée, vidée de son énergie.

— La poupée était un cadeau, une offrande, en quelque sorte. Un objet rare qui, dans l'esprit du meurtrier, serait considéré à sa juste valeur. Cet homme voulait l'aider à s'élever, d'un point de vue intellectuel et social.

— Ça me fait penser à Ed Watkins.

— Peut-être bien. Mais je ne saurais dire s'il s'agit de lui.

Elle fut soudain sujette à une montée d'adrénaline, et une image surgit de son subconscient.

— Noir et blanc, murmura-t-elle.

— Noir et blanc ? fit Tee.

Elle tâcha de se concentrer, mais elle était à bout. Son esprit était vide et incapable de se reconnecter avec celui de la jeune prostituée.

— Je n'ai jamais pu voir le visage du meurtrier…

Elle ressentit une vive douleur au niveau des tempes et se prit le visage entre les mains. Frosty se mit à lui lécher le poignet. Tee la prit dans ses bras.

— Je n'en peux plus. Je dois me reposer.

— Pas de souci, ma belle. Ton aide nous a été précieuse.

Tee l'aida à se lever, et prit Frosty par sa laisse. Ils sortirent de la salle d'interrogatoire.

— Le vestiaire comporte un espace de repos avec des couchettes. Pendant que tu reprends des forces, nous reverrons toute l'affaire dans ses moindres détails.

— Je sais maintenant pourquoi le sergent Watkins prétendait que Jézabel accepterait de se confier à moi, dit-elle en vacillant sur ses jambes. Elle était aussi médium.

— Que dis-tu ?

— C'est la raison pour laquelle ses impressions sont encore si vivaces, même après toutes ces années. C'est aussi pourquoi son mari l'a mise à la porte. Il la traitait de cinglée. Décidément, c'est le mot du jour… mais, après tout, c'est ce que je suis.

— Bon sang, Kelsey, ne dis jamais ça.

Tee l'attira à lui et l'étreignit. Elle savait qu'il ferait tout son possible pour la défendre et ressentait sa colère de la voir ainsi se fustiger. Elle avait peut-être eu tort de douter de lui, de ses sentiments envers elle, de penser qu'il ne voyait qu'un moyen de résoudre son enquête et non une personne à part entière. Tort, enfin, d'imaginer qu'il reportait sur elle l'amour qu'il ne pouvait offrir à Ginny.

— Je dois l'aider, Tee. J'aurais très bien pu être à sa place.

Le son de sa voix lui apparut confus et déformé tant elle était épuisée. Elle poussa de toutes ses forces contre le torse de Tee, lequel demeura bien campé sur ses jambes.

— Il faut que je lui vienne en aide.

— Tu viens de le faire.

— Mais…

— Il n'y a pas de « mais » qui tienne.

— Je peux faire plus encore, dit-elle en tapotant son front de son index. J'ai encore ses pensées dans mon esprit. Je dois juste me reposer quelques instants.

— Non, rétorqua-t-il d'une voix douce mais ferme. Il faut que tu dormes. On va prendre le relais.

Il la conduisit au fond des vestiaires, dans une petite pièce. Deux couchettes y étaient alignées le long du mur. Elle était gênée de se sentir aussi faible et vulnérable. Alors qu'elle ressentait le besoin urgent de s'allonger et de fermer les yeux, elle ne parvenait pas à s'y résoudre.

— D'accord, finit-elle par répondre. Mais juste pour quelques minutes. Puis je vous retrouverai et vous me ferez le compte rendu de votre réunion. Je veux savoir tout ce que vous avez découvert. Tee ? Je suis la seule à pouvoir aider cette pauvre femme. Il le faut, et ainsi… je pourrai… chasser ces visions… de mon esprit.

Elle sombrait peu à peu dans le sommeil, mais elle eut la force d'écouter les derniers mots de Tee.

— Je te rapporterai tout, c'est promis. Ton sac à main est au pied du lit. Repose-toi un moment, puis fais un brin de toilette et viens nous rejoindre quand tu te sentiras mieux.

Les deux dernières choses dont elle fut consciente furent le petit baiser que Tee déposa sur son front et le fait qu'elle avait laissé la poupée et ses gants turquoise dans la salle d'interrogatoire.

Merle déboutonna le col de sa chemise et, s'adossant à sa chaise, se mit à étudier les diverses notes et autres photographies relatives à l'enquête qu'il avait épinglées sur le tableau fixé au mur. Il espérait qu'un déclic se produise.

Le clan Taylor et A. J. étaient partis depuis vingt bonnes minutes. Il était seul avec ses pensées. Il se remémora les détails de la réunion qui venait de se dérouler.

— Siegel a-t-il un alibi pour l'heure du meurtre de Jézabel ? avait demandé le capitaine Taylor.

— Il prétend qu'il assistait à l'office de Noël du révérend Wingate, avait répondu Ginny.

— Peut-on vérifier cette affirmation ? Y a-t-il un moyen de savoir qui se trouvait à cet office il y a onze ans ?

Le capitaine ne voulait laisser aucun détail de côté avant de pousser sa théorie plus avant.

— En admettant que nous parvenions à retrouver certains d'entre eux, accepteraient-ils de témoigner contre le seul homme qui a bien voulu les aider ?

— On devrait pouvoir compter sur la fiabilité du témoignage du révérend, avait dit Ginny en fouillant dans ses notes. Le sergent Watkins indique dans son rapport qu'il s'est adressé à Siegel pour connaître l'emploi du temps de Wingate, au début de son enquête. Siegel n'était pas suspect, à l'époque.

A présent, il figurait tout en haut de la liste que Merle avait dressée.

Une femme a confiance dans un médecin et attend de lui qu'il lui vienne en aide. Pourtant, d'après les visions de Kelsey, le meurtre de Delilah avait eu lieu dans le cabinet du Dr Siegel.

Et Siegel était à la mission chaque fois qu'une victime s'y était trouvée, les registres en faisaient foi. De plus, un docteur en médecine savait le latin. *Abi in malam rem...*

Sa fiche mentionnait qu'il avait sombré dans l'alcool douze ans auparavant, juste après son divorce. Etait-ce la douleur ou un sentiment de culpabilité qui le maintenait depuis lors dans cet état comateux ?

Par ailleurs, les recherches de Ginny révélaient qu'un certain M. Siegel avait apporté la poupée à l'Underground, juste après les vacances de Noël de l'année précédente. Sans doute pour en tirer de quoi se payer une jolie réserve d'alcool. Ou pour s'en débarrasser.

— C'est trop ancien, dit Merle tout haut.

Les indices étaient trop flagrants, la conclusion, trop hâtive. Après onze ans passés à rechercher la vérité, celle-ci s'annonçait soudainement trop facile.

Perdu dans ses pensées, il se mit à caresser Frosty, qui l'avait entre-temps rejoint. Il se figea en regardant dans les yeux noirs et ronds comme des billes de l'animal ; il existait bel et bien une preuve de l'éventuelle culpabilité de Siegel.

La morsure !

— Dans qui as-tu planté tes crocs, mon mignon ?

Bien entendu, le chien ne put lui répondre, mais il tourna la tête vers la porte, rappelant à Tee qu'une bonne heure s'était écoulée depuis que Kelsey s'était assoupie. Elle n'avait toujours pas donné signe de vie.

— Tu penses qu'on devrait aller voir ?

Frosty se comporta comme s'il avait compris la question et trotta hors de la salle. Tee sourit et suivit le chien qui serpentait entre les bureaux comme s'il était chez lui.

La dévotion de l'animal envers sa maîtresse permettait à Merle de mieux comprendre l'attitude de Kelsey. Après tout, elle avait eu des raisons légitimes de se méfier des gens tout au long de sa vie. Il ne devait pas s'offusquer — ou avoir de la peine — parce qu'elle doutait de sa sincérité et des véritables raisons qui le poussaient vers elle.

Elle avait ressenti son attirance pour Ginny et sa répugnance à ouvrir son cœur à une autre femme. Et, bien qu'il soit récemment venu à croire en ses talents particuliers, son scepticisme avait été flagrant lors de leur premier entretien. Comment pouvait-il s'attendre à ce qu'elle lui fasse confiance et l'aime sans réserve alors que, pour sa part, il n'avait pas fait montre d'une totale loyauté ?

Le profond sentiment de culpabilité qui le tenaillait le fit accélérer le pas. Il n'était pas question entre eux de fierté ou de respect, mais bien d'amour.

Si elle lui donnait l'occasion de lui prouver la force de ses sentiments pour elle, alors il saurait saisir sa chance. Il la protégerait, l'écouterait d'une oreille attentive, l'aimerait. Il lui ferait l'amour comme jamais auparavant.

— Kels ?

Talonné par Frosty, il entra sur la pointe des pieds dans le local attenant aux vestiaires. Un profond silence y régnait.

— Kelsey ?

Ses espoirs, ses sentiments, ses résolutions s'évaporèrent dans l'instant et ses sens se mirent en alerte. Non, elle n'avait pas fait ça. Elle n'en avait pas le droit.

— Oh non, chérie ! Non, non, non !

Il prit Frosty dans ses bras et gagna le comptoir d'accueil en quatrième vitesse. Il ne pensa pas un instant qu'elle pût être allée aux toilettes ; son sac à main et son manteau avaient disparu.

Elle était partie, tout simplement. Elle n'avait pu s'empêcher de reprendre, seule, sa petite enquête, et elle courait à présent un réel danger. L'inquiétude de Merle croissait à chaque seconde.

— Maggie, as-tu vu Mme Ryan quitter nos locaux ? demanda-t-il en enfilant son manteau.

— Je l'ai vue emprunter l'ascenseur il y a environ une demi-heure. Elle a dit qu'elle avait une course à faire. Tiens. Elle m'a demandé de te donner ceci quand tu aurais fini ta réunion avec le capitaine.

Il prit le morceau de papier que Maggie lui tendait et le déplia fièvreusement.

— Bon sang ! s'exclama-t-il en rangeant le papier dans sa poche. Tu peux surveiller le chien pour moi ?

— Je…

— Je te revaudrai ça.

— OK.

Il était déjà dans l'ascenseur. Si leurs façons de procéder différaient en tous points, ils partageaient une même détermination à découvrir l'identité du meurtrier. Peut-être Kelsey en ressentait-elle un besoin plus fort, compte tenu du fait qu'elle était entrée dans la peau de la victime.

Merle déboucha dans le parking et se rua dans sa Jeep. Nul besoin de contacter les compagnies de taxis pour leur demander si un de leurs chauffeurs avait chargé une jeune femme à la chevelure rouge. Il savait où elle s'était rendue.

« Tee,

« Si tu veux que je t'aide à résoudre cette affaire, il faut que tu me laisses user de mes talents. Le sergent Watkins avait raison : Jézabel tente de me raconter ce qui s'est passé. Mais je dois trouver un autre objet que la poupée qui lui ait appartenu, quelque chose qu'elle aurait touché. Il te faut un mandat pour intervenir. Moi, je peux m'en passer. Je t'appelle dès que j'en sais plus. K »

Merle démarra. Les pneus crissèrent tandis qu'il lançait son véhicule dans la pente du garage. Il prit sans hésiter la direction de la mission.

L'odeur fut la première chose qu'elle remarqua.

Une odeur d'humidité et de pourriture. Une odeur de mort.

Kelsey déglutit avec peine et s'arma de courage pour ne pas dévaler les escaliers quatre à quatre et rejoindre la foule dans le réfectoire.

Le révérend Wingate s'était montré ravi de sa venue. Les bénévoles venaient à manquer en cette période de vacances. Il lui avait donné une tape amicale sur l'épaule, désigné les cuisines, puis il était retourné sur le pas de la porte accueillir les sans-abri et leur souhaiter ses meilleurs vœux. Les gens faisaient la queue dans le hall pour se rendre au comptoir d'accueil des dortoirs, au cabinet du Dr Siegel ou au réfectoire. Tout le monde — les nécessiteux comme le personnel — était fort occupé, ce qui avait permis à Kelsey de se faufiler aux étages supérieurs.

— Seigneur, murmura-t-elle. Allons-y.

Elle sortit sa lampe de poche de son sac et se fraya un chemin dans le grenier encombré et obscur. La vétusté des murs et l'absence d'isolation faisaient que la température y était aussi basse qu'à l'extérieur du bâtiment. Tee avait besoin de preuves et elle avait l'intention d'en dénicher coûte que coûte avant de fuir cet endroit lugubre.

Lorsque les lattes de bois gémirent sous son poids, elle se figea et retint son souffle. L'avait-on entendue ? Elle tendit l'oreille et perçut un vague murmure provenant du réfectoire. Or, si elle distinguait à peine le bruit que faisaient une centaine de personnes, comment auraient-ils pu l'entendre ?

Tâchant de recouvrer son calme, elle prit une grande inspiration. Les émanations de ce local humide lui picotèrent les sinus. Elle mit sa main sur sa bouche pour contenir son cri de surprise quand elle heurta un petit tabouret de bois.

— Du sang-froid, ma fille. Ne perds pas de temps.

Elle se baissa. L'assise du tabouret était couverte de poussière et collante au toucher. Agrippant son cristal, elle se concentra sur l'objet.

Elle ne vit rien de particulier, sinon un homme s'y tenant assis.

Elle poursuivit son exploration à la faible lueur de sa torche. Elle aurait pu allumer le plafonnier mais, les fenêtres ne possédant pas de rideaux, elle ne voulait pas courir le risque qu'on la remarque du dehors.

Parvenue au fond de la pièce, elle se figea. Elle ressentait soudain un froid intense, comme si quelqu'un lui avait glissé un glaçon dans le cou. Serrant plus fort le pendentif de Lucy Belle, elle en appela à sa bonne étoile.

— Je sens que tu es là, Marie, chuchota-t-elle. Parle-moi.

Elle promena autour d'elle le faisceau de sa lampe. Une modeste penderie, une commode, une rangée de patères le long du mur : ce coin de la pièce était arrangé comme une petite chambre. Un tapis en lambeaux dépassait d'un lit en métal blanc semblable à celui qu'elle avait vu en songe. Un lit identique à celui qui se trouvait dans le cabinet du Dr Siegel, à cela près qu'il était nanti d'un matelas de bonne facture.

Le tout évoquait davantage une cellule qu'une chambre d'amis. Après un long moment d'hésitation, elle se décida à poser la main au centre du matelas. Les larmes lui vinrent instantanément. Elle y sentait tant de dépravation, de peur et d'amertume… Elle tomba à genoux et les images affluèrent.

Une femme nue.

— N'est-ce pas là ce que tu voulais ?

— Espèce de sale vicieuse. Tu n'as donc rien retenu de ce que je t'ai appris ? Tu es censée être une épouse et une mère. Comporte-toi donc comme une dame !

Il lui jeta une couverture. Elle était souillée, et rugueuse contre sa peau. Elle rampa sur ses genoux et s'en enveloppa hâtivement.

— Je peux me comporter comme une dame. J'étais une dame jusqu'à ce que Patrick me jette dehors. Il ne m'a pas laissé le choix. Il fallait que je me débrouille pour survivre.

L'homme s'assit à côté d'elle et lui caressa les cheveux. Il faisait partie de ces hommes qui pouvaient lui apporter du réconfort.

— J'ai l'intention de t'aider, dit-il d'une voix radoucie.

— Je ne veux plus vivre ainsi.

Ses caresses se muèrent en une prise ferme sur son menton. Il fit virevolter sa tête d'un côté, puis de l'autre.

— Je peux te sortir de cette vie de décadence.

C'était un mensonge. Cela sonnait faux.

— Je peux te guérir.

— Quoi ?

Il se mit à psalmodier, puis se tut subitement.

— J'ai cru que votre cadeau… J'ai cru que je devais vous payer de mes faveurs en retour.

— La ferme, espèce de cinglée !

L'homme la gifla en plein visage.

— Abi in malam rem ! Abi in malam rem !

Kelsey vacilla. Elle ôta la main du matelas et s'assit par terre, le cœur battant, suffoquant dans cet air insalubre.

Comme elle, Marie avait souffert à cause de sa différence. Mais si, pour ainsi dire, Jeb s'était « contenté » de ridiculiser et d'humilier Kelsey, cet homme avait mis à mort, ici même, la pauvre Marie, qu'il avait cru devoir purifier.

Il ne s'agissait pas d'un crime passionnel, ni d'une dispute ayant mal tourné. Cela s'apparentait à un exorcisme.

Elle promena sa torche de haut en bas, de droite à gauche, à la recherche d'un indice de la présence de la jeune femme. Subitement prise d'un tremblement incontrôlable, elle ferma les yeux et se retourna.

Alors, lentement, elle recula et vint buter contre le mur.

— Oh mon Dieu !

Abi in malam rem.

— Marie !

Kelsey porta les mains à sa gorge.

Ses écorchures saignaient et des mèches de ses cheveux s'arrachaient, prises au piège dans les aspérités du mur.

Noir et blanc.

Non pas une vision brouillée.

Non pas un véhicule de police.

Un col de prêtre !

Kelsey se retourna et braqua sa torche sur le mur ; juste là, sous ses yeux, des preuves.

Des mèches provenant de la chevelure d'une femme.

Un intense soulagement gagna Kelsey. Tee voulait des preuves, eh bien…

La main brutale d'un homme lui écrasa la bouche. Il la plaque contre son torse.

— J'ai su que tu étais une de ces cinglées à la seconde même où j'ai posé les yeux sur toi, lui dit-il à l'oreille. Je vais t'apprendre à devenir une femme respectable. Tu n'échoueras point ou tu mourras.

Le morceau de tissu qu'il lui appliqua sur le visage étouffa ses cris jusqu'à ce qu'elle perde conscience.

12

Ignorant la douleur qui lui vrillait le genou, Merle monta les marches de la mission quatre à quatre et joua des coudes dans le couloir bondé en priant le ciel de ne pas arriver trop tard.

— Pardon, dit-il en prenant le tour d'un pauvre bougre qui attendait devant la porte du cabinet du Dr Siegel.

Il fit irruption dans la pièce. Siegel était assis auprès d'un vieil homme alité.

— Où est-elle ?

Cette espèce de salopard dégingandé sauta sur ses pieds.

— Vous n'avez pas le droit de débouler ici et…

Merle se planta devant lui, le regard dur, et articula chacun de ses mots d'un ton sans appel.

— Où est-elle ?

Siegel avait sa dose, à en juger par son regard vitreux, mais il était loin d'être stupide. Inutile de lui préciser de qui il parlait.

— Je n'ai pas vu votre copine, pas depuis l'autre soir où elle s'est jetée sur moi en hurlant.

— Docteur ? fit le patient en s'asseyant sur le lit. Vous avez des soucis ?

Merle écarta les pans de sa veste afin de lui montrer son arme. L'homme faillit s'étrangler. Merle dégrafa son insigne de son ceinturon et le lui mit sous le nez.

— KCPD, monsieur. Cette affaire concerne la police. Vous feriez mieux de sortir.

L'homme se leva sans protester mais Siegel le fit se rasseoir.

— Il a une pneumonie. Comme tous ceux qui attendent derrière cette porte, il ne peut compter que sur moi. Vous ne pouvez pas chasser cet homme.

— Je ne le chasse pas, rétorqua Merle en aidant l'intéressé à se lever. Je lui suggère de ne pas rester dans les parages pendant notre petite conversation.

— Vous avez un mandat ? Je vais vous poursuivre pour harcèlement.

— J'ai le droit de vous poser toutes les questions qui me traversent l'esprit à partir du moment où j'enquête sur la disparition d'une femme.

Il s'avança vers le médecin.

— Et j'ai le droit de vous briser les os si jamais je découvre qu'il lui est arrivé quelque chose.

— Vous… vous parlez de cette femme à la chevelure rouge ? Celle dont la photo se trouve dans le journal ? intervint timidement le patient.

— L'avez-vous vue ?

— Elle est arrivée un peu avant le dîner. Je ne l'ai pas revue depuis.

Siegel se détourna et se dirigea vers son bureau.

— Et maintenant, fichez le camp de mon cabinet.

Vers son bureau. La mise en garde de Kelsey lui revenant à l'esprit, Merle sortit son arme de son étui et la braqua sur le médecin.

— Eloignez-vous de ce bureau.

— Qu'allez-vous faire ? Me soulager de cette vie misérable ?

Siegel plongea la main dans le tiroir béant…

— Ne faites pas ça !

… et en sortit une bouteille de whisky.

Merle poussa Siegel sur le côté et inspecta les tiroirs de son bureau. Des papiers, des blocs d'ordonnances, d'autres bouteilles d'alcool. Aucune arme.

— Kelsey m'a dit que vous gardiez une arme dans un de ces tiroirs. Où se trouve-t-elle ?

— On dirait qu'elle a disparu, répondit Siegel en venant compléter l'inspection de Merle.

— Vous n'avez pas fait de déposition ?

— Ici, on est au milieu de nulle part, inspecteur. On vole de tout, chaque jour que Dieu fait.

— Comme la poupée que vous avez mise en gage l'année dernière ?

Siegel cligna des yeux et soutint le regard de Merle.

— Vous n'êtes pas le genre de type à collectionner des poupées, et pourtant vous vous êtes rendu à l'Underground avec une pièce de collection. Où vous l'êtes-vous procurée ?

Siegel pâlit et se laissa choir dans sa chaise.

— La consultation est terminée, monsieur Amos…

Le vieil homme s'en fut sans demander son reste.

— Je veux un avocat, reprit le médecin.

— Vous aurez un avocat quand vous m'aurez dit où se trouve Kelsey Ryan.

— J'ai mis la poupée au clou pour acheter du matériel médical.

Merle lui arracha la bouteille des mains alors qu'il allait s'enfiler une nouvelle rasade.

— Qu'avez-vous fait à Kelsey ?

— Rien, je le jure, dit-il en se prenant la tête entre les mains comme s'il allait fondre en larmes. Je n'ai tué que la première fille. Et je ne me souviens même pas de l'avoir fait. Je devais être dans un sale état. Je le jure devant Dieu : après ça, je n'ai plus jamais fait de mal à qui que ce soit.

Merle fronça les sourcils.

— Une femme seulement ? Vous avez donc tué Jézabel ?

Siegel leva la tête et eut pour la bouteille que tenait Merle un pitoyable regard d'envie.

— C'est ce qu'il m'a dit quand il m'a trouvé près du corps.

— Qui vous a trouvé près du corps ?

— Ulysse.

— Il n'a pas signalé le meurtre à la police ?

— Il m'a dit que je pouvais expier mon péché en restant à la mission et en acceptant de m'occuper de ces pauvres gens. Nous avons porté le corps jusque dans la benne à ordures au coin de la rue et il a certifié aux autorités que j'assistais à son sermon afin de me fournir un alibi.

— Il a menti pour vous couvrir ?

Noir et blanc.

— L'espèce d'ordure !

Les pièces du puzzle venaient de se mettre en place.

Merle déposa la bouteille sur le bureau et s'empara de sa paire de menottes. Lorsque Siegel tendit la main pour se saisir de son cher whisky, il le menotta à sa chaise.

— C'est à contrecœur que je vous dis cela, Siegel, mais je ne crois pas que vous ayez tué ces filles. Pas plus que vous n'avez tué Jézabel. Mais vous avez été complice d'un meurtre et coupable d'entrave à la justice en dissimulant les faits. Par ailleurs, je doute que vous soyez habilité à exercer la médecine dans votre état. Restez bien sage.

Il prit son portable et sortit de la pièce.

— Ginny ? Appelle Josh et A. J., et dis-leur de se rendre à la mission Wingate. Nous touchons enfin au but !

Kelsey reprenait péniblement conscience, le cœur battant au rythme de la migraine atroce qui lui vrillait les tempes.

Abi in malam rem. Abi in malam rem.

Cette litanie macabre s'immisçait dans son esprit et l'emplissait de terreur.

— Vous êtes une sacrée semeuse de troubles, madame Ryan.

Au prix d'un effort surhumain, elle ouvrit les yeux.

— Révérend Wingate.

Sa migraine n'était pas seulement due aux effets délétères du chloroforme. Le révérend Ulysse Wingate, avec son col noir et blanc agrafé à sa soutane, appuyait sa grosse main sur son front et lui transmettait les horribles souvenirs de ses dix meurtres. Dix âmes soi-disant purifiées. Dix femmes jugées indignes d'être de bonnes épouses et de bonnes mères. Des rebuts de la société.

Wingate était juge, jury et bourreau. Tout comme ses précédentes victimes, Kelsey avait été jugée coupable.

— J'ai tout fait pour vous venir en aide…

Son sourire lui retourna les entrailles ; elle tenta de le repousser mais s'aperçut que ses mains étaient liées devant elle par une longue écharpe de soie.

— Je vous ai invitée dans mon sanctuaire. Je vous ai offert la possibilité de vous libérer de vos démons et de devenir quelqu'un de meilleur. Et comment m'avez-vous remercié ?

— En découvrant la vérité, rétorqua-t-elle. En parvenant à offrir le repos à ces pauvres âmes innocentes.

Il la saisit par son sweat-shirt et la releva brutalement en position assise.

— Ne me parlez pas d'âmes innocentes !

Son visage frôla le sien. Elle sentit les poils de sa barbe lui picoter la peau.

— Je sais de quoi tu es faite.

Son haleine lui balaya le visage. Elle se trouvait sur le lit de souffrance de Marie, dans le grenier. Elle allait connaître son sort.

— Tu es une erreur de la nature. Tu es possédée par le démon. J'ai cru que tu pourrais apprendre à expier tes fautes, mais tu appartiens définitivement aux forces du mal.

Elle détourna la tête et avisa un revolver sur le dessus de la commode, derrière lui. Il n'avait pourtant jamais utilisé d'arme à feu dans ses meurtres.

Il la fit s'allonger et la saisit à la gorge.

— Tu vois ? Tu recommences ton petit manège !

Kelsey se débattit pour respirer et tenta de le frapper malgré l'écharpe qui liait ses mains.

— N'essaie pas de te défendre ! Tu ne peux rien contre la volonté divine.

Il relâcha sa prise, juste assez pour qu'elle puisse prendre quelques inspirations, et se pencha vers la commode pour se saisir d'un bol en étain. Elle reçut de l'eau en plein visage et il se remit à psalmodier en latin. Ses poumons la brûlaient et ses pensées devenaient confuses.

Elle ne devait pas perdre connaissance ; il lui fallait trouver un moyen de s'échapper.

— Chaque année, je choisis une brebis galeuse et je l'amène ici. Je lui donne certaines tâches à accomplir et je m'efforce de lui apprendre comment devenir une bonne épouse, une bonne mère, une femme bien. Mais elles refusent toutes d'apprendre…

Il la détailla de la tête aux pieds et émit un claquement de langue, comme s'il était déçu par ce qu'il voyait.

Kelsey grimaça comme il lui versait de l'eau sur le visage. « Arrêtez ! » avait-elle envie d'hurler.

Tee !

Elle reprit confiance et l'espoir chassa sa peur. Tee allait venir la sauver. La note qu'elle lui avait laissée lui permettrait à coup sûr de la localiser.

Viens à moi, Tee. Sauve-moi.

Comme s'il pouvait lire dans ses pensées, Wingate desserra son étreinte et se mit à rire. Elle aspira une grande bouffée d'air et s'assit, s'adossant au mur sale et granuleux.

— L'inspecteur Banning ne va pas tarder, cracha-t-elle. Nous sommes partenaires. Il sait tout ce que je sais.

Il secoua la tête et prit l'arme pour la glisser à sa ceinture.

— Ton ami cherche dans la mauvaise direction. Il s'appuie sur des indices que j'ai volontairement semés au cours de ces années. Siegel est convaincu d'avoir tué une femme sous l'emprise de l'alcool. Je n'ai pas voulu l'en dissuader. Je l'ai même encouragé à le croire. Ce matin-là, j'étais seul avec Jézabel pour la Grande Cérémonie. En échange de son alibi, il a fait tout ce que je lui ai demandé. Il ne cesse depuis lors de se ronger les sangs avec son sentiment de culpabilité.

Il sortit une autre écharpe du tiroir de la commode. Aurait-elle la force de le combattre, les mains liées ? Et quand bien même, parviendrait-elle à lui échapper ? Elle devait gagner du temps afin de réfléchir à une stratégie.

— C'est vous qui avez donné la poupée au Dr Siegel.

— Oui. Il avait besoin d'argent pour son cabinet. Il ne savait même pas d'où elle provenait.

Wingate enroula l'écharpe autour de ses poings.

Ramenant sous elle ses genoux, elle se réfugia dans l'angle du lit et se blottit contre le mur.

— Quel rôle joue Patrick Halliwell dans cette histoire ?

Il leva les sourcils de surprise.

— Notre bienfaiteur ?

— Je sais qu'il était le mari de Jézabel — de Marie, devrais-je dire. Vous le faites chanter, n'est-ce pas ?

Le révérend éclata de rire.

— Vous êtes plutôt futée, ma petite dame.

Il s'avança, l'écharpe tendue entre ses mains.

— Non !

Elle tenta de se lever mais il plaqua l'écharpe contre sa bouche, la faisant pénétrer de force entre ses lèvres.

— Je ne pensais pas que vous finiriez par découvrir que Marie était l'épouse de Patrick Halliwell. Avez-vous la moindre idée de ce que la culpabilité peut pousser un homme à accomplir ? Imaginez un instant que vous envoyiez votre femme dans un foyer comme celui-ci et qu'elle y meure. Quelle serait votre réaction ?

Il fit un nœud à la base de son crâne et ôta les cheveux qui s'étaient pris dans l'étoffe.

— Il ne cesse d'expier sa faute depuis ce jour.

Kelsey se détourna brusquement lorsqu'il voulut caresser son visage, et sa joue heurta le mur ; elle se fit une légère entaille. Il approcha la main pour toucher sa blessure mais, d'un coup de tête, elle l'envoya cogner contre le mur.

Le révérend s'attrapa le poignet en jurant.

— Espèce de cinglée !

Kelsey se leva d'un bond. Cependant, elle était groggy et, avec ses mains liées, son équilibre était incertain. Elle s'élança vers la porte. Wingate la suivit de près. Il la saisit à la gorge et lui arracha son pendentif.

— Non !

Il la traîna alors à même le sol pour la jeter sur le lit. Kelsey ressentait la brutalité de ses gestes de façon décuplée car le contact de leurs peaux faisait jaillir en elle des images des meurtres précédents.

— Je fais du bon travail, ici, murmura-t-il entre ses

dents. Pour cela, j'ai besoin d'argent et d'un médecin. Pour aider ces gens. Pour les sauver alors que la société les a oubliés et qu'ils sont trop mauvais pour se sortir seuls de leur condition.

De nouveau, elle sentit le frottement des poils de sa barbe comme il s'approchait pour lui parler à l'oreille.

— Tu vas te taire et rester tranquille comme une bonne petite fille en attendant que je m'occupe de toi.

Il arma son bras. Kelsey se prépara à quitter ce monde.

— Touche-la et tu es un homme mort !

Merle appuya sur l'interrupteur et la pièce fut baignée de lumière. *Espèce d'ordure.* Kelsey était ligotée et bâillonnée. Sa joue saignait. Wingate braquait un revolver sur elle et s'apprêtait à faire feu.

Sous l'effet d'une formidable montée d'adrénaline, il sortit son Glock et se mit en position de tir.

— Eloigne-toi d'elle, Wingate, ou je loge une balle entre tes petits yeux de rat.

Vif comme l'éclair, le révérend se saisit de la jeune femme et, s'abritant derrière elle, lui plaça le canon de son arme sur la tempe. Pour un homme de sa corpulence, il était extrêmement agile.

Pour un homme portant la soutane, il n'avait que peu de considération pour l'espèce humaine.

— Je ne crois pas, dit-il avec un sourire mauvais.

— Tu ne pourras pas t'échapper. Ton complice est entre les mains de la police et mon équipe a déjà investi les lieux.

— Siegel est un pauvre homme faible et alcoolique. Ce qu'il a bien pu vous dire n'est pas recevable dans un tribunal.

Merle croisa le regard de Kelsey et y lut la peur, mais aussi une forte détermination.

— Libère-la et je te laisserai une chance de défendre ta misérable carcasse à ton procès.

Wingate secoua la tête.

— Elle t'a ensorcelé avec ses simagrées, Banning. Elle a le diable dans la peau et il faut être sans pitié avec le démon.

Merle mourait d'envie de lui éclater la cervelle, mais Kelsey se tenait trop près de lui. Pouvait-il prendre le risque d'atteindre la femme qu'il aimait ?

Sois forte, chérie. Donne-moi une occasion. Donne-nous une chance de…

Quoi ? Que signifiait ce clin d'œil ? S'apprêtait-elle à…

Kelsey lança de toutes ses forces ses poings dans l'avant-bras de Wingate. L'homme laissa échapper son arme et se tordit de douleur.

— A terre ! cria Merle en chargeant de l'épaule dans le ventre du révérend.

Les deux hommes s'écroulèrent au sol dans un bruit sourd. Kelsey était libre mais le combat ne faisait que commencer.

En se tortillant, Kelsey se débarrassa de l'écharpe qui retenait ses mains prisonnières, puis elle ôta son bâillon.

— Tee !

Qu'avait-elle encore fait ? Il allait ajuster son tir et presser sur la détente lorsqu'elle avait pris l'initiative d'intervenir, et à présent ils se battaient ! Et ils étaient tous deux armés !

Ulysse Wingate était d'une corpulence supérieure à celle de Tee, mais ce dernier était plus jeune et plus alerte. Elle poussa un cri rauque et perçant lorsque le révérend donna un coup de pied dans son genou douloureux.

Les deux hommes se livraient une bataille sans merci,

roulant et heurtant les meubles, échangeant des coups de poing sonores.

Un revolver glissa sur le sol dans un bruit métallique.

Que pouvait-elle faire ?

Tee avait dit que les renforts étaient déjà dans le bâtiment. Elle courut à la porte et cria dans la cage d'escalier :

— Au secours !

Mais elle était à bout de forces et sa gorge la brûlait. Son cri ne porta pas bien loin…

Le revolver !

Elle n'avait jamais tiré, à part une fois avec le Glock de Tee chargé à blanc. La détonation lui avait vrillé les tympans.

— Rends-toi, Wingate, lança Tee tandis que tous deux se relevaient en se disputant la seule arme en leur possession.

— Plutôt mourir que me rendre, répliqua le révérend en haletant.

Kelsey se précipita sur le revolver. Repoussant le flot d'images que lui transmettait la crosse, elle le leva au-dessus de sa tête et ferma les yeux.

Bang !

Elle ouvrit grand les yeux.

Elle n'avait pas eu le temps de tirer.

— Tee ?

Les deux hommes s'étaient figés. Wingate écarquillait les yeux, l'air à la fois surpris et furieux.

Pourquoi ne s'écroulait-il pas ?

Tee recula d'un pas, arma son poing et le lui balança en plein visage, faisant s'effondrer le gaillard sur ses genoux.

— Ne t'avise plus jamais de lever la main sur elle, dit-il en le poussant du pied.

Le dément bascula et s'étala de tout son long, inconscient.

Tee replaça son Glock à sa ceinture et regarda Kelsey

par-dessus son épaule. Il avait une écorchure à l'arcade et son teint était livide.

— On l'a eu, partenaire.

Elle hasarda un petit sourire.

— Pour sûr, partenaire.

Elle baissa les yeux sur Wingate, histoire de s'assurer que tout était bien fini.

Elle fronça les sourcils ; il n'y avait pas de sang sur lui.

— Tee ?

Elle fut prise d'une violente appréhension comme il avançait d'un pas chancelant dans sa direction.

— Tee !

C'est lui qui avait été touché. Une auréole d'un rouge sombre poissait sa chemise blanche.

Merle sentit ses jambes se dérober sous lui.

— Tu n'as rien ? dit-il en s'affalant. Tu es blessée ?

Il devait à tout prix savoir ; son cœur cognait d'angoisse contre sa poitrine.

Kelsey s'élança pour le prendre dans ses bras, s'asseyant à son côté sur le parquet poussiéreux.

— Tais-toi. Reste tranquille.

— Est-ce un oui ou un non ?

Il souffrait le martyre de ne pas savoir.

Elle l'installa sur ses genoux et, calant sa tête contre son sein, tira sur les pans de sa chemise pour appliquer sa main douce et fraîche contre sa blessure. Il fit un suprême effort pour se relever et essuya les larmes qui coulaient de ses jolis yeux noisette.

— Où se trouve ton portable ? fit-elle en esquissant le geste de fouiller ses poches.

— Les renforts sont en bas. Ils ont dû entendre le coup de feu.

Il lui prit la main pour la poser sur son cœur. C'était la troisième fois qu'il était pris dans une fusillade. Il connaissait la procédure : éliminer le méchant et ensuite sauver la fille. Il arrivait à la seconde phase pour la première fois.

— Ça fait un mal de chien, crois-moi, murmura-t-il.

Il se demandait si elle pouvait ressentir sa douleur, son soulagement, son amour pour elle en touchant son cœur.

— Je ne suis pas en danger de mort, ma chérie. Je vais m'en tirer.

— Bon sang, Tee, il ne s'agit pas d'une égratignure ! Mais que font les renforts ?

— Il n'y aura bientôt plus de place sur mon corps où loger une balle, eut-il le courage de plaisanter. Un de ces jours, je vais arrêter…

Kelsey prit son visage dans ses mains et l'embrassa passionnément.

— Je t'aime, Tee, chuchota-t-elle en effleurant ses lèvres. Je ne veux plus jamais que tu sois blessé. Je t'aime.

Et elle l'embrassa encore, et encore.

Qu'avait-elle dit ?

Il puisa dans ses dernières forces pour la serrer dans ses bras. S'il oublierait peu à peu la douleur, la peur de perdre celle qu'il aimait resterait à jamais gravée dans sa mémoire.

Il était aux anges et savourait ce baiser. Lorsqu'elle avait dit qu'elle l'aimait, il avait éprouvé une joie indescriptible, et une sensation de plénitude avait inondé son âme.

— Bon sang ! Banning a été touché.

En entendant la voix de Josh Taylor, derrière lequel plusieurs agents se pressaient, Kelsey se redressa vivement.

— On lui a tiré dessus. Il saigne. Occupez-vous de lui de toute urgence.

Merle passa en mode professionnel.

— Vous feriez bien de menotter Wingate avant qu'il reprenne ses esprits. Et faites venir les gars du labo. Je suis sûr que vous trouverez ici tout ce qu'il faut pour recouper les déclarations de Siegel et d'Halliwell. N'est-ce pas, chérie ? ajouta-t-il en se tournant vers Kelsey.

— Tu es parvenu aux mêmes conclusions que moi ?

Il leva une main tremblante pour venir balayer une mèche de cheveux de son visage, et la contempla avec admiration.

— Nous avons démêlé cette histoire ensemble. Nous sommes partenaires, tu ne l'as pas oublié ?

Kelsey opina doucement. Merle priait le ciel pour qu'elle crût en la sincérité de ses paroles.

— Je t'aime, Kelsey Ryan. Pose tes mains sur moi et sens-le. Aie foi en moi, et sache que mon cœur t'appartient.

Il lui prit la main et noua leurs doigts, comme pour sceller leur union à jamais.

— Ressens-tu ce que je ressens ? Me fais-tu confiance ?

Elle lui caressa la joue et lui sourit.

— Je suis désolée d'avoir douté de toi. Tu n'as rien à me prouver, Tee. Aime-moi, tout simplement.

Il lui offrit son plus beau sourire.

Épilogue

— Tu penses qu'il va neiger ?

Kelsey noua la ceinture de sa robe de chambre et gagna la fenêtre pour regarder à travers la vitre constellée de cristaux de glace. Le soleil du petit matin répandait une lumière chaude et magique sur le paysage habituellement verdoyant recouvert d'un manteau de neige. En cette période de l'année, ce petit coin du Missouri ressemblait à un décor de conte de fées.

Tee vint se placer dans son dos et l'enlaça tendrement, l'attirant contre son torse nu.

— On dirait plutôt qu'il va geler. Quelle ambiance féerique pour célébrer la nouvelle année, tu ne trouves pas ?

Kelsey se laissa aller dans la chaleur de ses bras. Mille petits frissons la parcoururent lorsqu'il pencha la tête pour déposer une série de baisers le long de son cou.

— Nous aurions pu aller au soleil, reprit-il. La Floride, les Bahamas… Mais tu as insisté pour qu'on loue ce petit chalet dans les Ozarks. Hors saison, pendant le pire mois de décembre qu'on ait connu depuis plus de dix ans.

Se sentant défaillir sous ses baisers, Kelsey se retourna pour lui passer les bras autour du cou.

— Je trouve cela beaucoup plus romantique que de se prélasser sur la plage, tu n'es pas d'accord ?

La lueur qui brillait dans ses yeux verts disait toute son approbation.

— C'est la seconde fois que nous célébrons la fin d'année sous ce climat. Cela devient une habitude et je sens que je pourrais bien m'y faire à la longue.

— Moi aussi.

Kelsey lui sourit et promena ses doigts sur ses lèvres. Il les embrassa un à un. Les images qu'elle recevait de lui incarnaient la joie de vivre, l'amour. Elle était pleinement consciente de la foi que cet homme avait en elle, du respect qu'il lui témoignait.

Une année s'était écoulée depuis cette horrible nuit dans le grenier de la mission Wingate.

Comme s'il devinait la tournure que prenaient ses pensées, Tee se mit à lui caresser doucement le dos. L'impatience qu'elle pouvait lire dans son regard allait de pair avec son excitation grandissante.

Il la plaqua contre ses hanches, de façon qu'elle ressente physiquement son désir. Elle effleura son ancienne cicatrice sur sa poitrine puis celle, plus récente, qui formait un petit cercle rosé sur son ventre plat. Elle n'oublierait jamais l'épouvante qui l'avait saisie au moment où elle avait compris que Tee avait été touché. Il avait failli mourir en tentant de la sauver.

— Ne te laisse pas aller à de mauvaises pensées, lui dit-il à l'oreille.

Il prit son visage dans ses mains.

— Concentre-toi sur les bonnes choses, sur mon amour.

Kelsey posa les mains sur son torse.

— C'est ce que je fais.

Il l'embrassa avec toute sa tendresse, et ses pensées négatives cédèrent la place à des souvenirs plaisants de leur passé.

Ulysse Wingate aurait tout le temps de prier dans sa cellule — en attendant le verdict qui devait le condamner à la peine capitale. Elle revit le procès, la convalescence de Tee à l'hôpital puis chez elle, l'accueil que lui avaient réservé ses collègues au commissariat. Le capitaine Taylor avait profité de cette réception pour exhiber une plaque sur laquelle était gravée : *Inspecteur Banning, véritable aimant à projectiles.* Kelsey, pour sa part, avait sympathisé avec Ginny Rafferty-Taylor.

Puis, bien évidemment, le mariage avait eu lieu. Une cérémonie haute en couleur et placée sous le signe du bonheur et de l'espoir.

— Ta mère a été absolument adorable de prendre Frosty pour que nous puissions profiter de notre petite lune de miel.

— Tu plaisantes ? Ça ne lui coûte rien. A la façon dont elle gâte ce chien, on dirait qu'il s'agit de son petit-fils. Mais j'espère bien lui faire réellement ce plaisir…

Kelsey le repoussa et le força à la regarder droit dans les yeux.

— Es-tu sérieux ? As-tu en tête d'offrir à Moira un petit-fils ?

Un magnifique sourire fut sa réponse.

Elle ne put néanmoins s'empêcher de le mettre en garde :

— Tu es conscient que mes dons psychiques sont héréditaires ? Lucy Belle avait ce don. Notre enfant l'aura, lui aussi.

Lorsqu'elle le vit plisser les yeux d'un air amusé, elle sut qu'il avait plus d'un argument en réserve pour la convaincre de ne pas s'inquiéter.

— De quoi as-tu peur ? Que je ne sache pas m'occuper d'un enfant différent des autres ?

— Non. Je sais que tu peux faire face à toutes les situations.

— Parce que je possède un petit côté Dirty Harry ?

— Parce que tu es Thomas Merle Banning, un inspecteur sacrément doué, un homme intelligent et attentionné… et mon très cher mari.

— Mari. C'est mon plus grand titre de gloire.

Il l'embrassa. Avec passion. Et elle aima cela.

— De toute façon, notre enfant sera différent des autres car il viendra de toi, la femme que j'aime. Et puis, il existe une multitude de livres à propos des enfants doués de talents psychiques, sans compter les sites internet.

Il l'embrassa de nouveau, cette fois avec une idée précise derrière la tête.

— J'ai aussi la possibilité d'interroger la maman, en privé.

Quelques instants plus tard, ils étaient allongés sur le sofa, en bonne voie pour concevoir cet enfant différent.

Kelsey ne ressentait plus la moindre appréhension à l'idée de le toucher. Elle n'avait plus honte de lui demander de lui faire l'amour. Parce que cet homme l'aimait. Parce qu'il était son héros.

— Sommes-nous toujours partenaires ? demanda-t-elle en se donnant à lui.

Il sourit comme leurs corps s'ajustaient.

— Pour le meilleur et pour le pire.

DEBRA WEBB

Un bébé en danger

Traduction française de
CHRISTINE MAZAUD

BLACK ROSE

HARLEQUIN

Titre original :
KEEPING BABY SAFE

Ce roman a déjà été publié en 2011.

Prologue

Belle et souple comme une liane, Victoria Colby se pencha sur le plan de marbre blanc.

— Mets-toi à l'aise, Max, insista-t-elle en désignant un pouf de velours vert un peu à l'écart.

Pierce Maxwell balaya des yeux le carrelage lisse des toilettes des dames. Se sentir à l'aise en pareil endroit ? Il en était incapable.

— Non, merci, Victoria, je préfère rester debout, répondit-il poliment, accompagnant son refus d'un sourire gêné qui se voulait courtois.

Il n'avait pas de raison de rembarrer son boss, ce n'était pas sa faute s'ils avaient dû se réfugier là.

Pour cause d'inondation, le quatrième étage de l'immeuble qui abritait l'agence Colby se trouvait sous plusieurs centimètres d'eau, et Victoria avait décidé de tenir réunion dans les toilettes. Pour une raison qui restait inconnue, les sprinklers s'étaient brusquement déclenchés dans les bureaux. Les plombiers et le personnel de ménage, dépêchés sur les lieux, s'activaient à réparer les dégâts. En attendant, les toilettes étant le seul endroit équipé d'évacuations directes dans le sol, celles des femmes avaient été improvisées bureau de la directrice et salle de conférences. Le personnel aurait tiqué si Victoria avait choisi de siéger dans celles des hommes.

— J'ai ici un dossier délicat qui nécessite une expérience avérée, et j'ai pensé à toi, annonça-t-elle.

Victoria ouvrit l'enveloppe et en considéra le maigre contenu.

— Autant que je m'en souvienne, tu as passé pas mal de temps en Amérique du Sud à travailler pour les Stups.

— Trois ans, acquiesça Max.

Ce n'était un secret pour personne. En revanche, songea Max, beaucoup ignoraient qu'à l'époque où il collaborait avec la brigade des stupéfiants, il avait passé la plus grande partie de ses missions au fin fond de la jungle humide et hostile, à vérifier des pistes fournies par ses indicateurs. Il appartenait alors à l'unité spécialisée dans les opérations secrètes, responsable de la surveillance de laboratoires en Colombie visant à limiter l'entrée de drogue sur le territoire américain. Quand les politiques, américains ou colombiens, avaient mis un terme aux opérations de son groupe d'action, il s'était retrouvé dans un bureau étriqué. Peu de temps après, il avait démissionné sans demander son reste. L'encre de sa lettre de démission n'avait pas encore eu le temps de sécher qu'il se faisait embaucher par l'agence Colby.

— De quoi s'agit-il ? demanda-t-il, sa curiosité piquée.

— Une vieille connaissance, Harold Atkins, dirigeait une agence de détectives privés à Houston, expliqua Victoria. Il s'est retiré il y a quelques années et travaille maintenant comme chef de la sécurité chez Alexon. Il préfère. C'est plus calme, à ce qu'il prétend.

Comme tout le monde, Max connaissait Alexon de réputation. Laboratoire très en pointe en matière de recherche médicale, son centre se trouvait ici, à Chicago. Ses champs de recherches étaient vastes, depuis l'ADN jusqu'aux armes biologiques.

Chef de la sécurité dans un tel laboratoire devait tout avoir d'une sinécure..., songea Max, un léger sourire aux lèvres.

Sourcils foncés, Victoria referma son dossier.

— Selon Harold, Alexon a ouvert, il y a deux ans, un centre de recherches secret dans les montagnes près de Bogota, pour y conduire des travaux de première importance sur les armes bactériologiques. Secret défense. Il y a deux semaines, le laboratoire a été détruit et le chercheur qui menait les recherches a failli se faire capturer.

Sceptique, Max haussa les sourcils.

— A failli ?

Comment un scientifique avait-il pu tenir tête à une bande de rebelles colombiens déterminés ? Lui-même, agent hautement entraîné, des embuscades à une ou deux reprises avaient bien failli lui coûter la vie.

— Apparemment, Alexon attache la plus grande importance à la sécurité de ses chercheurs. En cas d'attaque inopinée, ils ont une pièce où se replier. Un abri anti-panique, comme ils l'ont baptisé.

Voilà qui commençait à devenir intéressant...

— Ils ont besoin de quelqu'un pour sortir leur chercheur de son abri ?

Max avait beau ne pas être fou de la Colombie, il connaissait suffisamment bien les zones montagneuses près de Bogota pour se sentir à l'aise dans ce type d'expédition.

Victoria soupira.

— Harold a déjà missionné un agent, répondit Victoria après une brève hésitation, mais l'opération a mal tourné.

Max ne put s'empêcher de rire sous cape. Manifestement, ce cher Harold n'avait pas fait le bon choix. Dans ce genre de mission, un bon contrat et de l'ingéniosité étaient indispensables. Sans oublier une connaissance approfondie du terrain.

— Si je comprends bien, maintenant, ce n'est plus un, mais deux types qu'il faut tirer d'affaire ?

— Plus exactement, un homme et une femme, précisa Victoria. Samuel Kirstenof, le chercheur, et Olivia Jackson, l'agent qu'Harold a dépêchée sur les lieux.

Cela se corsait. Sortir de Colombie un scientifique sans défense sans attirer l'attention n'était déjà pas une mince affaire, mais ramener une femme qui, de surcroît, n'apprécierait sûrement pas l'intervention d'un autre agent, risquait de se révéler encore plus hasardeux.

— Où sont-ils maintenant ?

Victoria tendit le dossier à Max.

— Tu trouveras toutes les informations dans ce dossier. Harold y a mentionné les coordonnées de la fille, la dernière fois qu'ils ont eu un contact, il y a deux jours.

Max ouvrit le dossier et parcourut les documents. Olivia Jackson était une jeunette de vingt-deux ans.

Il hocha la tête.

Pas étonnant qu'elle se soit fait prendre. A son âge, elle devait à peine savoir conduire et encore moins porter une arme. Comment pouvait-elle éliminer des ennemis aussi redoutables que des rebelles colombiens armés ? A quoi Atkins pensait-il en envoyant une aussi jeune femme sur une mission comme celle-là, non seulement périlleuse mais réclamant, outre de l'expérience, une force physique que bien peu de femmes avaient ?

— Harold la surnomme Scout, reprit Victoria, tirant Max de ses pensées.

— Scout ?

Max remarqua que le dossier ne comportait pas de photo d'Olivia Jackson dans le dossier mais, en revanche, qu'il s'y trouvait une copie du badge de Kirstenof. Petit et mince, le chercheur âgé d'une cinquantaine d'années avait plus de poils au menton que de cheveux sur la tête.

— Olivia préfère son surnom à son nom, ajouta Victoria.

D'un geste négligent de la main, elle lissa la jupe de son tailleur élégant.

— Harold ne tarit pas d'éloges sur elle. Il la considère comme sa fille. Il ne cesse de me répéter à quel point il est inquiet pour elle. Bien sûr, Alexon veut que son chercheur soit rapatrié sain et sauf.

Max croisa le regard de Victoria.

— Il semblerait, poursuivit-elle d'une voix plus basse, que la guerre soit déclarée entre Alexon et un laboratoire concurrent. Ce serait à celui qui développera le premier un antidote destiné aux militaires. Reste à espérer que ce rival ne soit pas impliqué dans cette affaire, ce qui compliquerait plus encore notre expédition.

Max haussa les épaules. Les expéditions difficiles, il connaissait. C'était cette Scout Jackson qui le préoccupait. Elle n'aimerait sûrement pas qu'il intervienne dans une opération qu'elle n'avait pas été capable de mener à bien. En outre, le fait qu'il soit un homme n'arrangerait pas ses affaires.

Il referma le dossier et jeta à Victoria un regard rassurant qu'il agrémenta d'un sourire confiant.

— J'accepte. Je me charge de rapatrier le chercheur et la belle.

Victoria opina.

— Tiens-moi informée. Je veux savoir comment se présentent les choses. Douglas vous servira de couverture.

Max fit la moue. Douglas Cooper, dit Doug, était nouveau à l'agence. Ses compétences n'étaient nullement en cause. Victoria n'engageait que les meilleurs. Mais Doug était un garçon de bonne famille, fortuné, qui avait récemment quitté son cercle très huppé de Martha's Vineyard, son fief, ainsi que son bureau de Wall Street, pour opérer une sorte de reconversion. Max avait de la sympathie pour lui, mais il avait des doutes quant à ses vraies motivations. S'était-il lassé du yacht de papa et du snobisme de ses amis ?

C'était injuste de parler ainsi de lui, et Max s'en voulait de le critiquer. Doug était véritablement un chic type. Nul doute qu'avec le temps, ses motivations apparaîtraient plus clairement. A ce stade, tout jugement était prématuré. Max devait lui laisser sa chance, comme le faisait Victoria. Si elle l'avait engagé, c'est qu'elle avait des raisons légitimes de le faire.

— Je crois que c'est clair, dit Max sans se départir de son sourire. Je vais lui dire de s'activer, et je pars.

— Sois prudent là-bas, recommanda Victoria. Le gouvernement colombien est sur les dents ces temps-ci. Je ne veux pas que l'agence soit responsable d'un incident diplomatique entre les deux pays et puis, surtout, je ne veux pas qu'il t'arrive quoi que ce soit.

Le sourire de Max s'élargit en une mimique amusée.

— Ne te fais pas de bile, Victoria. Je connais l'endroit comme ma poche. Je serai revenu avant même qu'ils se rendent compte que je suis entré dans le pays.

1

Le *clic* d'une arme et le métal froid du canon contre sa nuque le pétrifièrent.

Max sentit des gouttes de sueur perler sur son front. Le bandana qu'il portait autour de la tête était déjà trempé.

— Pas un geste !

La voix était celle d'une femme.

D'une Américaine.

Olivia Jackson ? se demanda Max alors que celle qui le maintenait en respect glissait la main sous sa chemise pour le délester de son arme logée dans son holster.

Max avait à peine commencé à remonter la piste de la jeune femme et du chercheur disparus depuis deux jours. S'il n'avait pas été un pisteur hors pair, il ne serait pas parvenu à remonter jusqu'à elle. Cette femme était un bon élément. Enfin… peut-être pas tant que ça finalement… En réalité, il s'était laissé prendre délibérément, pour accélérer les choses et ne pas blesser son orgueil. S'il avait agi différemment, elle lui en aurait voulu. Mais il se garderait bien de le lui dire.

— Vous êtes Olivia Jackson ? demanda-t-il tandis qu'elle le désarmait.

Il avait beau savoir qu'ils étaient du même bord, il n'aimait pas se sentir en position d'infériorité.

— Et vous ? Vous êtes qui ?

— Je suis…

Les mains fines qui s'aventuraient le long de ses jambes lui firent perdre un instant ses esprits. La belle devait être douée pour mettre les hommes à ses pieds… Mais elle ne semblait pas d'humeur à plaisanter et encore moins à prendre des risques. Poursuivant sa palpation, elle trouva son arme de secours dans le holster plaqué sur son mollet et le confisqua.

— … Pierce Maxwell, grommela-t-il, furieux.

Elle se leva, se plaqua contre son dos.

— Eh bien, Pierce Maxwell, vous voilà dans de sales draps ! Car mieux vaut être armé dans ces contrées !

Elle recula d'un pas.

— Maintenant, retournez-vous.

Max serra les dents. Depuis deux jours, il crapahutait dans cette jungle touffue et humide dans laquelle il se terrait encore il y a peu. Mais cette mission-là avait duré presque trois ans…

Rageant à la pensée qu'elle devait se délecter de la situation, Max se retourna lentement pour lui faire face.

Il s'apprêtait à lui demander de décliner son identité, mais la question s'étrangla dans sa gorge. Avec ses longs cheveux noirs et ses yeux gris superbes, la jeune femme qui le fixait, l'air aussi surpris que lui, était une créature absolument divine, une déesse créée pour peupler les rêves et les désirs masculins. Ce n'était pas le genre de femme qu'il s'attendait à trouver au fin fond de la jungle sud-américaine.

— Qui vous envoie ? interrogea-t-elle, pointant son 9 mm sur son front.

Max remarqua alors un individu dissimulé derrière elle. Un homme. Petit, mince, le crâne nu et luisant, une barbe grisonnante, qui serrait un porte-document de cuir contre sa poitrine. Kirstenof. Inutile d'insister pour voir ses papiers d'identité.

— Harold Atkins, répondit-il d'un ton brusque. Il se faisait du souci quand il a vu que vous n'arriviez pas à faire sortir le chercheur…

D'un hochement de tête, il désigna l'homme prudemment tapi derrière elle.

— … et à le rapatrier sur le sol américain. Il m'a chargé de vous ramener à bon port tous les deux.

Il se mordit à moitié la langue et fit la grimace. C'était pile poil ce qu'il ne voulait pas dire… Submergé par une bouffée de testostérone mal venue, il venait purement et simplement de se conduire comme un malotru.

Le regard gris de l'agent Jackson vira au noir.

— Bravo ! lança-t-elle, furieuse. Vous commencez bien ! Mais puisque seul mon oncle sait que je suis ici, je suis bien obligée de vous croire.

Elle lui rendit son arme, la mine toujours renfrognée. Dommage, car elle était vraiment ravissante. Un sourire sur ce joli minois n'aurait rien gâté.

— Qu'est-ce qui vous fait dire que vous parviendrez à nous sortir d'ici alors que je n'y suis pas parvenue ? articula-t-elle de mauvaise grâce.

Max prit son 9 mm et le replaça dans son holster d'épaule. Puisqu'il avait déjà gaffé, peu importait maintenant ce qu'il allait répondre.

— Vous seriez étonnée de voir ce dont je suis capable.

Elle lui tendit son P.38 qu'il remit en place sur son mollet.

— C'est ce qu'on verra, le nargua-t-elle.

Elle s'écarta pour lui présenter le chercheur.

— Voici le Dr Samuel Kirstenof. Sa sécurité est notre toute première priorité. J'ai ordre de le ramener entier.

— Heureux de voir que vous allez bien, dit Maxwell en guise de salut.

— C'est grâce à Scout, répondit-il. Sans elle…

Il esquissa un sourire en direction de la jeune femme.

— Elle est arrivée juste à temps. Vingt-quatre heures de plus et j'étais… cuit.

Max fronça les sourcils. Tout compte fait, le chercheur n'avait pas l'air au mieux de sa forme. Blanc comme un linge, des cernes noirs sous les yeux que des verres épais de myope creusaient encore, il faisait presque pitié à voir.

— J'imagine que vous avez une couverture ou, au moins, un plan B, je veux dire un itinéraire de secours, demanda Max à la femme.

Vexée par la question, elle le fusilla du regard.

— Evidemment ! Quand nous avons voulu nous échapper, les deux routes étaient protégées, mais quelqu'un m'avait vendue. Personne ne connaissait les détails de mon plan, excepté mon oncle Harold et quelques membres de son staff. C'est donc quelqu'un de son entourage proche.

Elle le fixa d'un air soupçonneux.

— En tout état de cause, reprit-elle, je ferais peut-être mieux de ne pas vous faire confiance.

Refusant d'entrer dans ces considérations, Max haussa les épaules.

— Vous vous expliquerez avec votre oncle quand vous serez rentrée.

De sa manche, il s'essuya le front.

— Maintenant, suivez-moi, je vais vous sortir d'ici.

Elle marmonna entre ses dents — toutes sortes de noms d'oiseaux qui lui étaient destinés — mais il fit mine de ne pas entendre. Escortant la jeune femme et le chercheur, il reprit la piste qui l'avait mené jusqu'à eux, écartant sur son passage lianes et branches de la luxuriante végétation colombienne.

Acceptait-elle de le suivre parce qu'elle était désemparée et perdue ? Cette idée le fit sourire.

— Où allez-vous comme ça ? s'écria-t-elle soudain au bout de deux minutes à peine.

Il marchait vite, et elle avait du mal à le suivre.

— Continuez par là et vous verrez ! Il y a un camp de rebelles juste…

Il se retourna si vivement qu'elle se cogna à lui. Il la remit d'aplomb et la lâcha aussi vite qu'il l'avait rattrapée, agacé par les sensations fugaces mais sans équivoque qu'il avait éprouvées à son contact… et qu'il s'efforça de chasser immédiatement.

— Faites-moi confiance, je sais ce que je fais.

— Bien sûr ! ironisa-t-elle en reprenant sa place derrière lui.

Ils reprirent leur progression. En silence, cette fois. De toute façon, le bruissement de la jungle aurait couvert leurs voix.

Au bout de quelques dizaines de mètres, Max jeta un regard par-dessus son épaule. Scout avait placé le chercheur devant elle et se chargeait de fermer la marche. Bonne initiative, songea-t-il. De cette manière, Kirstenof était plus en sécurité.

La piste descendait maintenant à flanc de montagne. Comme il ouvrait la marche, Max se devait de rester concentré, ce qui ne l'empêchait pas de réfléchir. Qu'est-ce qu'il lui avait pris ? A peine avait-il posé les yeux sur elle qu'il avait senti quelque chose en lui chavirer. Certes, Scout Jackson n'était pas la femme qu'il s'attendait à trouver au cœur de la forêt tropicale. Mais de là à réagir comme un naufragé sur une île déserte ! Il ne manquait pas à proprement parler de compagnie féminine.

Il hocha la tête.

Peut-être était-ce l'effet de la chaleur ?

Quoi que ce soit, il émanait bel et bien de Scout Jackson un je-ne-sais-quoi qui lui inspirait de curieuses réactions physiologiques…

La jeune femme était grande et, à première vue, avait une silhouette des plus harmonieuses. Impression à confirmer quand elle troquerait sa tenue ample de baroudeur contre un vêtement plus moulant. Mais il y avait autre chose… Quelque chose d'indéfinissable, comme une étrange alchimie qui, déjà, semblait opérer entre eux.

« Ça suffit ! » se reprit-il. Il devait se cantonner à sa mission. Un faux pas ici, dans ce pays, et ils risquaient tous les trois d'y laisser leur peau.

Silencieuse, Scout marchait dans les pas de l'agent Maxwell. Elle devait reconnaître qu'il avait réussi à les faire redescendre au pied de la montagne. En chemin, il leur avait fait contourner pas moins de trois camps de guérilleros et, malgré le danger, les avait acheminés sains et saufs à bon port. Quelle maîtrise ! Quel métier ! Il pouvait se targuer d'être bon. Elle-même n'aurait jamais osé prendre de tels risques.

D'abord vexée d'avoir à accepter son aide, elle l'avait très vite admise quand elle avait mesuré sa supériorité. Elle avait observé chacun de ses gestes, l'avait regardé se mouvoir : il était plus que bon, il faisait véritablement corps avec l'environnement. Peut-être avait-il déjà vécu ici ? Il vivait la jungle comme un indigène, en connaissait tous les pièges, savait où se cacher. La nature dans toute sa luxuriance semblait être une fidèle alliée. Vis-à-vis d'elle, sa collègue, il avait eu un comportement quasi fraternel, comme s'il avait voulu lui apprendre les trucs du métier pour la mettre sur un pied d'égalité. Sachant qu'il allait prendre le commandement de l'opération, peut-être l'avait-il laissée l'observer pour ne pas se faire d'elle un adversaire ?

D'ailleurs, elle ne se lassait pas de l'observer — il se mouvait comme un félin — et sentit bientôt grandir en elle une réelle admiration face à tant d'agilité. Sa carrure athlétique et le charme qui émanait de lui, malgré son air farouche, ajoutaient au trouble que sa présence avait fait naître en elle. Il avait un corps superbe. De larges épaules, des bras musclés, les hanches minces et la taille fine. Quant à ses jambes… Mon Dieu ! Quelles jambes ! Interminables… D'ailleurs, quand elle les avait palpées pour déterminer s'il portait une arme, son cœur avait eu au moins deux ratés. Ses traits, en revanche, semblaient trahir quelque chose de la rudesse de son existence. Il avait le visage anguleux. Taillé à la serpe. Mais cette rudesse n'était pas dénuée de séduction. Avec ses yeux bleus et ses cheveux blond cendré, un peu longs, il ressemblait à un surfeur californien, en plus viril, mais surtout en beaucoup plus redoutable.

Scout sentit un frisson la parcourir.

Quand, pour la dernière fois, avait-elle croisé un homme aussi troublant ?

Sa voix aussi était grave, chaude avec, parfois, des accents autoritaires. M. Pierce Maxwell entendait bien faire savoir qu'il était le patron.

Et… elle détestait cela !

Elle détestait l'idée d'être à la merci d'un homme comme lui. Pourquoi les femmes étaient-elles incapables de résister à ce genre d'aventurier ? Mi-tombeur aux yeux de velours, mi-monstre au cœur de pierre et aux muscles d'acier.

Dire qu'elle avait travaillé dur pour s'endurcir… et qu'elle était en train de fondre comme une stupide adolescente !

Alors qu'ils se frayaient un passage dans une jungle hostile, cernés de toutes parts par le danger, tout ce qu'elle trouvait à faire, c'était de flageoler sur ses jambes à cause du sourire et des muscles de ce baroudeur de détective privé !

Elle se trouvait pitoyable.

Des bruits de pas derrière elle la tirèrent de ses réflexions. Elle s'arrêta pour écouter. Devant elle, Maxwell, lui aussi, s'était arrêté et retourné vers Kirstenof. Main levée, il lui faisait signe de stopper. Le bruit ne provenait pas de leurs pas. Ils s'appliquaient tous à ne pas faire remarquer leur présence. Non, ce bruit…

Scout sentit un bras s'enrouler autour de son cou, et le canon d'une arme vint s'appuyer contre sa tempe. Elle fut tirée en arrière.

— *¡ Detenganse ! ¡ No se muevan !*

Scout jura. Des ordres en espagnol ! Un rebelle, à en juger par la manche de son uniforme râpé.

Maxwell s'immobilisa puis, lentement, leva les mains au-dessus de la tête, imité par Kirstenof.

Paralysée par le bras qui lui serrait le cou, Scout s'en voulait. Si elle s'était méfiée, elle aurait entendu l'ennemi approcher. Il devait les suivre depuis qu'ils avaient contourné le dernier camp.

Lentement, très lentement, Maxwell se retourna. Kirstenof, plus docile, ne bougea pas.

A quoi jouait l'agent Maxwell ?

S'il refusait d'obtempérer, il la mettait en danger. Elle avait une arme pointée sur la tempe. Un seul faux mouvement de sa part, et elle risquait sa peau.

Elle n'avait pas vraiment prévu de mourir ici dans cette

jungle. Si elle voulait rester en vie, elle devait agir avant que l'agent Maxwell, par bravade, ne la fasse tuer.

Maxwell fit un pas vers eux.

Scout crut que son cœur allait s'arrêter. Elle ne connaissait pas assez Maxwell pour être sûre de pouvoir lui faire confiance.

— *¡ No se muevan!* hurla le guérillero.

Scout sentit qu'il resserrait son emprise autour de son cou. L'odeur âcre de sueur qui émanait du corps de son assaillant lui montait aux narines. Malgré l'ordre de ne pas bouger, Maxwell continua d'avancer, avec un flegme impressionnant.

Bon sang ! Qu'est-ce qu'il fabriquait ?

Soudain, elle comprit.

Si le rebelle ne l'avait pas encore tuée, c'est qu'il attendait du renfort. Ces types étaient loin d'être des idiots. Ils savaient qu'un scientifique valait une grosse liasse de dollars, même s'ils en ignoraient la raison. Et ils avaient besoin d'elle comme monnaie d'échange. Son ravisseur ne la tuerait donc que si Maxwell se montrait trop menaçant.

Du regard, elle fusilla l'agent qui continuait d'avancer. Manifestement, il avait l'air décidé à n'en faire qu'à sa tête.

— *¡La mataré!*

Scout jura de nouveau tout bas. Feignant de ne pas comprendre la menace de mort que le rebelle venait de proférer, Max fit un pas de plus.

Convaincue qu'elle allait mourir, Scout se demanda si Dieu lui pardonnerait de ne pas avoir fréquenté l'église aussi assidûment qu'elle aurait dû depuis ses quinze ans. Ou d'avoir laissé Jimmy Wayne Brown lui voler sa virginité quand elle en avait seize. Depuis, elle avait essayé de se racheter. Elle ne conduisait jamais en état d'ébriété, même infime, elle ne s'adonnait pas à la drogue, elle utilisait des préservatifs. En fait, depuis sa rupture avec son fiancé, elle n'avait pas refait l'amour. C'était un sujet sur lequel elle n'avait pas envie de s'étendre. Surtout maintenant. Même si elle n'avait pas remis les pieds dans une église, il lui arrivait de prier. D'ailleurs, en l'état actuel des choses, c'était peut-être ce qu'elle avait de mieux à faire.

Elle ferma les yeux et commença à réciter tout haut sa prière préférée. Si elle devait mourir, autant s'en remettre au Seigneur.

— *¿ Que hace ?*

Comme le rebelle, nerveux, ne comprenait pas ce qu'elle disait, il resserra plus encore son emprise. A moitié étranglée, Scout continua de réciter l'Ave Maria. Furieux, il lui ordonna d'arrêter.

Elle poursuivit néanmoins et, les yeux mi-clos, elle aperçut soudain Maxwell à quelques pas d'elle.

— Baisse ton arme, *amigo*, ordonna-t-il d'un ton calme, en gardant les mains en l'air.

— *¡ Detenganse ! ¡ La mato !*

Hésitant une seconde sur celui qu'il devait viser en premier, le rebelle desserra imperceptiblement son emprise. Scout en profita pour réagir et lui assena un coup de coude dans les côtes. L'homme lâcha son arme. Le coup partit... qui, fort heureusement, manqua Scout. Faisant volte-face, celle-ci lui administra alors le coup de grâce : un coup de pied d'une violence inouïe dans l'estomac.

— Cours ! lui cria alors Max par-dessus son épaule. Et emmène le chercheur.

Scout ne discuta pas. Comme lui, elle savait que le coup de feu n'allait pas tarder à attirer les autres guérilleros.

Scout se mit à courir, tirant le chercheur derrière elle. Heureusement, la jungle était moins dense là où ils se trouvaient, ce qui leur permettait d'avancer plus vite, même en étant moins protégés.

Derrière eux, des coups de feu claquèrent. Scout sursauta, mais ne ralentit pas sa course entre les lianes et les branches basses qui leur cinglaient le visage. Elle se mit à prier, à prier vraiment cette fois, pour qu'il n'arrive rien à Maxwell. Quoi qu'il en soit, Kirstenof était la priorité. Il s'agissait de le rapatrier sain et sauf aux Etats-Unis.

De nouveau, elle se retourna, mais ne vit rien.

Il y eut de nouveaux coups de feu.

Plus loin et vers l'ouest.

Maxwell les entraînait loin d'elle et du chercheur.

Des larmes lui montèrent aux yeux.

Elle connaissait à peine cet homme et, déjà, il était prêt à sacrifier sa vie en éloignant d'eux le danger.

Pourquoi ne s'était-elle pas montrée plus aimable avec lui ?

Par orgueil, parce qu'elle refusait qu'il interfère dans sa mission, elle l'avait repoussé. Or, c'était grâce à lui qu'elle s'en sortait. Même si, au départ, elle ne lui avait pas fait confiance…

Scout s'efforça de refouler les larmes qu'elle sentait perler au coin de ses yeux. Trop de stress. Trop d'émotion. Il ne lui restait qu'à regagner Bogota et à rentrer chez elle. Libre. Tout avait été retenu, la chambre — elle seule connaissait le nom de l'hôtel — et un 4x4 qu'elle avait loué sous un faux nom.

Incapable de se retenir, elle se retourna encore une fois, mais il n'y avait décidément pas de Pierce Maxwell en vue. Les armes s'étaient tues. Peut-être était-il mort ou avait-il été fait prisonnier. Sous la torture, il finirait bien par lâcher des noms, ce que leurs ennemis espéraient sans doute. Mais heureusement pour elle, il ne savait rien. Pas même où elle allait. Personne, pas même Harold, ne connaissait le nom de l'hôtel ni celui de l'agence de location de voitures. Hélas pour lui, cela n'empêcherait pas les guérilleros de le torturer dans l'espoir de lui arracher des informations.

Soudain, elle sentit la rage la gagner. Non, elle ne pouvait pas l'abandonner entre les mains de ces barbares !

Dès que Kirstenof serait en lieu sûr, elle partirait à la recherche de Max.

Il faisait presque nuit quand Scout quitta la chambre d'hôtel, laissant Kirstenof seul. Elle lui avait donné des ordres stricts. N'ouvrir à personne. Ne pas mettre le nez dans le couloir. Sous aucun prétexte. Ne pas regarder par la fenêtre.

Normalement, ils auraient déjà dû s'être mis en route. Mais elle se devait de porter secours à Maxwell. Sinon, jamais plus elle ne dormirait la conscience tranquille.

Kirstenof savait où se trouvait la voiture. Il avait l'ordre de prendre le volant à minuit si elle n'était pas revenue. Il n'était pas rassuré à l'idée de partir seul, lui avait-il confié, mais il avait fini par promettre de suivre ses instructions. Dans le 4x4, il y avait un téléphone mobile qu'il était prié d'utiliser pour appeler l'agence et signaler sa position. On viendrait à sa rencontre. C'était le plan. Si tout se déroulait comme prévu, il aurait très vite quitté la Colombie.

Scout avait pensé organiser un rapatriement par avion, mais les horaires étaient d'une telle imprécision qu'elle avait renoncé. De plus, en toute logique, le groupe qui en voulait au chercheur et à ce qu'il transportait les guetterait probablement à l'aéroport. Mieux valait donc se rabattre sur les transports terrestres.

Elle emprunta des impasses sombres jusqu'au sortir de la ville et s'enfonça dans les bois là où Kirstenof et elle avaient débouché moins d'une heure auparavant.

Il faisait nuit noire, ce qui ajoutait à son appréhension. Elle se sentait extrêmement tendue. Mais ce n'était pas le moment de s'écouter. Pas de temps à perdre. Un quartier de lune blafard lui permettait de se frayer une voie dans les entrelacs de racines et de lianes, de branches et de fougères, sans être vue.

Si tout allait bien, d'ici deux heures, elle aurait regagné le lieu où ils s'étaient fait attaquer. Ensuite… ce serait simple, elle…

Derrière elle, dans le noir, une main la saisit par le bras. Une fraction de seconde plus tard, une autre main se plaqua sur sa bouche pour l'empêcher de crier.

— C'est moi, lui chuchota une voix à l'oreille.

Son cœur bondit dans sa poitrine. C'était lui. Pierce Maxwell.

Elle fit volte-face dans ses bras et pencha la tête en arrière pour essayer de mieux le voir.

— Ça va ?

— Oui. J'ai fini par les semer, mais cela n'a pas été une mince affaire. Où est Kirstenof ?

— Tout va bien pour lui, il est à l'abri.

Elle prit la main de Maxwell.

— Venez, je vous emmène. On y retourne. Ils sont déjà à nos trousses. Il faut qu'on déguerpisse au plus vite.

— Je m'en doute.

Ce n'est qu'en refermant la porte de la chambre d'hôtel derrière eux qu'elle remarqua qu'il saignait.

— Vous êtes blessé, dit-elle. Montrez-moi votre bras. Je vais vous…

— On n'a pas le temps, répondit-il en se dégageant. Vous l'avez dit vous-même, il faut quitter cette ville au plus vite sous peine de retomber sur cette bande d'enragés.

A regret, elle opina. Il avait raison. Ils n'avaient déjà

que trop tardé. Méthodiques, les rebelles ratissaient la ville à leur recherche et, si la malchance s'en mêlait, ils les trouveraient dans cet hôtel.

— D'accord, mais dès que nous aurons mis quelques kilomètres entre eux et nous, nous nous arrêterons pour examiner votre plaie.

Il fit un geste de la main.

— Ce n'est rien.

Mais la blessure saignait trop pour que ce ne soit *rien*, comme il le prétendait avec cette désinvolture propre aux hommes.

Scout ne chercha pas à discuter. Elle aida Kirstenof à se relever et remarqua qu'il semblait mal en point.

— Ça va, docteur Kirstenof ?

Il acquiesça.

— Je suis fatigué, c'est tout.

Il attrapa sa sacoche et la serra contre sa poitrine.

— Il faut absolument que je rapporte ces documents à Alexon.

Scout lui sourit.

— D'accord, monsieur. Allons-y.

Max blessé, Scout insista pour prendre le volant, en dépit des protestations de l'agent. Elle roula toute la nuit sans s'arrêter et une partie du jour suivant. A la frontière, ils ne rencontrèrent aucun problème ; tout se passa sans qu'ils soient le moins du monde inquiétés.

Au bout de centaines de kilomètres et dans l'étuve de l'habitacle soumis aux rayons brûlants du soleil, la fatigue commença à se faire sentir.

Trop épuisée pour poursuivre, elle décida de s'arrêter.

Maxwell s'étira, se redressa dans son siège et la regarda en s'humectant les lèvres, ce qui la fit rougir.

— Où sommes-nous ? demanda-t-il.

Le sang avait séché sur sa manche. Il était tout ébouriffé — cela lui allait bien — et plus sexy que jamais.

— On est sains et saufs.

Trop épuisée pour en dire plus, elle se tut.

Elle coupa le moteur et se cala dans le siège conducteur. Ils étaient maintenant suffisamment loin de la Colombie pour demander du renfort.

— Si on les appelait ? Ils pourraient peut-être venir nous chercher en avion ? Alexon a un jet privé.

Elle se frotta le visage.

— En attendant, on devrait chercher un hôtel.

L'autoroute déroulait son large ruban bleu à perte de vue. Il devait bien y avoir un semblant de civilisation un peu plus loin.

Maxwell se cala sur son siège.

— Bonne idée. Ça va, docteur ?

Le visage de Kirstenof exprimait une telle détresse que Scout en fut alarmée. Elle défit sa ceinture de sécurité et se retourna vers lui.

Kirstenof ne bougeait pas. Retenant son souffle, elle fixa sa poitrine, qui se soulevait imperceptiblement. Il respirait.

Inquiets, Maxwell et elle descendirent de voiture et ouvrirent la portière arrière.

— Docteur Kirstenof, vous êtes sûr que ça va ? insista Scout.

Il eut un imperceptible mouvement de tête.

— Je vais mourir, murmura-t-il.

Scout et Maxwell se regardèrent.

— Qu'est-ce qui ne va pas, docteur ? C'est le stress de toutes ces épreuves ? demanda Maxwell.

Scout n'y aurait pas pensé. Le chercheur était peut-être en train de faire un infarctus. Heureusement, elle connaissait les gestes de premiers secours.

Elle jeta un coup d'œil au loin. Où pouvait bien se trouver l'hôpital le plus proche ?

— Ecoutez-moi, dit Kirstenof d'une voix de plus en plus faible. Il ne me reste plus longtemps à vivre.

Il tendit sa sacoche à Scout.

— Il faut que ce porte-document et les disques qu'il contient arrivent chez Alexon. C'est votre seule chance de survie.

Persuadée qu'il perdait un peu la tête, elle fronça les sourcils.

— Je ne comprends pas, docteur.

— Le dernier antidote que j'ai mis au point est un échec... évident.

Il fut saisi d'une inquiétante quinte de toux.

— Tout va bien, docteur Kirstenof. On va vous emmener à l'hôpital. On parlera ensuite.

— Non ! s'insurgea le chercheur avec une vigueur étonnante vu son état de faiblesse.

Il agrippa Maxwell par la manche.

— Ecoutez-moi, ordonna-t-il. Je refuse d'aller à l'hôpital.

Maxwell jeta un regard de biais à Scout, avant de reporter son attention sur le scientifique.

— Continuez, docteur.

— Il y a deux semaines, j'ai été exposé, par inadvertance, au K-141. Je ne me suis pas fait de souci, certain que j'avais mis au point l'antidote. Alors je me suis soigné. Tout allait bien jusqu'à il y a deux jours, quand sont apparus les premiers symptômes.

Scout hocha la tête. Effectivement, elle avait remarqué un brutal déclin de son état de santé ces dernières quarante-huit heures, sans pour autant s'en alarmer.

— L'antidote est parti en fumée avec le laboratoire, mais ce qu'il en reste, c'est-à-dire la formule, est ici.

Il tapota la sacoche qu'elle portait précieusement.

— C'est votre seul espoir. Exigez d'Alexon qu'il fabrique tout de suite l'antidote. Il est trop tard pour moi, mais peut-être auront-ils le temps de rectifier l'erreur de la formule précédente et pourront-ils repousser l'inévitable.

La ride qui barrait le front de Scout se creusa davantage.

— Je ne comprends pas, docteur Kirstenof. Que voulez-vous qu'ils repoussent ?

Il la regarda avec gravité, les yeux soudain envahis d'une immense tristesse et de remords.

— Votre mort, laissa-t-il tomber. Le virus que je porte vous a tous les deux contaminés.

Choquée, elle blêmit et regarda Maxwell. Ils restèrent ainsi quelques secondes, regards soudés, immobiles, sonnés.

— Je suis désolé, reprit Kirstenof. Vous êtes venus ici pour m'aider et je vous ai…

Il regarda tour à tour Scout et Maxwell.

— Il vous reste deux semaines à vivre. Dites-leur de rectifier la formule. Obligez-les à…

Il émit un curieux son. Un bruit que Scout reconnut. Elle l'avait déjà entendu quand son père avait rendu l'âme. Un souffle, un râle… puis plus rien. Que la mort.

Le Dr Kirstenof venait de mourir.

Scout chercha le regard de Maxwell.

C'était le sort qui les attendait.

Incapable de tenir en place, Maxwell arpentait la pièce sans lâcher Scout des yeux. Depuis quarante-huit heures, ils étaient en quarantaine, et personne n'était encore venu leur administrer le fameux antidote dont avait parlé le Dr Kirstenof. Le seul remède susceptible peut-être de retarder la progression fatale du virus.

— Bon Dieu, mais qu'est-ce qu'ils fabriquent ? s'énerva Maxwell.

Scout, allongée sur le lit, se releva et inspecta la chambre. Il y avait une table et deux chaises, une kitchenette et deux lits doubles. Ainsi qu'une salle de bains attenante.

— Je ne sais pas. Sans doute rien, répliqua Scout, la voix défaite.

Il aurait aimé la rassurer, lui dire que tout allait s'arranger, mais il ne pouvait se résoudre à lui dire ce qui était peut-être un mensonge.

Il la regarda. Son visage était décomposé sous l'effet de l'angoisse. Qu'était devenue la jeune femme pleine d'allant qu'il avait rencontrée deux jours plus tôt ?

Malgré lui, il faillit éclater de rire. Il arrivait parfois que la perspective d'une mort imminente déclenche ce type de réaction. Il l'avait constaté sur des personnes qu'il avait fait emprisonner.

Il s'arrêta net au milieu de la pièce et se retourna. Les murs étaient de verre sans tain. Il savait qu'ils étaient observés vingt-quatre heures sur vingt-quatre par des techniciens de laboratoire et des scientifiques, même s'ils ne pouvaient pas les voir. Ce qui se passait de l'autre côté de leur prison transparente était top secret.

Dès leur arrivée au laboratoire Alexon — le jet privé était venu les chercher —, Scout et lui avaient été autorisés à prendre une douche. On leur avait fourni des vêtements de rechange et, bien sûr, de quoi se restaurer. Un homme en scaphandre était venu nettoyer et panser la plaie de Maxwell là où la balle l'avait touché. Victoria Colby avait été informée de la situation, lui avait-on dit, mais elle ne serait pas autorisée à le voir. Alexon se trouvant en périphérie de Chicago, il ne comprenait pas ce qui l'en empêchait. Sans doute n'acceptait-on personne d'étranger au service dans ces locaux sous haute surveillance pour éviter tout risque de contamination. Pendant leur rapatriement, même la cabine de pilotage de l'avion avait été soigneusement isolée pour empêcher la propagation du virus.

On avait dit à Scout qu'Harold Atkins faisait tout ce qui était en son pouvoir pour qu'ils soient bien traités et bien soignés.

Mais quelle importance ? Si ce que Kirstenof avait dit était vrai, plus rien n'importait.

Il regarda Scout et se demanda s'il aurait aimé sortir avec elle. Cette jeune femme lui plaisait. Il la trouvait jolie, attirante et, si les circonstances avaient été différentes, ils auraient pu…

Mais il ne pouvait rien changer aux circonstances.

Ils allaient mourir.

— Vous savez…

Elle l'interrompit.

— Au point où nous en sommes, vous pouvez me tutoyer, lui dit-elle.

— Je n'osais pas vous le proposer.

Il hésita, reprit.

— Tu sais…

Il se tut. Elle semblait soudain si fragile, si vulnérable. A son avis, elle ne devait pas avoir de famille en dehors de son oncle Harold, qui n'était pas vraiment son oncle, mais un vieil ami de la famille. A dire vrai, avoir ou ne pas avoir de famille, en la circonstance, importait peu, puisque personne n'était autorisé à leur rendre visite.

— Si on se parlait ? Histoire de se connaître un peu.

Après tout, ils avaient encore quelques jours devant eux avant de…

Max repoussa cette terrible pensée. Mieux valait ne pas y songer. Mourir à trente-trois ans d'un virus fabriqué en laboratoire par un chercheur fou à des fins militaires n'était pas exactement le destin dont il avait rêvé pour lui.

Scout croisa les bras et s'avança vers lui, une expression étrange plaquée sur le visage.

— Tu veux qu'on parle ?

Le ton, aussi, était curieux.

Pris de court, il haussa les épaules.

— Pourquoi pas ? Puisqu'on sait où on va, autant profiter des quelques jours qu'il nous reste pour les rendre les plus agréables possible.

— Ne parle pas comme ça, tu me fais peur.

Elle s'approcha de lui et le fixa droit dans les yeux. Un regard, cette fois, sans équivoque.

— Je crois que nous sommes fichus, dit-elle. Je ne sais pas ce que tu en penses mais, personnellement, fichus pour fichus, je n'ai pas envie de passer mes dernières heures sur terre à parler.

Elle passa le bras autour de son cou et sentit le corps de Maxwell se raidir contre le sien.

— Ce que je veux dire, ajouta-t-elle, c'est que je suis sûre qu'on se plaît, alors…

Il la regarda. Un sourire coquin relevait le coin de ses lèvres. Cet instant-là, il l'avait attendu depuis la seconde où il l'avait vue.

— Serais-tu en train de suggérer que nous…

Elle lui rendit son sourire. Ses yeux pétillaient d'un éclat qui ne laissait planer aucun doute sur ses intentions.

La tension montant, il tourna la tête en direction des vitres sans tain.

— Tu sais qu'ils nous regardent, lui rappela-t-il.

Indifférente à sa remarque, Scout haussa les épaules.

— Et alors ? Nous sommes déjà morts, non ?

— Amusez-vous, les gars, dit Max, s'adressant une

fois de plus à ces maudits murs de verre. Notre spectacle va être réservé aux adultes.

Ses yeux revinrent se poser sur les lèvres de Scout.

— Nous ne sommes pas encore morts, murmura-t-il.

Il pencha la tête vers les lèvres délicates de Scout, pour lui donner un baiser d'abord langoureux, puis passionné.

Ses lèvres, la chaleur de son corps dans ses bras... Jamais il n'avait ressenti pareille émotion. Tout le reste lui parut soudain insignifiant. Seule comptait la magie de cet instant... et de cette femme.

Puisqu'ils devaient mourir, ils mourraient heureux.

2

Quatre mois plus tard…

Max patientait dans le bureau de Victoria. Elle l'avait fait venir, bien que ce soit son premier samedi libre depuis un mois. Mais cela lui était égal. Il préférait être occupé. Surtout maintenant.

Malgré sa volonté de ne pas ressasser le passé, les souvenirs lui revenaient constamment à la mémoire. Cela faisait quatre mois, il s'était vu mort…

L'image de Scout Jackson passa aussitôt devant ses yeux. Il avait à peine eu le temps de la connaître…

Le souvenir de leurs étreintes le submergea. Ils s'étaient moqués d'être observés… De toute façon, ils allaient mourir, alors, quelle importance ?

Mais les choses s'étaient déroulées autrement.

Pour une obscure raison qu'aucun scientifique d'Alexon n'avait été en mesure d'expliquer, Max et Scout étaient tous deux immunisés contre le virus K-141. Max, tout comme Scout, en ignorait la raison. Ils n'avaient donc pas eu besoin du fameux antidote, puisqu'ils avaient fabriqué, naturellement, des anticorps. Des analyses de sang avaient révélé cette incroyable réalité. Bien sûr, on ne leur en avait rien dit avant la fin de leur quarantaine. Alexon avait tout de même préféré les garder en observation pendant vingt et un jours, au cours desquels rien ne s'était passé, si ce n'est une relation exceptionnelle avec Scout. Cette femme était d'une sensualité peu commune. C'était la première fois qu'il croisait une femme aussi fougueuse que lui. Peut-être était-ce parce qu'ils pensaient tous les deux qu'ils allaient mourir ? Il n'avait pas revu Scout depuis leur sortie. Ils n'avaient plus eu ces étreintes passionnées.

Pendant leur quarantaine, ils avaient subi des dizaines d'analyses de sang et d'examens. Finalement, quand les autorités avaient eu l'assurance qu'ils n'étaient pas porteurs du virus, ils avaient été autorisés à sortir.

Au souvenir de ce jour-là, Max sentit sa mâchoire se crisper. En partant, Scout Jackson s'était comportée avec une indifférence qu'il l'avait laissé sans voix. Comme si rien ne s'était passé entre eux. Comme si faire l'amour avec lui avec une telle ardeur, pour partir ensuite sans même un regret, était une chose parfaitement normale. Pourtant, après ces vingt et un jours de captivité, passés autant à parler qu'à s'aimer, ils n'étaient plus des étrangers l'un pour l'autre.

— Max, l'interpella une Amy Wells hors d'haleine pénétrant en trombe dans le bureau de Victoria.

Il l'accueillit avec un sourire.

— Amy.

Aujourd'hui, elle remplaçait Mildred, l'assistante de Victoria. Mildred avait pris sa journée pour sortir avec sa petite nièce qu'elle avait pratiquement élevée comme sa fille. Mildred prenait très peu de congés.

— Désolée de vous avoir fait attendre. Victoria vous reçoit dans un moment. Yann et elle ont eu une conférence impromptue.

Amy rougit.

— J'aurais dû vous le dire avant que vous quittiez votre bureau, mais les coups de téléphone se sont succédé et…

— Ce n'est pas grave, la rassura Max. Je vais attendre.

Elle retrouva son sourire.

— Puis-je vous offrir un café en attendant ?

Il secoua la tête.

— Non, merci, ça va.

Amy sortit du bureau.

En pensant à la jeune assistante, Max hocha la tête. Elle était comme toutes ces jeunes femmes qui vivaient seules dans leur appartement, mais ne rataient pas un déjeuner chez papa maman le dimanche. Elle n'avait jamais eu d'aventures sérieuses, et il y avait fort à parier qu'elle ne s'était jamais aventurée plus loin que Chicago, soit à deux heures de la ferme familiale. Bien que très compétente, elle n'avait de cesse de vouloir mieux faire. Elle avait démarré comme réceptionniste et avait été récemment promue assistante, mais Max avait le sentiment qu'elle briguait à plus ou moins brève échéance un poste de détective. Car, en dépit des apparences, elle avait les dents longues.

— Bonjour, Max.

Il se retourna au son de la voix de Victoria. Une Victoria dont le sourire radieux aurait désarmé le plus réfractaire des hommes.

— Bonjour, Victoria.

— Je suis désolée de t'avoir fait attendre.

D'un geste machinal, elle essuya la tablette de son bureau d'acajou, s'assit et indiqua un siège à Maxwell.

— Nous rencontrons un petit problème, ce matin.

Un coup très léger à la porte attira l'attention de Max.

— Tu veux me voir, Victoria ?

Doug Cooper se tenait sur le seuil du bureau.

Max fronça les sourcils. La dernière mission sur laquelle

ils avaient collaboré, celle du chercheur d'Alexon, ne s'était pas exactement déroulée comme prévu, et quand Max avait dû quitter en toute hâte la Colombie, accompagné de Scout et du chercheur, sans avoir le temps de prévenir Cooper, ce dernier l'avait très mal pris.

A en juger par la mine renfrognée de Cooper quand il l'avait aperçu, il était clair qu'il ne lui avait toujours pas pardonné.

— Oui, Douglas. Prends un siège.

Victoria adressa un sourire à son nouvel agent. Bien qu'il n'ait pas encore été promu chef de mission, elle semblait très satisfaite de ses performances. Max se sentit en tort. Son problème avec Cooper tenait plus du conflit de personnalités que d'un réel différend professionnel. Max était issu d'un milieu modeste et avait travaillé d'arrache-pied pour obtenir ses diplômes et en arriver là où il en était aujourd'hui, alors qu'un garçon comme Cooper était né avec une cuiller d'argent dans la bouche. Qu'il soit aujourd'hui sur un pied d'égalité avec lui l'agaçait au plus haut point. Mais il faudrait bien qu'il s'en accommode. Après tout, il ne pouvait en vouloir à Cooper d'être bien né, pas plus qu'il ne pouvait se reprocher d'être né pauvre. D'ailleurs, telle qu'elle était, sa vie lui convenait.

En fait, il reprochait surtout à Cooper de n'avoir jamais dû se battre pour obtenir quoi que ce soit dans sa vie. Envie, quand tu nous tiens…

Cooper, sous ses faux airs de John Kennedy Junior, depuis son costume de grand couturier jusqu'à sa façon de tenir sa tasse de café, rendit son sourire à Victoria et s'installa dans un fauteuil à côté de Max.

— Salut, Max, dit-il, se tournant vers lui avec un sourire à faire fondre une veuve inconsolable.

— Salut, Cooper, répondit Max, qui reporta aussitôt son regard sur Victoria.

— Messieurs, nous sommes confrontés à un dilemme, lança le boss.

Les deux hommes se calèrent dans leur fauteuil, le dos bien droit, et concentrèrent toute leur attention sur la jeune femme assise derrière son bureau.

— Hier soir, j'ai eu un appel de Régis Brandon de chez Alexon. Ils ont un gros souci. Harold Atkins, le chef de la sécurité, a été assassiné il y a deux jours et Olivia Jackson a disparu.

Au nom de Scout, le sang de Max ne fit qu'un tour. Elle détestait qu'on l'appelle Olivia : cela faisait « trop fille », disait-elle. Victoria continuait son exposé, mais Max ne l'écoutait plus.

Olivia avait disparu.

Impatient d'en savoir plus sur Scout, Max se pencha vers le bureau mais Victoria poursuivait.

— Régis Brandon craint qu'Olivia ne soit impliquée dans ce meurtre.

Max secoua la tête.

— C'est impossible.

Scout aimait cet homme comme s'il avait été son père. Comment penser une seule seconde qu'elle ait pu toucher à un seul de ses cheveux ? Elle, une meurtrière ?

Victoria soupira et s'appuya contre le dossier de son fauteuil de cuir rouge.

— C'est pour cette raison que j'ai demandé à Douglas de se joindre à nous, dit-elle à Max. Je sais que tu as des liens personnels avec Olivia Jackson. J'estime donc que ce ne serait pas très avisé de te confier cette mission.

— J'espère que tu n'envisages pas de la confier à Cooper ? s'insurgea-t-il. Excuse-moi, vieux, ajouta-t-il à l'intention de son collègue. Mais c'est un dossier pour moi. Elle et moi avons été très proches, reprit-il en s'adressant à Victoria, mais nous ne le sommes plus. Quoi qu'il en soit, la relation que nous avons eue n'interférera pas dans mon travail.

Il la regarda droit dans les yeux.

— Je veux l'affaire.

Le boss scruta son visage un long moment.

— Max, j'ai toujours peur d'un dérapage quand le privé se mêle au professionnel. Ce sont des situations qui peuvent fausser le jugement. Je le sais par expérience. Je sais aussi que le fait de ne plus la voir ne t'empêche pas de réagir avec force quand il est question d'elle.

Il voulut se défendre, mais Victoria leva la main pour l'intimer au silence.

— Cependant, je te connais suffisamment pour savoir que tu feras du bon travail, aussi ai-je décidé de te confier le dossier.

Soulagé, il ne put cacher sa satisfaction.

— A une condition, ajouta-t-elle.

Max sentit ses mâchoires se crisper.

— Tu fais équipe avec Douglas. Il devra être informé de tous tes faits et gestes. Si à un moment ou à un autre il juge que tu perds toute objectivité, il se chargera de l'affaire. D'accord ?

Max regarda l'homme assis en silence près de lui, poussa un énorme soupir et regarda de nouveau Victoria.

— D'accord.

— Régis Brandon estime que tu es la personne la mieux indiquée pour cette affaire, dit-elle à Max.

A son regard, il comprit qu'elle ne partageait pas ce point de vue.

— Il pense que pour faire sortir Olivia de sa cachette,

il faut utiliser les services de quelqu'un avec qui elle se sent en confiance. Il est convaincu, poursuivit-elle après un bref instant d'hésitation, que puisque vous avez été amants, miss Jackson te fera confiance.

Max haussa les épaules.

— Ça se tient. Notre décision de nous séparer s'est faite d'un commun accord. Nous ne nous sommes pas quittés fâchés, encore moins ennemis. Nous étions trop contents d'être en vie pour reprocher à l'autre ce qui s'était passé pendant ces trois semaines de confinement.

— Je suis d'accord, intervint Cooper.

Max évita de regarder de son côté. Il n'avait besoin de personne pour lui expliquer ce qu'il avait ressenti ou ressentait encore.

— J'étais là quand Olivia Jackson et Max se sont fait leurs adieux. J'ai compris qu'elle avait une grande confiance en lui et qu'elle éprouvait des sentiments très forts pour lui.

Cette fois, Max ne put se retenir de lui lancer un regard dur. Comment pouvait-il se montrer aussi catégorique ? Max lui-même avait douté de ce que Scout éprouvait pour lui. Il savait qu'il était tombé amoureux d'elle, mais il aurait été incapable de dire si c'était réciproque. Aujourd'hui encore, il aurait été bien en peine de le dire. En fait, il supposait qu'elle était retournée dans les bras de son ex-petit ami. Celui avec lequel elle avait rompu quelques jours avant de partir en mission en Colombie.

A la pensée de ce petit ami, Max serra les dents.

— Comme son oncle d'adoption est mort et qu'elle n'a pas d'autre famille, reprit Cooper, Max est probablement la seule personne à qui elle peut se confier.

L'idée que Scout allait affronter seule une accusation de meurtre pour un crime qu'elle n'avait sûrement pas commis lui retourna l'estomac.

— Parfait, lança Victoria, cherchant à le ramener à la réalité.

Elle lui tendit le dossier par-dessus le bureau. L'enveloppe était nettement plus épaisse que pour la précédente mission.

— Tu trouveras tous les détails à l'intérieur. Mais je crois que tu sais déjà à peu près tout. Les deux détails nouveaux sont le meurtre d'Harold et le fait qu'Alexon est convaincu que le mobile du crime est un vol commis par Olivia Jackson au détriment de leur société. Il semble qu'Harold essayait de récupérer un document quand il a été assassiné.

De nouveau, Max secoua la tête. C'était du délire. Scout n'était pas une voleuse et encore moins une criminelle. Si elle avait tué, cela ne pouvait être qu'en situation de légitime défense. Donc, à moins que son oncle ait voulu l'éliminer, elle ne l'aurait pas tué. Max en aurait mis sa tête à couper.

— Max, nous aimerions avoir tes impressions sur cette affaire, dit Victoria d'un ton sec qui trahissait son impatience. Il me semble que tu as des difficultés à admettre les faits nouveaux que je rapporte.

Sa réaction l'embarrassait, et il ne pouvait le lui reprocher. Après l'avoir assurée qu'il tiendrait Cooper informé de tout, il gardait déjà ses réflexions pour lui, alors qu'ils n'étaient pas encore sortis de son bureau. Elle devait juger que ce n'était pas de bon augure.

— Mon intime conviction, c'est qu'elle n'a pas tué son oncle.

Il haussa les épaules, incapable d'avancer le moindre argument.

— Olivia n'est pas une voleuse et encore moins une criminelle. Il nous manque sûrement un élément.

Il regarda Victoria droit dans les yeux.

— Tu le connais bien, ce Régis Brandon ? Tu es certaine qu'il ne fait pas de rétention d'informations ?

Victoria posa les mains à plat sur son bureau.

— Tout est possible. Régis dirige Alexon depuis deux ans. C'est un as et sa réputation n'est plus à faire, mais cela ne veut rien dire. Les hommes sont capables de tout, du pire comme du meilleur. On ne sait jamais jusqu'où quelqu'un peut aller…

Max se garda bien de la contredire.

La réunion terminée, il sortit du bureau de Victoria, envisageant tous les scénarios possibles. La réflexion de Victoria lui trottait dans la tête. On ne sait jamais jusqu'où quelqu'un peut aller… Mais il connaissait Scout. Il la connaissait par cœur. Mais savait-il vraiment jusqu'où elle pouvait aller ?

— Attends, Max ! s'écria Cooper en le rattrapant.

Max se retourna. Il lui devait des excuses pour la dernière fois où ils avaient travaillé ensemble dans une affaire où Scout était déjà impliquée.

— Je n'ai rien demandé, expliqua-t-il, éprouvant le besoin de se justifier. J'ai même dit à Victoria que tu pouvais te charger seul de l'affaire.

Max soupira. Il était le seul fautif.

— Cooper, j'ai eu tort la dernière fois, je n'aurais pas dû te laisser en dehors du coup. Victoria me l'a reproché et elle a raison. Cela ne se reproduira plus.

Il lui tendit la main.

— Ne t'excuse pas, je sais que tu n'as pas cherché à me court-circuiter. Je connais Victoria. C'est elle qui décide, en fonction des éléments qu'elle a et de sa conviction. On est bien clairs là-dessus.

Cooper serra avec force la main de Max.

— On est clairs. Rendez-vous dans deux heures pour discuter de la stratégie, O.K. ? proposa Max en s'éloignant.

Cette fois-ci, contrairement à la dernière fois, il lui laisserait sa chance. Quand il avait tort, Max savait le reconnaître. Restait à espérer qu'il ne se soit pas trompé sur Scout.

A l'écart derrière une tombe, Max observait la foule élégante qui se pressait aux funérailles d'Harold Atkins. Les criminels avaient tendance à revenir sur le lieu de leurs crimes, voire à pousser l'audace jusqu'à assister aux enterrements de leurs victimes pour jouir plus encore de leur méfait. Il ne croyait pas en la culpabilité de Scout, mais il avait le sentiment qu'elle se montrerait.

Les funérailles avaient lieu dans l'une des cathédrales les mieux fréquentées de Chicago. Au cours des dernières vingt-quatre heures, Max et Cooper avaient appris qu'Harold Atkins n'avait d'autre famille que Scout et pour seuls amis ses collaborateurs. Tout Alexon se bousculait sur le parvis où s'entassaient gerbes et couronnes.

Pour l'heure, la célébration au pied de la tombe tirait à sa fin, et Scout n'avait toujours pas fait son apparition. Personne dans l'assemblée n'avait de comportement suspect et, à moins d'avoir suivi la cérémonie de loin à l'aide de jumelles ultrapuissantes, Scout n'était pas dans les parages. Max en était certain à quatre-vingt-dix-neuf pour cent. Cooper, qui l'épaulait, avait minutieusement scruté l'assistance et n'avait pas vu l'ombre d'un cheveu de la délicieuse fugitive.

La société de détectives privés que dirigeait Scout avait beau se trouver au Texas, à Houston très précisément, Max aurait parié que la jeune femme assisterait à l'enterrement de son oncle. Il ne l'avait pas encore vue, mais il ne désespérait pas de l'apercevoir. Il était persuadé qu'elle devait rôder dans les environs.

De nouveau, il balaya des yeux l'immense cimetière de Chicago. C'était ici que les gens chic se faisaient inhumer. Puis il porta le regard sur la foule rassemblée derrière la montagne de fleurs, de couronnes et de gerbes. Etait présent tout ce que la ville comptait de sommités, depuis le maire jusqu'aux industriels les plus en vue de la région. Tout ce beau monde pour un simple chef de la sécurité ? Cette affluence était pour le moins étonnante, songea Max. Un élément de plus qui ne cadrait pas dans le tableau. Plus que rendre un dernier hommage à Harold Atkins, ces gens étaient venus faire allégeance à Régis Brandon, P.-D.G. d'Alexon.

En vérifiant les affaires de la société de Scout à Houston, Cooper s'était laissé dire, par l'assistante, que sa directrice ne trouvait rien de mieux à faire depuis quelques semaines que de gérer son bureau par téléphone. L'assistante en était ennuyée. Selon elle, il se passait quelque chose d'anormal. Elle avait malgré tout exécuté les ordres et fait suivre les nouvelles affaires à d'autres agences, gardant pour elle celles qu'elle pensait pouvoir régler toute seule. Selon la secrétaire, à ce rythme, Scout aurait fait faillite sous peu.

Max hocha la tête. Il se souvenait de ce que Scout lui avait raconté, tout le mal qu'elle s'était donné pour devenir détective privé. Il avait du mal à croire qu'elle laisserait ainsi son affaire couler. L'agence avait été créée par son père et son oncle, quand ils avaient pris leur retraite de l'armée huit ans plus tôt. Il y a deux ans, le père de Scout était mort et son oncle s'était à moitié retiré, préférant accepter le poste de chef de la sécurité chez Alexon plutôt que de continuer comme détective privé sans son associé et ami. Pour Scout, cette agence était tout ce qu'il lui restait de son père, et elle avait décidé de la reprendre. Elle connaissait déjà un peu le métier pour avoir travaillé sur certains dossiers avec lui quand elle était étudiante.

Elle s'était vantée d'être une excellente détective et excellente aussi en mission de sauvetage. Max l'imaginait volontiers filant un gros bonnet. Cette image le fit sourire.

Il avait aussi appris que depuis le décès de sa mère — Scout était alors toute jeune — elle avait beaucoup voyagé avec son père quand il était en permission. Comme Max, elle avait vécu en Colombie pendant trois ans. Lors de leur quarantaine, ils s'étaient rendu compte qu'ils avaient beaucoup de choses en commun, en plus de cette extraordinaire attirance physique.

Max fronça les sourcils. Pourquoi l'avait-il laissée partir ? Il avait essayé de ne plus penser à elle. En vain. Aujourd'hui, il s'interrogeait. Pourquoi ne s'était-il pas donné plus de mal pour l'empêcher de retourner au Texas ? Pourquoi n'avait-il pas cherché à la convaincre de poursuivre une relation avec elle, malgré la distance ?

Questions sans réponse.

Bras ballants, il l'avait regardée partir. Aujourd'hui, elle avait des ennuis…

Les lui aurait-il épargnés s'il était resté avec elle ? Ou aurait-il été en trop ? Car tout laissait à penser qu'elle avait retrouvé son petit ami.

Voilà qu'il se montrait jaloux ! Il ferait mieux d'arrêter de ressasser le passé, puisque cela ne servait à rien, et de se concentrer sur le présent. Désormais, c'était la seule façon de l'aider. Qu'elle soit ou non retournée avec son ex-petit ami, il se devait de l'aider.

— Regarde.

La voix de Cooper résonna dans son écouteur.

— On a un trench-coat noir qui part, à 2 heures.

Max tourna légèrement la tête à droite et aperçut le trench en question. C'était une femme, aucun doute à ce sujet, jambes longues et nerveuses dépassant de l'imper, et hauts talons. Sans perdre une seconde, il fila dans sa direction.

— Je te suis, lui dit Cooper.

— Je suis presque sur elle, murmura Max dans son mini micro.

Il pressa encore le pas. Elle ne s'était pas retournée, mais elle marchait très vite. Maintenant, elle courait presque. Max accéléra et la saisit par le bras.

Surprise, elle poussa un petit cri. Max la fit pivoter sur elle-même pour l'avoir face à lui.

Le souffle court, il fixa le visage dissimulé sous un grand chapeau et des lunettes noires.

Une inconnue !

— Qu'est-ce qui vous prend ? cria la femme en se débattant. Je suis journaliste.

Elle brandit un badge.

— A *La Tribune*. J'ai le droit d'être ici. Vous ne pouvez pas interdire l'accès d'un cimetière à la presse. Surtout pour un fait divers pareil.

Max ferma les yeux.

— Désolé, dit-il.

Il recula pour lui laisser le champ libre.

— Excusez-moi, je vous ai prise pour une autre.

Elle le fusilla du regard, pivota sur ses talons et partit sans demander son reste.

Cooper émergea d'un bosquet voisin.

— Pardon, Max. Je ne voyais pas son visage, mais comme elle avait l'air de s'enfuir…

Il haussa les épaules.

— Elle m'a paru douteuse.

— Pas de problème, j'ai pensé comme toi.

— Je pense que notre dame ne viendra pas, prédit Cooper, balayant des yeux l'assistance.

Max se frotta les joues. Il n'était que 2 heures de l'après-midi et il avait déjà une barbe du soir.

— Apparemment pas, murmura-t-il très bas, pour lui-même.

— Tu penses qu'elle peut encore nous faire cette surprise ?

— Oui, je suis certain qu'elle viendra, répondit Max au bout d'un instant. Elle adorait cet homme. Elle ne peut pas ne pas lui faire un dernier adieu.

— Dans ce cas, je retourne à mon poste.

— Je crois que je peux rester seul. Je pense qu'elle viendra, une fois la foule partie. Retourne plutôt au bureau et tâche de joindre son assistante. Demande-lui si elle a appelé.

Max hésita avant de poursuivre.

— Attends, j'ai une meilleure idée.

Il croisa le regard interrogateur de Cooper.

— Je préférerais que tu ailles à Houston et que tu interroges directement son assistante. Elle ne nous dit peut-être pas tout. Si quelqu'un sait où se trouve Scout, c'est elle.

— Bien vu, reconnut Cooper en se grattant le menton. Pendant que j'y serai, j'irai faire un tour dans son appartement. Et s'il y a du nouveau, je te téléphone aussitôt.

Max le regarda s'éloigner. Si, avec son charme dévastateur, Cooper n'obtenait rien de l'assistante de Scout, personne n'obtiendrait jamais rien de personne.

Après avoir arpenté une dernière fois le cimetière, Max choisit de s'arrêter sur un promontoire d'où il avait une vue plongeante sur les tombes. Si Scout venait, il ne pourrait pas la rater. Comme il s'installait en vue d'une nuit qui risquait d'être longue, la certitude qu'elle viendrait l'encourageait. Il ne pouvait en être autrement.

Scout viendrait rendre son dernier hommage.

Il l'attendrait le temps qu'il faudrait.

3

Scout attendit une bonne heure après la tombée du jour pour bouger. Si des policiers ou quelques membres du service de sécurité d'Alexon traînaient par là, ils devraient se servir de jumelles à vision de nuit pour l'apercevoir dans le noir. Mais cela n'était pas impossible. L'équipe de sécurité d'Alexon comptait des agents hautement entraînés et équipés, plus proches des mercenaires que de certains anciens flics faisant des extra au clair de lune pour ajouter quelques dollars à leur retraite.

Non, ces hommes étaient de vrais pros que toute personne sensée préférait éviter. Hélas, pour l'heure, Scout ne pouvait s'offrir le luxe de se montrer sensée. Pour elle, il était impensable de ne pas rendre hommage au défunt. En pensant à son oncle Harold, elle fut prise d'un léger tremblement. Il avait beau ne pas être vraiment son oncle, elle l'aimait autant que s'il l'avait été. Aussi loin qu'elle s'en souvienne, il avait toujours été présent dans sa vie. Présent quand son père était parti en mission dans un pays où les familles n'étaient pas acceptées, elle avait alors douze ans. Présent encore quand, il y a deux ans, son père avait été assassiné et que tout son univers avait basculé.

Harold Atkins avait toujours été son point d'ancrage. Son roc, son phare. C'était la seule famille qu'elle avait sur cette terre et maintenant il n'était plus là.

Elle ravala ses larmes. Il fallait qu'elle pense au présent et refoule les pensées tristes qui l'accablaient. Harold était mort. Bien qu'elle n'ait pas vu le visage du meurtrier, elle aurait parié qu'il s'agissait d'un des chiens de garde d'Alexon. Il avait sauvagement assassiné Harold, sous ses yeux. Elle-même s'était sauvée de justesse. Deux choses comptaient maintenant pour elle : faire condamner le responsable de ce crime et se protéger. Elle et le petit être qu'elle portait dans son ventre.

En venant ici, elle savait qu'elle prenait un risque, mais c'était sa seule chance d'attraper le tueur. Si elle se contentait de disparaître, justice ne serait jamais rendue. Or, elle y tenait. Ensuite seulement, elle se volatiliserait.

Malgré le mal qu'elle s'était donné, elle n'avait jamais réussi à élucider le meurtre de son père, et l'assassin courait toujours. A l'époque, il est vrai, elle savait peu de chose de la vie professionnelle de son père. Cette fois, c'était différent. Elle avait assisté au meurtre. Et, même si elle n'avait pas vu le visage du tueur, elle n'oublierait jamais sa façon de se mouvoir ni le son de sa voix.

A pas furtifs, comme elle l'avait appris de son maître — son père, en l'occurrence —, elle se faufila dans le cimetière, se cachant derrière les caveaux de pierre sombre les plus imposants. L'éclat de la pleine lune inondait de sa lumière crue le tapis d'œillets blancs qui recouvrait la tombe d'Harold. Soudain, un nuage noir vint tout obscurcir. C'était sa chance.

Comme un athlète qui s'apprête à fournir un effort, elle inspira profondément pour contrôler sa respiration et le rythme de son cœur, et maîtriser ses mouvements. Tout geste inconsidéré risquait d'attirer l'attention sur elle.

Elle devait provoquer un effet de surprise, car elle était

seule contre une escouade probablement constituée de six ou sept gaillards.

Sa stratégie n'était pas parfaite, mais si elle lui permettait d'approcher d'assez près l'assassin d'Harold, il apprendrait à ses dépens ce que signifiait le mot « vengeance ». Ensuite, elle s'en irait. Certes, il lui faudrait ruser. Elle avait passé la journée d'hier à étudier le cimetière. Chaque pierre tombale, chaque arbre, chaque banc lui étaient désormais familiers. Tout était imprimé dans sa mémoire. Elle entraînerait ses poursuivants dans une course effrénée et leur fausserait compagnie. Ils avaient contre eux leur excès de confiance et leur obligation de se maîtriser. Etant nombreux, ils concluraient hâtivement qu'elle serait une proie facile. D'autre part, les ordres qui leur avaient été donnés étaient fermes : elle devait être ramenée saine et sauve à Alexon.

Scout continua d'avancer, mais l'endroit devenait dangereux. Elle contourna une dernière stèle et arriva là où son oncle avait été enterré. L'espace était dégagé. C'était la section nouvelle du cimetière, qui comptait peu de caveaux et encore moins d'arbres. Autant dire qu'elle se trouvait maintenant en terrain découvert. Si quelqu'un la guettait, tapi dans le noir, il ne voyait qu'elle.

Les minutes s'égrenaient. Le tic-tac de sa montre et les bruits de la nuit amplifiés par le noir se firent assourdissants. Dans les feuilles des arbres qui étendaient leur ombre fantomatique, la brise de septembre se leva, apportant dans son souffle des odeurs de sapins et de terre fraîchement retournée. Son regard se posa enfin sur la tombe où, pour l'éternité, reposait son oncle. De nouveau, des larmes lui brûlèrent les yeux. Harold avait tenté de la protéger et payé son courage au prix fort.

Maintenant, elle n'avait plus personne.

Tremblante, elle posa la main sur son ventre encore plat. D'ici quelques mois, il s'arrondirait. Il fallait qu'elle se préserve, et qu'elle préserve son bébé. Une image dansa devant ses yeux : des cheveux blond cendré, des yeux bleus et un corps à damner un saint.

Scout hocha la tête pour chasser l'image de Pierce Maxwell. Sa vie était désormais bien assez compliquée.

Il était parti quatre mois plus tôt sans même se retourner. Elle en avait fait autant. Il aurait pu, ensuite, lui donner signe de vie. Lui téléphoner. Elle, elle avait failli le faire… une fois. Elle soupira. De toute manière, il était trop tard maintenant. Il l'avait sûrement oubliée.

Elle, en revanche, n'était pas près de l'oublier. Peut-être, au fil des mois, avait-elle un peu enjolivé ses souvenirs, ces jours intenses dans la jungle où il avait risqué sa vie pour sauver la sienne et celle de Kirstenof. L'image de héros avait fini par se superposer à celle de l'homme. Or, après tout, il n'était qu'un homme comme les autres.

Les trois semaines de quarantaine défilèrent devant ses yeux. Non, finalement, il n'était pas pour elle un homme comme les autres. Il était…

Un froissement d'herbes, sur sa droite, la fit sursauter et la ramena brutalement à la réalité.

Il était temps.

Scout assura sa position et dégaina l'arme qu'elle portait à la ceinture. Revolver en main, immobile comme une pierre, elle attendit. Rien. Pas un bruit.

Bon sang, mais qu'est-ce qu'ils attendaient ? Fallait-il qu'ils soient idiots ou aveugles pour ne pas la voir, là, devant eux, à peine dissimulée par l'unique grande stèle de cette section du cimetière !

Sur ses gardes, elle tendit l'oreille. Des feuilles balayées par le vent attirèrent son regard ; les premières feuilles mortes de l'automne, poussées par la brise contre les tombeaux, s'élevaient et tourbillonnaient, avant de retomber en tas près des pierres tombales, dans un ballet sinistre et inquiétant. Une chauve-souris piqua vers elle et passa à quelques centimètres d'elle, puis reprit de la hauteur aussi vite, pour aller se percher au sommet d'un sapin.

Scout fronça les sourcils. Quelque chose clochait. N'importe quel enquêteur aurait compté sur le fait qu'elle viendrait se recueillir sur la tombe de son oncle.

Alexon n'était sûrement pas décidé à laisser courir. A la laisser courir.

Ils la voulaient… Non, ce n'était pas tout à fait exact. Ils voulaient…

Une main s'abattit sur sa bouche en même temps qu'une autre lui passait une menotte au poignet droit. Son revolver pendait maintenant au bout de ses doigts, inutile. Elle crut d'abord que son cœur s'arrêtait, puis elle l'entendit cogner de plus belle dans sa poitrine.

— Ne…

En un quart de seconde, elle fit le bilan de la situation. L'homme n'avait pas dégainé, puisqu'il se servait de ses deux mains. Ensuite, elle avait le bras gauche libre. Avant qu'il ait pu émettre un son, elle lui administra un coup de coude dans l'estomac pour se dégager.

Mais il la maintenait toujours par le poignet droit. Scout décida alors d'abandonner son arme et, au prix d'une contorsion du bras, réussit à lui échapper. Elle se mit alors à courir comme une dératée.

— Attends !

Au son de cette voix, elle faillit s'arrêter… mais continua de plus belle, zigzaguant entre les tombes. Mais l'homme la poursuivait toujours. Comment faire pour le semer ?

— Scout !

Surprise, elle ralentit.

Elle connaissait cette voix.

Non, cela ne pouvait pas être…

Un corps lourd la heurta. Elle perdit l'équilibre et ils tombèrent à terre l'un sur l'autre, bras et jambes emmêlés. Elle essaya de rouler sur le côté pour se dégager, mais en vain. Une peur immense s'empara d'elle. Alexon avait donné des ordres pour qu'on la ramène saine et sauve, mais cela autorisait néanmoins les hommes de main du laboratoire à quelques dérapages… Où se trouvaient les autres ?

Soudain, un sursaut d'énergie dissipa sa peur et décupla sa détermination. Elle n'allait pas baisser les bras aussi vite. Avec la fureur d'un chat sauvage, elle se mit à donner des coups de pieds et de griffes. Sa liberté en dépendait.

Son agresseur laissa échapper un juron. De nouveau, Scout fut intriguée par le son de cette voix, vaguement familière. Etait-ce…

— Nom d'un chien, Scout ! Arrête !

Un coup de pied bien placé, de la pointe de sa chaussure, lui arracha un nouveau grognement.

— Scout, arrête ! C'est moi ! Max !

Max.

Interloquée, abasourdie, incrédule, elle s'immobilisa.

Même si la lumière ne lui permettait pas de voir ses traits, Scout n'avait aucun mal à imaginer la fureur dans ses grands yeux bleus et le rictus sur sa bouche.

Soudain, elle se sentit gagnée par l'inquiétude.

S'il y avait une chose dont elle ne voulait pas, c'était que Max s'en mêle. Il ignorait certaines choses. Le malaise se mua en peur. Alexon avait fait appel aux services de Max ! Elle en était sûre, aussi sûre que deux et deux font quatre. Une fois déjà, Alexon, plus précisément son oncle, puisqu'il était chef de la sécurité, avait engagé l'agence Colby pour la retrouver.

Sinon, pourquoi Max aurait-il été à sa poursuite ?

Il ne pouvait pas être au courant.

Il devait donc faire partie de l'équipe.

— Va-t'en.

Elle lui assena un coup dans la poitrine pour le repousser.

— Tout de suite ! insista-t-elle, comme il n'esquissait pas le moindre mouvement pour s'en aller.

— D'accord, mais je veux que tu me donnes ta parole que tu ne feras rien que nous regretterions tous les deux.

Elle sentit une vague de chaleur l'envahir. Comment pouvait-elle réagir de la sorte et aussi vite devant son pire ennemi ? Fallait-il que son corps soit traître…

— Je t'ai dit de t'en aller.

Elle lui administra un coup de genou entre les cuisses pour lui signifier qu'elle ne plaisantait pas.

Max se releva et la laissa dégager son genou qu'il avait coincé entre ses jambes.

— Ne fais pas de bêtises, insista-t-il. Je suis ici pour t'aider.

Tremblante, Scout s'écarta de lui, mais ne s'enfuit pas comme elle en avait initialement eu l'intention. Elle allait l'écouter, elle lui devait bien ça. En outre, même s'il collaborait avec l'ennemi, ce n'était pas un mauvais bougre.

— C'est Alexon qui t'envoie ?

La question fusa, directe comme un uppercut. Elle n'avait pas envie de mettre les formes.

— Parce que, si tu travailles pour eux, je n'ai rien à te dire.

Elle croisa les bras et le foudroya du regard, ce qu'il ne remarqua sans doute pas, étant donné la pénombre.

Max ne voulait pas lui faire de mal. Brutaliser une

femme, surtout elle, n'était pas dans ses habitudes. Il avait voulu la prendre par surprise parce qu'elle était armée et qu'il voulait éviter une quelconque bavure si quelqu'un les suivait. Alexon l'avait prévenu que des hommes à la solde d'un laboratoire concurrent étaient aussi à ses trousses.

— Ça va ? lui demanda-t-il.

Il ne la distinguait pas bien dans le noir, mais son désarroi était palpable. Il l'entendait à sa voix, le percevait sous ses doigts. Quand il l'avait ceinturée, ou presque, il avait senti sous ses mains ses muscles noués et durs comme des cailloux. Elle avait peur. Le plus triste, c'est qu'elle se figurait qu'il travaillait avec l'ennemi.

— A ton avis ? rétorqua-t-elle. Mon oncle est mort et je suis poursuivie par son assassin.

Il fronça les sourcils. Pensait-elle que son oncle avait été éliminé par quelqu'un de chez Alexon ? Ou faisait-elle allusion à un tueur commandité par le fameux concurrent ?

Max lui tendit une main mais elle la repoussa, ce qui, sans qu'il comprenne pourquoi, le peina.

— Toutes mes condoléances pour ton oncle, dit-il d'une voix douce. Victoria m'a dit de te dire qu'elle pensait beaucoup à toi, ajouta-t-il.

Il l'entendit étouffer un petit sanglot et son cœur se serra. Pauvre Scout ! Elle était là, toute seule dans un cimetière à la tombée de la nuit, venue se recueillir sur la tombe de son oncle et guetter son improbable assassin. Max, quant à lui, était là pour l'arrêter.

Comme un ennemi.

— Trop aimable ! persifla-t-elle. Maintenant, dis-moi, pourquoi t'ont-ils engagé ? Es-tu censé me livrer ou me tuer ici même ?

Sa question le sidéra. Croyait-elle sincèrement qu'il lui voulait du mal ? Il fallait qu'il la détrompe. Il fallait qu'elle sache que l'agence Colby n'était nullement impliquée dans ces sombres agissements. Alexon non plus d'ailleurs, pour autant qu'il le sache.

— Je veux te parler, lui dit-il doucement.

Il sentit qu'elle reculait. Elle allait probablement tenter de lui échapper avant qu'il ait le temps de faire un geste.

— Où peut-on aller pour parler ? Un endroit sûr et tranquille ? Tu choisis, ajouta-t-il, espérant ainsi apaiser ses craintes.

— De quoi veux-tu parler ?

Son ton était agressif et soupçonneux.

Il hésita. Comment formuler les choses ? Il avait besoin de toute son attention. Il ne fallait pas qu'elle rejette en bloc ses propositions. Plus que tout, il fallait lui faire comprendre la précarité de sa situation.

Il s'approcha d'elle, conscient que, quand elle entendrait ce qu'il s'apprêtait à lui dire, elle risquait de bondir.

— Il faut qu'on discute. Alexon croit que tu as tué ton oncle. Tu dois tout me dire.

Scout se figea, abasourdie. Son cœur cognait dans sa poitrine et elle avait du mal à respirer.

Comment pouvait-on penser qu'elle avait tué son oncle ? C'était de la folie !

Pétrifiée, elle se rendit compte qu'elle n'avait aucun moyen de prouver le contraire.

Son sang ne fit qu'un tour. Mis à part l'assassin, elle était la dernière personne à avoir vu Harold vivant.

— Je ne l'ai pas tué, protesta-t-elle avec rage.

Comment Max pouvait-il croire à ce mensonge ? Il la connaissait ! Elle songea à ces jours qu'ils avaient passés ensemble, confinés, et à la façon dont elle s'était lancée à son secours après avoir sauvé le Pr Kirstenof. Max était bien placé pour savoir qu'elle n'aurait jamais tué quelqu'un de sang-froid.

— Je te crois, la rassura-t-il. Mais d'autres ne sont pas aussi affirmatifs que moi. Il faut tirer cela au clair avant que la situation ne devienne inextricable.

Elle le laissa faire encore quelques pas.

— Laisse-moi t'aider.

Son envie de fuir faillit prendre le pas sur son désir de le croire.

Elle était trop fatiguée. Elle avait envie qu'on la laisse tranquillement faire son deuil, pleurer… Mais ce n'était pas le moment de s'attendrir sur elle. Elle avait un objectif, protéger son bébé. C'était tout.

Mais qu'allait-il advenir si Alexon réussissait à convaincre la police qu'elle était l'assassin ? C'était sa parole contre celle du meurtrier. Elle était sur les lieux du crime et s'était enfuie. Nul besoin d'être un génie pour forger de toutes pièces un mobile.

Elle était fichue.

Du regard, elle fouilla la pénombre. Elle distinguait la silhouette de Max, son visage, mais pas ses yeux. Cette rencontre en plein cimetière n'avait rien du hasard. Alexon l'avait lancé à ses trousses avec mission de la leur ramener. Ils avaient suffisamment confiance en lui pour lui confier ce sale boulot.

Elle résista à l'envie de s'enfuir en courant. De toute façon, il la rattraperait. Il était bien plus rapide qu'elle et devait peser quelque quarante kilos de plus. Inutile de chercher à se sauver.

Si seulement elle avait eu son arme…

— Si tu me crois, pourquoi es-tu armé ?

Immobile, elle attendit sa réponse. Elle respirait à peine.

S'il voulait qu'elle le croie vraiment, il devrait lui prouver sa bonne foi.

Elle esquissa un vague sourire.

Dans moins de dix secondes, elle reprendrait le dessus ! Son père lui avait appris un tour qui marchait à tous les coups, sauf si l'individu en face d'elle était un truand patenté, ce qui n'était pas le cas de Max.

— Ecoute, dit-il. Je vais poser mon arme, sur cette tombe, et on va parler. Ça te va ?

Elle hocha la tête en signe d'acquiescement. Mais, se rappelant qu'il ne pouvait pas la voir, elle ajouta :

— Ton autre arme aussi. Celle que tu as au mollet.

— Comme tu veux.

Max posa son revolver sur la tombe, puis se pencha pour ôter l'autre dans son holster.

— Je veux qu'on soit à égalité, Scout. Je ne suis pas ton ennemi.

Sachant qu'il lui était facile de l'arrêter avec sa deuxième arme, sachant aussi qu'il n'oserait pas lui tirer dessus, elle attrapa le 9 mm qu'il venait de poser sur la tombe et mit le doigt sur la détente.

— Tes clés, ordonna-t-elle, pressant le canon sur son front.

Il avait son deuxième revolver en main, mais elle savait qu'il n'en ferait pas usage.

A la faveur d'un fugace rayon de lune, elle le vit hocher la tête.

— Ne fais pas ça, Scout.

— Donne-moi tes clés, répéta-t-elle d'un ton énervé. Et ne va pas t'imaginer que je ne m'en servirai pas.

Il eut un petit rire, mais s'abstint de faire le moindre geste.

— Je ne te crois pas. Tu n'es pas retournée dans la jungle pour me sauver, il y a quatre mois, pour me tuer ici ce soir.

— La situation n'est pas la même, souligna-t-elle, tu sais bien qu'on m'accuse d'avoir tué mon oncle. Tu as oublié ?

Elle l'entendit soupirer.

— Laisse-moi t'aider, Scout.

C'était trop tentant. Mais pouvait-elle lui faire confiance ? Alexon l'avait engagé. Alexon était l'ennemi. Max ne devait pas connaître le monstre pour qui il travaillait.

— Si tu veux vraiment m'aider, donne-moi tes clés, répéta-t-elle.

Les nuages qui occultaient la lune se déchirèrent et, brusquement, le visage de Max apparut, éclairé comme en plein jour. Comme il était tendu !

— La seule façon que tu as de repartir d'ici seule, c'est de me tirer dessus, déclara-t-il.

La détermination de ses yeux bleus ne laissait planer aucun doute.

— Mais je sais que tu ne le feras pas.

Scout agita son arme.

— Je te trouve bien sûr de toi ! Rappelle-toi que je n'ai rien à perdre.

Elle accentua la pression du canon de l'arme sur son front.

— Pour la dernière fois, donne-moi tes clés.

Elle avait loué une voiture, mais ne voulait pas prendre le risque qu'il la suive.

Il secoua la tête.

— Pas question.

Elle laissa échapper un soupir et serra un peu plus fort la crosse.

— Dans ces conditions, tu ne me laisses pas le choix.

4

Olivia Scout Jackson n'avait peut-être pas grand-chose à perdre, quoi qu'il en soit elle mentait mal.

Elle ne lui tirerait pas dessus.

Même s'il l'avait moins bien connue, Max l'aurait lu dans ses yeux, entendu à sa voix. Malgré son ton bravache, elle était à bout et apeurée.

Comme elle avait l'air vulnérable… Il était impensable qu'elle soit impliquée dans ce meurtre.

— Laisse-moi t'aider, insista Max d'une voix douce. Tu sais que tu peux me croire.

Pendant quelques secondes, elle ne bougea pas. Debout devant lui, son arme creusant un rond dans la chair de son front, elle le regardait. Elle soupira.

— J'espère que je n'aurai pas à le regretter, dit-elle en abaissant son 9 mm.

Elle le désarma et le lui tendit, crosse en avant.

— Je te promets que non, répondit Max en s'emparant du revolver.

Elle ne semblait toujours pas convaincue. A sa décharge, elle avait pour cela de bonnes raisons… Son oncle était mort et elle était soupçonnée du meurtre. Il ne connaissait pas encore toute l'histoire, mais ces deux éléments suffisaient à expliquer son désarroi.

Tandis qu'il replaçait son arme dans son holster, elle accrocha son regard.

— Et maintenant, que fait-on ? interrogea-t-elle.

Il balaya des yeux le cimetière désert. Alexon l'avait assuré que personne n'interférerait. Restait à espérer qu'ils tiendraient parole. Il fallait qu'il gagne sa confiance pour faire éclater la vérité.

— Trouvons un endroit pour parler.

Il la prit par le bras et la fit passer devant lui. Ils allaient commencer par aller récupérer son arme là où elle l'avait lâchée.

— Tu vas d'abord m'expliquer ce qui se passe. Ensuite on décidera où aller.

Elle eut un rire amer.

— Tu ne me croirais pas.

Max s'arrêta pour la regarder mais les nuages qui glissaient sous la lune lui cachaient son visage.

— Qu'est-ce que tu en sais ?

Sans répondre, elle chercha son arme à tâtons. Lorsqu'elle l'eut retrouvée, elle la coinça dans la ceinture de son jean.

— D'accord, on fait ce que tu veux. Pour l'instant. Mais promets-moi de ne pas me livrer à Alexon avant d'avoir entendu ma version.

Il acquiesça et l'escorta vers son 4x4.

— Qu'est-ce que je fais de ma voiture de location ? demanda-t-elle.

Dans les notes qu'Alexon lui avait remises, il avait lu qu'elle n'avait pas pris l'avion entre Houston et Chicago. Personne ne savait non plus depuis combien de temps elle était dans la région. On savait seulement qu'elle avait un moyen de transport. Quand ils avaient fait leur enquête auprès des agences de location de voitures, ils n'avaient rien trouvé. Si elle avait loué son véhicule sur place, c'était sous un faux nom. « Normal, avait pensé Max. Elle connaît les ficelles du métier. Et elle est trop intelligente pour commettre une bourde. »

— On viendra la chercher plus tard, répondit-il.

Il lui ouvrit la portière et lui fit signe de monter.

— Je ne voudrais pas que tu changes d'avis en cours de route et que tu me fausses compagnie, ajouta-t-il.

Le plafonnier de l'habitacle éclaira un maigre sourire sur son visage blême.

— Je suis pleine de ressources, Max, tu le sais. Si j'estime que tu n'es pas fiable, je n'ai pas besoin d'une voiture pour te semer.

Max claqua la portière passager, fit rapidement le tour du 4x4 et se glissa au volant.

— Où va-t-on ? demanda-t-elle comme il démarrait le moteur.

— Chez moi.

Il n'en dit pas plus. Elle se rendrait compte bien assez vite qu'il ne lui serait pas facile ensuite de lui fausser compagnie. Cette idée le fit sourire. La tête qu'elle ferait quand ils arriveraient à destination…

Une allée étroite contournait le cimetière avant de s'élargir près de la grille d'entrée et de déboucher sur la rue. Max l'emprunta. Ils avaient trois quarts d'heure de route avant d'arriver chez lui. Peut-être réussirait-il pendant le trajet à obtenir d'elle les réponses à deux questions essentielles : qu'avait-elle subtilisé à Alexon et pourquoi fuyait-elle ?

Bien qu'il ait du mal à l'imaginer en voleuse, il devait y avoir une raison à sa fuite. Alexon, compte tenu de sa notoriété, ne pouvait pas avoir inventé de toutes pièces une histoire pareille. Tout cela semblait surréaliste. A commencer par les accusations de vol et de meurtre qui pesaient sur elle.

Une fois engagé sur la route qui menait à Crystal Lake, il se décida à poser la question qui lui brûlait les lèvres.

— Scout, Alexon t'accuse de lui avoir volé quelque chose. Qu'est-ce que c'est ?

Silence.

A demi surpris par son mutisme, il se tourna vers elle. Elle dormait. Peut-être faisait-elle semblant ?

Depuis combien de temps n'avait-elle pris ni repos ni repas ?

Attendri, il la regarda de nouveau. Elle semblait véritablement épuisée. En dépit de son désir de comprendre les dessous de l'affaire dans laquelle elle était impliquée, il avait surtout envie de la réconforter.

Peut-être le patron d'Alexon avait-il tort et Victoria raison. Peut-être n'était-il pas l'homme de la situation ?

Scout se réveilla brusquement.

Elle se redressa dans son siège.

Le 4x4 s'était immobilisé, c'est ce qui l'avait réveillée.

Dehors, il faisait encore noir.

Où était-elle ?

Les faisceaux des phares éclairaient une maison nichée dans les arbres. Elle aperçut Max qui montait les marches du perron.

Coup d'œil alentour : partout des arbres dont elle ne distinguait que les contours. Une chose était sûre, ils étaient dans les bois. Elle ne connaissait pas cet endroit et elle n'aimait pas ça. Son pouls se mit à battre très fort.

Un *toc toc* sur la vitre passager la fit sursauter. C'était Max. Décidément, la fatigue commençait à réclamer son dû. Elle avait de plus en plus de mal à se dominer. Demain, elle irait mieux. Mais pouvait-elle se fier à cet homme pendant toute une nuit ?

Elle ouvrit la portière et descendit du 4x4. Elle avait fait confiance à Max jusqu'à présent, autant lui laisser encore un peu le bénéfice du doute.

— Bienvenue dans mon château ! s'exclama-t-il, en plaisantant, d'un ton exagérément cérémonieux. Entre et installe-toi. Tu es ici chez toi.

Il avait allumé les lumières du jardin.

Derrière elle, les phares du véhicule s'éteignirent et le bruit du moteur s'arrêta. Comme elle montait les marches, le bruit d'une portière qui claque résonna dans la nuit.

Deux secondes plus tard, il la rattrapait. Il ouvrit la porte de la maison et indiqua à Scout d'entrer. Celle-ci ne lui jeta pas même un regard. Une fois la porte refermée, il brancha la téléalarme et lui sourit, rassurant.

— La chambre est en haut. Va te reposer. Prends une douche si tu veux. Pendant ce temps, je vais préparer quelque chose à grignoter.

Avait-elle si mauvaise mine ou était-elle si facile à décrypter ? De meilleure humeur, elle lui rendit son sourire.

Bien qu'elle n'ait rien pour se changer, une douche bien chaude lui faisait très envie. Elle se sentirait mieux après.

Max se dirigea vers la cuisine.

Avant de monter, Scout décida de jeter un coup d'œil au rez-de-chaussée. La porte d'entrée donnait sur une vaste pièce. Murs en rondins et sol de bois verni. Très chaleureux. A mi-hauteur du plafond cathédrale, une loggia surplombait la grande entrée. Les meubles, peu nombreux, étaient rustiques mais confortables.

Elle avança du côté où Max avait disparu et aperçut la cuisine. De l'autre côté du salon, il y avait des toilettes. La seule porte ouvrant sur l'extérieur était celle par laquelle ils étaient entrés, près de l'escalier. Ah si ! Il y en avait une au fond de la cuisine. Elle considéra l'escalier. Il y avait sûrement des fenêtres là-haut, mais pas de portes. A moins qu'il y ait une terrasse.

Ayant vu tout ce qui l'intéressait en bas, elle se décida à monter. Lentement, car l'escalier était haut et elle était fourbue.

La chambre, elle aussi, était vaste. Meublée au minimum, elle était équipée de nombreux appareils de fitness. Scout comprenait maintenant d'où Max tenait sa plastique irréprochable. Il devait s'entraîner tous les jours. Elle l'imaginait très bien… Elle chassa de son esprit l'image de Max complètement nu. Le moment était malvenu de se laisser aller à des pensées sensuelles.

Il n'y avait pas de terrasse en haut, ce qui signifiait qu'il n'y avait pas non plus d'issue de secours. En cas de besoin, elle devrait sauter… au risque de se briser les chevilles. Elle n'en avait nullement l'intention. En d'autres circonstances peut-être. Mais actuellement, il était hors de question qu'elle prenne le moindre risque avec le bébé.

Elle s'arrêta devant l'immense lit double qui occupait tout un pan de la pièce. Quoi qu'il arrive, il fallait absolument qu'il n'apprenne rien pour le bébé.

Elle ferma les yeux et chassa de son esprit la petite voix intérieure qui tentait de la dissuader de lui cacher la vérité. Non, c'était un risque qu'elle ne pouvait prendre.

Elle secoua la tête comme pour mieux chasser cette idée, entra dans la salle de bains et se déshabilla. Prudente, elle avait commencé par poser son arme sur la tablette en marbre de la coiffeuse. Elle caressa le médaillon qu'elle portait en permanence et se répéta qu'il valait mieux ne pas mettre Max au courant.

« Ce qu'on ignore ne fait pas mal », se dit-elle. En outre, le mettre au courant risquerait de le mettre en danger. C'était donc doublement inutile de lui parler du bébé.

Scout fit couler l'eau chaude et se glissa sous le jet bienfaisant pour chasser toutes les pensées qui l'assaillaient. L'eau qui ruisselait, tiède sur sa peau, était un vrai bonheur. Il fallait qu'elle se détende, dîne et se repose. Si Alexon avait loué les services de Max pour la leur ramener, ils attendaient patiemment qu'il la leur livre. Elle avait donc un peu de temps devant elle, probablement un ou deux jours, durant lesquels elle allait devoir lui cacher la vérité.

S'il avait cru ce qu'elle lui avait dit, à savoir que les hommes d'Alexon avaient tué son oncle, peut-être l'aiderait-il à se cacher ? Mais elle ne disparaîtrait pas avant d'avoir arrêté l'assassin de son oncle. Elle ne laisserait pas un autre meurtre impuni. Elle avait vu le meurtrier et avait entendu sa voix. Jamais elle ne pourrait l'oublier. Si Max refusait de l'aider, elle se débrouillerait seule. Le salaud qui avait fait le coup serait traduit en justice.

Dans la cuisine, après avoir déballé la viande, Max rouvrit le réfrigérateur pour sortir la mayonnaise et la moutarde. De leur vie en commun pendant la période de quarantaine, il avait gardé le souvenir qu'elle détestait la mayonnaise mais adorait la moutarde et le fromage. Tous les fromages sans exception. Aussi empila-t-il trois variétés de fromages et trois tranches de viande pour lui faire son sandwich. Pour les condiments, il avait le choix. De la laitue, des tomates, des cornichons. Il mit un peu de tout sur la dernière tranche de viande, ajouta quelques olives dénoyautées pour faire bonne mesure et posa un autre toast par-dessus.

Il prit un plateau. Deux bières, un paquet de chips, les deux sandwichs. Il posait le plateau garni sur la table quand il entendit des pas dans l'escalier. Scout descendait.

Elle portait les mêmes vêtements mais ses cheveux

étaient mouillés. Elle était belle. Trop belle. Comment allait-il résister ? Sa peau était lisse et laiteuse et ses cheveux noirs offraient un contraste saisissant avec la pâleur de son visage. Elle avait des cernes sous les yeux. Le chagrin lié au deuil de son oncle, pensa-t-il.

Comment pouvait-il nourrir des pensées érotiques alors qu'elle était si triste ? En ce moment, elle n'avait certainement pas envie d'un amant. Plutôt d'un ami. Ami qu'il aimerait tant être.

Cela aurait été un mensonge de dire qu'il n'était pas attiré par elle. Il l'avait été dès l'instant où il avait posé les yeux sur elle dans cette forêt tropicale. Ensuite, avec la quarantaine et la quasi-certitude qu'ils allaient mourir, il n'avait pas cherché à résister à cette attirance. Ils avaient également beaucoup parlé. Avec la mort de son oncle, elle se retrouvait désormais seule au monde. Sans famille. Heureusement, son métier de détective privé était très prenant et l'empêchait de ruminer des idées noires. Elle lui avait aussi parlé de Gage, son ex-petit ami. Chaque fois qu'elle avait prononcé son nom, Max avait éprouvé un sentiment diffus de jalousie. Elle était probablement retournée vers lui ces derniers quatre mois, et cette pensée l'agaçait.

Il désigna la table.

— Tu devrais manger, lui conseilla-t-il.

Il n'avait plus faim. C'était chaque fois la même chose quand il pensait à cet homme. L'évocation de ce type qu'il ne connaissait même pas lui coupait l'appétit.

Il haussa les épaules.

— Mange, répéta-t-il.

Scout jeta un coup d'œil au plateau et réclama du lait.

Etonné, Max fronça les sourcils. Il aurait parié qu'elle aurait voulu de la bière. Ils en avaient même ri quand ils étaient en quarantaine. Ri et rêvé comme de l'ultime plaisir qu'ils voulaient s'offrir sur cette terre. C'était même elle qui avait évoqué ce sujet.

— Bien sûr, répondit-il sèchement, presque vexé.

Il repartit vers la cuisine et entreprit de verser du lait dans un verre. Décidément, il se conduisait comme un sombre idiot ! Sa jalousie envers un homme qu'il ne connaissait pas était hors de propos. Qui sait ? Peut-être avait-elle cessé de le voir ? De toute façon, les moments qu'ils avaient passés ensemble n'avaient été qu'une petite aventure qui ne prêtait pas à conséquence.

Max jura tout bas. Il était bête à pleurer.

Scout et lui avaient beaucoup discuté de leur vie sentimentale. Il n'avait pas eu de relation sérieuse depuis des années, lui avait-il confié. Elle avait rompu ses fiançailles avec un ami de son père. Un homme que son père avait entraîné pour les forces spéciales pendant sa dernière année dans l'armée. Gage avait ensuite quitté l'armée pour travailler dans le privé. Le père de Scout et lui s'étaient retrouvés par hasard quelques semaines avant que son père décède. Il avait été formidable. Comme son oncle. Oui, ils avaient été merveilleux tous les deux. Quelques mois plus tard, il lui avait demandé de l'épouser.

Max essaya de chasser les pensées qui le harcelaient. Scout n'était pas sa petite amie. D'accord, ils avaient eu une brève aventure. Mais les choses s'arrêtaient là.

Agacé, il revint dans le salon et déposa le verre devant elle.

— Voilà, grommela-t-il.

Surprise par le ton, elle leva les yeux.

— Quelque chose ne va pas ?

Il s'assit en face d'elle.

— Il serait peut-être temps de parler de notre affaire.

Elle haussa les épaules.

— Comme tu veux.

Un coup de dents dans le sandwich, tellement épais qu'elle put à peine croquer dedans, et elle ronronna de plaisir. La première bouchée avalée, elle se passa la langue sur les lèvres comme un chat. Elle avait vraiment l'air de se régaler.

Sans la quitter des yeux, Max but une gorgée de bière. Comment pouvait-on dégager autant de sensualité en mangeant ?

Elle sourit.

— Tu t'es souvenu que j'aime la moutarde.

Bien sûr qu'il s'en souvenait. Il n'avait rien oublié de ce qui la concernait.

— Alexon pense que tu leur as volé quelque chose, dit-il sans préambule. De quoi s'agit-il ?

Alexon l'avait engagé pour qu'il la retrouve et la leur ramène, parce qu'elle leur avait dérobé quelque chose. Ils avaient omis de préciser quoi.

— Je te l'ai déjà dit…

Elle avala une longue gorgée de lait.

— … tu ne me croirais pas, de toute façon.

Calé dans le fond de son siège, Max croisa les bras. Il voulait une réponse. Tout de suite. Avant que son esprit dérive vers d'autres sphères…

— Dis-le-moi, insista-t-il.

Elle piqua une chips dans le plat et la grignota en le fixant dans les yeux.

— C'est moi qu'ils veulent. Un point, c'est tout.

Un téléphone — la sonnerie venait de la cuisine — les surprit dans leur conversation. Ils se turent.

— Excuse-moi, marmonna-t-il en repoussant sa chaise.

Il disparut dans la cuisine et dut décrocher car la sonnerie s'arrêta.

Du bout des doigts, elle se massa les tempes. Comment allait-elle lui raconter son histoire et rester crédible, sans tout lui dévoiler ? Max était trop intelligent pour gober n'importe quel mensonge. Elle allait devoir se montrer sacrément convaincante pour le persuader d'arrêter sa mission.

Pierce Maxwell était un homme de devoir. Elle ne connaissait que trop ce genre de loyauté : elle souffrait du même mal !

En proie à une légère nausée, elle regarda son assiette. Il fallait qu'elle mange. Elle avait sauté le déjeuner et il était plus de 21 heures. Il fallait qu'ils se nourrissent, elle et le bébé. Se faisant violence, elle reprit le sandwich et mordit dedans.

Elle aperçut alors le téléphone sans fil et sa base posés sur un guéridon au pied de l'escalier.

Pourquoi était-il allé répondre dans la cuisine quand il avait un appareil à portée de main ?

Se levant de sa chaise, elle s'approcha du téléphone, souleva l'écouteur et l'examina. La sonnerie était débranchée. Normal qu'elle ne l'ait pas entendue. Mais pourquoi n'avait-il pas répondu là ? Machinalement, elle le porta à son oreille.

Il avait déjà raccroché.

Elle remit l'écouteur en place et retourna vers la table. Elle venait de se rasseoir quand il entra, une brique de lait dans une main, une assiette de biscuits dans l'autre. L'air innocent, elle lui sourit.

— Je suis pauvre en dessert. Je n'ai que ça à t'offrir, s'excusa-t-il.

Il transpirait la mauvaise conscience, cela se voyait comme le nez au milieu de la figure. Il lui cachait quelque chose.

En guise de réponse, elle hocha la tête. Les hommes d'Alexon étaient-ils sur sa piste ? Max les laisserait-il l'emmener si elle le suppliait de l'aider ? Pouvait-elle prendre le risque de tout lui dire ?

— Ils me tueront s'ils me trouvent, dit-elle avec calme.

Max posa la brique de lait et se rassit.

— Pourquoi ? Comment veux-tu que je comprenne si tu ne me dis rien ?

C'était louche. Si elle avait été sûre qu'il ne la rattraperait pas, elle serait partie en courant. Pourtant elle ne demandait qu'à lui faire confiance. Mais ce coup de fil ? D'où provenait-il ? La question qui lui brûlait les lèvres lui échappa.

— Qui a appelé ?

Elle remarqua qu'il marqua une infime hésitation.

— Douglas Cooper. Lui aussi travaille à l'agence Colby.

Elle se souvenait de ce nom. C'était l'homme qui était venu chercher Max quand Alexon les avait laissés sortir quatre mois plus tôt. Cooper était le type d'homme qu'une femme n'oubliait pas. Grand, brun. Beau gosse. Il avait du charme et de l'aisance. Toutes les qualités que donne l'argent. La fortune, plutôt. Celle des vieilles familles, acquise au fil des ans.

— Je me souviens très bien de lui. Que voulait-il ?

A quoi bon mentir ? songea-t-il.

— Savoir si je t'avais arrêtée.

La réponse la pétrifia.

— Que lui as-tu répondu ?

Sa voix était froide, parfaitement contrôlée.

— Que c'était le cas.

Ils se turent. Une seconde, puis deux passèrent. Intenses.

Interminables. Elle fut saisie d'une envie de lui voler dans les plumes. Il eut l'impression qu'elle allait prendre la fuite, mais quelque chose parut la retenir.

— Ils vont me tuer, déclara-t-elle, d'une voix étonnamment calme. En fait, ils n'ont pas le choix. Je sais des choses… j'en sais trop pour rester en vie.

— Quoi ? Réponds-moi si tu veux que je t'aide.

Il fut pris d'une soudaine envie de lui prendre la main et de fuir avec elle. Envie qu'il réprima. Il resta planté là, immobile, à la regarder, ému par sa fragilité. Disparue, l'image de femme dure qu'elle s'appliquait à donner. Il ne restait que la tendresse et la vulnérabilité.

— Le virus.

Elle détourna le regard.

— Le K-141, reprit-elle au bout d'un instant. Je porte en moi l'antidote de ce poison. Ils veulent la formule. C'est pour cela qu'ils sont à mes trousses. Ils me veulent à n'importe quel prix.

Il fronça les sourcils, perplexe.

— Pourquoi seulement toi ? Pourquoi pas moi aussi ? Nous sommes tous les deux immunisés. Cela n'a pas de sens.

Max jura tout bas. Elle mentait. Plus exactement, elle ne disait pas toute la vérité.

— Je n'en sais rien.

Elle repoussa sa chaise et se leva.

— Ce que je sais, c'est que mon oncle a donné sa vie pour me protéger.

A son tour, Max se leva.

— Je vais interroger Alexon. Je vais exiger qu'on me dise pourquoi ils te recherchent. Et je te garde sous ma protection jusqu'à ce que j'aie obtenu une réponse. Si tu me le permets, ajouta-t-il.

— Tu me le jures ?

Le ton froid et distancié qu'elle avait employé jusqu'à présent avait cédé la place à un timbre chaud et vibrant.

— Je peux te croire ? reprit-elle. Tu ne vas pas me livrer à Alexon ?

— Je te le jure.

Quelque chose passa dans son regard. Pour la première fois depuis qu'il l'avait retrouvée au cimetière, il eut le sentiment qu'elle le croyait.

Soudain, on frappa. Max et Scout se turent. Ne bougèrent pas.

Les coups redoublèrent, plus forts et impatients. La porte grinça sur ses gonds.

— Ouvrez ! Nous savons que vous êtes là, mademoiselle Jackson.

— Ils sont là.

Effrayée, elle regarda Max. Un regard terrible, accusateur. Il vit ses lèvres frémir.

— Tu m'as menti, lui reprocha-t-elle dans un souffle.

5

— Viens !

Max attrapa Scout par la main. Les yeux écarquillés, elle l'interrogea du regard.

Les coups redoublèrent contre la porte d'entrée. Scout regarda dans cette direction. Ceux qui étaient à sa recherche étaient sur le point d'entrer. Il y eut un grand fracas en provenance de la cuisine. Ils s'attaquaient désormais à la porte de derrière.

Elle était piégée. Fichue.

— Fichons le camp !

Max l'entraîna vers l'escalier. Elle résista. S'ils montaient, ils étaient faits comme des rats.

— Attends ! dit-elle.

Elle ôta ses talons, faillit trébucher sur lui.

— Pas le temps !

Il avait raison. S'ils voulaient sortir d'ici, c'était tout de suite ou jamais.

Ils grimpèrent les marches quatre à quatre. Les pensées se succédaient dans la tête de Scout. Max devait savoir ce qu'il faisait. Il était trop intelligent pour se laisser piéger comme un débutant.

— Ferme la porte à clé, lui demanda-t-il, tandis qu'ils pénétraient dans la chambre parentale.

— Tu ne penses pas que…

— Verrouille cette porte !

Elle obéit. Ferma à double tour. Se retourna. Il se glissait par la fenêtre de la salle de bains. Elle fut saisie de tremblements.

Jamais elle ne pourrait le suivre. Elle était incapable de passer par la fenêtre. C'était trop haut pour elle.

C'était impossible.

D'autant plus impossible qu'avec le bébé qu'elle portait dans son ventre, elle refusait de prendre le moindre risque. Mais comment le dire à Max sans trahir son secret ?

Une fois dehors, Max s'écarta de la fenêtre.

— Viens, murmura-t-il. Dépêche-toi.

Elle s'avança, regarda par la fenêtre et découvrit, terrifiée, ce qui l'attendait en dessous. Max se tenait sur un mince rebord, à plus de six mètres du sol.

— Tu es fou, lui dit-elle.

Il l'avait obligée à monter avec lui et maintenant, elle était piégée.

La voyant hésiter, il se plaça de l'autre côté de la fenêtre.

— On va se laisser glisser le long du mât d'antenne. C'est très solide, ça ne risque rien, la rassura-t-il.

Elle jeta de nouveau un coup d'œil dehors. Ce n'était pas tant le fait de se glisser le long du mât d'antenne qui l'inquiétait, mais l'étroitesse du rebord entre la fenêtre et le maudit mât. A six mètres de hauteur…

— C'est impossible, je n'y arriverai jamais.

L'appréhension lui nouait l'estomac.

— Je vais t'aider. Dépêche-toi de sortir de là, ordonna-t-il. Ils seront dans la maison d'un instant à l'autre et tu te doutes bien qu'ils vont monter ici.

Elle hésita. Entre deux maux…

Hissée sur la pointe des pieds et jouant des épaules, elle se glissa par la fenêtre. Encore une chance que le constructeur n'ait pas mégoté sur la taille des ouvertures. Dans la plupart des maisons, les fenêtres étaient si étroites que même un enfant n'aurait pu passer.

Elle se faufila à l'extérieur et glissa contre le mur jusqu'au rebord qu'elle redouta. Retenant son souffle, elle resta agrippée à l'huisserie de la fenêtre. Elle tremblait sur ses jambes et son cœur cognait dans sa poitrine. Il fallait absolument qu'elle se calme. Non, il n'y avait pas de raison qu'elle tombe. Tout allait bien. Elle n'avait plus qu'à avancer, doucement, un pied après l'autre, une main après l'autre… doucement… doucement…

Tous ses muscles étaient contractés. Durs comme de l'acier.

— Je te tiens, lui souffla Max.

Il s'était approché d'elle et la tenait par le bras.

— Vas-y, je te tiens, avance vers l'antenne.

Au bord du malaise, elle tenta de se raisonner. Mais si, elle pouvait y arriver. C'était son corps, ce traître, qui refusait d'obéir aux ordres qu'elle lui donnait. Lentement, elle réussit à avancer de quelques centimètres. Sans attendre, Max referma la fenêtre à guillotine. Elle se sentait faible, ses genoux s'entrechoquaient. Elle était encore loin de l'antenne, elle n'y arriverait jamais. La fenêtre était fermée maintenant. Si elle tombait…

— Encore un effort et tu y es, l'encouragea-t-il. Attrape le mât dès que tu pourras, n'aie pas peur ; je ne te laisserai pas tomber.

Il n'y avait rien pour se tenir, rien pour rester plaquée contre ce fichu mur, excepté le contrôle de soi et une force de volonté peu commune. Elle ne ferait pas un pas de plus. Elle ne pouvait pas : c'était au-dessus de ses forces.

— Ils arrivent, la pressa Max. Fais-moi confiance, avance, je ne te laisserai pas tomber.

Elle était morte de peur, mais il avait raison. Elle entendait maintenant la cavalcade dans l'escalier. A quoi bon protéger son bébé si elle devait tomber dans une embuscade ?

Ils devaient fuir.

Retenant son souffle, elle fixa le mât et, centimètre après centimètre, avança.

— Tends le bras et attrape un hauban, lui conseilla Max. Je te tiens.

Il lui avait empoigné le bras gauche et serrait très fort.

Elle tendit le bras droit le plus loin possible. Plus loin encore… Il lui sembla que son cœur s'arrêtait. Max la tenait toujours fermement. Ses doigts crispés enserrèrent le fil de métal froid. Elle se vida les poumons. Attrapa le mât et serra très fort. Se laissa glisser jusqu'à un autre rebord, plus bas, sur lequel elle posa un pied. Elle était déjà à mi-hauteur. Max la suivait. Elle continua. Toucha le sol. Enfin.

Lorsqu'ils furent arrivés là, il lui prit la main et contourna la maison en se dissimulant dans l'ombre des arbres. Il chercha ses clés de voiture et les montra à Scout qui trouva la force de lui sourire. Cher Max. C'était l'organisation même. Jamais rien au hasard. Toujours prêt.

Quelques secondes plus tard, ils s'installaient dans le 4x4. Alertés par le ronflement du moteur, les assaillants sortirent sur le perron. Max enclencha la marche arrière et enfonça de toutes ses forces la pédale d'accélérateur. Scout baissa sa vitre et lança des fumigènes pour aveugler d'éventuels poursuivants.

Demi-tour à toute vitesse. A tombeau ouvert, ils foncèrent en direction de Crystal Lake. Penchée à la portière, Scout surveillait la route.

Soudain, quelques centaines de mètres derrière eux, au sommet d'une colline, deux phares trouèrent la nuit.

— Les voilà !

— Attache-toi, ordonna Max.

Elle boucla sa ceinture et posa la question qui la taraudait depuis un moment.

— Comment m'ont-ils retrouvée ?

Une autre façon de dire qu'elle doutait de lui.

— Comment ont-ils su où j'étais ? reprit-elle, d'une voix sèche.

S'il lui avait menti, pourquoi l'avait-il aidée à se sauver ? A l'évidence, pourtant, quelqu'un avait renseigné ceux qui les recherchaient.

— Je ne sais pas, répondit Max platement, l'œil dans le rétroviseur.

— Si ce n'est pas toi, c'est ton copain Cooper.

Elle remarqua que les phares se rapprochaient.

— Personne ne pouvait savoir où je t'emmenais, insista Max, peut-être plus pour lui que pour elle. Et Cooper n'aurait pas donné l'info sans mon accord.

Scout haussa les épaules.

— Alors, tous ces gens sont des médiums.

Sa déception était immense. Elle ne comprenait pas à quel jeu se livrait Max avec elle.

— Accroche-toi, ordonna-t-il, avant de négocier un virage à angle droit.

Scout se cramponna à son siège. La voiture qui les suivait avait dérapé mais réussi à prendre le virage.

— Je pourrais peut-être leur tirer dans les pneus ? suggéra-t-elle, prête à défaire sa ceinture de sécurité pour passer derrière.

Le véhicule qui les suivait reprit de la vitesse. Il les rattrapait.

— Non !

La voix de Max la fit sursauter.

— Pourquoi non ? aboya-t-elle. Ce sont tes amis ?

Son pouls battait à deux cents tours minute. Comment pouvait-elle faire confiance à un homme aussi énigmatique ?

— On ne tirera que s'ils tirent les premiers. Si ce sont les hommes d'Alexon…

— Si ?

Elle haussa les épaules.

— Tu ne crois donc rien de ce que je t'ai dit ? Je te répète qu'Alexon est un ennemi. Enfonce-toi bien ça dans le crâne.

— Attends ! lança Max, l'œil rivé au rétroviseur.

Un troisième véhicule, un 4x4 comme le sien, essayait de les doubler. Affolée, Scout ferma les yeux. Ils roulaient trois fois trop vite. Mais l'ennemi se rapprochait.

— Agrippe-toi bien, lança Max avant de virer brusquement à quatre-vingt-dix degrés.

Les pneus crièrent. Scout crut qu'ils allaient se retourner, mais le 4x4 resta sur ses quatre roues.

Derrière eux, des pneus hurlèrent. Scout se retourna. Le 4x4 qui les doublait pila et finit sa course au milieu de la route.

— Je n'y comprends rien, dit-elle. Qui est-ce ?

Bien décidé à mettre la distance entre eux et les autres véhicules, Max continua d'accélérer.

— Ça ne peut pas être Cooper, or personne d'autre à l'agence ne sait où nous sommes.

— Comment sais-tu que ce n'était pas ton copain Cooper ? On ne voyait ni la couleur de la voiture, ni la marque. Et encore moins le conducteur. Il doit bien rouler en 4x4 lui aussi ? Comme tous les machos.

Max soupira.

— Peu importe dans quoi il roule. Je sais que ce n'était

pas Cooper. Il est à Houston, en train de tenir compagnie à ton assistante.

— Mon assistante ? Tu pensais me retrouver par le biais de mon assistante ?

Il haussa les épaules.

— Si tu n'étais pas venue au cimetière, il aurait bien fallu que je trouve une autre piste.

Elle hocha la tête. Décidément, ils fonctionnaient bien sur le même mode.

— Et maintenant ?

— On va essayer de trouver un endroit pour nous reposer quelques heures. On a tous les deux besoin de dormir et j'aimerais aussi qu'on parle. Il y a des détails qu'il faut que je tire au clair.

Il écrasait toujours l'accélérateur, et le paysage défilait dans un fondu enchaîné de noir et de vert.

— Pour commencer, on va mettre ce 4x4 à l'ombre et trouver un autre moyen de transport pour continuer.

— Cette fois, c'est moi qui choisis l'endroit, insista-t-elle. Tes choix ne me conviennent pas.

Max rit. Ce qui détendit l'atmosphère. Pour l'heure, tout semblait indiquer qu'il était de son côté. Mais il ne fallait préjuger de rien.

Trois quarts d'heure plus tard, Max se fondait dans la circulation de Chicago. Un homme d'Alexon avait dû les suivre depuis le cimetière jusqu'à chez lui à Crystal Lake. C'était la seule explication plausible.

Le troisième véhicule devait aussi appartenir à Alexon, puisqu'ils étaient les seuls à savoir qu'il guetterait Scout au cimetière. Tout ceci demandait à être éclairci.

Une visite rapide à Victoria, et il en saurait plus. Il lui

demanderait de rappeler à Alexon de lui laisser le champ libre… s'ils étaient les coupables.

Ils l'étaient certainement. Personne d'autre n'était au courant de ses plans.

Max se gara à sa place habituelle dans le parking de l'agence.

— Où sommes-nous ? s'inquiéta Scout en lui emboîtant le pas.

— A l'agence. On va changer de voiture, comme je te l'ai annoncé tout à l'heure.

Elle ne répondit pas et le suivit dans l'immeuble. Max tendit son badge au veilleur de nuit. D'un signe de tête, celui-ci leur indiqua de passer. Ils prirent l'ascenseur jusqu'au quatrième étage et, quand les portes s'ouvrirent, Scout poussa un *Oh !* admiratif.

— C'est ici que tu travailles ?

Elle était surprise par le luxe de la réception et regardait tout autour d'elle.

— Oui, répondit-il.

Pendant leur quarantaine, elle lui avait décrit son bureau de Houston. Plus tard, se rappelant cette conversation, il s'était dit qu'il s'y rendrait pour lui demander en personne pourquoi elle n'avait jamais répondu à ses messages. Mais il s'était ravisé, jugeant plus sage de se sortir Scout de la tête et de se concentrer sur son travail. Pourquoi subir une nouvelle humiliation ? Puisqu'elle était partie sans se retourner, mieux valait qu'il l'oublie.

Max repoussa les images du passé pour se focaliser sur le présent. Il avait une mission à mener à bien. Il s'y était engagé, il fallait avancer.

— Y a-t-il quelqu'un dans les bureaux ? s'enquit-elle. Les portes sont fermées, mais il y a de la lumière partout.

Il entra dans son bureau.

— Non, il n'y a que nous. C'est une consigne maison de laisser l'immeuble allumé. Mesure de sécurité.

Elle opina de la tête et, à son tour, passa la porte.

Max se dirigea vers son bureau. Tous les agents possédaient des doubles des clés des véhicules. Une berline, moins voyante qu'un 4x4, ferait l'affaire.

Apercevant le désordre sur son bureau, Scout s'en étonna.

— Tu as raison, répondit-il. D'habitude, je suis plus ordonné que ça. C'est rare que j'aie autant de documents sur mon bureau.

Elle sourit et continua à regarder autour d'elle, caressant des objets qu'il était tellement habitué à avoir sous les yeux qu'il ne les voyait plus. Or, dans les mains de Scout, ces objets semblaient reprendre vie.

Profitant de ce qu'elle était très absorbée par la découverte de son bureau, il consulta son répondeur téléphonique. Soudain, il la sentit dans son dos.

— C'est ta famille ?

Il se retourna. Elle tenait à la main une photo encadrée prise l'année précédente, sur l'insistance de sa sœur qui déplorait qu'ils n'aient pas de photos de famille. Elle représentait Max, son jeune frère, sa sœur aînée, son père et sa mère, pour une fois tous réunis. Max devait bien l'avouer : il était fier de sa famille. Sa sœur avait eu raison d'insister pour qu'on les photographie tous ensemble. Car ils ne rajeunissaient pas…

— Oui, c'est le clan Maxwell.

Il la regarda pour voir sa réaction.

— C'est une belle famille.

De l'index, il désigna un visage.

— Lui, c'est Derrick. Il est dans l'Air Force. Pour l'instant, il est basé en Alaska.

En disant cela, Max réalisa qu'il n'avait pas vu son frère

depuis que cette photo avait été prise. « Comme le temps file », songea-t-il.

— Elle, c'est Fiona. L'aînée. Un vrai chef !

Sa sœur était toujours à l'origine des réunions de famille. C'était la plus organisée de tous. Un rêve pour un petit frère qui pouvait se fier totalement à elle.

— Et eux, ce sont mes parents, évidemment, ajouta-t-il en caressant leurs visages sous le verre.

— Je n'ai aucun souvenir de ma mère, répondit tout bas Scout. Je sais à quoi elle ressemble, parce que je l'ai vue en photo mais je ne me rappelle pas sa voix.

Elle regarda Max d'un air si triste qu'il en fut tout ému.

— Elle me chantait une comptine tous les soirs, reprit-elle. Cela, je m'en souviens…

« Pauvre Scout, se dit Max. Elle a perdu sa mère, son père. Elle n'a ni frère, ni sœur. L'homme qu'elle appelait son oncle et qui était sa seule famille vient d'être assassiné. On l'accuse même de l'avoir tué. Comment peut-on vivre dans une telle solitude ? » Elle devait se sentir affreusement seule.

— Je suis désolé pour toi, dit-il.

Il eut à peine prononcé ces mots qu'il les regretta. Scout n'aimait pas qu'on la plaigne. Pour preuve, les traits de son visage s'étaient durcis.

— C'est très aimable, mais il n'y a pas de quoi. La vie n'est pas toujours juste mais, comme tu vois, je survis.

Elle reposa le cadre bien en vue sur la bibliothèque et contourna le bureau. Le dos ostensiblement tourné, elle se croisa les bras sur la poitrine comme pour se protéger. Max se maudit. Il avait eu tort de parler de sa famille. Il avait manqué de jugement.

Il prit les clés de la berline grise dans le tiroir du bureau.

— Alors, où allons-nous maintenant ? demanda-t-il.

Elle se retourna vers lui, faisant virevolter ses cheveux noirs sur ses épaules. La question devait l'avoir surprise car elle le fit répéter.

— Tu as dit que, cette fois, c'était toi qui choisirais, expliqua-t-il. Alors, je t'écoute !

Prise de court — elle ne s'attendait pas à ce qu'il la prenne au mot —, elle resta bouche bée.

— Alors ?

Sans décroiser les bras, elle avança jusqu'à la porte.

— Il faudra d'abord qu'on s'arrête prendre les affaires que j'ai apportées de Houston.

Elle sortit du bureau, s'arrêta dans le couloir, juste devant la porte.

— Le motel n'est pas loin.

— A propos, tu ne m'as pas dit comment tu es venue ici, dit-il comme ils montaient dans l'ascenseur.

Elle lui sourit, laconique.

— Non, en effet.

Le motel, obscure bâtisse en périphérie de la ville, illustrait à merveille le qualificatif « douteux ». Quelle folie d'avoir choisi un hôtel pareil où les clients louaient plutôt à l'heure que pour la nuit... N'avait-elle donc aucune notion du danger ? Aucune notion de sa sécurité ?

— Coquet, commenta-t-il, ironique, en la suivant dans la chambre.

Elle prit un sac, l'ouvrit et y jeta, pêle-mêle, ses affaires. Brosse à dents, dentifrice, petit tube de crème vinrent s'entasser sur des vêtements qu'elle n'avait pas même déballés.

Elle savait voyager léger, constata-t-il avec admiration. C'était rarissime chez les femmes. Celles qu'il avait connues ne partaient jamais sans sèche-cheveux et une bonne dizaine de tubes, pots et flacons, essentiels à leur mise en beauté quotidienne. Scout, quant à elle, n'emportait que le strict nécessaire. Et, bien entendu, son arme. Le tout entrait sans problème dans son sac.

Mais peut-être avait-il parlé trop vite... Car il la vit se baisser et saisir... quelque chose qui ressemblait à un sac : un très grand sac !

Lisant sans doute dans ses pensées, elle haussa les épaules en le regardant.

— C'est mon bureau, expliqua-t-elle.

— Ton bureau ?

Elle posa le sac sur le lit et l'ouvrit. Il contenait des dossiers, une masse de papiers, un téléphone mobile et un appareil qui devait être un ordinateur portable. Mais ni sèche-cheveux ni poudrier ! Seule concession à la féminité, une petite pochette faisant à la fois office de trousse de maquillage et de porte-monnaie.

— Tout ce que je sais sur Alexon est là-dedans, annonça-t-elle d'un ton solennel. Tu vois, je te fais totalement confiance. J'espère que tu ne me décevras pas.

Il soutint son regard plus longtemps qu'il n'était nécessaire et se décida à répondre.

— Je ne te laisserai pas tomber, Scout. Tu peux compter sur moi. Je ne sais pas comment te le dire.

Elle hocha la tête et soupira.

— C'est ce qu'on verra.

— Bon, dit-il, coupant court, où allons-nous ?

— Chez mon oncle.

Chez son oncle ? Le mort ?

— Personne ne pensera à venir nous chercher là, expliqua-t-elle. Nous y serons en sécurité... du moins quelque temps.

Il lut sur son visage une émotion qu'il n'aurait su définir. Mais peu importait. Ce qui comptait, pour l'instant, c'était qu'ils soient en lieu sûr.

6

La maison d'Harold Atkins se trouvait à un angle de rues dans une petite résidence tranquille des faubourgs de Chicago. Construite en pierres et ensevelie sous la verdure, elle évoquait les cottages anglais du dix-neuvième siècle. Des saules pleureurs, balayés par la brise nocturne, agitaient leur délicat feuillage dans un bruissement léger. Un réverbère planté au coin de la rue éclairait la pelouse dont pas un brin d'herbe ne dépassait. C'était presque trop propre, presque trop parfait.

— Tu as raison, il est peu probable qu'on vienne nous chercher ici, déclara Max. Mais ton explication ne me suffit pas. Pourquoi sommes-nous ici ?

Elle avait sûrement une bonne raison, autre que son souci de se mettre à l'abri. Mais elle ne semblait pas décidée à parler.

— Oncle Harold cachait toujours une clé derrière la maison, dit-elle, préférant ignorer la question de Max. Fais le tour par là et gare-toi de ce côté-ci de la rue, en contrebas.

— Oui, chef ! ironisa Max.

Manifestement, elle continuait de se méfier de lui. Qu'avait-il pu se passer entre elle et Alexon, pendant ces quatre mois, pour qu'elle soit devenue aussi méfiante ? Par ailleurs, quels éléments, qu'il ignorait, poussaient-ils les patrons du laboratoire à voir en elle l'assassin de son oncle ?

Mystère.

Elle ne lui disait sûrement pas toute la vérité…

Comme elle le lui avait conseillé, il se gara trois maisons plus loin. Que savait-il d'elle en dehors de son appartenance à la CIA, que l'agence avait découverte, des histoires qu'elle lui avait racontées et de chaque centimètre carré de peau de son corps de rêve ?

Il ne pouvait pas s'être trompé sur elle ! Quoi qu'il se soit passé, elle ne pouvait pas être une meurtrière.

D'une manière ou d'une autre, il devait la sortir de là.

Avançant prudemment dans l'ombre des arbres qui bordaient la rue, puis dans celle des buissons qui séparaient le jardin d'Atkins de celui de ses voisins, Max et Scout se frayèrent un chemin vers l'arrière de la maison.

— Aide-moi à fermer les volets et à tirer les rideaux qu'on puisse allumer quelques lampes, lui dit-elle.

Il faisait très noir et les pièces étaient encombrées de meubles et de plantes. A tâtons, ils tirèrent les rideaux, trouvèrent les interrupteurs et allumèrent.

— Je meurs de faim, déclara-t-elle en se dirigeant vers le réfrigérateur.

C'était étrange : le fait d'être dans la maison de son oncle, récemment décédé, de mort violente de surcroît, ne semblait pas la déranger. « A sa place, se dit Max, je serais bouleversé. »

Debout devant le comptoir, ils se préparèrent des sandwichs au jambon, qu'ils avalèrent en silence, accompagnés de chips et de thé glacé. Max avait beaucoup de questions qui lui brûlaient les lèvres, mais elle ne semblait pas d'humeur à les écouter et encore moins à y répondre. Son visage fermé avait un air presque buté. Avait-il dit ou fait quelque chose qui l'avait contrariée ? Certes, Alexon avait loué ses services, mais il était avec elle et, sans sa confiance, il ne pourrait pas l'aider.

— Je sais que tu ne veux pas me croire, dit-elle tout d'un coup, en le tirant de ses réflexions. Pourtant, tout ce que je te dis sur Alexon est vrai. Il faut que tu le saches, j'ai loué une voiture sous un faux nom pour venir ici.

Il chercha son regard. Comme il l'avait pensé, elle avait fait toute la route toute seule pour voyager incognito. De toute façon, l'arme qu'elle portait lui interdisait l'avion.

— Si tu commençais par le commencement. Raconte-moi ce qui s'est passé depuis le début.

Elle se tamponna la bouche du coin de sa serviette en papier.

— Les ennuis ont commencé environ un mois après que nous avons été relâchés.

Max déposa sa serviette en boule dans son assiette vide et s'enfonça dans son siège.

— Alexon m'appelait sans cesse pour que je vienne passer de nouveaux examens.

Elle haussa les épaules.

— Cela en devenait ridicule. Un jour, ils m'ont téléphoné pour me dire qu'un billet d'avion m'attendait au comptoir d'American Airlines et qu'ils avaient impérativement besoin de moi le jour suivant. A la fin, j'en ai eu assez de ces allers et retours entre Houston et Chicago, et j'ai refusé.

Elle se tut, l'air pensif.

— C'était il y a deux mois environ. Deux de leurs hommes de main ont fait irruption chez moi, un soir, et m'ont sommée de les accompagner à Chicago. Mon oncle, paraît-il, me réclamait toutes affaires cessantes.

Max fronça les sourcils.

— Ils appartenaient à Alexon ? Tu en es sûre ?

Elle acquiesça.

— En tout cas, c'est là qu'ils m'ont emmenée à notre arrivée à Chicago.

Elle se tut de nouveau.

Pour l'inciter à poursuivre, Max se garda de tout commentaire.

— Ils m'ont gardée prisonnière six semaines.

Max était abasourdi.

— Alexon…

Bien que le souvenir fût on ne peut plus désagréable, elle sourit.

— Ils m'ont *détenue*, ce sont leurs propres mots, pendant six semaines.

— Comme avant ? Je veux dire en quarantaine ?

Elle hocha la tête.

— Oui, exactement comme avant. Mais, cette fois, j'étais seule.

Scout le regarda. Sur son visage, la stupéfaction semblait se mêler à l'incrédulité. Le trouble à la perplexité.

Elle remarqua qu'il faisait un effort pour se ressaisir.

— Comment ont-ils justifié cette incarcération ? s'enquit-il. Te soupçonnaient-ils d'être finalement porteuse du virus ?

En bon enquêteur, il voulait trouver une raison logique, rationnelle, aux agissements d'Alexon. Ce qu'il ne savait pas encore et qu'elle n'était pas en mesure de prouver, c'est que leur seul mobile était l'appât du gain. L'intérêt financier pur et dur. Rien d'autre. Ils voulaient l'antidote à tout prix. Les développements économiques s'annonçaient faramineux : des milliards de dollars à la clé.

— Non, cela n'a rien à voir avec ça.

Elle se balança sur sa chaise. Mon Dieu ! Jamais elle ne s'était sentie aussi fatiguée. C'est à peine si elle pouvait encore penser. Pourtant, il fallait qu'ils aient cette conversation. Il fallait qu'elle lui fasse comprendre contre quoi elle se battait.

— Je représente l'antidote qu'ils essaient de mettre au point. Ils veulent étudier ses réactions sur moi…

L'émotion lui serra la gorge.

— Effectuer des… prélèvements sur moi.

Elle ravala les larmes qui lui montaient aux yeux.

— C'est la seule façon de rectifier l'antidote de Kirstenof.

Perplexe, Max se leva et arpenta la cuisine en hochant la tête.

— C'est une histoire de fous. Ça ne tient pas debout.

Il s'arrêta et la fixa.

— Nous étions tous les deux immunisés. Alors, pourquoi seulement toi ? Pourquoi ne me cherchent-ils pas, moi aussi ?

C'était le moment crucial. Elle s'humecta les lèvres. Elle sentait tout son corps se raidir.

— J'imagine que c'est parce que je n'ai ni vraie famille ni amis proches.

Elle haussa les épaules.

— Tout compte fait, je suis quelqu'un de très seul. Quand oncle Harold est arrivé ici, on s'est vu au début, et, très vite, on a cessé de se voir régulièrement. J'ai tout misé sur mon travail. Le fond de ma pensée, c'est qu'ils se sont dit qu'ils pouvaient profiter de moi puisqu'il n'y aurait personne pour s'inquiéter de mon absence.

Elle planta son regard dans le sien.

— J'aurais pu disparaître complètement de la circulation : personne ne se serait inquiété. Mon assistante se serait dit que j'étais partie en mission et que je ne reviendrais pas. Cela arrive assez souvent chez les détectives privés, tu le savais ?

Elle sentait la tension grandir en lui. Il se tenait plus

droit, plus raide, ses mâchoires étaient crispées et sa bouche, serrée, se réduisait à un fil. Il semblait troublé par la manière dont elle avait été traitée. Peut-être se souciait-il d'elle plus qu'elle l'imaginait ?

Elle soupira. A quoi bon nourrir de faux espoirs ? Ce n'était pas parce qu'ils avaient couché ensemble qu'elle devait se figurer qu'il tenait à elle.

Bien sûr, pour elle, cela avait compté.

Il s'arrêta et la regarda droit dans les yeux.

— Ils ne t'ont pas fait mal au moins ?

Un long frisson lui parcourut le dos. Comme elle avait envie qu'il la prenne dans ses bras ! Envie de croire, rien qu'une minute, qu'elle représentait quelque chose pour lui. Que quelqu'un, ici bas, tenait à elle.

— Mal, non. Mais ils m'ont fait toutes sortes d'analyses, sang, urine et tout le tremblement…

Inutile de lui parler de l'échographie, se dit-elle. Allongée sur la table d'examen, elle avait pleuré toutes les larmes de son corps à la pensée qu'ils risquaient de mettre en danger son fœtus. Mais ils s'en moquaient bien. Elle n'avait aucun droit.

— Qu'est-ce que ton oncle a pensé de tout ça ?

C'était la question qu'elle n'avait pas envie d'entendre, car elle n'avait pas de réponse.

— Bon sang de bonsoir, mais qu'est-ce qu'il fichait ? Il travaillait pour Alexon oui ou non ?

Submergée par l'émotion, elle lutta pour refouler ses larmes.

— Pendant mes quatre premières semaines de vacances forcées au centre de recherche, Harold n'a rien su de ce qui se passait. Tout ce qu'il savait, c'est que je ne le rappelais pas. Alexon m'a obligée à téléphoner à mon assistante pour lui dire que le dossier que je traitais m'absorbait complètement et de ne pas attendre de nouvelles de ma part avant plusieurs semaines. C'est à ce moment-là qu'Harold a découvert ce qui se passait.

Max tourna sa chaise et s'assit à califourchon, les bras sur le dossier.

— Qu'a-t-il fait ?

Au son de sa voix, elle comprit qu'il était irrité.

Contre Alexon ? Contre Harold ? Contre elle ? Peut-être croyait-il qu'elle lui racontait des bobards ?

Elle ferma les yeux et inspira profondément. Ce n'était pas le moment de craquer.

— Il a organisé mon évasion.

Max parut étonné. De toute évidence, il ne s'attendait pas à cette réponse.

— Et c'est pour cela qu'ils l'ont tué, ajouta-t-elle pour combler le silence. Depuis, je me cache.

Il hocha la tête. La perplexité qui se lisait sur son visage lui allait bien, et cette pensée la fit rougir.

— Et tu penses que tout est lié à cette histoire d'antidote ? demanda-t-il.

Sous le ton, ferme, le doute était perceptible. Il semblait avoir du mal à croire à son histoire.

— Oui. Je sais que tu as du mal à le croire, mais c'est la vérité. Harold…

Elle reprit son souffle.

— … avait découvert des choses très compromettantes. Il a ensuite additionné deux et deux et a compris que je n'étais pas en mission comme le lui avait raconté mon assistante, mais que j'avais bel et bien été enlevée. Je ne sais pas ce qu'il avait découvert : c'est le nœud du mystère. Mais c'est pour ça qu'ils sont à mes trousses.

— Il ne t'a pas parlé de sa découverte ?

Il était impensable qu'il se soit tu.

Max ne la lâchait pas du regard. Il était manifeste qu'il avait le plus grand mal à croire à ce qu'elle lui racontait.

— Il m'a simplement dit qu'il n'avait pas encore tous les éléments, mais qu'il voulait me mettre à l'abri jusqu'à ce que son dossier soit complet. Il voulait que ce soit irréfutable.

Face au regard sceptique de Max, elle se sentit obligée de poursuivre.

— Oui, il m'a dit qu'il était en train de monter un dossier. J'imagine qu'il est ici quelque part.

— C'est pour cette raison que tu as voulu venir ici ?

— Oui, en partie.

Elle n'ajouta pas qu'elle avait surtout envie de se retrouver au milieu des affaires de son oncle. De fermer les yeux et de s'imprégner des odeurs de sa maison, de sa vie. C'était fou ce qu'il lui manquait !

— Et tu affirmes que ce sont les hommes d'Alexon qui l'ont abattu ?

— Pas les hommes, l'homme, rectifia-t-elle. Ils étaient quatre mais un seul a tué.

Elle se tut. Elle se retenait pour ne pas pleurer. Des flashes passaient devant ses yeux. La lutte, le bruit du coup de feu mortel. Elle cligna des yeux pour tenter de refouler ses larmes. En vain. Les sanglots qu'elle retenait coulèrent le long de ses joues. Elle s'essuya les yeux d'un geste rapide, puis se leva brusquement.

— Je veux trouver ce dossier. Tu peux m'aider si tu veux.

Max la regarda s'en aller. Il n'avait qu'une envie, la prendre dans ses bras, la serrer contre lui et la réconforter, mais ce n'était sûrement pas de caresses qu'elle rêvait. Il sentait qu'elle voulait garder ses distances et ses émotions pour elle. Malgré les apparences, ils étaient sur la même longueur d'onde : ils ne souhaitaient pas renouer de relation. Ils étaient déjà allés trop loin.

N'empêche que son histoire le mettait mal à l'aise. L'agence Colby travaillait avec le laboratoire Alexon depuis des années. Sa réputation dans le domaine de la recherche médicale n'était plus à faire. Les laboratoires Ballard arrivaient juste après, mais derrière tout de même. Mais Max n'était pas naïf. On pouvait être au top de la recherche scientifique et avoir des cadavres dans le placard. Les très belles réussites se font rarement sans compromissions, songea-t-il. En outre, moralité et honnêteté riment rarement avec succès. Et puis, pourquoi Scout serait-elle allée inventer une fable pareille ?

Bien qu'il ait été engagé par Alexon, il ferait ce que son devoir lui dictait. Pour l'heure, son devoir consistait à plonger au cœur du mystère. Alexon n'apprécierait peut-être pas sa façon de faire mais, puisqu'ils avaient accepté ses conditions, il veillerait à ce qu'ils tiennent leur promesse. Si Scout pensait que son oncle avait un dossier sur les agissements douteux d'Alexon, il l'aiderait à le trouver. Jusque-là, il se promettait de rester impartial. Il verrait ensuite à abonder dans un sens plutôt que dans l'autre. A son prochain contact avec Alexon, il leur demanderait pourquoi des hommes à eux le suivaient.

Décidée à commencer par la cuisine, Max ouvrit les portes l'une après l'autre et les tiroirs un à un. Méthodiquement, il en fouilla le contenu. Avec soin, il ouvrit les boîtes et les flacons, s'assurant qu'Harold n'avait rien caché dans des endroits qu'il pensait inviolables. Puis il fouilla dans le réfrigérateur et le congélateur. Rien.

Il entendait Scout s'affairer dans le bureau — il s'était douté qu'elle choisirait cette pièce —, et se chargea donc du salon. Confortable, douillet même, il ne manquait pas d'endroits où dissimuler des documents. Méthodiquement, l'un après l'autre, il inspecta chaque meuble, chaque coin et recoin. Il alla même jusqu'à retirer les photos de leur cadre pour vérifier qu'Harold n'avait rien placé à l'intérieur.

Sur le manteau de la cheminée, le vieil homme avait disposé une ribambelle de photos, toutes de Scout, mais à des âges différents. Max examina les clichés en prenant tout son temps. Scout petite fille, adolescente, et finalement Scout devenue femme…

Du bout du doigt, il caressa en souriant le visage de la petite fille qui donnait la main à un monsieur qui devait être son père. Mêmes yeux gris, mêmes cheveux noirs. L'homme portait un uniforme militaire. Max se rappela qu'il avait fait partie des forces spéciales ou d'un corps d'élite comme celui-là. Il avait passé beaucoup de temps loin de chez lui, abandonnant Scout aux bons soins de son faux oncle, Harold Atkins. A en juger par le nombre de photos, Harold devait vraiment la considérer comme sa fille. Cela ne faisait aucun doute.

Il y avait aussi un cliché de Scout, avec sa mère, supposa Max. Scout n'était qu'une bambine et la dame une beauté brune. L'ovale de son visage rappelait celui de Scout. Oui, cela ne pouvait être que sa mère. Scout lui avait dit qu'elle était morte des suites d'une péritonite. Son père était alors en poste dans un petit village reculé du tiers-monde et elle n'avait pu bénéficier des soins que nécessitait la gravité de son état.

Max posa de nouveau les yeux sur l'homme qui tenait la main de la petite fille. Avait-il éprouvé un sentiment de culpabilité ? S'était-il senti responsable du décès de sa femme ? Sa carrière était-elle si importante à ses yeux qu'il ait entraîné sa femme et sa petite fille dans une contrée reculée ?

Max reposa le cadre et chassa cette pensée. De quel droit, lui qui avait toujours privilégié son métier, se permettait-il de porter un jugement sur ce qu'un autre avait cru bon de faire ? Lui-même aurait-il fait mieux ?

Il réprima une envie de rire. Le rôle du redresseur de tort lui allait fort mal. A trente-trois ans, il n'avait ni femme ni enfants, parce que sa seule préoccupation dans la vie était son métier. Oui, vraiment, cela lui allait bien de critiquer les autres !

Les autres photos racontaient en images toute la vie d'Olivia Scout Jackson. Elle adorait monter à cheval. Ne portait que des jeans et des T-shirts. Elle lui avait raconté qu'elle aimait la varappe et le ski et adorait défier la montagne. Le sourire qu'il avait sur les lèvres s'évanouit en pensant au danger qu'elle courait en ce moment même.

Une pensée saugrenue lui passa par la tête. Si elle aimait tant l'escalade, pourquoi avait-elle eu peur, chez lui, de descendre du deuxième étage ?

Cette fille était vraiment bizarre... Il devait tout de même y avoir un fond de vérité dans son histoire. Le laboratoire Alexon n'aurait certainement pas envoyé des hommes à leur recherche s'il n'avait pas voulu la récupérer à tout prix. D'un autre côté, si la police l'avait soupçonnée du meurtre de son oncle, elle serait aussi à ses trousses.

Tout cela n'était pas clair. Si l'antidote était la clé de l'affaire, pourquoi lui n'était-il pas aussi la cible de tous ces hommes ? Après tout, il était aussi immunisé que Scout contre le virus.

Non, tout cela ne tenait pas debout. Il manquait quelque chose.

Après avoir replacé les photos, Max décida d'essayer de « cuisiner » Scout un peu plus. Les réponses qu'elle lui avait données jusqu'à présent ne le satisfaisaient pas.

Quand il pénétra dans le bureau anormalement silencieux, il découvrit Scout endormie sur le canapé, une pile de dossiers près d'elle. L'un d'eux était ouvert sur ses genoux ; un autre, qui avait dû lui glisser des mains, gisait à terre.

Il s'approcha d'elle et se pencha pour ramasser les feuillets éparpillés. Elle ne se réveilla pas, ce qui en disait long sur son état de fatigue. Il aurait aimé la réconforter, lui ôter tous ses soucis… Mais il fallait pour cela qu'elle lui dise tout.

Il y avait deux chambres et une salle de bains au bout du couloir. Estimant qu'elle avait besoin d'une bonne nuit de sommeil, il la prit dans ses bras pour l'y porter.

Elle se débattit immédiatement.

— Chut, dit-il. Tu as besoin de dormir, je vais te mettre au lit.

La frayeur qu'il lut sur son visage le blessa. S'imaginait-elle vraiment qu'il allait profiter de la situation pour abuser d'elle ?

— Ne t'inquiète pas, je vais prendre le canapé, la rassura-t-il sur-le-champ. Je veux rester à proximité des deux portes d'entrée.

Il sentit qu'elle commençait à se détendre dans ses bras. Veillant à ne pas la serrer trop fort contre lui — malgré l'envie qui le taraudait —, il se dirigea vers une première chambre.

— Non, pas ici.

Ses yeux brillaient très fort.

— Dans la chambre d'amis.

Prenant conscience de sa bévue — il l'avait emmenée dans la chambre de son oncle —, il fit demi-tour et entra dans la pièce suivante où il la déposa sur le lit.

— Repose-toi, tu en as grand besoin. Et ne t'inquiète

pas, je surveille la maison. Je vais continuer à chercher ce fichu document.

Elle le fixa sans rien dire, avant de rompre le silence.

— Je sais que tu ne me crois pas, Max, mais tu verras. Quand je trouverai ce dossier, tu comprendras.

— Je comprends qu'il y a quelque chose d'anormal, répondit-il. Alexon ne cherche pas à me retrouver, moi, ce qui me paraît suspect. Mais il me faut des preuves solides. Irréfutables. Je ne peux pas retourner voir Victoria avec des suppositions. J'ai besoin de faits.

Scout hocha la tête, l'air épuisé.

— Victoria sait que nous avons eu une relation toi et moi. Ce passé qu'on traîne comme un boulet rend ma démarche encore plus difficile.

— Je sais.

Elle tendit la main vers lui et la plaqua sur sa poitrine. Ce contact, même à travers l'étoffe de sa chemise, le fit frissonner.

— C'est pour cela que nous ne devons pas renouer.

Elle avait raison. S'ils ne se méfiaient pas, personne n'accorderait foi aux explications qu'ils fourniraient.

— Notre relation doit rester strictement professionnelle cette fois-ci, approuva-t-il. De toute façon, je ne commets jamais deux fois les mêmes erreurs.

Il baissa les yeux vers la main de Scout, brûlant d'envie de la prendre dans la sienne.

— Il faut dire, ajouta-t-il en relevant la tête, qu'on avait de bonnes raisons d'être… proches. Si tu te souviens bien, on pensait qu'on allait mourir.

Elle ramena sa main sur elle.

— Bonne nuit, Max, répondit-elle d'un ton sec.

Elle tira les couvertures et se tourna sur le côté.

— Bonne nuit.

Il aurait aimé rester parler avec elle mais que dire ? Pour le moment, il n'y avait rien à ajouter sur l'affaire. Et ils s'étaient juré de garder à leurs relations un tour professionnel.

Dépité, il soupira, et sortit de la pièce après avoir éteint. Il était trop troublé pour rester parler avec elle de sentiments et les signaux qu'elle envoyait étaient si confus qu'il ne savait qu'en déduire.

Ils avaient tous les deux besoin de prendre leurs distances… et d'une bonne nuit de sommeil. Ils y verraient plus clair demain matin.

Un long moment après le départ de Max, Scout était toujours éveillée et, le cœur battant, écoutait les bruits dans la maison. Ses pas… Au fond d'elle-même, elle se sentait vulnérable, fragile comme du verre. Elle fut saisie d'une envie de pleurer, mais elle résista, sachant que si elle commençait, elle ne pourrait plus s'arrêter. Sans compter que Max risquait de l'entendre.

« Je ne commets jamais deux fois la même erreur », répéta-t-elle tout bas.

Voilà donc ce qu'il pensait de leur relation !

Une douleur lui serra la poitrine, plus pénible encore que le chagrin qu'elle éprouvait pour son oncle. Pourtant, elle avait cru que rien ne lui ferait plus de peine que la disparition d'Harold. Comme elle s'était trompée ! Max l'avait bafouée. C'était une trahison. Son cœur était en miettes.

Elle se recroquevilla sous les couvertures, luttant contre les larmes qui noyaient ses yeux. Comment pouvait-on souffrir autant ?

Soudain, tout s'éclaira.

Ce n'était pas sur elle qu'elle pleurait.

Mais sur le bébé.

Le bébé de Max.

S'il qualifiait d'erreur les jours qu'ils avaient partagés, comment verrait-il l'enfant qu'ils avaient conçu ?

Comme une erreur ?

Max s'allongea sur le canapé du salon et se força à se détendre. La pièce était intime. Il avait éteint toutes les lumières de la maison et s'était assuré que toutes les portes et les fenêtres étaient verrouillées.

Il avait toujours autant envie d'aller la rejoindre, de lui dire combien il tenait à elle et de le lui prouver. Mais il ne fallait pas. Elle devait rester « un dossier ». Jamais il ne pourrait lui dire que ce qu'ils avaient partagé pendant leur quarantaine avait été unique, exceptionnel.

Soudain, un bruit le tira de ses pensées. Aux aguets, il essaya d'en déterminer l'origine.

Scout pleurait... Il l'entendait sangloter.

Il devait aller la voir... Non, il ne fallait pas.

Il devait garder ses distances.

S'obligeant à fermer les yeux, il fit ce que lui dictait la raison et resta allongé sur le canapé, dans le noir, souffrant mille tourments. Pour lui mais aussi pour elle.

7

Son rêve la tira brusquement d'un sommeil qui n'était pas réparateur. Le cœur battant, en nage, elle se redressa dans son lit. C'était toujours pareil. Elle rentrait à la maison et trouvait son père, agonisant par terre dans le salon. Elle essayait de lui porter secours, mais c'était trop tard. Ce cauchemar était affreux. Pourquoi, si longtemps après, était-il toujours aussi vif ? Elle ne voulait plus y repenser, ne voulait plus revoir cette scène.

Comme sa respiration se calmait, une autre bouffée de panique lui étreignit la poitrine. Un carcan.

Où était-elle ?

Elle cligna des yeux. Dut accommoder pour voir dans le noir. Elle était chez son oncle. Il était mort.

Une douleur brutale comme un coup de poignard lui transperça la poitrine.

Elle posa la main sur son ventre. Son bébé était toujours là. Personne ne lui volerait son enfant.

Max.

Il était là aussi.

Elle ramena les genoux vers elle. Il ne la croyait pas — enfin un peu quand même. Elle sentait bien qu'il pensait qu'elle lui cachait quelque chose.

« Une erreur », se remémora-t-elle.

Les larmes lui montèrent aux yeux. Des yeux déjà bouffis

d'avoir trop pleuré avant de s'endormir. Elle n'avait plus jamais pleuré depuis la mort de son père.

Elle repoussa les couvertures et se leva. Son père n'était pas mort de sa belle mort. Quelqu'un l'avait assassiné. Comme son oncle. Mais, cette fois, elle reconnaîtrait le meurtrier. Elle avait enregistré sa voix et elle n'aurait de cesse qu'il soit arrêté et traduit en justice.

Par la même occasion, elle aurait la peau d'Alexon car, elle en était persuadée, c'était un de ses hommes qui avait tué son oncle. Quant à Pierce Maxwell, elle n'avait pas besoin de lui. Elle réglerait les choses elle-même. Après tout, elle avait commencé seule, elle pouvait bien continuer seule. Maintenant qu'elle savait que c'était Alexon qui l'avait engagé, qu'il avait en outre qualifié leur relation « d'erreur », elle avait toutes les raisons de se méfier de lui.

De toute manière, elle ne s'était jamais fait d'illusions. Elle ne s'en faisait plus depuis longtemps. Amour ne rimait pas avec toujours.

Elle devait lui fausser compagnie et s'enfuir.

Mais la tâche était ardue.

Sans compter qu'elle n'avait pas réussi à mettre la main sur ce fichu document. Elle avait pourtant passé le bureau d'Harold au peigne fin. Mais elle avait fait chou blanc. Max avait fouillé la cuisine et le salon et n'avait rien trouvé non plus. Restaient les chambres et la salle de bains qu'elle aurait déjà inspectées si elle ne s'était pas assoupie.

Elle n'avait plus de temps à perdre. Plus vite elle trouverait le dossier, ou serait certaine qu'il n'était pas dans la maison, plus vite elle partirait.

A pas de loup, elle emprunta le couloir qui menait à la chambre de son oncle. Après en avoir refermé la porte, elle longea le lit jusqu'à la table de chevet. Il y avait une torche électrique dans le tiroir. Elle s'assit un instant sur le bord du lit, s'imprégnant de l'odeur de la pièce. De son oncle. Du lit défait se dégageaient encore des effluves épicés et doux de lotion après-rasage. Elle plissa les yeux pour empêcher les larmes de couler. Elle respira un grand coup pour retrouver ses esprits. En mémoire de son oncle, elle allait tout mettre en œuvre pour coincer son assassin. Elle lui devait bien ça. Mais pour y arriver, il lui fallait ce maudit dossier.

Eclairée par la lampe torche, elle retourna toute la chambre. Tous les tiroirs, le placard, le lit, l'arrière des miroirs, des tableaux accrochés aux murs et l'intérieur des cadres. *Nada. Nothing.* Rien. Si le document était dans la maison, il n'était pas dans cette chambre.

Elle éteignit la lampe torche, prit le couloir qui conduisait à l'autre chambre à coucher, qu'elle inspecta à fond. Rien là non plus, mis à part quelques peluches au fond du placard. Restait la salle de bains. Si Max l'avait entendue remuer — ce qui était certain —, il devait penser qu'elle s'était levée tôt et se préparait.

Si la chance était avec elle, elle serait déjà loin quand Max se rendrait compte de son départ.

Max entendit Scout s'agiter et, instinctivement, se demanda si elle n'était pas en train de préparer sa fuite. Mais le bruit de l'eau de la douche le rassura. Il se détendit.

Consciencieux malgré tout, il se mit debout, lissa les faux-plis de sa chemise et fixa son holster à son épaule. Comme lui, elle ne dirait sans doute pas non à une bonne tasse d'un bon moka bien fort. Ce serait une bonne entrée en matière quand elle sortirait de la salle de bains.

Il fila dans la cuisine. Quelle nuit ! Cela faisait longtemps qu'il n'avait pas aussi mal dormi, pour ne pas dire pas dormi du tout, tant il craignait qu'elle profite de son sommeil pour lui faire faux bond. Coup d'œil à l'horloge du micro ondes. 5 heures du matin. Apparemment, elle n'avait pas dormi beaucoup plus que lui. Deux nuits blanches, en somme.

Pour sa part, il avait égrené les heures à se remémorer les moments qu'ils avaient passés ensemble, quatre mois plus tôt.

Toute la nuit, les sens en ébullition, il s'était efforcé de se rappeler, avec le plus de justesse possible, son goût, son parfum, son odeur. Et la merveilleuse douceur de sa peau.

Il frissonna et se força à se concentrer sur la machine à café. Il avait une mission et Scout comptait sur lui pour la mener à bien. Point final.

Il remplit le réservoir d'eau, chercha les filtres et le café. Le filtre en place, il ouvrit la grande boîte en fer rouge qui contenait le café, prit dedans la cuiller qu'il plongea au fond de la mouture au délicieux arôme d'arabica. Il crut sentir une résistance. Il fronça les sourcils. Il remua la cuiller. Rien à faire. Elle refusait de s'enfoncer.

Son pouls s'accéléra. Il plongea la main dans la boîte. Ses doigts rencontrèrent un sac de congélation contenant une feuille de papier. Il s'avança vers l'évier et y vida le café moulu pour dégager le sachet. Il secoua le plastique afin d'en examiner le contenu. S'y trouvaient des documents pliés en deux, face vierge à l'extérieur.

Max ouvrit le sachet. Celui-ci contenait plusieurs feuillets. L'incongruité de la cachette le portait à croire qu'il s'agissait des pièces à conviction que Scout cherchait.

Max s'arrêta pour écouter. L'eau de la douche coulait toujours. Parfait. Il aurait un peu de temps pour jeter un coup d'œil aux preuves réunies par son oncle. Ensuite seulement, il les montrerait à Scout. Si Harold Atkins avait la preuve formelle qu'Alexon l'avait retenue contre son gré ou que le laboratoire était impliqué dans de sombres affaires auxquelles Scout avait été mêlée à son insu, Max apporterait les pièces qui feraient condamner le laboratoire.

Pour commencer, il allait s'assurer qu'il s'agissait bien d'Alexon. La direction du groupe lui avait fait savoir qu'un laboratoire concurrent se démenait pour développer l'antidote avant eux. Une course au profit. Peut-être Alexon essayait-il seulement de protéger Scout ? Il était encore trop tôt pour en être sûr.

Le sac de plastique contenait trois feuillets qu'il déplia et lissa bien à plat sur le comptoir.

Il en prit connaissance.

« Après des années de recherches, la réponse au dilemme posé par le K-141 nous est livrée tout à fait fortuitement. Il apparaît que l'immunité développée par la future mère, et dûment constatée, est à attribuer à l'antidote fabriqué par les cellules souches de l'embryon. Ces cellules doivent être prélevées par tous les moyens possibles… »

Max cligna des yeux. Il devait mal comprendre…

Il se rappela les propos de Scout : « C'est moi qu'ils veulent… seulement moi… ».

Il relut les pages.

«… l'immunité de la future mère… les cellules souches de l'embryon… »

Noué, la bouche sèche, il secoua la tête.

Scout était enceinte.

Il sentit une décharge d'adrénaline dans ses veines. De quand dataient ces documents ? Les feuillets ne portaient ni date ni inscription. Scout ne paraissait pas enceinte ; si elle l'était, la grossesse devait être toute récente. De toute façon, il avait fallu laisser passer quelques semaines pour en avoir le cœur net.

Peut-être pas. Les techniques modernes, aujourd'hui, ne permettaient-elles pas de diagnostiquer une grossesse dans les jours suivant la conception ?

Max jura tout haut. Qu'est-ce qu'il en savait ? Grossesses et enfants ne faisaient pas partie de ses préoccupations. Pour lui, le mariage venait d'abord.

Scout… Bon Dieu ! Ils n'avaient pas utilisé de préservatifs pendant leur quarantaine. Pourquoi l'auraient-ils fait puisqu'ils allaient mourir ?

Il cligna des yeux comme pour chasser la pensée subite qui s'était insinuée en lui.

Non, il se faisait du cinéma. Se montait la tête. Elle avait un petit ami. Un dénommé Gage je-ne-sais-quoi.

Max grinça des dents. L'idée même que ce Gage existait le rendait fou. Mais le moment était malvenu pour y penser. Il devait d'abord avoir la confirmation qu'elle était enceinte et…

Et quoi ? Oui, elle était enceinte. La preuve était là, noir sur blanc sur le papier qu'il avait sous les yeux. Bien sûr, son nom n'était pas indiqué, mais il ne pouvait s'agir que d'elle. Elle était « la future mère » dont la réaction de défense au K-141 avait été démontrée. Personne, à ce jour, n'avait survécu au virus, excepté Scout et lui.

De qui était l'enfant ? Désormais, il s'agissait de la seule vraie question. Le document ne faisait pas allusion au père. Si c'était Max, n'auraient-ils pas mentionné que lui aussi avait développé des défenses immunitaires ?

Hébété, il replia les feuilles et les plaça dans la poche arrière de son jean. Il fallait qu'il résolve l'énigme de cette lettre.

Incapable de patienter une seconde de plus, il se précipita dans le couloir et fila vers la salle de bains. L'eau coulait toujours. Il tambourina à la porte. Maintenant, il savait. C'était cela qu'elle lui cachait.

— Scout ! Ouvre ! Il faut qu'on parle !

Si elle était enceinte de lui et qu'elle ne lui en avait même pas touché un mot… La rage gronda en lui. Pourquoi avait-elle agi ainsi ? Pourquoi avait-elle laissé passer tout ce temps sans rien lui dire ? Dire qu'il n'avait pas pu l'aider parce qu'elle avait fait exprès de le tenir à l'écart. Il fallait qu'elle sache qu'il tenait à elle. Qu'il serait toujours là pour elle… pour leur enfant. Il allait le lui dire. Tout de suite.

Il tapa de nouveau à la porte. L'eau n'en finissait pas de couler.

— Scout, allez, sors ! Il faut qu'on parle.

Pas de réponse. Il fronça les sourcils. Hormis l'eau, il n'y avait aucun autre bruit dans la pièce.

Il tourna la poignée. La porte était verrouillée. D'un coup d'épaule, il enfonça la porte qui alla cogner contre le mur. La pièce était un bain de vapeur. Il écarta le rideau de douche.

Scout était partie.

Max ferma l'eau et retourna dans le couloir comme une flèche. Il regarda dans les deux chambres et trouva la fenêtre d'Harold ouverte. Son sac avait disparu de la chambre où elle avait dormi, mais celui qu'elle surnommait « son bureau » était toujours là. Il y avait fort à parier qu'il ne contenait rien d'important, ou alors, elle l'avait emporté avec elle.

Vexé d'avoir été berné, il s'apprêtait à enjamber la fenêtre quand un bruit au bout du couloir le fit sursauter. Il s'arrêta net dans son escalade et, sans bouger, tendit l'oreille.

Nouveau bruit.

La porte d'entrée… La poignée qu'on tournait.

Quelqu'un essayait d'entrer. Il faisait encore nuit dehors,

même si les premières lueurs du jour tentaient une modeste percée à l'est. Max tira son arme et avança prudemment dans le couloir. Une chose était sûre, ce n'était pas Scout. Mais le moment était mal choisi pour jouer aux devinettes. Il fallait à tout prix qu'il rattrape Scout. Elle n'avait pas pu aller bien loin.

Comme il s'apprêtait à ouvrir la porte d'entrée, quelqu'un la poussa brutalement. Instinctivement, il leva son arme.

Le canon de métal luisant d'un Beretta 9 mm le visait. La main qui le tenait était celle d'un homme, pas tout à fait aussi grand que Max, et très brun. Il semblait aussi surpris de voir Max que Max l'était de se retrouver nez à nez avec lui.

— Qui êtes-vous ? grogna l'intrus.

Max ne cilla pas. Au contraire, il fixa plus intensément encore le regard noir qui soutenait le sien.

— Puisque c'est vous qui entrez par effraction, c'est à vous de me dire qui vous êtes.

— On est chez Harold Atkins, que je sache. A moins que vous ne soyez un fils prodigue dont je n'ai jamais entendu parler, j'aimerais bien savoir ce que vous fricotez ici, répliqua l'inconnu du tac-au-tac.

Max n'avait pas de temps à perdre avec une crapule. Il pointa son arme sur l'inconnu.

— Qui êtes-vous ?

L'homme perdit aussitôt de sa superbe.

— Je suis Gage Kimble. Je cherche Scout.

Gage.

L'ex-petit ami. Celui avec lequel Scout avait rompu quatre mois plus tôt. Un gars des forces spéciales. D'après ce que Max savait, il travaillait maintenant pour une agence de sécurité rapprochée. D'emblée, ce type lui déplut. C'était sûrement à cause de lui que Scout l'avait laissé tomber comme un chien. Et sans doute à cause de lui qu'elle ne l'avait jamais rappelé quand il lui avait laissé des messages sur son répondeur.

Pourquoi se manifestait-il subitement ? Scout n'avait pas du tout fait allusion à lui.

— Qu'est-ce que vous lui voulez ? demanda Max, incapable de cacher sa jalousie.

Gage n'était pas l'imbécile qu'il avait imaginé. C'était un homme séduisant, le même genre que Max, beau et bien fait, et armé comme lui d'un Beretta.

Un curieux éclat s'alluma dans le regard de Gage. Toujours planté dans l'encadrement de la porte, il jeta un coup d'œil à droite puis à gauche.

— Elle n'est pas là, hein ?

— Pourquoi dites-vous ça ?

Il n'avait pas de temps à perdre avec ce type. Il fallait qu'il s'en débarrasse au plus vite.

— C'est à vous, la mustang bleue immatriculée dans l'Illinois ?

Le sang de Max ne fit qu'un tour.

— Je viens de la voir sortir d'un jardin, deux maisons plus bas, poursuivit Gage.

Max ne put s'empêcher de jurer.

— Si vous voulez vous mettre à sa poursuite, ma Range Rover est garée dehors, proposa Gage en abaissant son 9 mm.

— Qu'est-ce qui vous fait croire que j'ai envie d'aller quelque part avec vous ? grommela Max.

Il n'aimait pas ce type. Il lui avait déplu dès la première seconde.

Gage haussa les épaules.

— Rien. Simplement, elle est en train de nous filer entre les doigts.

— Allons-y.

Méfiant, Max baissa son arme mais la garda au poing. Après tout, il ne savait rien de ce type.

Les deux hommes coururent vers la voiture. Max n'avait pas fermé la portière que Gage démarrait sur les chapeaux de roues. Il conduisait vite mais bien. Les rues étaient encore désertes à cette heure. Soudain, loin devant eux, ils aperçurent la Mustang qui tournait au coin de la rue. Le temps d'y arriver, elle avait disparu. Pestant tous les deux, ils décidèrent de ne pas abandonner. Kimble était un as du volant. Pied au plancher, il négociait les virages avec une maestria digne d'un pilote de Formule 1. Après plusieurs minutes d'une course effrénée, ils aperçurent la Mustang devant un entrepôt. Le véhicule était arrêté, mais la portière côté conducteur était encore ouverte.

Sans perdre une minute, ils inspectèrent la zone. Pas de Scout. Elle s'était littéralement volatilisée. Pour Max, cette disparition ne laissait rien augurer de bon.

Nom de nom ! Pourquoi ne lui avait-elle pas fait confiance ?

Comme Kimble revenait vers le 4x4, Max lui lança un regard haineux. Pourquoi avait-il fait son apparition au moment précis où Scout s'enfuyait ? La coïncidence était pour le moins curieuse.

— Je n'ai rien trouvé, annonça Kimble, dépité. Elle nous a bel et bien faussé compagnie.

Furieux, inquiet, Max haussa le ton.

— Maintenant, vous allez me dire pourquoi vous vous intéressez à elle.

Kimble le regarda droit dans les yeux.

— Vous ne m'avez toujours pas dit qui vous êtes, dit-il.

Son ton assuré était des plus déplaisants.

— Pierce Maxwell. De l'agence Colby, répondit Max.

Kimble sourit, l'air entendu.

— Ah, oui ! Max. C'est vous qui avez passé trois semaines en quarantaine avec elle.

Il acquiesça.

— Je sais. Elle m'en a parlé.

— Quand vous a-t-elle parlé de moi ?

C'était bien ce qu'il craignait. Elle était allée tout droit se faire consoler dans les bras de ce type. Comment avait-elle pu… après ce qu'ils avaient partagé ?

L'homme croisa les bras et se pencha sur son luxueux 4x4.

— A peu près deux semaines après sa libération. Au cours d'un dîner dans l'un de nos bistrots préférés de Houston.

Ils avaient donc dîné ensemble… C'était un ami de son père, il s'en souvenait. Elle le lui avait dit. Mais il en rajoutait peut-être un peu…

— Bien, merci des renseignements, dit Max avec un sourire forcé. Il faut que je parte maintenant. J'ai des gens à voir.

Les clés étaient sur la Mustang. Il allait la ramener au bureau et prendre son 4x4, puis il téléphonerait à Cooper. Il y avait toutes les chances pour que Scout retourne à Houston ou, du moins, pour qu'elle essaie de joindre son assistante.

— On n'a pas de raison de se comporter en ennemis, déclara Kimble en se redressant.

Tendu, Max serra la crosse de son 9 mm.

Kimble — sans doute avait-il surpris la réaction de Max — sourit, l'air narquois. Mais Max n'avait pas envie de rire.

— Vous savez, mon cher Max, que vous devriez apprendre à vous détendre, se moqua gentiment Kimble. Il faut que je la retrouve, reprit-il cette fois sur un ton extrêmement sérieux, et rien ni personne ne m'en empêchera.

La menace que Max percevait dans la voix de Kimble était-elle bien réelle ?

— Pour quelle raison ? demanda-t-il. Vous aviez rendez-vous ?

— Elle est enceinte, laissa tomber Kimble, l'air impassible. Et l'enfant est de moi.

Sonné, Max eut du mal à accuser le coup. Une douleur d'une violence inouïe le traversa de pied en cap. L'enfant n'était donc pas de lui. Voilà pourquoi elle était retournée dans les bras de son ex après l'avoir quitté sans même se retourner.

— Je ne sais pas pourquoi elle s'est enfuie, ajouta Kimble, sans la moindre émotion apparente. Mais il faut que je l'aide. Pour elle et pour notre enfant.

Max sentit monter en lui de l'angoisse mêlée à de la rage. Pour la première fois de sa vie, il eut envie de tuer un homme.

— Je lui transmettrai le message quand je la verrai, déclara Max sans ciller.

Kimble monta dans son 4x4. Le regard qu'il jeta à Max avant de disparaître en disait long.

Ils se reverraient.

8

Scout retint son souffle. La voiture venait de s'enfoncer un peu sous le poids du conducteur. Le moteur démarra. La voiture s'élança en marche avant. Tout doucement, elle relâcha sa respiration. Son plan avait fonctionné.

Il faisait noir dans le coffre, mais peu importait. Elle avait ôté sa chaussure ainsi que sa chaussette droite, qu'elle avait appliquée en guise de tampon sur la serrure pour éviter qu'elle s'enclenche. Il ne lui restait plus qu'à empêcher le coffre de cogner, jusqu'au prochain arrêt. Ce qui n'était pas trop difficile compte tenu qu'ils roulaient en ville et que les rues étaient bien entretenues. Ce n'était pas comme des routes de campagne pleines de nids-de-poule...

Elle se raidit pour écouter. Max parlait à quelqu'un, sans doute au téléphone. Elle n'avait pas réussi à capter la conversation qu'il avait eue un instant plus tôt quand il était dehors. Quelqu'un l'avait aidé à se mettre à sa poursuite. Qui ? Personne n'était censé savoir où ils se trouvaient. Avait-il menti sur les va-et-vient de Cooper ?

— Cooper ? Oui, c'est Max.

Silence.

— Je l'ai perdue. Surveille son assistante. Il y a fort à parier qu'elle va l'appeler.

Nouveau silence. Ponctué par un long soupir de découragement.

— D'accord. Ça marche.

Scout essaya de ne pas se laisser émouvoir par le son de sa voix. Sa voix grave et rauque lui donnait toujours la chair de poule, même en ce moment, dans cette situation des plus incongrues.

Dès l'instant où elle avait vu Max, à la seconde même où elle avait posé les yeux sur lui, elle était tombée amoureuse de lui. Maintenant, elle était enceinte de lui. Et encore plus amoureuse, si tant est que ce fût possible.

Mais elle ne pouvait pas lui accorder intégralement sa confiance. Pas encore. Alexon l'avait engagé, et Max était l'honnêteté même. Trahir Alexon, c'était trahir l'agence Colby. Elle connaissait la réputation de l'agence, sa direction ne devait pas savoir de quoi Alexon était capable.

Elle tendit l'oreille. Max poursuivait.

— Oui, j'ai trouvé ce qu'elle cherchait. Son oncle l'avait caché dans…

Le reste de la conversation se perdit dans un grincement de freins.

Scout se figea. Il savait maintenant qu'elle était enceinte. En outre, il lui avait menti. Il avait fouillé la cuisine et le salon en prétendant ne rien avoir trouvé. Elle se rappelait ses paroles quand il l'avait mise au lit. *Je suis sûr qu'on va le trouver, ce dossier.*

En fait, il l'avait déjà trouvé. Il connaissait son secret.

En tout cas, maintenant, une chose était sûre. Elle ne pouvait plus se permettre de le croire.

Scout se sentait anéantie. Comme si, de nouveau, tout s'écroulait. Jamais elle n'aurait imaginé qu'il puisse travailler pour ses ennemis. Or, c'était le cas : il était à la solde de l'autre camp.

D'une manière ou d'une autre, Alexon avait réussi à retrouver sa trace. Si le labo savait où Max et elle se trouvaient hier soir, c'est que Max les en avait informés. C'était donc un homme d'Alexon qui lui avait prêté son véhicule pour la poursuivre quand elle avait filé au volant de la Mustang. Il n'avait pas d'autre moyen de transport et Cooper se trouvait à Houston. Quant à la voiture de son oncle, elle se trouvait dans le parking d'Alexon, là où il l'avait garée le matin de sa mort.

En songeant à son oncle, les larmes lui montèrent aux yeux. Elle était à bout. Elle ferma les paupières comme si un battement de cils pouvait bloquer l'envie qu'elle avait de tout laisser tomber.

Non !

Elle rouvrit les yeux.

Il était hors de question qu'elle rende les armes. Pas déjà. Elle allait continuer à se battre. Contre Alexon, contre Max.

Vingt minutes plus tard, Max freina brusquement et arrêta le véhicule. Elle l'entendit prendre quelque chose sur le siège et claquer la portière avec force.

C'était son sac, se dit-elle très vite. Le sac qu'elle avait emporté avec elle.

Peu importe. Elle avait des vêtements sur le dos. Et il n'y avait rien d'important dans ce sac. Rien de valeur. Même le dossier qu'elle avait monté sur Alexon n'apportait rien. De toute façon, c'était sa parole contre la leur.

Le dossier d'Harold, en revanche, était crucial.

Elle devait impérativement le récupérer.

Elle entendit une autre porte s'ouvrir et se décida alors à bouger. Elle relâcha le coffre qui s'ouvrit en grand. Elle s'en extirpa et s'enfuit à toutes jambes.

Avant qu'il ait eu le temps de se retourner, elle avait rattrapé Max et tenait son arme pointée sur sa nuque.

— Mon dossier ! ordonna-t-elle sans préambule.

A quoi bon tourner autour du pot avec lui, maintenant qu'elle savait à quoi s'en tenir sur sa sincérité ? Inutile de faire semblant et de mettre les formes.

L'aube se levait sur le parking presque désert. Ils se trouvaient derrière le bâtiment qui abritait l'agence Colby, et la Mustang était maintenant garée à côté d'un 4x4.

— Scout, écoute-moi. Tu dois me croire, supplia-t-il de cette voix de velours qui la hantait depuis de longs mois.

Elle éclata d'un rire amer.

— Te croire ? Tu me prends pour une idiote ?

— Ecoute-moi, Scout. Je t'en conjure !

Il voulut se retourner, mais elle le stoppa net du canon de son arme.

— Ne bouge pas, gronda-t-elle entre ses dents serrées. Et mains en l'air !

Comment avait-elle pu tomber amoureuse d'un type pareil ?

Elle refoula les larmes qui lui brûlaient les yeux. Elle s'était complètement méprise sur son compte. Jamais elle ne s'était fait d'illusions sur Gage, mais sur Max ! Mon Dieu, comme elle l'avait aimé ! Comment avait-elle pu être assez aveugle pour se tromper à ce point sur lui ?

— Calme-toi, lui dit-il tout bas, de cette voix langoureuse dont il devait user auprès des femmes. Je ne suis pas ton ennemi.

Elle s'esclaffa.

— T'es vraiment un as, Maxwell. Ça, je te l'accorde. Mais je connais ton numéro, maintenant ! Alors, tu vas me rendre le dossier.

— Ton ami m'a tout dit sur ta grossesse.

Sa voix était toujours douce, mais elle trahissait désormais une certaine nervosité.

Il savait qu'elle était enceinte de lui, et tout ce qu'il trouvait à lui dire, c'était « ton ami m'a tout dit sur ta grossesse » ! Bravo ! ! Décidément, c'était le roi des mufles !

— Mon ami ? Quel ami ? Je ne vois pas de quoi tu parles.

— Gage Kimble, laissa-t-il tomber. Il m'a tout dit.

Gage ? Quand avait-il vu Gage ?

— Je ne vois pas ce que Gage a à voir là-dedans !

Nouvelle pression de son arme dans la nuque de Max.

— Je sais que tu as appris que j'étais enceinte en lisant le dossier. Pourquoi me mentir ? Maintenant, donne-le-moi.

— Il m'a dit aussi…

La voix était si calme — pour ne pas dire si indifférente — qu'elle faillit crier de rage.

— … que l'enfant était de lui.

Complètement sonnée, elle ouvrit la bouche pour répliquer, mais pas un son ne sortit.

Comment Gage avait-il pu raconter à Max que l'enfant était de lui ? Cela n'avait pas de sens. Pour commencer, comment savait-il qu'elle était enceinte ? Max prêchait-il le faux pour savoir le vrai ?

De nouveau, elle ouvrit la bouche pour répondre et remettre les choses à leur place concernant Gage mais, de nouveau, les mots s'étranglèrent dans sa gorge. C'était aussi bien comme ça. Elle ignorait comment Max et Gage avaient pu se croiser, mais cela n'avait pas d'importance. Pour l'instant, son secret était encore bien gardé. Max n'avait qu'à croire ce qu'il voulait.

Son cœur se serra à cette pensée, mais elle refusa de s'attarder sur la peine qu'elle ressentait. Tant pis pour lui, il ne méritait pas de savoir.

— Je me moque de ce qu'il t'a dit. Donne-moi le dossier.

— Il est dans ma poche arrière.

Scout hocha la tête. Elle refusait de le toucher. Non qu'elle n'en ait pas envie.

— Prends-le, insista-t-il.

Retenant sa respiration, elle passa la main sous sa veste et tâta ses deux poches l'une après l'autre. Dans la droite, il y avait son portefeuille ; dans la gauche, des papiers pliés en quatre. Elle les prit, très vite, comme si le tissu du jean lui brûlait les doigts. Elle prit connaissance des feuillets.

— Il n'y a que ça ? demanda-t-elle.

Elle était sûre qu'il manquait des documents. Compte tenu de ce que son oncle avait dit, elle était certaine qu'il avait la preuve qu'elle était poursuivie et qu'il savait par qui.

— J'ai trouvé les papiers dans la boîte de café quand j'ai voulu préparer le petit déjeuner, expliqua-t-il. Tu étais sous la douche… c'est du moins ce que j'ai cru.

Il y avait une certaine tristesse dans sa voix.

— C'est ça ! Tu te figures peut-être que je vais croire ce que tu me racontes !

Qu'allait-elle faire de lui, maintenant ? Pourquoi pas l'enfermer dans le coffre de la Mustang ?

— Je ne te mens pas, Scout, insista-t-il en jetant un regard par-dessus son épaule. Je ne t'ai jamais menti.

Elle croisa son regard, ses beaux yeux bleus qui l'imploraient.

— Si tu ne m'as pas menti, comment expliques-tu qu'Alexon pointe le bout de son nez chaque fois que je suis avec toi ? Ils n'avaient aucun moyen de savoir que nous irions chez mon oncle. Sauf si tu leur as vendu la mèche.

Il secoua ses cheveux blonds. Blonds comme le sable chaud.

— Je n'ai eu aucun contact avec Alexon depuis que je t'ai retrouvée. C'est la pure vérité. Maintenant, libre à toi de me croire ou non.

— C'est ça ! rugit-elle. Comme par hasard, ils se sont pointés ce matin à 5 h 30 au moment même où je prenais la fuite.

Max tourna lentement la tête vers elle mais elle l'arrêta du canon de son arme. Refusant de céder, il garda le visage à demi tourné vers elle.

— Ce n'était pas Alexon, c'était ton copain, Gage.

Quand elle entendit le ton sur lequel il avait prononcé le nom de Gage, elle faillit éclater de rire. Mais l'heure était mal choisie. Une fois de plus, il lui mentait effrontément.

— Qu'est-ce que Gage serait venu faire chez mon oncle ? rétorqua-t-elle, regrettant aussitôt de lui avoir répliqué tant le mensonge était flagrant. Je ne l'ai pas…

Non, il ne méritait pas qu'elle poursuive. Ni qu'il sache qu'elle n'avait pas revu Gabe depuis des mois.

— C'était pourtant lui, l'interrompit Max, irrité. Il est arrivé en disant qu'il te cherchait. Quand tu t'es enfuie, on t'a suivie dans sa voiture.

Elle essaya de se souvenir de la voiture qu'avait Gage la dernière fois qu'elle l'avait vu. En pure perte. Cela faisait des mois qu'ils avaient mis un point final à leur relation, et quand il l'avait invitée à dîner, peu de temps après sa sortie de quarantaine, elle n'avait accepté que pour se sortir Max de la tête. Et puis elle ne l'avait plus revu.

— Je ne savais pas que vous étiez copains, dit Scout, soudain troublée par la coïncidence.

Bien sûr, Gage connaissait l'adresse de son oncle. Mais pourquoi, justement, avoir surgi ce jour-là ? Après tout ce temps ?

— Je te jure que nous ne sommes pas copains, répliqua Max d'un ton ferme.

Tout cela devenait trop compliqué, et elle n'avait pas de temps à perdre. Elle enfouit les feuilles de papier dans sa poche et, son 9 mm toujours à la main, se dirigea vers la Mustang.

— Donne-moi ton arme et monte dans le coffre.

Stupéfait, il se retourna si vivement qu'elle recula. A cet instant, elle se rappela qu'elle n'avait qu'une chaussure au pied.

— Je ne te donnerai pas mon revolver et je ne grimperai sûrement pas dans ton coffre.

Pourquoi les hommes ne prenaient-ils jamais au sérieux les ordres des femmes ?

— Tu as tort, Max.

Elle eut un petit rire. Comme pour le braver.

— Je suis armée. Pas toi.

Il jeta un coup d'œil au 9 mm qu'elle tenait, puis posa les yeux sur son visage. Un sourire mi-amusé mi-narquois relevait le coin de ses lèvres.

— Tu ne vas quand même pas me tirer dessus ?

Furieuse de ne pas être prise au sérieux, elle pointa son arme sur lui.

— Répète encore si tu l'oses, dit-elle.

Elle le tenait. Il était à sa merci. Mais elle ne l'avait jamais trouvé aussi séduisant.

— Baisse ton arme, Scout, répliqua-t-il. Je sais que tu ne tireras pas. Tu ne veux pas qu'on parle, plutôt ?

— Je n'ai que trop parlé avec toi.

D'un mouvement de tête, elle désigna la Mustang.

— Assez perdu de temps, dit-elle. Allons-y.

— Baisse ton arme.

Une voix, masculine, juste derrière elle. Et le canon, froid, d'une arme sur sa nuque.

— Sûrement pas, répliqua-t-elle.

De toute façon, elle ne risquait rien, puisque Alexon

avait besoin d'elle. Ils n'avaient sûrement pas donné l'ordre de la tuer.

Quelques secondes passèrent. Elle vit les deux hommes échanger un regard. A cet instant, une nausée lui souleva le cœur. Elle crut qu'elle allait vomir. La main sur la bouche, elle se détourna. Brusquement, un coup violent sur le bras lui fit lâcher son arme. Une seconde nausée lui tordit l'estomac. Le cœur à l'envers, elle courut se cacher derrière la voiture et là, pliée en deux, elle se laissa aller.

Max et l'autre homme parlaient mais, secouée de haut-le-cœur, elle ne pouvait intervenir. Le ventre vide, elle n'avait rien absorbé depuis la veille, et elle vomissait de la bile. Les spasmes se prolongèrent quelques minutes. Que n'aurait-elle donné pour un ou deux crackers… C'était affreux, ces nausées ! Cela faisait belle lurette qu'elles auraient dû disparaître.

— Ça va ? lui demanda Max qui approchait.

— A ton avis ? répondit-elle, agacée par l'absurdité de la question.

Avec une grimace, elle s'essuya les lèvres, essayant de faire abstraction du goût amer qu'elle avait dans la bouche. C'était fini pour elle, elle était piégée. Max n'était pas là pour l'aider. Elle ne réussirait jamais à faire arrêter l'assassin de son oncle.

Elle avait échoué.

— On devrait rentrer.

C'était l'autre homme qui avait parlé.

Scout regarda dans sa direction. Elle ne le connaissait pas. Il était grand, bronzé et trop beau pour être un sale type. Et pourtant… Max et lui étaient complices. Tous les deux, c'était sûr, étaient à la solde d'Alexon.

De la tête, Max désigna l'homme.

— C'est Simon Ruhl. De l'agence Colby.

S'il pensait la rassurer en lui présentant son complice, c'était mal joué.

— Alexon vous a engagé vous aussi ? dit-elle au personnage énigmatique qui scrutait son visage avec curiosité.

Le regard intéressé de Ruhl n'échappa pas à Max.

— Mademoiselle Jackson, dit l'inconnu d'une voix ténébreuse, il vaudrait mieux que nous entrions dans la maison pour parler.

La remarque ressemblait plus à un ordre qu'à une suggestion. Max s'approcha d'elle pour lui prendre le bras, mais elle se dégagea. Haussant les épaules, il la laissa passer devant lui.

— Je veux ma chaussure.

Max regarda ses pieds, l'air surpris.

— Que s'est-il passé ?

— Secret de fabrication.

Elle leur tourna le dos et se dirigea vers le coffre de la Mustang dont elle sortit sa chaussette et son soulier. Sans se presser, elle s'adossa à l'aile arrière et les passa sous le regard médusé des deux hommes.

Elle les rejoignit enfin. Ils prirent l'ascenseur ensemble et, au premier soubresaut de l'appareil, Scout sentit son cœur se soulever. Sa tête cognait et, c'était sûr, elle allait encore être malade. Ce n'était pas normal qu'elle soit si mal fichue.

« N'y pense pas, se dit-elle. Essaie de ne pas y penser. »

— Vous voulez voir un médecin, mademoiselle Jackson ? s'enquit Ruhl.

— Non, elle va bien, répondit Max, volant à son secours.

Les deux hommes échangèrent un regard. Max semblait mal à l'aise et son complice un peu perplexe. Pourquoi les futurs pères n'avaient-ils pas de nausées ? C'était injuste, pesta Scout intérieurement.

Quand les portes de l'ascenseur s'ouvrirent, Scout en sortit la première. Elle avait besoin de boire et de trouver les toilettes. C'était urgent.

— Je voudrais…

Elle n'eut pas besoin d'en dire plus, Max désigna le bout du couloir.

— Là-bas à gauche, dit-il.

Elle passa devant eux. Malgré l'épaisseur de la moquette qui étouffait le bruit de leurs pas et bien qu'elle ne se retournât pas, elle sentait qu'ils la suivaient. Pire, elle sentait le regard de Max posé sur elle. Il pouvait penser ce qu'il voulait. Si elle lui cachait la vérité, c'était au nom de son bébé. Puisqu'elle ne pouvait lui faire confiance pour sa vie, elle pouvait encore moins lui faire confiance pour celle de son enfant.

Une fois entrée dans les toilettes, elle ferma la porte derrière elle et s'y adossa. Les yeux fermés, elle attendit que sa tête cesse de tourner. Il fallait qu'elle avale quelque chose, au risque de le vomir ensuite. En outre, elle tombait de sommeil.

Elle fut saisie de tremblements et dut lutter pour refouler ses larmes. Elle en avait vu d'autres. Encore un coup des hormones ! Voir Max n'arrangeait rien. Elle qui croyait qu'il ne comptait plus pour elle… Elle savait maintenant qu'elle s'était trompée sur ses sentiments. Jamais elle ne l'oublierait. Même s'il la trahissait comme dix Judas réunis.

Elle se redressa et se passa de l'eau sur le visage. Puis but quelques gorgées. Elle attendit un peu pour vérifier qu'elle n'allait pas la rendre immédiatement. Le pire, se dit-elle, l'attendait de l'autre côté de la porte où le comparse de Max la guettait, prêt à l'assaillir d'un flot de questions.

Max patientait dans le couloir. Il se sentait nerveux et inquiet pour elle, même si ce n'était pas son enfant qu'elle portait. Mais on ne se refaisait pas ! Max, toujours compatissant. Enfin, pas tout à fait. Ce matin, en effet, nez à nez avec Gabe Kimble, il avait dû prendre sur lui pour ne pas le frapper.

Etait-elle toujours amoureuse de Gage ?

Dépité, il ferma les yeux et soupira. Qui elle aimait ou n'aimait pas ne le regardait plus. Apprendre qu'elle était enceinte aurait dû changer le regard qu'il portait sur elle. Bien au contraire, cette nouvelle avait renforcé son amour. C'était étrange d'être aussi troublé par un événement qui ne le concernait pas, puisque le bébé qu'elle attendait n'était pas de lui.

Et si Kimble avait abusé d'elle ?

— Et si tu étais un imbécile ? marmonna-t-il entre ses dents.

— Ça va ? lui dit Simon, quelque peu préoccupé par l'état de son collègue.

Max haussa les épaules.

— On a quelques points à tirer au clair avant de présenter notre rapport à Alexon.

Simon opina.

— Cooper est toujours à Houston ?

— Ouais. Il devait rentrer hier, mais je lui ai demandé de prolonger un peu.

« Parce que je croyais qu'on avait perdu Scout », pensa-t-il tout bas.

Mais Simon lisait dans la pensée des autres comme dans un livre ouvert. Quelque chose clochait, mais il était trop bien élevé pour insister. Ancien agent du F.B.I., il avait vite gravi les échelons chez Colby et, quand Yann Michael était absent, c'était lui qui prenait les rênes avec

Victoria. Il travaillait seul sur certains dossiers, ce qui ne l'empêchait pas d'avoir une réunion quotidienne avec Yann ou Victoria, ou les deux, où ils discutaient de l'avancement de ses enquêtes.

— Je crois que j'ai été bien inspiré de venir tôt au bureau ce matin, dit Simon.

— Oh ! On a eu un petit différend, c'est tout, laissa tomber Max du bout des lèvres.

A quoi bon entrer dans les détails ? Simon ne pouvait pas savoir le vif-argent qu'était Scout.

Simon secoua de nouveau la tête.

— Dis-moi si je peux t'aider.

— Je te le dirai.

Sur ces mots, il s'en alla. Max le regarda s'éloigner. Il y avait des hommes lisses comme des serpents et d'autres faciles à vivre. Ruhl était les deux à la fois. Il avait compris que Max ne lui disait pas tout, mais il savait aussi qu'il ferait son devoir.

C'était maintenant à Max de jouer. Il fallait qu'il ait une conversation à cœur ouvert avec Scout, s'il voulait mener à bien son enquête et faire un rapport en bonne et due forme à Alexon. Pour cela, il fallait reconquérir sa confiance.

A bout de patience, Max alla frapper à la porte. Justement elle sortait.

— Je suis prête, dit-elle. On peut y aller.

Max fronça les sourcils.

— Aller où ?

Qu'avait-elle encore inventé ?

Elle leva les yeux vers lui.

— Tu vas me livrer à Alexon, non ?

Elle haussa les épaules, résignée.

— Je sais que je ne peux pas gagner, alors fais ce que

tu as à faire. Je ne t'en voudrai pas. Je sais que tu ne fais que ton devoir. Enfin, ton travail.

Il allait répondre mais elle poursuivit.

— Si Alexon m'avait engagée, j'aurais fait la même chose.

Elle ne savait pas tout. Elle ne savait pas qu'il avait posé ses conditions à Alexon et qu'ils avaient accepté qu'il ne la ramène pas tout de suite.

— Viens, suis-moi, lui dit-il.

L'envie de la prendre par le bras et de l'entraîner jusqu'à son bureau le démangeait. Là, il l'aurait secouée mais il savait que, s'il la touchait, il était fichu : c'en serait fini de ce qui lui restait d'objectivité à son égard.

A regret, il se contenta de pivoter sur lui-même et de la précéder, la surveillant tout de même du coin de l'œil. Il la savait capable de lui fausser compagnie. Au fond, ils en étaient au même point : aucun ne faisait confiance à l'autre.

Il referma la porte derrière elle et lui fit signe de prendre une chaise. Droite comme un I sur son siège, presque hautaine, elle le fixa. Il détestait son air méprisant. Malgré son envie de faire les cent pas pour se détendre, il décida de s'asseoir. Puis il se ravisa, s'appuya contre le bureau et plongea son regard dans le sien. Il remplirait sa mission, il fallait qu'elle le sache.

— Commence par le commencement, lui dit-il sans préambule.

Le ton abrupt ne la surprit pas.

— Donne-moi tous les détails, reprit-il. Tous, tu m'entends, même ceux qui te paraissent insignifiants. Je veux savoir tout ce qui t'est arrivé entre l'instant où nous nous sommes séparés, il y a quatre mois, et le moment où nous nous sommes retrouvés au cimetière.

Il la vit verdir. Il l'avait déjà vue comme ça, entre autres quand elle avait couru se cacher derrière le 4x4.

— Si je ne mange rien, je vais vomir, prévint-elle.

Max ouvrait la bouche pour répondre quand il la vit bondir de sa chaise et se précipiter sur la corbeille à papier. Pliée en deux, secouée de hoquets qui semblaient douloureux, elle avait l'air de souffrir.

Après un petit moment, elle se redressa et lui adressa un sourire goguenard.

— Trop tard.

9

Max attendit patiemment que Scout ait fini ses crackers et son soda. Après son malaise, il l'avait installée dans le petit salon près de la réception et, pendant qu'elle avalait son en-cas, il avait téléphoné à Cooper pour lui demander de revenir de Chicago. Il risquait d'avoir besoin de lui ici.

C'était difficile, mais il faisait de son mieux pour ne pas ressasser qu'elle était enceinte de Kimble. Chaque fois qu'il les imaginait ensemble, il sentait la rage le gagner. C'était de la jalousie pure et simple, et la violence de cette émotion le surprenait. Depuis le début, il avait pensé que ce qu'ils avaient partagé, Scout et lui, était exceptionnel. Manifestement, il en allait tout autrement pour elle, sinon elle ne se serait pas jetée le jour même dans les bras d'un autre homme. Kimble ou un autre.

Max ferma les yeux et essaya de ne plus penser. Il devait se concentrer sur l'affaire et, peu importait de qui était l'enfant qu'elle portait, il devait l'aider.

— J'ai reçu un appel trois ou quatre semaines après notre sortie de quarantaine, expliqua-t-elle, rompant le silence qui s'était installé.

Elle se leva, prit la canette de soda et l'emballage de ses crackers et les jeta dans la poubelle. Sans se presser, comme si elle réfléchissait à ce qu'elle allait dire ensuite, elle alla se rasseoir.

— Pendant un mois environ, régulièrement, on venait me chercher pour m'emmener dans un laboratoire, ou quelqu'un venait chez moi pour me prélever du sang à des fins d'analyse. J'ai même pris l'avion pour venir ici une fois ou deux.

Une ride profonde lui barra le front.

Emu par sa soudaine fragilité, Max dut se raisonner pour ne pas poser la main sur sa joue et la caresser comme un bébé.

— Et tu les as laissés faire ? Sans rien demander ? s'étonna Max.

Cette docilité ne lui ressemblait pas. La femme qui s'était enfoncée dans la jungle et qu'il avait vue vivre en quarantaine était d'une autre trempe. Une rebelle.

Elle soupira, accablée.

— Je leur ai demandé à quoi cela servait et si c'était nécessaire, mais ils ont beaucoup insisté. C'était, paraît-il, la condition *sine qua non* pour que je reste en bonne santé.

Elle le regarda droit dans les yeux.

— D'ailleurs, ils m'ont dit qu'ils effectuaient sur toi les mêmes examens.

Perplexe, Max hocha la tête.

— Jusqu'à il y a quelques jours, je n'avais pas entendu parler d'Alexon après notre quarantaine.

— Bref, c'est ce qu'ils m'ont dit. Et puis, il y a deux mois environ, ils m'ont fait venir à Chicago sous le prétexte de réaliser des tests complémentaires. Ils m'ont même dit que tu serais là. Je me suis dit que j'en profiterais pour rendre visite à mon oncle et j'ai accepté.

Elle marqua une courte pause.

— En fait de tests, je me suis retrouvée séquestrée pendant six semaines. Quand, finalement, oncle Harold s'est rendu compte des agissements du laboratoire, il est venu à mon secours et m'a aidée à m'enfuir. C'est à ce moment-là qu'ils l'ont tué.

Comme chaque fois qu'il entendait ce récit, Max avait l'estomac noué. Si Alexon avait menti — mais c'était improbable —, Victoria l'aurait su.

— Tu as quand même réussi à leur échapper et à ne pas te faire prendre.

Elle acquiesça.

— Ils ne s'attendaient pas à ce que je me batte comme un homme.

Elle sourit.

— J'en ai mis deux au tapis en moins de temps qu'il n'en faut pour le dire. Quant aux autres, je n'en ai fait qu'une bouchée.

Son sourire s'évanouit soudain.

— En revanche, je n'ai pas réussi à attraper celui qui a tué mon oncle. Je serais incapable de le reconnaître car ils étaient tous vêtus de noir, masque compris. En revanche, sa voix et la façon dont il se déplaçait sont imprimées dans ma mémoire.

Elle chercha le regard de Max et ne le lâcha plus. Il remarqua un éclat féroce, presque dérangeant, dans ses yeux.

— Mais je le trouverai, poursuivit-elle. Je n'aurai de cesse de l'avoir débusqué.

Max n'en doutait pas. Il avait eu l'occasion de vérifier sa ténacité.

— Et ton ami ? s'enquit-il, prudemment. Où se trouvait-il pendant tout ce temps-là ?

Elle lui avait dit qu'ils avaient dîné ensemble une fois. Etait-ce ce dîner qui s'était terminé… au lit, et par cet enfant qu'elle attendait maintenant ?

A grand-peine, il réprima un nouvel accès de jalousie.

Elle regarda au loin, comme si ce qu'elle s'apprêtait à ajouter l'embarrassait.

— On s'est revus une seule fois, peu de temps après la sortie de la quarantaine.

Elle ramena son regard sur Max et fixa ses insondables yeux bleus.

— C'est tout… Juste une fois. Il ne s'est rien passé d'autre.

Quel message essayait-elle de lui faire passer ?

Piqué par la jalousie, il rétorqua d'un ton amer :

— Une fois ! Mais pas n'importe quelle fois !

Vexée — il pouvait le lire dans ses yeux —, elle rougit. Elle sortit de sa poche les feuilles qu'elle y avait rangées et les étala sur la table. Prenant son temps, elle lissa les plis et les lut avec attention.

— Ces documents prouvent qu'ils avaient l'intention de me voler mon bébé, déclara-t-elle en poussant les feuilles vers lui. Comment peux-tu encore croire qu'ils sont innocents ?

Max relut les pages avec soin. Elles confirmaient la grossesse de Scout, mentionnaient les résultats de ses analyses de sang et insistaient sur le fait que l'embryon devait être protégé coûte que coûte. En revanche, le document ne portait pas le logo d'Alexon. Nulle part n'était mentionnée la provenance des documents et rien ne permettait d'identifier l'auteur de ce rapport. Un groupe de l'envergure d'Alexon aurait-il commis l'erreur d'engager une agence de la réputation de Colby s'il s'était rendu coupable d'actes aussi répréhensibles que ceux dont Scout l'accusait ? Cela n'avait aucun sens. Un jour ou l'autre, ces agissements auraient été dénoncés. Pourquoi le laboratoire aurait-il éliminé son oncle pour lui organiser ensuite des funérailles quasi nationales ?

Max releva la tête. Attendant ses commentaires, Scout retenait son souffle. Allait-il la croire cette fois ? Et l'aider à faire condamner Alexon ?

— J'aimerais bien te croire, Scout.

Il fixa sur elle ses grands yeux bleus où elle lut toute la sincérité du monde.

— Mais rien ne permet d'attribuer ce document à Alexon, ajouta-t-il. Je ne dis pas qu'Alexon n'est pas impliqué à un niveau ou à un autre, mais nous ne pouvons pas prouver qu'ils en sont les instigateurs. C'est encore et toujours ta parole contre la leur.

Elle recula sa chaise dont les pieds grincèrent sur le marbre. Furieuse, elle se leva et le toisa.

— Bien entendu, ce n'est pas moi que tu crois. Alors pourquoi ne me ramènes-tu pas chez eux ? A quoi bon faire semblant de m'aider ? Va au bout de ta mission, qu'ils te paient au moins !

Elle ne parlait pas, elle criait.

— Et arrête de me faire marcher !

Elle se tut. Elle tremblait comme une feuille. De colère. De dépit. De déception.

Pourquoi avait-il fallu qu'il réapparaisse dans sa vie ? Elle pouvait continuer à faire semblant de ne pas vouloir de père pour son enfant. Elle pouvait continuer à se mentir et essayer de se convaincre qu'il lui était indifférent. Que leur liaison était née des circonstances et d'une attirance physique. Mais à quoi bon continuer à se mettre la tête dans le sable ?

Elle avait besoin de lui. Désespérément besoin de lui.

Et elle le désirait.

Mais il était son ennemi.

Lentement, il se leva et fit le tour de la table pour s'approcher d'elle. Il resta là un long moment, debout, si près qu'elle sentait sa chaleur. Puis il lui prit la main. Elle commença par résister, mais se laissa faire. Elle sentait son regard sur elle.

Il serra sa main, comme on tient les doigts d'un enfant et se mit à lui parler à voix basse.

— Scout, je ne te fais pas marcher. Je veux t'aider.

Il serra sa main si fort qu'elle en eut presque mal, mais son contact était bon et réconfortant.

— Je te promets de te protéger jusqu'à ce que cette affaire soit tirée au clair. Je te jure que je ne laisserai personne te faire de mal.

Elle leva les yeux vers lui.

— Et mon bébé ? demanda-t-elle, tremblante. Tu protégeras aussi mon bébé ?

— De ma vie, s'il le fallait, promit-il.

Elle savait qu'il était sincère. Max n'était pas homme à donner sa parole à la légère. Elle avait pu le vérifier quatre mois plus tôt. Il avait juré de les protéger, elle et son enfant. Entre eux, les choses n'étaient pas encore suffisamment aplanies, et tout était encore trop compliqué pour qu'elle lui dise la vérité mais, d'ici peu, s'ils continuaient sur cette voie, elle pourrait tout lui avouer.

Elle ressentit un immense soulagement. Pour la première fois dans sa vie d'adulte, elle acceptait de reconnaître qu'elle avait vraiment besoin de quelqu'un.

Et, pour l'heure, ce quelqu'un c'était Max.

— Comment allons-nous nous y prendre pour prouver que c'est Alexon qui est derrière tout ça ?

Max réfléchit un moment sans cesser de tenir sa main. Comme elle était rassurante, cette main qui la serrait si fort qu'elle lui broyait presque les doigts.

— L'agence a de nombreux courriers d'Alexon, puisque nous avons souvent travaillé pour eux dans le passé. Nos spécialistes ne devraient avoir aucun mal à déterminer si le papier, l'écriture et l'encre de ce document sont les mêmes que ceux qu'utilise habituellement Alexon.

— Est-ce à dire que tu me crois un peu ?

— A mon sens, répondit-il d'un ton docte, quelqu'un est déterminé à mettre la main sur toi et sur l'enfant que tu attends. Quant à savoir si Alexon te veut *vraiment* du bien, cela reste à prouver.

— Parfait. Voilà un bon début, répondit-elle avec un sourire. Mais en attendant, que faire ?

Il la regarda avec une tendresse qui la bouleversa.

— En attendant, on te trouve un lieu sûr où personne ne viendra te chercher. Tu as besoin de repos. Je serais plus tranquille aussi si tu consultais un médecin, juste pour nous assurer que tout va bien. Je te trouve très…

— Mais non, je vais bien.

Elle sourit.

— Merci de te soucier de moi.

Il fronça les sourcils.

— Comment as-tu pu…

Elle hocha la tête pour qu'il se taise. Cette conversation prenait un tour trop grave, trop dense. Elle ne se sentait pas d'attaque pour parler d'eux.

— On parlera de nous plus tard, lui dit-elle. Tu veux bien ?

A regret, il acquiesça. Elle avait trop peur qu'il dise ce qu'elle redoutait d'entendre.

— Que suggères-tu pour que nous sortions d'ici sans être suivis ? demanda-t-elle, préférant changer de sujet.

Max grimaça, ce qui lui donna un air que Scout trouva sexy.

— Si tu savais tout ce qu'on est capables de faire chez Colby ! plaisanta-t-il.

Debout devant la fenêtre du bureau de Max, Scout jouait pensivement avec son médaillon en regardant le parking. Il lui avait expliqué que l'endroit était sûr. En effet, ils se trouvaient au quatrième étage et personne ne pouvait les voir de l'extérieur, les vitres étant protégées par des écrans qui, en revanche, permettaient de voir dehors. Ni les rayons ultra-violets ni ceux du soleil ne pouvaient pénétrer.

Simon Ruhl, dans les vêtements de Max et une casquette de base-ball sur la tête, ainsi qu'un autre membre du staff de Colby, Nicole Reed Michael, qui portait les vêtements de Scout et un grand chapeau à large bord pour dissimuler son opulente chevelure, traversaient le parking en direction du 4x4 de Max.

Persuadée qu'elle allait voir surgir une voiture derrière eux, Scout observait la scène. Mais rien ne se passa. Yann Michael, le mari de Nicole et l'adjoint de Victoria Colby, et un autre collègue de Max, Ryan Braxton, devaient suivre le 4x4. Max lui avait dit qu'elle ne les verrait pas quitter le parking, Yann Michael étant trop bon pour se faire prendre en filature dès le départ.

Max l'avait aussi prévenue de ne pas s'attendre à une course-poursuite. Si quelqu'un les guettait, il s'agirait vraisemblablement d'une personne hautement entraînée.

— Tu es prête ? lui demanda-t-il.

Scout sentit sa chaleur se communiquer à elle. Il se tenait tout près d'elle et il semblait si fort qu'une envie de se blottir dans ses bras l'envahit brusquement. Elle prit sur elle. Cela aurait été une erreur. Elle devait rester concentrée. Sur ses gardes. Lui aussi. Tous deux étaient des professionnels chevronnés.

— Allons-y, dit-il.

Elle se tourna vers lui, mais il recula aussitôt, hésita comme si un aimant le retenait, puis se décida enfin.

L'itinéraire qu'ils avaient décidé de suivre empruntait le couloir. Max précédait Scout. Sa carrure impressionnante et sa démarche souple étaient mises en valeur par le costume sombre de Simon Ruhl qu'il avait enfilé. Scout, quant à elle, avait un chic indéniable dans l'ensemble pantalon de Nicole Reed.

Max salua les collaborateurs qui commençaient leur journée de travail, mais ne s'arrêta pas pour faire les présentations. Ce n'était pas le moment de traîner.

— Bonjour, Max, dit une belle voix derrière eux.

Scout tourna la tête. La femme, élégante et très chic, devait avoir une petite cinquantaine. Scout se dit qu'il devait s'agir du boss.

— Bonjour, Victoria.

— Je suppose que vous êtes Scout Jackson, ajouta la femme tandis que Max s'écartait pour la laisser passer.

Scout sourit. Spontanément, Victoria tendit la main.

— Bonjour, je suis Victoria Colby.

Scout tendit la main à son tour.

— Bonjour. Je suis heureuse de vous rencontrer.

— Je suis désolée de ce qui est arrivé à votre oncle, déclara Victoria. Je suis certaine qu'il souhaiterait que je mette tout en œuvre pour vous aider et je souhaiterais vous assurer que c'est le cas.

Scout songea d'abord que les propos de Victoria étaient purement formels, mais elle fut frappée par son regard et la sincérité de sa voix.

— Merci, madame. Je suis très sensible à votre attention.

Victoria se tourna vers Max.

— Sois prudent, Max.

— Comme toujours, Victoria.

Scout entra dans l'ascenseur.

— Son énergie me bluffe, déclara-t-elle à Max en parlant de Victoria.

— Tu en as autant à ton actif, répondit-il.

Scout adorait son métier de détective privé, mais son bureau de Houston était bien modeste comparé à l'agence Colby. Victoria avait dû donner beaucoup d'elle-même pour en arriver là.

Ils descendirent au niveau zéro, se dirigèrent vers l'autre extrémité du bâtiment dotée d'une issue de secours. Simon Ruhl avait pris soin de laisser son 4x4 garé le long du trottoir.

Max ouvrit la portière passager à Scout puis contourna le véhicule pour s'installer derrière le volant. Plus vite ils auraient quitté cet endroit, moins ils risqueraient d'être repérés par quelque espion tapi dans l'ombre.

— Tu crois que c'est O.K. ? demanda Scout que le visage anxieux de Max inquiétait.

— J'espère, mais on ne sait jamais. Il y a toujours un risque. Ils peuvent craindre un leurre. Pour plus de sûreté, je vais emprunter la route touristique.

Il avait démarré et roulait assez vite.

— Où allons-nous exactement ?

Un œil sur la route, l'autre dans le rétroviseur, Max redoublait de prudence.

— Dans une maison qui appartient à l'agence.

Devant son air étonné, il précisa :

— On la prête à nos visiteurs. Victoria s'en sert pour y recevoir des amis. Tu vois.

Il haussa les épaules.

— Il n'y a pas plus sûr. Tu verras, je suis certain qu'elle te plaira.

Elle parut satisfaite de sa réponse. Max connaissait cette résidence, et il était certain qu'elle l'aimerait.

Nichée dans la verdure en bordure d'un lac, la maison avait de faux airs de villa de Malibu. La propriété était entourée de hauts murs et l'entrée, deux grandes grilles en fer forgé, était gardée. La maison elle-même était un ravissement, raffinée et luxueuse, à l'image de sa propriétaire. Victoria Colby avait assurément le goût du beau.

La présence insistante d'une camionnette blanche derrière eux finit par inquiéter Max. Cela faisait un moment qu'elle avait débouché d'une rue, avant de tourner puis réapparaître de nouveau. Bien qu'elle n'ait aucun signe distinctif, Max était sûr qu'il s'agissait du même véhicule.

— Je crois qu'on va avoir un problème, annonça-t-il à Scout, l'œil rivé au rétroviseur.

En jurant, elle sortit son 9 mm du sac que Nicole lui avait prêté.

— Je fais encore trois cents mètres et on avise, dit Max.

Il était 9 heures du matin, un jour de semaine, de sorte qu'il n'était pas aberrant de penser que la camionnette appartenait à l'une des nombreuses sociétés de Chicago disposant de ce type de véhicules. Jusqu'à présent, le chauffeur n'avait montré aucun signe d'agressivité.

— Comment va-t-on faire pour se couvrir avec tout ce monde partout ? s'inquiéta Scout en voyant les piétons qui se bousculaient sur les trottoirs pour se rendre à leur travail.

— Tu as lu dans mes pensées, je vois, plaisanta Max en tournant au feu.

Peut-être était-ce parce qu'ils travaillaient dans le même domaine… ou, simplement, parce que c'était comme ça. Quoi qu'il en soit, elle pensait très souvent comme lui.

Quelques feux et de longues minutes plus tard, la camionnette blanche les suivait toujours. Max jura tout bas. Il était temps de mettre de l'asphalte entre eux.

Soucieux de s'éloigner du centre-ville, il appuya sur

l'accélérateur. Il connaissait une zone moins fréquentée où les virages seraient plus difficiles à négocier pour un chauffeur moyennement expérimenté.

Un premier tir sur la vitre l'incita à accélérer encore. Simon allait apprécier de retrouver son rétroviseur extérieur explosé. Max riposta en braquant soudain à gauche.

Scout se cala dans son siège, abaissa sa vitre et se prépara à tirer.

— Baisse la tête, lui ordonna Max comme il tournait brusquement à droite.

— Je ne peux pas riposter si je baisse la tête ! rétorqua Scout en tirant deux coups.

La camionnette fit quelques zigzags sans réduire sa vitesse.

Max tenta alors une manœuvre osée, mais son poursuivant était un conducteur chevronné qui ne céda pas un mètre de terrain.

Trois coups de feu sifflèrent. Au troisième, Scout poussa un cri de douleur. Elle était touchée au bras et du sang maculait le chemisier de soie blanche qu'elle avait emprunté à Nicole.

— Baisse-toi ! hurla Max.

Fou de rage, il écrasa l'accélérateur. Le 4x4 bondit. Virage à gauche, puis encore à gauche et une nouvelle fois à gauche. Le van blanc le suivait toujours.

Sur son siège, Scout s'efforçait d'arrêter l'hémorragie.

Crispé, Max se demandait comment semer son poursuivant. Il ne restait qu'une solution pour se débarrasser de lui. Il s'engouffra à pleine vitesse sur Michigan Avenue.

Le hurlement des sirènes fit le reste.

La camionnette pila, tourna à gauche et disparut. Max arrêta le 4x4 au milieu de la rue et tira le frein à main.

— Je t'emmène à l'hôpital, dit-il, très inquiet. Laisse-moi faire ça pour toi.

Il avait à peine fini sa phrase que sa portière s'ouvrait, le canon d'un revolver pointé sur lui.

— Je vous demande de sortir, ordonna le policier.

Les mains levées au-dessus de la tête, Max obtempéra. Il allait expliquer. Etant donné la notoriété de l'agence Colby et celle de Victoria comme membre du Chicago Police Department, cela ne prendrait que quelques minutes, mais il fallait que l'autre policier appelle du renfort. D'urgence.

Scout, ses grands yeux gris agrandis par la douleur, regarda Max. Le policier le fouillait. Il dut sentir qu'elle l'observait car il se retourna. Elle avait dans les yeux tant de détresse et, en même temps, tant d'espoir, qu'il se jura de ne jamais l'abandonner.

Il fallait qu'elle comprenne qu'elle n'avait rien à craindre. Il était là et tout allait bien se passer.

Max arpentait le couloir des urgences où un médecin examinait Scout. Victoria, prévenue, avait pris elle-même la situation en main. Les secours avaient emmené Scout à l'hôpital. Plus tard, c'était les policiers eux-mêmes qui y avaient conduit Max. Entre-temps, un enquêteur de l'agence Colby avait été dépêché sur les lieux pour prendre la déposition de Max. Son rapport viendrait augmenter la pile déjà haute qu'il devait avoir sur son bureau.

Yann et Simon avaient accouru aussitôt pour s'assurer que Scout et Max allaient aussi bien que possible. Ils avaient laissé le 4x4 de Max dans un parking de fortune. Simon n'avait posé aucune question sur l'état de son véhicule. Quant à Max, il était trop inquiet pour Scout pour se soucier d'une voiture. Réflexion faite, il était à peu près certain maintenant que le 4x4 devait avoir reçu une bonne dizaine d'impacts. Il y avait fort à parier que Simon mettrait sans doute moins d'empressement à lui prêter sa voiture dorénavant.

Mais seuls importaient pour Max Scout et son bébé. Sa blessure n'était pas grave au point de mettre ses jours en danger, même si elle avait perdu beaucoup de sang.

Scout était restée très calme. Dans l'ambulance, elle lui avait semblé particulièrement fragile. En y repensant, il sentit son cœur se serrer.

Il était censé la protéger. Avait juré qu'il le ferait. Et voilà où il en était.

Max se passa la main dans les cheveux et ferma les yeux. Il devait se calmer. Il ne fallait surtout pas que Scout se rende compte de son agitation. N'était-il pas supposé veiller sur sa sécurité ?

Assise au bord de la table d'examen, Scout regardait l'urgentiste opérer. Il finissait de suturer la plaie et elle n'avait pas flanché. La douleur semblait supportable et la blessure était superficielle. Enfin… façon de parler ! Car la balle s'était logée entre le derme et le muscle. Une fois la plaie cicatrisée, on lui enlèverait les points et il n'y paraîtrait plus. Juste une balafre… comme les cow-boys ! N'empêche qu'elle tremblait encore, ce qui d'ailleurs l'agaçait au plus haut point.

Elle allait bien.

Le bébé allait bien.

Mais ils l'avaient échappé belle.

Elle préférait ne pas penser à ce qui se serait passé si elle avait été grièvement blessée.

Et si Max s'était fait tuer ?

Elle ferma les yeux, essayant de recouvrer son calme. D'ordinaire, elle était forte. Elle l'avait toujours été.

Elle allait tout dire à Max, lui révéler la vérité.

Dire qu'il aurait pu mourir aujourd'hui sans même savoir qu'elle attendait un enfant de lui. Toute sa vie, elle s'en serait voulu. Elle avait eu tort de ne rien lui dire.

Il avait le droit de savoir.

Elle devait être honnête avec lui. Elle lui devait bien ça. Elle le devait aussi au bébé qu'elle portait dans son ventre.

Une infirmière entra, suivie de Max.

— Regardez qui j'ai trouvé en train de faire les cent pas dans le couloir ! s'exclama-t-elle d'un ton enjoué. Votre mari ! Il se faisait un sang d'encre.

L'infirmière tapota la jambe de Scout.

— Je l'ai autorisé à entrer et à vous tenir la main.

Son mari…

Evidemment, l'infirmière ignorait la nature de leurs rapports.

Scout regarda Max et se sentit fondre. Il était bouleversé. L'épreuve qu'ils venaient de traverser l'avait déstabilisé. Incapable de contenir son émotion, il ne cherchait même pas à cacher la profondeur des sentiments qu'il éprouvait pour elle.

Et elle l'avait laissé croire un mensonge. C'était elle le monstre !

Saurait-il lui pardonner ?

Aurait-elle le courage de lui dire la vérité au risque de le perdre définitivement ?

10

Les vaguelettes qui venaient mourir sur le rivage donnaient envie à Scout de s'asseoir sur le ponton et de tremper le bout de ses pieds dans l'eau. Des arbres aux couleurs éclatantes — c'était l'automne — ceinturaient la propriété. Elle se sentait en sécurité ici, d'autant plus qu'un mur invisible, de près de trois mètres de haut mais caché dans les frondaisons, s'élevait tout autour du parc. Des pelouses rases, vertes comme des collines irlandaises, entouraient la maison.

Max et elle entrèrent dans la maison, une bâtisse imposante, résolument contemporaine.

— Oh ! s'extasia Scout. C'est superbe !

— Spectaculaire, enchaîna Max, aussi admiratif qu'elle.

Il laissa tomber à terre le sac de Scout et s'approcha d'elle.

— Chaque fois que je viens ici, je ressens le même émerveillement. Je crois que je ne m'en lasserai jamais.

Scout avança dans le hall d'entrée. Ses chaussures couinaient sur le marbre poli. Elle entendit les *bip* de l'alarme que Max désarmait. Cette maison était une forteresse. Ici, ils seraient en sécurité.

Elle se retourna lentement pour embrasser du regard toute la pièce. Elle se serait bien vue vivant dans une maison comme celle-là.

Soudain, son estomac se mit à gargouiller.

— Y a-t-il un restaurant dans le coin ? demanda-t-elle à Max.

Il s'avança vers elle, les mains dans les poches du pantalon qu'on lui avait prêté, sa chemise bleu pâle entrouverte et tachée de son sang. Il était mal rasé, mais cette barbe naissante ajoutait à sa séduction une note sauvage.

— Je ne pense pas que ce soit très indiqué, lui dit-il. En revanche, je sais qu'il y a tout ce qu'il faut dans la cuisine. Victoria a chargé quelqu'un d'y veiller dès qu'il a été décidé que nous viendrions ici. Tu as faim ?

Elle fit oui de la tête.

Elle était affamée, mais la faim qui la taraudait était d'une autre nature. Elle avait faim de sa peau, de ses lèvres, de son corps, ce corps que ses mains avaient exploré comme une terre nouvelle… Elle se rappela alors le regard qu'il avait posé sur elle quand il était entré dans la salle des urgences.

Etait-il possible qu'elle se soit trompée sur lui ? Le temps qu'ils avaient passé ensemble semblait l'avoir touché autant qu'elle mais, alors, pourquoi ne lui avait-il pas téléphoné ?

— Je meurs de faim ! s'exclama-t-elle.

Elle sentait qu'elle risquait à tout moment de dire des mots qu'elle regretterait peut-être. La situation était trop grave pour s'égarer dans les méandres des sentiments. La vie de son bébé dépendait d'eux, de ce qu'ils allaient faire. Ce n'était pas le moment de se laisser happer par le magnétisme d'un homme.

— Alors, suis-moi.

Elle le suivit dans la maison, soufflée par tant de beauté. Meubles, tableaux, tapisseries, tout était splendide. Tout avait été pensé dans les moindres détails.

— Cette demeure était-elle habitée avant ou n'a-t-elle toujours été destinée qu'à vos invités ?

Il ne répondit pas. Lui emboîtant le pas, elle entra dans la cuisine et s'arrêta, médusée. La cuisine aurait pu contenir son appartement tout entier ! Comptoirs en pierre de lave, placards en acajou, vue imprenable sur le lac par une immense baie vitrée, ce n'était peut-être pas la pièce la plus luxueuse de la maison, mais c'était certainement l'une des plus agréables.

— C'est somptueux ! s'exclama-t-elle.

— Ce n'est qu'une cuisine, la taquina Max.

Il se dirigea vers le réfrigérateur, un placard à lui tout seul, et l'ouvrit.

— Que dirais-tu d'une salade ?

— Que c'est une bonne idée.

Elle était trop intéressée par l'allure de cette maison pour se préoccuper de ce qu'elle allait manger.

Accrochée au mur, brillait une batterie de casseroles de cuivre rutilantes. Non loin, une étagère à épices. Des bocaux, des pièces de formes anciennes… Elle regardait tout, s'extasiait. Son enthousiasme faisait plaisir à voir.

— Victoria a vécu ici à une certaine époque, répondit Max avec un peu de retard.

Scout s'installa sur un des tabourets devant le comptoir. Elle eut un mouvement de surprise en croisant les bras : elle avait oublié qu'elle portait la veste du costume que Max avait empruntée à Simon. A l'hôpital, l'infirmière lui avait enlevé son chemisier de soie blanche qu'elle avait d'ailleurs dû couper. Max lui avait prêté sa veste, qui était naturellement trop large pour elle, mais qui allait avec le pantalon bleu marine emprunté à Nicole. La veste comme le pantalon avaient quelque peu souffert des événements de la journée.

Pendant que Max s'affairait devant l'évier pour préparer la salade, Scout continuait d'admirer la vue, magnifique, qu'elle découvrait depuis les baies vitrées. Max avait raison, l'endroit évoquait la Californie. Des photos de plage et de surfeurs passèrent devant ses yeux. Max aussi était bronzé… A ce souvenir, un brusque coup de chaud lui fit monter le rouge aux joues et elle sourit. L'idée de faire l'amour l'avait souvent effleurée ces derniers temps, mais elle avait tout fait pour garder ses distances avec Max, allant même jusqu'à le chasser de ses pensées quand, trop souvent à son goût, l'envie de son corps, nu et chaud contre elle, la prenait.

— Allons nous asseoir là-bas, proposa-t-il.

Le plateau du déjeuner dans les mains, il alla s'installer devant la baie vitrée, pour qu'ils jouissent pleinement de la vue sur le lac.

— Que veux-tu boire ? Un jus de fruit ? Un soda ?

En temps normal, le champagne devait couler à flots dans ce genre d'endroit. Il avait dû prévenir la personne chargée des courses qu'elle était enceinte et ne boirait pas de vin.

— Un jus de fruit, s'il te plaît.

Il retraversa la pièce pour aller la servir et, deux minutes plus tard, revenait avec deux verres de jus de raisin. Scout adorait cette boisson et, depuis deux mois, ne cessait d'en avoir envie. Des envies de femme enceinte !

— Pourquoi Victoria n'habite-t-elle plus ici ? demanda-t-elle entre deux bouchées de pain.

Perdu dans ses pensées, Max ne répondit pas. Etonnée par son silence, Scout réitéra sa question.

Il sursauta.

— Pourquoi ? Heu… Elle vivait ici avec son mari et son fils mais…

Il leva les yeux de son assiette. Il semblait sortir d'un mauvais rêve.

— Son fils a disparu quand ils habitaient ici, et on ne l'a jamais retrouvé.

Il s'éclaircit la voix et se cala sur sa chaise.

— Quant à son mari, il a été assassiné quelques années plus tard.

Un silence pesant s'abattit aussitôt. Le cœur serré, Scout sentit une vague de tristesse la parcourir. Comme il devait être affreux de perdre un enfant ! Et ensuite un mari. Comment pouvait-on survivre après de telles épreuves ?

Le respect que, d'emblée, Victoria lui avait inspiré s'en trouva renforcé. Après de si terribles épreuves, elle avait eu le courage de continuer. Aujourd'hui, elle se trouvait à la tête de la plus prestigieuse agence de détectives privés de Chicago…

« J'en aurais été incapable, se dit Scout. Jamais je n'aurais trouvé en moi assez de ressources pour continuer. »

— Bref, enchaîna Max, brisant le silence, elle n'a jamais remis les pieds ici. Alors elle en a fait une maison d'amis, c'était mieux que de la laisser à l'abandon.

Scout, perdue dans ses pensées, fixait son assiette.

— Tu rêves ? l'interpella Max.

— Non, je réfléchissais à Victoria. Pourquoi n'a-t-elle pas vendu la maison ? A sa place, je crois que j'aurais préféré faire table rase du passé.

Deux yeux bleus, d'un bleu profond comme la mer, se posèrent sur elle.

— Son fils n'avait que sept ans. On dit que quand un enfant qui a été kidnappé grandit, il réussit parfois à retrouver la route de chez lui.

De nouveau, Max se racla la gorge. Trop d'émotions se bousculaient en lui.

— C'est uniquement pour cette raison qu'elle l'a gardée… au cas où il reviendrait. L'espoir.

De nouveau, une chape de silence s'abattit sur eux.

De sa fourchette, Scout piquait la nourriture dans son assiette, mais elle n'avait plus faim. Il fallait pourtant le nourrir, ce bébé qui grandissait en elle.

Subitement, alors qu'elle n'y avait encore jamais songé, toutes les questions concernant l'avenir se mirent à se télescoper dans sa tête. Que ferait-elle de son bébé quand elle partirait en mission ? Comment s'organiserait-elle lorsqu'il serait malade, alors qu'elle n'avait personne pour la remplacer au bureau ? Quelle folle elle avait été de s'imaginer qu'elle pourrait se débrouiller seule !

Démoralisée, elle jeta un regard à Max. Il avait terminé et fixait son assiette, l'air un peu perdu. C'était peut-être le moment de lui parler ? De tout lui avouer. Quitte à…

— Max ?

— Oui ?

De nouveau, un court silence s'installa.

— Oui ? répéta-t-il.

Elle secoua la tête.

— Non, toi d'abord.

Les secondes semblèrent s'éterniser. Il finit par lever les yeux.

— Je te jure que je t'ai téléphoné.

Il haussa les épaules.

— Tu connais la suite… Tu ne m'as jamais rappelé.

Il avait téléphoné ? Elle n'avait jamais reçu les messages.

— J'ai laissé deux messages, insista-t-il. C'était quelques jours, peut-être une semaine après notre sortie de quarantaine.

Elle fronça les sourcils. Pourquoi n'en avait-elle eu aucune trace sur son répondeur ?

Un incident, survenu peu de temps après son retour chez elle, lui revint alors à la mémoire.

— Est-ce que, par hasard…

Elle réfléchit, reprit.

— Quelque temps après mon retour, environ une semaine après, quelqu'un s'est introduit chez moi.

Elle se tut, comme si tout s'éclairait brusquement.

— On m'a volé mon téléviseur, mon lecteur de DVD, mon téléphone et mon lecteur de CD.

— Tu n'as donc jamais su que je t'avais appelée.

Il la regarda, hésitant.

— Non. Je croyais que tu…

Et puis non, c'était trop bête. Elle n'allait pas lui dire qu'elle en avait déduit qu'elle ne l'intéressait pas. Le lui dire, c'était lui avouer que… qu'elle était toujours…

La conversation retomba.

Ils se regardèrent, se demandant ce que pensait l'autre. Ce qu'attendait l'autre.

Mieux valait pourtant ne rien espérer. Il ne lui avait rien promis, ne lui avait même pas dit qu'il tenait à elle. Et comme elle ne voulait pas souffrir…

Tandis qu'elle se perdait dans le dédale de ses réflexions, Max cherchait les mots justes. Existaient-ils ces mots, des mots assez forts pour traduire ses sentiments ?

Elle se leva, prit son assiette et son verre et lui sourit.

— Je sais que ce n'est pas l'heure, mais je vais aller prendre une douche et me reposer.

Il jeta un coup d'œil à sa montre. 2 heures.

— A condition que tu estimes que l'on peut baisser la garde, ajouta-t-elle après une petite hésitation.

— Bonne idée. Prends la chambre que tu veux. Je surveille la maison. Ici, de toute façon, il n'y a pas de danger.

Il la regarda s'éloigner, regrettant une fois de plus de ne pouvoir l'accompagner. Mais elle avait sûrement d'autres soucis en tête.

Tant que l'affaire Alexon ne serait pas tirée au clair, il se contenterait de relations purement professionnelles.

Quand Scout émergea de la douche, Max avait depuis longtemps déposé son bagage dans sa chambre. Elle avait choisi la suite parentale, la plus grande et la plus luxueuse des chambres, celle qui cadrait le mieux avec la classe de Victoria Colby.

Sans se presser, Scout se sécha les cheveux, vérifia qu'elle n'avait pas mouillé son pansement et, après avoir passé un T-shirt propre, se glissa dans le lit. La couverture, les draps étaient des merveilles de douceur. Autant qu'elle s'en souvienne, elle n'avait jamais dormi dans un lit aussi confortable.

Une nouvelle fois, elle se reprocha de ne pas avoir parlé à Max quand le moment s'était présenté.

Quand il lui avait juré avoir téléphoné, elle avait repris espoir. Elle ne pouvait s'empêcher de voir dans cet aveu — et dans certains de ses regards — un signe d'espoir. Peut-être éprouvait-il pour elle des sentiments profonds ?

Le sommeil commença à l'engourdir.

Elle ne lui avait rien dit concernant le bébé. Elle préférait savoir ce que ressentait Max à son égard avant de lui en parler. Elle ne voulait surtout pas qu'il revienne vers elle parce qu'elle attendait un enfant de lui. Elle ne voulait pas d'une union sans amour.

Les paupières de plus en plus lourdes, elle sentit le sommeil la gagner. Les choses étaient peut-être beaucoup plus simples. S'il ne l'aimait pas corps et âme, un mariage ne tiendrait jamais. Son métier lui avait permis de mesurer les conséquences d'unions sans amour. Que de maris et de femmes elle avait pris en filature, engagée par l'autre partie pour débusquer les tricheurs, les menteurs, les trompeurs ! Quand les partenaires s'octroyaient des écarts de conduite, le mariage pouvait virer au cauchemar. Elle ne voulait pas de ces accommodements-là. Les infidèles et les inconstants étaient priés d'aller chasser sur d'autres terres !

Quand Scout se réveilla, la chambre était plongée dans le noir. L'esprit confus, elle resta quelques instants immobile dans son lit.

Il lui fallut quelques instants pour reprendre ses esprits. Elle s'était allongée pour faire une sieste et avait en fait sombré dans un sommeil profond.

Stupéfaite, elle vit au réveil qu'il était 8 heures.

Elle sauta du lit.

Machinalement, elle posa la main sur son ventre et sourit. Bientôt, elle sentirait son bébé bouger. Tout émue, elle se demanda si ce serait une fille ou un garçon. Quel prénom lui donnerait-elle ? L'image de Max flotta devant ses yeux. Il aurait son mot à dire. A moins que, vexé qu'elle lui ait menti, il ne lui tourne le dos. Mais il n'était pas homme à abandonner son enfant.

Elle enfila le jean qu'elle avait emporté dans son bagage et passa par la salle bains avant de descendre. Elle recommençait à avoir faim.

Elle hocha la tête.

Quand elle ne vomissait pas, elle dévorait. Une vraie machine… qui d'ailleurs aurait bien dévoré Max… Elle était infernale ! Cette pensée virait à l'obsession.

A l'étage, le couloir était éclairé par des appliques en forme de coquillage fixées dans des niches. L'escalier dessinait une courbe gracieuse contre le mur. Les pampilles du lustre de cristal suspendu au plafond, au centre de la montée, lançaient des éclats de lumière multicolores sur le marbre blanc.

Cette maison avait beau être sublime, Scout ressentait une profonde tristesse à la pensée des tragédies qui s'y étaient déroulées et avaient frappé de plein fouet la propriétaire des lieux.

Elle traversa le hall — pieds nus, le marbre lui sembla très froid — et approcha du salon, gigantesque, où se trouvait sûrement Max puisqu'elle entendait des bruits de voix qui devaient provenir de la télévision.

Le seuil à peine franchi, elle s'arrêta, interdite. Un homme brun, debout devant le canapé, regardait dans sa direction, comme s'il l'avait entendue approcher.

— Ah ! Mademoiselle Jackson, bonjour !

Elle le vit soupirer, soulagé.

— Je suis Cooper. Douglas Cooper.

Elle remarqua qu'il s'était préparé à dégainer.

Elle esquissa un sourire.

— Comment va Donna ?

— Votre assistante ?

Donna avait dû être aux anges de passer un moment en compagnie de ce beau gosse, songea Scout.

— Mlle England va bien, répondit-il d'un ton faussement dégagé.

— Quand l'avez-vous vue ?

Mais une autre question s'imposa à elle.

— Où est Max ?

S'il lui avait faussé compagnie et avait décidé d'agir sans elle, elle allait lui…

— Je lui ai conseillé d'aller se reposer pendant que vous en faisiez autant.

Douglas haussa ses larges épaules d'athlète.

— Il ne voulait pas, mais j'ai insisté.

Ah, ces hommes ! Il fallait toujours qu'ils jouent les durs, surtout devant d'autres hommes.

— C'est bien. Je vais me chercher quelque chose à manger. Vous avez faim ?

Il contourna le canapé.

— Je veux bien un café. Je peux vous accompagner ?

— Bien sûr ! C'est le contraire qui m'offenserait.

De nouveau, un sourire. Dix mille watts. C'était miraculeux que Donna l'ait laissé quitter Houston.

A peine entrée dans la cuisine, elle se jeta sur le réfrigérateur et fourragea dedans. Il y avait tout ce qu'il fallait pour faire un sandwich, qu'elle prépara sans plus attendre. Affamée, elle n'en fit que quelques bouchées. Cela faisait longtemps qu'elle n'avait pas éprouvé tant de plaisir à manger. Si elle continuait sur ce rythme, elle serait énorme au bout des neuf mois.

— D'habitude, je n'ai pas un tel appétit, se sentit-elle obligée d'expliquer.

— Ne vous excusez pas. J'aime les femmes qui ont bon appétit, la rassura Douglas. Elles ont généralement un caractère dont sont dépourvues celles qui picorent.

Scout repoussa son assiette vide et s'étira.

— J'ai une question à vous poser, Doug.

— Allez-y.

Il la regardait d'un air franchement amusé. Manifestement, il appréciait la compagnie des femmes.

Comme à son habitude, elle se montra directe.

— Je me demande pourquoi un homme qui dispose d'une fortune comme la vôtre s'amuse à jouer les détectives privés ?

Il réfléchit quelques instants. Si le ton direct de la question lui avait déplu, il n'en laissa rien paraître.

— Je ne vous vexe pas, j'espère ? ajouta-t-elle très vite. Je ne mets pas en doute vos talents de détective. Je suis simplement curieuse.

— Je ne le prends pas mal, s'empressa-t-il de répondre. C'est Max qui vous a raconté ça ?

Elle eut envie de rire. Max ne lui avait rien dit du tout.

— Cela se voit comme le nez au milieu du visage, mon cher, répondit-elle du tac-au-tac. Je n'ai pas eu besoin qu'on me le dise.

Cette fois, elle éclata d'un rire franc.

— Votre façon de parler, de vous habiller, de vous tenir, c'est signé ! Cela me plaît, ne me faites pas dire ce que je n'ai pas dit, mais vous ne passez pas inaperçu.

Il lui rendit son regard direct.

— Je voulais m'engager davantage. Risquer l'argent des autres pour gagner sa vie n'est pas aussi excitant que risquer sa vie pour les autres. Je préfère, néanmoins, garder mes origines secrètes.

Elle opina. Elle savait exactement ce qu'il voulait dire.

— Je comprends.

Elle se leva et desservit. Elle voulait savoir ce que faisait Max, s'il se reposait toujours et s'il avait réfléchi à la suite.

Avant de sortir de la cuisine, elle s'arrêta près de Douglas et posa la main sur son épaule.

— Faites-moi plaisir, dit-elle. Si vous tenez à taire vos origines, retirez votre Rolex et achetez vos vêtements en prêt-à-porter. Vous passerez davantage inaperçu.

Elle sourit en voyant son expression. Elle lui tapota l'épaule.

— On dirait que vous êtes surpris ?

Son étonnement s'accentua plus encore.

— Et essayez de vous montrer moins bien élevé. Les mauvais garçons sont moins policés que vous.

Sans un mot de plus, elle quitta la cuisine. Elle se dirigea vers l'escalier et monta à l'étage. Un coup d'œil à droite, un coup d'œil à gauche. Il y avait bien sept ou huit chambres. Quelle était celle que Max avait choisie ? Elle allait commencer par celles de droite.

En fait, il avait opté pour la chambre juste en face de la sienne. Elle aurait dû se douter qu'il ne s'éloignerait pas d'elle. La porte était ouverte, aussi s'arrêta-t-elle pour y jeter un coup d'œil. Dans la pénombre, elle distingua une forme étendue sur le lit.

Elle s'apprêtait à entrer quand il s'adressa à elle.

— Que se passe-t-il ?

Il alluma la lampe de chevet et se redressa dans son lit. Il avait ôté sa chemise tachée de sang — sa poitrine était nue — mais il avait gardé son pantalon. Troublée par sa semi-nudité, elle recula.

— Rien. Tout va bien.

Reprenant ses esprits, elle s'avança vers le lit et s'assit près de lui. Mon Dieu, comme elle avait du mal à paraître naturelle.

— Je voulais voir avec toi ce que nous allions faire maintenant, expliqua-t-elle.

Elle avait eu le temps de se reposer et, l'esprit clair, elle songeait à l'enquête. Si les résultats de l'analyse des documents qui avaient été retrouvés chez son oncle Harold ne cadraient pas avec les éléments qu'ils avaient chez Alexon, Max et elle allaient devoir trouver une autre piste pour prouver les accusations qu'elle portait contre le laboratoire.

Max posa son regard sur elle. Il avait les cheveux tout emmêlés et sa barbe, un peu rousse, commençait à pointer. Il était terriblement sexy.

— J'ai l'intention de jouer franc jeu avec Alexon. Je vais leur poser directement la question de confiance, déclara-t-il.

Elle écarquilla les yeux, incrédule.

— Mais si…

— Il n'y a pas de *mais*. Je vais leur exposer les faits, les yeux dans les yeux et je verrai leur réaction. Je l'analyserai ensuite. Et je prendrai ma décision.

Elle savait ce qu'il voulait dire.

A ce moment-là, il saurait qui, de la direction d'Alexon ou d'elle, mentait.

11

Scout arpentait le salon comme un lion en cage. Max l'observait. Malgré son impatience et sa colère, ses mouvements restaient souples et féminins. Elle n'aimait pas son idée. Elle y était même franchement hostile.

— Que veux-tu qu'ils te disent ? insista-t-elle. Tu vas juste réussir à les mettre sur ma piste. Tu te doutes bien qu'ils vont en profiter pour te faire suivre. Je suis prête à le parier.

Elle enroula une grosse mèche de cheveux derrière son oreille puis se croisa les bras.

— Je pense que tu devrais revoir ta stratégie.

Elle avait beau lui montrer qu'elle doutait de lui, il ne put s'empêcher de sourire. Elle avait une façon absolument adorable de pencher la tête quand elle était en colère. Dans ces moments-là, il la trouvait encore plus attendrissante, malgré le regard dur qu'elle portait parfois sur lui.

— Ça n'a rien de drôle, tu sais, grogna-t-elle, le voyant sourire.

Elle s'adressa alors à Cooper.

— Qu'en dites-vous ?

Max se tenait debout dans l'embrasure de la porte, visiblement trop nerveux pour rester assis. A l'opposé, Cooper était nonchalamment installé sur le canapé, apparemment détendu. Le contraste était saisissant.

— Je suis d'accord avec Max. Je crois que nous n'avons pas d'autre solution, déclara enfin Cooper.

— Mais…, protesta Scout.

Cooper leva la main pour la faire taire.

— Ecoutez-moi.

Vexée d'être rabrouée, elle haussa les épaules mais se tut.

— Nous sommes dans une impasse. Il faut absolument susciter une réaction de leur part.

Elle fixa le plancher un long moment.

— Je ne les conduirai pas ici, promit Max. Cela, je peux te le jurer.

Elle recommença à arpenter la pièce en jouant avec le médaillon qui ne la quittait jamais. Il devait avoir une grande valeur affective. En tout cas, représenter quelque chose d'important. En quarantaine, on le lui avait confisqué avec le reste de ses affaires. A leur sortie, quand elle l'avait récupéré, il s'était dit qu'elle semblait presque plus heureuse de retrouver son médaillon que d'être libre.

Elle s'arrêta brusquement et le fixa. Ses yeux gris avaient viré au noir.

— D'accord. Mais ce que je souhaite, c'est que tout se termine vite.

Elle se dirigea vers la porte sans lui jeter un regard.

Max ferma les yeux et hocha la tête. Que pouvait-il faire de plus pour lui prouver son honnêteté ? C'était entendu, Alexon avait engagé les services de l'agence Colby, mais Max n'obéissait qu'à une seule règle, à savoir faire éclater la vérité. Si la direction d'Alexon avait commis des actes répréhensibles et pensait s'en sortir par un tour de passe-passe de l'agence Colby, elle faisait fausse route.

Arrivée sur le seuil, elle s'arrêta.

— Faites ce que vous avez à faire.

Cooper se leva, l'air entendu.

— Je vais lui parler. Ne t'inquiète pas, ça va aller.

Max se raidit. Il s'était trop investi, personnellement, dans cette affaire et il avait eu tort. Mais il ne supportait pas qu'un collègue de travail l'insinue.

— Je sais que ça va aller. Que veux-tu dire ?

Cooper sourit.

— Rien d'autre que ce que je viens de dire. Il n'y a pas de sous-entendus.

Agacé, Max soupira et alla dans la cuisine se faire un café. Il avait sauté son petit déjeuner et il s'en ressentait maintenant. En fait, il s'était levé, mal fichu, et la seule pensée de boire ou de manger lui avait donné la nausée. C'était bien la première fois que cela lui arrivait.

Il consulta sa montre et descendit l'escalier quatre à quatre. Première chose à faire, rendre visite à Alexon. Une visite impromptue. Il n'y avait pas une minute à perdre. Mais il ne pouvait pas s'en aller sans dire à Scout qu'on veillait sur elle.

La porte de la suite parentale était fermée. Max frappa doucement.

— Scout, il faut que je te parle avant de partir.

A sa grande surprise, la porte s'ouvrit aussitôt, comme si elle avait été derrière à l'attendre.

— Pardon ?

Elle se pencha contre le chambranle.

— Vous avez pris votre décision. Alors, je ne vois pas ce qu'il y a à ajouter.

Manifestement, elle était encore furieuse contre lui. Il ne pouvait s'empêcher de regarder sa bouche pendant qu'elle parlait. Sa bouche ronde, rouge, pulpeuse comme une pêche chaude. Il fut saisi d'un désir irrépressible de l'embrasser. Qu'elle soit enceinte d'un autre homme ne faisait rien à l'affaire. Il voulait prendre ce visage d'ange dans ses mains et l'embrasser, l'embrasser jusqu'à plus soif… Jusqu'à ce qu'elle réponde à son baiser.

Mais le moment était mal choisi. Il devait rester professionnel.

— Ils ne sauront pas où tu es avant que je me sois assuré que cela ne présente aucun danger.

Il chercha ses yeux, ses yeux gris fumée.

— Tu as ma parole, ajouta-t-il d'un ton solennel en rivant son regard au sien.

Un long moment, ils se regardèrent sans dire un mot ; c'est à peine s'ils respiraient. Pour rompre cette tension qui devenait insupportable, Max se décida à briser le silence.

— Je ne serai pas long.

Il s'en alla sans se retourner. S'il l'avait fait, il serait revenu sur ses pas et l'aurait prise dans ses bras. Et, de là… Mais il ne devait pas franchir ce point de non-retour.

Il avait une mission à mener à terme.

En outre, elle était probablement encore sous le coup de la déception infligée par Kimble. Elle attendait un enfant de lui. Max n'était pas stupide au point de croire qu'elle n'éprouvait pas encore un soupçon de tendresse pour son amant.

En aurait-il été autrement si elle avait reçu ses messages ? Peut-être aurait-elle porté son enfant au lieu de celui de Kimble ? D'ailleurs, était-elle vraiment sûre que le bébé ne soit pas le sien ? Et lui ?

Il poussa un profond soupir. Il s'évertua à chasser ces pensées qui lui faisaient plus de mal que de bien. On ne pouvait pas revenir en arrière. Plus tôt il irait au bout de l'affaire Alexon, plus tôt il pourrait mettre un point final à leur histoire.

Régis Brandon éleva la voix. Il était mécontent de la décision de Max, à savoir ne révéler la cachette de Scout que lorsqu'il serait certain, par cette information, de ne pas mettre la jeune femme en danger.

— Ma société a engagé votre agence, souligna-t-il.

Le verbe haut, incapable de contrôler sa colère, il fulminait, indifférent au fait qu'il gênait les clients attablés aux tables voisines.

— Vous avez absolument raison, concéda Max. Et nous assurerons la mission pour laquelle vous nous avez mandatés aussi longtemps qu'elle n'enfreindra pas les droits d'un autre être humain. Je veux l'assurance que les accusations portées contre vous par Mlle Jackson sont infondées. Pouvez-vous me le certifier ?

Le grand patron d'Alexon, qui excellait à manier la langue de bois, le menait en bateau depuis une bonne heure. Non content d'éviter le sujet, il cachait quelque chose qui concernait l'affaire.

Brandon soupira mais se ressaisit très vite. Le président-directeur général d'un des laboratoires de recherches médicales les plus en vue du pays ne tenait pas à se donner en spectacle dans un restaurant de cette classe où il avait sa table attitrée.

— Bien, dit Brandon. Nous ne sommes pas à l'origine des problèmes rencontrés par Mlle Jackson. Notre seule préoccupation est sa sécurité.

Il jeta un bref coup d'œil à droite puis à gauche, avant de poser de nouveau les yeux sur Max.

— Si Biogenesis met la main sur elle en premier, je préfère ne pas savoir ce qu'ils feront d'elle. Vous n'imaginez pas de quoi ces hommes sont capables. Elle et son enfant seraient en grand danger. Les gens de Biogenesis sont sans foi ni loi. Ils n'ont aucun scrupule. Ils veulent l'antidote à n'importe quel prix.

Il se pencha par-dessus la table.

— Comprenez-vous ce que je suis en train de vous dire, monsieur Maxwell ? Ils sont capables de tout pour l'obtenir. De tout, vous m'entendez ?

Max le fixa avec attention. Décidément, l'homme qu'il avait devant lui l'intriguait.

— Qui est derrière Biogenesis ?

Il n'avait jamais entendu parler d'eux, ce qui ne voulait rien dire de particulier. Sa connaissance du secteur de la recherche médicale se limitait aux noms des sociétés clientes de l'agence Colby.

— Le président-directeur général, Winston Ames, contrôlait autrefois Alexon. Ames a été mis dehors séance tenante quand le gouvernement a découvert qu'il avait inventé le K-141.

Voilà qui devenait intéressant.

— Que voulez-vous dire ? Je croyais que le K-141 avait été fabriqué à la demande du ministère de la Défense ?

Brandon secoua la tête.

— Ames a lancé cette recherche unilatéralement, ce qui est illégal. Son objectif était, évidemment, commercial. Vendre au plus offrant, vous comprenez.

Max fronça les sourcils.

— Je ne vois pas où Alexon intervient dans cette affaire.

Brandon soupira.

— Le comité d'administration d'Alexon s'est senti moralement responsable des actes d'Ames et a décidé de tout mettre en œuvre pour réparer les dommages. Quoi de mieux, pour ce faire, que de mettre au point l'antidote ? Nous retrouvions ainsi notre virginité.

Max sentit une peur diffuse l'envahir. Alexon et Biogenesis se livraient une guerre sans merci, une guerre secrète dans laquelle Scout s'était retrouvée impliquée malgré elle. La découverte de l'antidote représentait un enjeu national. Comment, dès lors, expliquer qu'une agence gouvernementale n'ait pas chapeauté ces recherches ?

Simplement parce que Alexon couvrait l'affaire.

Nom d'un chien !

Scout était encore plus en danger qu'elle l'imaginait.

Brandon se pencha de nouveau vers Max.

— Son fœtus est la clé de l'antidote.

Scout avait raison, ils en avaient après son bébé.

Max fixa Brandon droit dans les yeux.

— Le bébé n'est pas à vendre, déclara-t-il d'un ton ferme.

Brandon, la quarantaine, moins grand et beaucoup moins fort physiquement que Max, ne broncha pas.

— Je crois que vous m'avez mal compris, s'empressa-t-il de rectifier. Nous ne cherchons pas à prendre l'enfant. C'est le contraire. Les seuls éléments qui nous intéressent sont le cordon ombilical et les cellules souches qu'il contient.

Peu convaincu, Max se pencha à son tour vers Brandon.

— C'est tout ce dont vous avez besoin pour développer l'antidote ?

Brandon s'appuya contre le dossier de sa chaise.

— Bien sûr, nous sommes conscients que Mlle Jackson et vous devez en discuter et vous mettre d'accord. Mais il s'agit de la seule chose à faire. La sécurité de notre pays en dépend.

Scout et lui avaient une décision à prendre ? Pourquoi Brandon pensait-il que Max avait son mot à dire ? Comme consultant, peut-être ?

— Je vous prie de bien vouloir rassurer Mlle Jackson. Notre seul souci, pour l'heure, est sa sécurité. Si elle devait être blessée et si elle perdait cet enfant, tout espoir de développer l'antidote serait anéanti. Elle doit savoir que nous sommes véritablement et sincèrement préoccupés par sa sécurité.

Max reprit son air le plus féroce.

— Vous admettez donc, implicitement, que vous la retenez contre sa volonté ?

Brandon écarquilla les yeux.

— Je… je n'admets rien du tout, bégaya-t-il. Je vous dis simplement que nous mettons tout en œuvre pour la mettre à l'abri d'un éventuel danger. Chez Alexon, nous sommes convaincus que la plus sûre façon d'écarter tout risque est de la maintenir en quarantaine.

— Et Harold Atkins ? C'est vous qui avez commandité son assassinat ? Représentait-il une menace ? questionna Max.

Assommé par le feu des questions, Brandon resta interdit. Son visage se ferma.

— Harold était un membre très apprécié de notre équipe. Chef de la sécurité. Pourquoi Alexon serait-il impliqué dans sa mort ?

Max ne discuta pas. Depuis le début, il doutait qu'Alexon soit mêlé à cette sombre histoire de meurtre. La seule raison qui aurait pu les pousser à éliminer Atkins aurait été qu'ils découvrent une éventuelle trahison de sa part, qui les aurait contraints à l'éliminer froidement pour l'empêcher de révéler les agissements d'Alexon.

— Si nous avons fait appel à l'agence Colby, reprit Brandon, c'est parce que Mlle Jackson ne nous faisait pas confiance. Or, nous savions qu'elle vous croirait, vous.

Si seulement ils disaient vrai, pensa Max.

— Désolé de ne pas être en phase avec vous, ajouta Brandon, mais vous devez comprendre que nous devons être prudents.

— Pourquoi seulement Scout et le bébé ? dit Max brutalement.

La question le taraudait depuis un moment déjà.

— Pourquoi pas moi ? Je suis immunisé contre le K-141, moi aussi.

De nouveau, Brandon soupira.

— Les cellules souches du bébé réagiront beaucoup mieux que vous ou que Mlle Jackson. C'est notre plus sûre chance de mettre au point un antidote vraiment efficace.

Max insista.

— Pourquoi sommes-nous immunisés ? Qu'avons-nous de particulier ?

— Je ne peux pas répondre à cette question. Nous avons réalisé sur vous deux toutes sortes d'examens. Nous avons recherché ce que vous aviez de commun. Pour ce faire, nous sommes remontés dans votre passé. La seule conclusion plausible à laquelle nous soyons arrivés, c'est que vous avez tous les deux séjourné en Amérique du Sud. Ce n'est sans doute pas la réponse, mais c'est très probablement le lien.

Max acquiesça, songeur.

— Monsieur Maxwell, nous avons impérativement besoin de ces cellules souches.

— Je dois en discuter avec Mlle Jackson, répliqua Max. Je ne peux rien promettre. Restons en contact, voulez-vous.

Il repoussa sa chaise, laissant son assiette pleine, le cœur retourné à la seule pensée d'absorber de la nourriture.

— Je vous demanderai…, reprit Brandon.

Max s'arrêta.

— … s'il vous plaît, veillez à ce qu'il ne lui arrive rien.

Je ne suis pas certain que vous mesuriez à quel point il est crucial qu'elle reste en bonne santé.

— J'ai parfaitement compris.

Max quitta le restaurant, certain d'une chose : Scout courait un réel danger.

Scout ne parvenait pas à se détendre. Incapable de rester assise, elle ne pensait qu'à Max. Comment se passait la confrontation avec Alexon ?

Et s'ils le tuaient ?

Elle frissonna.

Il était trop intelligent pour se laisser piéger.

Elle effleura le pansement qu'elle avait sur le bras. Tout pouvait arriver.

— Ça vous dirait de manger quelque chose ? proposa Douglas. Je m'y connais en cuisine.

Scout sourit. Décidément, ce Doug était véritablement charmant.

— Merci, mais je n'ai pas faim.

— Vous devriez manger pourtant, insista-t-il.

Avant qu'elle ait eu le temps de répondre, la sonnerie du portail retentit.

— Qu'est-ce que c'est ?

Elle n'avait jamais entendu une sonnette pareille. Le visiteur ne pouvait être Max. Connaissant le code d'entrée, il aurait simplement ouvert.

— Il y a quelqu'un à la grille, déclara Doug en allant à l'Interphone.

— Oui ?

— Transports Dayco. J'ai un paquet pour Mlle Jackson.

Doug, surpris, regarda Scout.

Qui savait où ils étaient ?

Comme elle s'approchait de la porte, Doug enclencha

le système vidéo de l'Interphone qui leur renvoya l'image d'un livreur en uniforme tenant un petit paquet. Derrière lui se profilait une camionnette blanche sur laquelle était écrit en grosses lettres noires *Dayco Transports.*

— Déposez-le là. On viendra le chercher tout à l'heure.

— Je ne peux pas. Il me faut une signature, rétorqua le livreur.

Doug montra à Scout un bouton sur le système vidéo et lui demanda de ne pas quitter l'écran des yeux.

— S'il se passe quelque chose d'anormal, ajouta-t-il, appuyez sur le bouton et cachez-vous jusqu'à l'arrivée des secours. Où est votre arme ?

Soulevant un coin de son T-shirt, elle sortit son 9 mm qu'elle cachait dans son dos.

— Le voici, dit-elle.

— Pas d'excentricité, lui ordonna-t-il. Faites exactement ce que je vous ai dit.

Elle acquiesça.

Scout garda les yeux braqués sur l'écran. Elle était inquiète. Qui lui adressait un paquet ? Qui avait pu savoir où le lui envoyer ? C'était un piège. Alexon avait-il réussi à extorquer à Max l'endroit où elle se cachait ?

Un sentiment de peur l'étreignit. Peut-être était-il blessé ? Ou pire ?

Au lieu d'ouvrir la grille, Douglas pria le livreur de lui passer le bordereau à signer et le paquet entre les barreaux et attendit que la camionnette démarre pour rentrer.

De retour dans la maison, il verrouilla la porte et ordonna à Scout de ne pas le suivre. La peur qui s'était quelque peu apaisée l'envahit de nouveau.

Doug disparut avec le paquet.

Quelques minutes plus tard, il réapparaissait, avec à la main une boîte ouverte.

— Ce n'est qu'un téléphone portable, annonça-t-il. Un téléphone tout ce qu'il y a de plus normal.

Elle le lui prit des mains et l'examina. Elle avait perdu le sien en s'échappant de chez Alexon et… qui sait… peut-être était-ce le sien ?

Elle secoua la tête.

— Ce n'est pas le mien, mais je ne vois pas qui pourrait m'en envoyer un.

A cet instant, le téléphone qu'elle tenait dans la main se mit à sonner. Surprise, Scout faillit le lâcher.

— J'ai eu peur, expliqua-t-elle en posant la main sur sa poitrine.

Le téléphone sonna et vibra de nouveau.

— Laissez-moi répondre.

Doug lui prit le téléphone des mains et, avant de répondre, regarda l'écran. « Numéro privé. » Celui qui appelait ne voulait pas être identifié.

— Allô, dit Doug.

Il attendit une seconde et tendit l'appareil à Scout.

— C'est pour vous.

Glacée de peur, elle le prit et le colla à son oreille.

— Allô ?

— Joli cœur, c'est Harold.

Sous le choc, elle resta tétanisée, incapable de répondre. C'était la voix de son oncle. C'était sûr, il était le seul à lui donner ce surnom. Même son père ne l'avait jamais appelée ainsi.

— Il faut qu'on se voie. Chez moi. Dépêche-toi.

La voix de son oncle défunt ajouta :

— Ne m'abandonne pas, Scout. Je vais tout t'expliquer.

La communication fut coupée.

Elle baissa le téléphone et resta à le regarder, hébétée, incapable de gérer les émotions qui la submergeaient.

— Qui était-ce ?

Doug lui prit l'appareil des mains et pressa quelques touches.

— Impossible de savoir d'où vient l'appel, dit-il. Et je ne peux pas rappeler.

— C'est impossible, murmura-t-elle. Impossible…

Elle sentit ses genoux flancher sous elle. Doug se précipita pour la soutenir.

— Asseyez-vous.

Il la prit par le bras et l'entraîna jusqu'au grand salon. Là, il l'installa sur le canapé et s'assit en face d'elle.

— Qui était-ce, Scout ?

Elle le regarda, l'air hagard. Elle se sentait sur le point de s'évanouir.

— C'était mon oncle, Harold Atkins.

Sa réponse ne sembla pas émouvoir Douglas.

— Vous savez bien que c'est impossible.

— Je sais. Pourtant, c'était bien lui.

Elle hocha la tête.

— C'était lui !

Max s'arrêta devant les grilles de la propriété et tapa le code. Il remonta sa vitre et entra, un œil dans le rétroviseur, comme toujours lors d'une mission périlleuse, pour s'assurer que les grilles se refermaient derrière lui. Tout en garant son 4x4 à côté de celui de Doug, il repensa à sa conversation avec Régis Brandon. L'objectif d'Alexon était de garder Scout, donc l'enfant, en sécurité. En fait, le véritable ennemi était Biogenesis.

Bien qu'ayant des raisons de douter de la franchise de Brandon, Max était à quatre-vingt-dix pour cent convaincu de sa bonne foi sur ce sujet précis. Il n'avait noté aucun signe de mensonge. Peut-être Brandon souhaitait-il vraiment réparer les dégâts causés par son prédécesseur ? En tout cas, son histoire tenait debout.

Ce qui l'avait intrigué, en revanche, c'était la fin de la conversation, quand Brandon avait dit qu'il faudrait que Scout et lui en discutent ensemble. La décision de Scout concernant son enfant ne le regardait pas. Peut-être pensait-il que la parole de Max avait du poids auprès de Scout du fait qu'ils avaient été intimes ? Il ne l'avait pas détrompé, mais, sur ce point, Brandon faisait vraiment fausse route !

Max coupa le contact et descendit du 4x4.

La relation entre Scout et lui semblait évoluer dans le bon sens. Mais ni l'un ni l'autre ne paraissait désireux de s'engager dans une histoire sérieuse. Plus tard, peut-être, envisageraient-ils de donner une suite à leur relation. Il gardait espoir. Elle attendait un enfant d'un autre homme, mais cela ne changeait rien à ce qu'il ressentait pour elle. Enfin pas vraiment. Mais elle pouvait à tout moment décider de retourner avec le père de son enfant.

L'image de Gage Kimble surgit devant ses yeux et il s'empressa de la chasser.

L'affaire n'était pas finie. Il n'allait pas commencer à se bercer d'illusions tant que tout ne serait pas réglé.

Il s'arrêta à la moitié de l'allée, songeant au bébé à naître. Sa sœur Fiona s'était trouvée dans la même situation quand elle s'était mariée. Son mari avait déjà une fille de sept ans et elle l'avait acceptée comme sa propre fille, sans arrière-pensée. Comme Fiona, il se sentait prêt à accepter l'enfant d'un autre.

Dès que possible, il essaierait d'établir une relation suivie avec Scout. Il n'ignorait pas qu'elle serait obligée de voir de temps à autre le père de son enfant, mais il était prêt à l'accepter. De toute façon, il n'avait pas le choix. Il ne pouvait quand même pas le tuer !

Cette pensée le fit rire.

Pour l'heure, il allait veiller sur Scout et tâcher de découvrir qui les menaçait. Vaste programme !

La porte s'ouvrit devant lui alors qu'il arrivait.

Instinctivement, il fut sur ses gardes.

— On a un sacré problème, annonça aussitôt Doug, l'air sombre.

Persuadé que Doug allait lui apprendre que Scout avait disparu, Max entra dans le hall. Mais il devait s'agir d'autre chose, sinon Doug l'aurait alerté par mobile.

Cooper ferma la porte à double tour et enclencha l'alarme.

— Scout a reçu un paquet en ton absence.

Max haussa les sourcils.

— De qui ?

Personne ne l'avait suivi, il en était certain. Doug et lui n'avaient respecté aucun stop et ils avaient pris toutes les précautions d'usage. Impossible, songea-t-il en hochant la tête en signe de dénégation.

— Personne en dehors de l'agence ne sait que nous sommes ici.

Cooper leva les bras au ciel.

— Pourtant quelqu'un sait.

— C'était quoi, ce paquet ? s'inquiéta Max.

Perplexe, il plongea la main dans sa crinière blonde. Ils allaient devoir quitter cet endroit. Pour aller où ? Si les précautions qu'ils avaient prises pour ne pas être suivis avaient échoué, aucune ne marcherait.

— Un portable… qui a sonné deux minutes après qu'elle l'a reçu.

— Quoi ?

— Oui, elle a reçu un appel. Pour elle. Et le plus incroyable c'est que c'était…

— Mon oncle, l'interrompit Scout qui entrait dans le hall. Il a besoin de moi.

Elle regarda sa montre.

— Il est temps de partir.

Elle regarda Max puis Cooper.

— Soit vous êtes avec moi, soit vous êtes contre moi.

12

Max essaya de la raisonner. En vain.

Scout baissa la vitre du 4x4 et regarda à l'extérieur. Il faisait noir et il pleuvait. De grosses gouttes s'écrasaient sur le pare-brise. Elle aurait voulu partir plus tôt, mais Max s'était montré intraitable. Ils partiraient à la nuit tombée. C'était à prendre ou à laisser.

Chamboulée, elle ne cessait de s'agiter sur son siège.

La raison lui disait que c'était impossible. Son oncle était mort. Elle l'avait vu se faire assassiner. De ses propres yeux. Elle était allée sur sa tombe au cimetière. C'est vrai, elle ne s'était pas approchée pour regarder sa blessure, elle avait au contraire fui à toutes jambes quand elle avait entendu le coup de feu. Mais elle l'avait vu tomber, elle avait vu le sang. Il était mort.

La voix pourtant… C'était lui.

En outre, personne, absolument personne d'autre que lui ne lui donnait ce surnom, dont il l'avait gratifiée quand elle apprenait à monter à cheval. Elle avait quatorze ans. C'était en été. Une fois de plus, son père était en mission, une de ces missions secrètes qui l'éloignaient trop souvent de la maison. Elle passait donc l'été chez son oncle Harold au Texas. Il n'avait cessé de répéter qu'une fille ne pouvait pas vivre au Texas sans savoir monter à cheval. Elle avait alors pris des leçons… et elle avait adoré ! Le surnom, en revanche, lui plaisait moins, ce qui pourtant n'avait pas dissuadé son oncle de l'employer. Il la taquinait avec.

Scout lança un regard à Max. Celui-ci avait tenté de la dissuader mais, voyant qu'elle ne renoncerait pour rien au monde, il avait jugé préférable de l'accompagner. L'air renfrogné qu'il lisait sur son visage lui indiquait qu'il continuait de lui en vouloir.

Doug Cooper et Ryan Braxton suivaient quelques voitures derrière. Ils avaient prévu d'emprunter un autre chemin quand ils atteindraient la ville. Max et elle prendraient la route habituelle, Doug et Ryan, un autre itinéraire.

Rarement, Scout avait eu peur comme en ce moment. Elle devait penser à son bébé, mais il fallait répondre à l'appel de son oncle. S'il n'y avait ne serait-ce qu'une chance minime pour qu'il soit toujours en vie, elle devait l'aider.

Les questions se bousculaient dans sa tête. Pourquoi avait-il feint d'être mort ? Et toute la peine qu'il avait ainsi infligée à ses proches ? Etait-il possible que son oncle cherche à la piéger ?

Elle chassa immédiatement cette pensée saugrenue. Son oncle n'aurait pas touché à un seul de ses cheveux. Si cet appel était un piège, c'était un piège mis en place par Alexon. Max pouvait en penser ce qu'il voulait. Pour elle, Régis Brandon mentait. Ses hommes l'avaient retenue contre son gré. Ils étaient à sa poursuite, pour la « placer sous haute protection », comme ils disaient si bien. Elle savait ce qu'ils voulaient et n'était nullement disposée à obtempérer. Mais tout cela n'était que supputation. Elle ne pouvait rien prouver.

Mais une chose était sûre : personne ne lui arracherait son bébé.

Max gara son 4x4 le long du trottoir et serra le frein à main. Il se cala dans le siège conducteur.

— Nous ne sommes pas encore arrivés.

Elle plissa les yeux pour mieux voir dehors. La maison de son oncle se trouvait quelques rues plus loin.

— Ecoute-moi.

Max fouilla son visage.

— Je sais que tu es persuadée que c'est la voix de ton oncle, mais c'est impossible. Il est mort et tu le sais.

Elle soupira.

— Je comprends qu'on est peut-être en train de m'attirer dans un coup fourré. Mais je ne peux pas ne pas aller vérifier que ce n'est pas mon oncle qui m'a appelée. J'en ai besoin. Je veux en être sûre. Je veux savoir.

A sa grande surprise, il lui répondit qu'il la comprenait.

— Je ne veux pas qu'on te fasse du mal, c'est tout, ajouta-t-il au bout d'un instant. Alors, tu me laisses faire comme je veux. J'y vais le premier.

La pensée qu'il s'inquiétait pour elle lui faisait chaud au cœur. Peut-être le moment était-il venu de lui dire la vérité. Il suffisait qu'elle se lance.

— Tu dois me croire, Scout, ajouta-t-il tandis qu'elle s'apprêtait à parler. Je t'ai donné ma parole, je la tiendrai. C'est une règle chez moi.

Elle fut submergée par les remords. Non seulement elle ne lui avait pas fait confiance, mais en plus elle lui avait menti. Par omission. Jamais il ne lui pardonnerait.

Max remit le 4x4 en marche et alla se garer plus loin. Scout chassa les pensées qui la harcelaient. Il fallait qu'elle garde la tête froide. Le moment n'était ni aux regrets ni aux remords. Elle pleurerait plus tard. A condition qu'il y ait un « plus tard » : peut-être courait-elle se jeter tout droit dans un piège.

Max se faufila entre la maison d'Harold et celle de son voisin. Aucune voiture ne stationnait à l'extérieur, mais celui qui avait attiré Scout ici pouvait très bien être garé ailleurs.

Avant leur arrivée, Max avait demandé à Ryan Braxton de déployer ses hommes en planque autour de Biogenesis. Ce laboratoire avait déjà été poursuivi deux fois et avait fait l'objet d'une enquête fédérale. Chaque fois il s'en était tiré de justesse grâce à des hommes de loi très retors. Selon Max, Biogenesis était entre les mains de gens sans moralité prêts à tout pour arriver à leurs fins.

Dès lors, il n'était pas impensable qu'ils aient décidé de mettre la main sur Scout pour lui voler son bébé.

Braxton avait fait parvenir chez Colby les résultats des analyses effectuées sur les documents trouvés chez Atkins et le courrier stocké. Le papier ne provenait pas du même fabricant, ce qui ne constituait pas une preuve en soi, mais ne faisait que conforter Max dans son opinion que les voyous n'étaient pas chez Alexon.

Arrivé à l'angle de la maison, derrière le garage, il aperçut une silhouette sortir de l'ombre.

Gage Kimble.

L'arme au poing, prêt à faire feu, Max interpella son rival.

— Qu'est-ce que vous faites là ?

— Je peux vous retourner la question, ricana Kimble.

Lui aussi était armé, et les deux hommes se tenaient à moins de deux mètres l'un de l'autre.

— Gage !

Scout abaissa son arme et s'avança. Manifestement, elle avait fait fi de l'ordre que Max lui avait donné de rester en arrière.

Gage la regarda.

— Qu'as-tu au bras ?

Profitant d'une seconde d'inattention de Kimble, Max réussit à le désarmer.

— Quelqu'un m'a tiré dessus, répondit-elle. Mais… et toi, que fais-tu ici ?

Elle se souvint que Max lui avait dit qu'il avait déjà aperçu Kimble dans les parages. Il lui avait d'ailleurs menti au sujet du bébé… Comment avait-il osé mentir aussi effrontément à Max ? Oserait-il recommencer devant elle ? En outre, comment savait-il qu'elle était enceinte ?

— Je surveille la maison de ton oncle depuis des jours dans l'espoir de te voir. J'ai besoin de te parler.

Il jeta un regard à Max.

— En privé.

Elle était sur le point d'accepter quand Max intervint.

— Pas question.

Il glissa l'arme qu'il venait de lui confisquer dans la ceinture de son jean.

— Allez-y. Parlez. Dites-nous ce qui vous amène ici.

Gage jeta un regard furibond à Max puis posa les yeux sur Scout.

— J'ai reçu un appel il y a quelques minutes. D'Harold. Il m'a dit de venir ici le plus vite possible. Que c'était urgent. Apparemment, il ignorait que j'étais déjà dans les parages.

— Au cas où vous auriez manqué les funérailles, répondit Max sur un ton méprisant, Harold Atkins est mort.

— Peut-être, répliqua Gage. Mais je connais sa voix. Et je peux vous dire que c'était lui.

Le cœur de Scout se mit à battre à tout rompre. Non, elle n'était pas le jouet de son imagination, même si, avec les derniers événements, elle avait eu l'impression de décrocher de la réalité. Elle se sentit soulagée… même si toute cette histoire n'avait pas le moindre sens.

— J'étais là quand il a été assassiné, je l'ai vu tomber, dit-elle à voix haute.

Elle hocha la tête.

— A moins qu'il ait survécu. Ce qui tiendrait du miracle.

— On peut entrer ? demanda Gage.

Il regardait tout autour de lui comme s'il avait été traqué.

— Je n'aime pas rester au vu et au su de tout le monde.

— Quelque chose à cacher ? ironisa Max. Ça ne m'étonnerait pas de vous.

— Max, s'il te plaît, intervint Scout. Allez, entrons.

Max entra le premier, Gage sur les talons. Pendant qu'ils fouillaient la maison, Scout s'approcha de la cheminée et regarda les photos. Un flot de souvenirs la submergea. La vie avait été si simple quand elle était enfant ! Elle n'avait pas eu de mère, mais elle avait eu un père et un oncle par procuration qui tous les deux l'avaient tendrement aimée. Harold était dans l'armée, comme son père, mais une blessure l'avait obligé à prendre une retraite anticipée. Une chance pour Scout. Il avait joué les nounous chaque fois que son père partait en mission dans des territoires où elle n'était pas autorisée à le suivre.

Une douleur lui vrilla la poitrine. Comme elle aurait aimé que son oncle Harold soit encore en vie !

— Nous ferions mieux de nous en aller maintenant, suggéra Gage comme il revenait avec Max.

Il semblait anormalement agité.

— Qu'est-ce que ça veut dire, Kimble ? Il fallait entrer, maintenant il faut sortir. Dites-moi donc la vérité : pourquoi êtes-vous ici ?

La colère de Max n'avait rien perdu de sa force.

— Si Harold n'est pas ici et si l'on nous a tous les deux attirés dans ce piège…

Il laissa sa phrase en suspens.

— Tu as raison, lança Scout.

Flairant le danger, Max l'entraîna hors de la maison. Arrivés dehors, ils prirent leurs jambes à leur cou. Leurs pas résonnaient encore sur l'asphalte quand une énorme explosion retentit derrière eux. Au même instant, une boule de feu s'éleva dans le ciel. La maison venait d'être réduite en cendres.

Braxton et Doug se précipitèrent.

— Que s'est-il passé ?

— Un traquenard, répondit Max, jetant sur Gage un regard accusateur.

Scout hocha la tête.

— C'est complètement fou ! s'écria-t-elle. Quel intérêt auraient-ils à me tuer ?

Machinalement, elle porta la main à son ventre.

S'ils l'avaient tuée, ils auraient aussi tué le bébé, et sans le bébé, plus rien n'avait de sens.

— Est-ce qu'on peut parler maintenant ? demanda Gage avec insistance.

Ignorant Max dont le regard assassin ne le quittait pas, il fixa Scout.

— Je crois qu'il est temps ! répondit-elle.

A peine sortis de la maison, quelques secondes avant l'explosion, ils quittèrent tous les lieux avant l'arrivée des pompiers et de la police. Victoria allait devoir aplanir les choses, car ni la police de Chicago ni les pompiers n'appréciaient les témoins qui disparaissaient des lieux d'un sinistre avant d'être interrogés.

Braxton et Cooper ramenèrent Kimble à l'agence. Max et Scout s'en allèrent en voiture de leur côté. Scout n'avait pas apprécié le comportement de petit chef de Max, et elle avait bien l'intention de le lui faire remarquer. Quand elle le vit monter dans le 4x4, le visage fermé et dur, elle se ravisa.

Il lui en voulait d'avoir défendu Gage. Devait-elle comprendre qu'il était… heu… jaloux ?

Pour l'heure, ils allaient entendre ses explications. Il avait intérêt à ce qu'elles tiennent debout.

Quand tout serait terminé, Max ne se priverait pas de lui donner un coup de pied bien placé. Il ne l'aurait pas volé.

A leur arrivée, Cooper avait déjà préparé du café et Braxton attendait, assis à la table de conférence. Kimble faisait les cent pas. Scout entra et lui fit signe de s'asseoir, mais il préféra rester debout.

— Tu me croiras si tu veux, Scout, mais ton oncle est responsable de ce qui t'arrive, commença Gage en s'adressant directement à elle. Toutes les menaces que tu reçois viennent de lui.

— Qu'est-ce qui te fait dire que je suis menacée ?

Bonne réponse ! la félicita Max en silence.

Cet homme avait quelque chose de suspect. Simon avait commencé à faire des recherches sur lui. On en saurait bientôt plus.

Scout croisa les bras et se pencha vers la table.

— Je ne t'ai jamais dit que j'étais menacée.

L'homme avait de la repartie : il lui en fallait plus pour être désarçonné.

— C'est Donna qui me l'a dit. Je l'ai appelée il y a quelques semaines pour avoir de tes nouvelles et elle m'a dit que tu n'étais pas revenue de mission. Et puis, la semaine dernière, elle m'a rappelé et m'a tout raconté.

Scout fronça les sourcils, méfiante.

— Elle n'était pas censée raconter ma vie à qui que ce soit.

Kimble soupira.

— D'accord, je lui ai un peu soutiré les informations.

Il s'approcha de Scout, ce qui agaça Max.

— Mais elle connaît mes sentiments pour toi.

Il posa la main sur son épaule.

— Elle sait ce que nous avons vécu ensemble, insista Kimble.

Scout s'agita pour qu'il retire sa main.

— Elle doit donc savoir que tu m'as laissée tomber comme une vieille chaussette.

Max se retint pour ne pas le boxer. Kimble l'avait maltraitée. Non content d'avoir profité d'elle et de lui avoir fait un enfant, il l'avait abandonnée. Ce type méritait les pires tortures.

— Je plaide coupable, admit Kimble, l'air piteux. J'ai été un salaud. Mais j'avais mes raisons.

— Vraiment ? le nargua Scout.

Elle semblait aussi sceptique que Max.

— Et quelles sont-elles, ces raisons ?

Kimble enfonça les mains dans ses poches. Réflexe de détective, les trois agents saisirent leur arme, prêts à dégainer. L'homme avait beau avoir été fouillé, il pouvait toujours être en possession d'une arme. Il existait toujours de nouvelles façons de les cacher.

L'air narquois, il retira les mains de ses poches et leur montra qu'elles étaient vides.

— Satisfaits, messieurs ?

Il toisa les trois agents, l'un après l'autre, lentement avant de poser son regard sur Scout.

— J'ai quelque chose à te dire, mais tu ne vas pas me croire. C'est pourtant la vérité. J'estime qu'il est temps que tu le saches.

Oubliant sa mauvaise humeur, Max concentra son attention sur l'homme qui les tenait en haleine. Il fit quelques pas, revint en arrière, s'avança vers Scout.

— Harold Atkins a tué ton père.

— Quoi ?

Incrédule, Scout le fixa.

— Tu as perdu l'esprit ! Harold et mon père s'entendaient comme deux frères.

— A une certaine époque.

Kimble hocha la tête.

— Quand Harold a pris sa retraite de l'armée, il s'est retrouvé impliqué dans des histoires louches. Pour commencer, il a vendu des secrets militaires. Il avait un compte à régler avec eux. Tout s'est bien passé pendant un certain temps. Ton père et lui travaillaient ensemble comme détectives privés et leur affaire roulait. Ce n'est que lorsque Harold l'a quitté pour Alexon que ton père a découvert le pot aux roses. Ton père est allé le trouver et l'a menacé de le dénoncer. Affolé, Harold l'a éliminé. Il fallait à tout prix qu'il l'empêche de parler.

Scout secoua la tête en signe de dénégation.

— Je ne te crois pas. Tu racontes des histoires.

— C'est la vérité. Ton père m'avait fait part de ses inquiétudes. Le temps que je revienne vers lui avec les informations nécessaires pour coincer Harold, il était mort.

Gage poussa un énorme soupir.

— Je n'ai rien pu faire. C'était trop tard.

Scout se leva de table et s'avança vers lui.

— Si Harold a réellement tué mon père, comme tu le prétends, explique-moi pourquoi tu ne l'as pas dénoncé ? Tu savais que je n'aurais de répit que l'assassin soit arrêté.

Elle parlait calmement, mais Max sentit la rage qui bouillait en elle. Par mesure de précaution, il s'approcha.

— Parce qu'il m'avait dit qu'il te tuerait si je t'en parlais, si je t'approchais encore. Je ne voulais pas prendre ce risque, mets-toi à ma place.

Un silence écrasant s'abattit dans la pièce.

— Pourtant, tu es revenu.

Sa voix tremblait.

Bouleversé, Max eut envie de la serrer dans ses bras pour la réconforter, mais il la connaissait assez maintenant pour savoir qu'elle détestait être prise en flagrant délit de vulnérabilité.

— Oui. Je voulais m'assurer que tu allais bien. Comme Harold était à Chicago, je me suis dit qu'il n'en saurait rien, mais il l'a appris. Comme je ne voulais surtout pas qu'il t'arrive malheur, j'ai préféré disparaître. C'était pour ton bien.

Ce tissu de mensonges était insupportable ! Irrité, Max repoussa sa chaise. Il ne se sentait pas d'humeur à entendre un mensonge de plus.

— Après cette surprenante révélation, as-tu quelque chose d'autre à ajouter ? lança Scout d'une voix sèche.

Il haussa les épaules.

— Compte tenu du coup de fil que nous avons reçu tous les deux, je commence à me demander si, par hasard, Harold n'aurait pas simulé sa mort. Il est dans le coup avec Alexon, j'en suis sûr. Il faut te méfier, Scout. Je t'en supplie, sois prudente.

— S'il est en vie et acoquiné avec Alexon, pourquoi essaierait-il de me tuer ?

« Elle ne marche pas dans l'histoire et elle a raison », se dit Max, gonflé de fierté. L'explosion de la maison, tout à l'heure, n'était pas l'œuvre d'Alexon. Alexon avait trop besoin d'elle et du bébé pour les faire périr lors d'une explosion. Morts, ils ne servaient plus à rien.

Glacé d'effroi à la pensée de ce qui avait failli arriver, Max fut saisi de légers tremblements.

— Je crois que ce petit coup monté m'était destiné, reprit l'ex-fiancé. Il savait que ces types…

Kimble désigna du doigt les trois hommes assis à la table.

— … s'occuperaient de toi.

Cher Kimble ! Il avait réponse à tout. Malheureusement pour lui, Max ne croyait pas un mot de ses explications.

— Ça suffit comme ça, Kimble ! l'interrompit Max en s'interposant entre Scout et lui. On ne va pas y passer la nuit ! Inutile de vous dire qu'on ne veut plus entendre parler de vous pour l'instant.

Kimble regarda Max puis Scout, qui se taisait.

— Allez, venez, Kimble, l'interpella Cooper. Je vous ramène à votre voiture.

Cooper sortit, flanqué de Kimble. Max s'approcha de Scout.

— Tu sais qu'il a menti tout du long comme un arracheur de dents.

Les traits tirés, pâle, elle semblait en douter. C'était insupportable de la voir souffrir. Ce Kimble était un monstre.

— J'aimerais bien ne pas le croire, hélas…

Elle hocha la tête, défaitiste.

— … hélas, ses accusations expliquent un certain nombre de choses.

Max serra les dents. Il ne pouvait pas croire qu'elle soit aveugle à ce point.

— Mademoiselle Jackson ?

Ryan Braxton se leva et avança vers elle.

Il était resté tellement silencieux que Scout en avait oublié sa présence. Elle lui sourit. Elle avait appris à se méfier des eaux dormantes. Profitant de l'agitation ambiante, ils observaient en silence pour mieux agir le moment venu. Ce Braxton devait être de ceux-là.

— Oui ?

— Celui ou celle qui vous a fait porter ce téléphone portable est très astucieux. Grâce à cet appareil, il va pouvoir suivre le moindre de vos déplacements, et ceci quelles que soient les précautions que vous prendrez. Je me demande d'ailleurs si, à votre insu, vous ne portez pas déjà une puce qui permettrait de vous localiser.

Elle n'y avait pas pensé. Mais ce n'était pas impossible.

— Je ne sais pas. Je ne vois pas comment.

Elle fronça les sourcils.

— Mais tout est possible.

Ils se turent.

Scout se tourna vers Kimble. Elle avait d'autres questions pour lui. Mais elle garda le silence, peu désireuse de se dévoiler autant devant Max.

— Je pense qu'il vaudrait mieux que vous vous installiez ailleurs, suggéra Ryan. Surtout, ne passez rien prendre chez vous.

Elle haussa les épaules.

— D'accord.

— Je vais appeler Amy Wells et lui demander d'aller vous acheter quelques vêtements et de vous les apporter.

Ryan la regarda de la tête aux pieds.

— Vous faites du 40 ?

Etonnée de la justesse de son estimation, elle acquiesça.

— Ne prenez pas non plus vos bijoux, dit-il, les yeux posés sur le médaillon qui pendait à son cou.

— Je ne le retire jamais, protesta-t-elle. C'est mon père qui me l'a offert et je le garde en permanence.

Elle ne l'avait ôté qu'une fois, lorsqu'elle était en quarantaine avec Max chez Alexon.

— Je vous le rapporte très vite. Je le fais examiner et vous le rends dès que possible.

A regret, elle accepta. De toute façon, elle n'avait pas le choix. Quelqu'un la suivait à la trace, à distance. Elle venait d'échapper de justesse à l'explosion d'une bombe. Elle n'aurait peut-être pas autant de chance une autre fois.

Avec le bébé dans son ventre, elle n'avait pas le droit de prendre de risque.

Deux heures plus tard, ils quittaient l'agence. Max conduisit au hasard pendant une bonne heure pour être sûr qu'ils n'étaient pas suivis. Scout avait fini par s'assoupir dans le siège passager. Elle était épuisée, physiquement et moralement. Elle se serait passée de ce nouveau déménagement, mais celui-ci s'imposait. Pour une raison qu'ils ignoraient, on retrouvait sa trace partout où elle allait.

Max ferait tout pour lui épargner la fatigue et la mettre à l'abri, loin des voyous de Biogenesis — ou autre — qui cherchaient à mettre le grappin sur elle.

Les recherches de Simon sur Kimble n'avaient finalement rien donné. Après avoir quitté l'armée, Kimble avait purement et simplement cessé d'exister. Il n'y avait rien sur lui. Il n'en restait pas moins un personnage douteux dont il fallait se méfier. Quoi qu'en pense Scout, il ne devait pas œuvrer dans son intérêt… Simon allait poursuivre ses investigations et s'assurer qu'il ne travaillait pas pour Biogenesis.

Simon leur avait proposé son loft. En leur recommandant cependant d'en prendre plus soin que de son 4x4. Pour la première fois depuis la fameuse nuit dans le cimetière, Max pensa à son appartement. Peut-être avait-il été vandalisé ? Il repoussa tous les scénarios qui lui venaient à l'esprit. Pour l'heure, il était bien trop fatigué lui aussi pour s'en soucier.

Après s'être garé dans le garage en sous-sol du luxueux immeuble où vivait Simon, Max secoua Scout tout doucement pour la réveiller.

Il n'eut besoin que d'une fraction de seconde pour recouvrer pleinement ses esprits. Son père l'avait bien entraînée. La digne fille d'un colonel ne dormait que d'un œil !

— Je ne dormais pas ! protesta-t-elle.

Max eut toutes les peines du monde à ne pas éclater de rire.

Scout regarda autour d'elle et descendit du véhicule, bientôt imitée par Max.

Une fois dans l'ascenseur, il introduisit la clé dans la petite serrure de la plaque et la cabine s'éleva jusqu'au quatorzième étage. Le hall, très raffiné, donnait directement dans le loft de Simon.

— Ton ami doit avoir une jolie petite fortune pour vivre dans un endroit pareil, commenta Scout en pénétrant dans le salon.

Les murs étaient d'immenses baies vitrées qui offraient une vue magnifique sur la ville.

— Il est comme Cooper, dit Max sans la moindre méchanceté. Ils sont nés coiffés.

Il se moquait que ses amis soient plus à l'aise que lui. Pour rien au monde il n'aurait échangé sa famille contre la leur. Ni Cooper ni Simon n'entretenaient de relations suivies avec la leur.

— Oui, mais quand on bavarde un peu avec eux, ils se plaignent de ne pas avoir de liens plus étroits avec leurs parents et leurs frères et sœurs.

Depuis son mariage, Simon s'était appliqué à créer un cocon douillet autour de lui et de sa jeune épouse.

— Je crois que je vais aller me reposer, dit soudain Scout.

— Tu ne veux pas que je te prépare un petit quelque chose avant ? proposa Max. Je suis sûr qu'il y a tout ce qu'il faut dans les placards de Simon.

Il assortit sa proposition d'un sourire qu'il voulait convaincant, mais elle ne semblait pas décidée.

— C'est gentil, Max, mais je n'ai pas faim. Merci quand même.

Il se serait volontiers restauré avant d'aller se coucher, mais il n'avait pas envie de dîner seul.

Kimble, ce salaud, avait eu raison de Scout, de son énergie. Si Max l'avait eu sous la main, il l'aurait étranglé.

Comme elle passait la porte, il l'arrêta.

— Fais-moi confiance, Scout. Il ne t'arrivera rien. Je te l'ai déjà dit et je te le répète, je ne laisserai personne te faire du mal, même pas Kimble.

Elle se retourna, les yeux anormalement brillants et l'air très déterminé.

— Pourquoi me dis-tu ça ? Tu as deviné ce que j'ai l'intention de faire ?

— Non.

Inquiet, Max sentit ses cheveux se dresser sur sa tête.

— J'ai réfléchi. Il n'y a pas cinquante façons de savoir formellement qui sont les voyous. Il y en a une : c'est de leur tendre un piège.

— Il n'en est pas question.

Ignorant sa réponse, elle poursuivit.

— Quand on tend un piège, il faut un appât. Il n'y a pas d'autre façon de faire.

Il traversa la pièce et la prit par le bras.

— Je vois ce que tu veux tenter. C'est trop risqué, je te l'interdis.

Elle éclata de rire.

— Ne t'inquiète pas pour moi, Max. L'explosion chez mon oncle ne me visait pas. Ils ne me tueront pas. Il faut qu'ils me gardent en vie jusqu'à la naissance du bébé.

Il regarda le pansement qu'elle avait autour du bras.

— Je te trouve bien sûre de toi. Non, Scout, je ne veux pas que tu prennes ce risque. Pense à toi, pense à ton bébé. Peu importe que le père soit cette vermine de Kimble, je ne permettrai pas que tu mettes ton enfant en danger.

— Tant qu'ils ne seront pas sous les verrous, je ne serai pas en sûreté, dit-elle de sa voix la plus douce.

Pourtant, elle tremblait.

— Jamais, tu entends.

Bien sûr, elle avait raison. Il avait beau refuser de voir la réalité en face, elle disait juste. Comment pouvait-on arrêter un ennemi dont on ignorait qui il était ? Il fallait impérativement l'identifier.

S'ils n'agissaient pas, leur ennemi, en revanche, ne s'en priverait pas. Ce n'était qu'une question de temps. Et Scout et Max se feraient prendre comme des rats.

Elle seule, avec son bébé à naître, pouvait servir de leurre et les faire sortir de leur tanière.

Il l'attira à lui. C'était plus fort que lui, il avait besoin de la sentir, besoin de l'embrasser…

Mais elle se dégagea. Ce n'était pas le moment de franchir la ligne blanche.

Ce n'était pourtant pas l'envie qui lui manquait.

— Te rappelles-tu ce que j'ai dit, Scout ? La seule chose qui compte, c'est que ton bébé et toi soyez en sûreté. Je me moque du reste.

Elle fit demi-tour et le regarda droit dans les yeux. Là, contre toute attente, elle se hissa sur la pointe des pieds et l'embrassa.

13

Scout recula et le regarda droit dans les yeux. Mon Dieu qu'il était beau ! Son enfant, si c'était un garçon, ressemblerait-il à son père ? songea-t-elle, émue. Aurait-il ces mêmes cheveux blond cendré, drus, et ces yeux bleu clair qui la faisaient chavirer dès qu'il la regardait ?

Une petite fille blonde aux yeux bleus, ce serait aussi merveilleux.

Mais la question qu'elle ne cessait de se poser chassa ces agréables pensées. Lui pardonnerait-il de lui avoir menti ? Surtout dans un moment comme celui-ci ?

Et Gage ? Pourquoi avait-il raconté à Max qu'il était le père de son enfant ? Et, pour commencer, comment avait-il su qu'elle était enceinte ?

Elle aurait voulu lui poser ces questions, mais elle n'avait pas trouvé le bon moment. Max était présent et elle ne voulait pas lui assener la nouvelle devant les autres.

La source ne pouvait être que de Donna. Son assistante devait avoir vendu la mèche. D'ailleurs, Kimble s'était vanté d'avoir réussi à la faire parler.

Peut-être espérait-il, par ce biais, se réconcilier avec elle et chasser ce rival que représentait Max ?

Elle hocha la tête.

Elle n'avait pas envie de réfléchir pour l'instant.

Elle vit briller le regard de Max. C'était le moment de lui

dire… Elle pouvait lui faire confiance maintenant. Il avait montré qu'il tenait à elle. Certains signes ne trompaient pas.

Néanmoins, s'ils décidaient de vivre ensemble, il ne fallait pas que ce soit à cause du bébé, mais par amour pour elle. Elle voulait en être certaine.

C'était peut-être égoïste vis-à-vis de son enfant, mais elle ne transigerait pas.

— Scout, nous devrions…

— Chut.

Elle posa le doigt sur ses lèvres.

— Ne dis rien. Ne pense à rien.

Elle approcha sa bouche de la sienne et lui murmura entre les lèvres :

— Essaie seulement de ressentir.

Puisqu'elle l'encourageait…

Il se pencha vers elle.

Envolées les résolutions, oubliés les interdits qu'il s'imposait. Il l'embrassa avec fougue. Loin de l'en empêcher, elle l'encourageait par ses gémissements. Ce moment leur appartenait. A eux. Rien qu'à eux…

Il la prit dans ses bras et la porta jusqu'à la chambre. Là, au milieu de la pièce, il la reposa à terre. Comme dans le salon, la vue était magnifique. Mêmes murs de baies vitrées dominant la ville où clignotaient les millions de loupiotes des gratte-ciel.

La chambre était somptueuse. Un très grand lit double occupait tout un pan de mur. Moquette épaisse et duveteuse, mobilier raffiné, tout n'était que luxe et beauté. Elle soupira.

Max l'observait. Il la regardait s'extasier devant ce luxe.

A quoi pensait-il ? Il était facile de l'imaginer.

Elle se tourna et avança vers lui, leva les bras et le prit par le cou. Machinalement, il referma les bras sur elle.

— C'est sublime, dit-elle.

Elle se mordilla la lèvre.

— Mais je préfère cent fois chez toi.

Son souffle un peu haletant trahissait une grande émotion.

Lui aussi avait l'air troublé. Sa pomme d'Adam qui montait et descendait — la traîtresse — la fascinait. C'était la première fois qu'ils étaient ensemble, seuls.

— Personne ne nous observe, tu sais, murmura-t-elle.

Son cœur battait la chamade. Elle ne pensait plus qu'à se donner à lui. A être prise. Qu'attendait-il pour lui faire l'amour ?

Visiblement, il hésitait. Il avait envie pourtant... Elle le voyait, le sentait... Son corps tendu et son sexe, dur contre elle, ne laissaient planer aucun doute. Il ne lui restait qu'à le convaincre.

Il soupira.

C'était la femme la plus désirable qu'il ait jamais connue. Mais était-elle sûre d'elle ? N'était-ce pas plutôt l'excès de stress et la trahison de Kimble qui la poussaient à s'abandonner dans ses bras ?

En pensant à ce salaud de Kimble, il laissa échapper un grognement.

— Et Kimble ? demanda-t-il.

Elle soupira. Elle avait les yeux brillants, les mêmes yeux qu'il y a quatre mois. Brillants de fièvre et de désir. Il n'avait jamais oublié leur éclat gris acier. Déjà, à l'époque, elle le regardait avec ce magnétisme, mais, cette fois, il y avait quelque chose de plus dans ce regard. Un feu, une fougue, un je-ne-sais-quoi qu'il ne parvenait pas réellement à définir.

Avait-elle décidé de faire l'amour avec lui simplement pour se venger de son amant ?

Max ferma les yeux et s'efforça de rejeter cette explication. La pensée lui en était insupportable. L'imaginer avec Kimble lui était insupportable.

— Je ne vois pas ce que Gage vient faire là, répondit-elle. Voilà des mois que je ne l'ai pas vu ; il peut disparaître de ma vie, je n'en ferai pas une maladie.

Max la crut, elle semblait si sincère. Mais une fois l'enfant venu au monde, serait-elle aussi affirmative ? Quand Kimble ferait valoir ses droits comme père, que ferait-elle ? Sa relation avec Max serait-elle assez forte pour contrebalancer sa volonté de rendre son enfant heureux ?

— Tu ne réagiras peut-être pas comme cela quand…

Hissée sur la pointe des pieds, elle le fit taire en l'embrassant.

— Ne parle pas, lui dit-elle entre deux baisers. Ne parle pas.

Alors, il se laissa aller. Il avait tant envie d'elle. Et depuis si longtemps.

Ne cherchant plus à lutter, il se rendit alors à son baiser, savourant le goût de sa bouche, se délectant de l'excitation qui la faisait vibrer contre lui.

Lentement, il commença à la déshabiller tout en la couvrant de baisers. Les épaules, les seins…

Elle plongea la main dans ses cheveux blonds et la releva, les laissant filer entre ses doigts. Elle le serra contre elle, très fort. Tant bien que mal, elle ôta ses chaussures. Il tomba alors à genoux devant elle, lui défit son jean et le lui retira.

Il lui ôta ensuite ses socquettes. Il garda un pied dans sa main. Il était si petit. Si mignon. Des pieds à la tête, elle était belle comme une déesse. Et tellement désirable…

Après l'avoir débarrassée de ses vêtements, il posa la main sur son ventre à peine arrondi. Si elle lui faisait la faveur de l'y autoriser, il s'occuperait de cet enfant comme il veillait sur elle. Avec la même attention, la même tendresse.

Il posa sur son nombril un baiser qui la fit frissonner. Encouragé par son soupir, il recommença.

Il remonta ensuite vers sa poitrine, s'efforçant de prendre son temps, mais c'était douloureux tant il était fébrile. Finalement, à bout de patience, il lui défit son soutien-gorge. La vue de sa poitrine le fit frémir à son tour. Il prit ses mamelons dans sa bouche, l'un après l'autre, et les mordilla puis enfouit la tête dans la gorge creusée entre ses seins. Elle sentait bon, elle était délicieuse.

A son tour, elle lui fit subir le même traitement. Elle le déshabilla, le toucha, caressa sa peau nue en prenant tout son temps. Quand il commença à gémir, indifférente à la torture qu'elle lui infligeait, elle le prit entre ses mains et l'embrassa jusqu'à lui arracher un cri. Il l'allongea alors sur le lit et l'embrassa. Elle avait le goût du sel et le parfum du miel. Elle avait la peau douce et les lèvres gonflées. Leurs corps en feu ployaient, se tordaient comme des algues, ondulaient dans le remous des vagues qui les submergeaient, se cherchaient, s'épuisaient à se désirer.

Il écarta ses jambes et s'y immisça, doucement, malgré le désir furieux qu'il avait de la pénétrer. Elle poussa un petit cri et se déhancha sous lui, se cambra pour mieux s'offrir mais il se retenait. Il voulait savourer chaque seconde, chaque minute ; il se l'était promis. Mais cette promesse aussi se révélait impossible à tenir.

— Attends, supplia-t-il.

Il ne voulait pas lui faire mal. Mais Scout l'appelait de tout son être. Son corps n'était plus qu'un cri de désir. Elle voulait le sentir entrer en elle de toute sa force…

Un baiser plus fougueux encore que les autres annihilant toute sa volonté, il lui mordit la bouche.

— Je ne veux plus attendre, murmura-t-elle entre ses lèvres en l'embrassant à la folie.

Il gémit, grogna pour la faire arrêter mais elle était lancée comme un cheval fou. Echevelée, hors d'haleine, elle allait et venait sur lui. Elle l'avait empoigné et ne le lâchait plus, l'entraînant au galop dans sa cavalcade effrénée. Soudain, elle s'immobilisa et poussa un râle. Encouragé par son cri, il s'abandonna à son tour au désir fou qui bouillait dans ses veines.

De longues minutes plus tard, étendus l'un près de l'autre, jambes emmêlées, pantelants, ils essayaient de reprendre leur souffle.

— Je ne veux plus te perdre, Scout, chuchota-t-il, les yeux perdus dans le vague.

Il avait besoin d'elle. Eperdument. Il se tourna sur le côté.

— Je ne veux pas que tu fasses ce que tu projettes. C'est trop risqué pour toi et pour le bébé.

Scout cligna des yeux pour retenir ses larmes. Il ne voulait pas qu'elle prenne de risques. Ni pour elle, ni pour le bébé. C'était donc qu'il l'aimait assez pour l'accepter sachant qu'il n'était pas de lui.

— Max.

Cette fois, l'heure était venue de lui dire la vérité. Quelles que soient les conséquences, elle ne garderait pas ce secret pour elle une seconde de plus.

Du bout du doigt, il lui caressa la joue.

— Dis-moi que tu feras ce que je te dis et je serai heureux.

Il lui fit son sourire le plus charmeur. Mais elle n'était pas femme à se laisser acheter par un sourire. Et elle détestait recevoir des ordres.

Son visage se fit grave.

— Je suis sérieux, Scout. J'ai peur qu'il t'arrive quelque chose. Je trouverai une autre combine.

— Mais…

Il secoua la tête.

— Il n'y a pas de mais. C'est trop dangereux. Je ne veux pas te savoir dans leur ligne de mire.

Il embrassa le creux de son bras et trouva sa peau si douce qu'il l'embrassa de nouveau.

— Ceci…

Il toucha son pansement.

— … aurait pu être beaucoup plus grave. Si tu ne le fais pas pour toi, pense au bébé.

L'entendant parler, elle se dit que si elle lui révélait maintenant la vérité, il l'enfermerait à double tour pour l'empêcher de mener son projet à terme. Ce que Max ne comprenait pas, pensa-t-elle, c'est qu'elle et son bébé ne seraient pas en sécurité tant que l'ennemi n'aurait pas été capturé. Et que cette situation la condamnait à fuir et se cacher aussi longtemps qu'un chercheur n'aurait pas découvert l'antidote du poison K-141.

Elle soupira.

Elle allait devoir garder son secret pour elle quelque temps encore.

Elle hocha la tête sur l'oreiller. Peut-être était-elle simplement lâche et avait-elle peur de sa réaction si elle lui avouait la vérité ? Cette hypothèse était probablement la bonne.

— Désolée, Max, je ne renoncerai pas, et je te demande de m'aider.

Désespéré par son obstination, il colla le front contre le sien.

— Je peux dire non ?

— Non, répondit-elle.

Il l'embrassa, un baiser menu, un frôlement plutôt, qui contenait toute la tendresse et la douceur du monde.

— Bien, on fera ce que tu veux.

Il plongea ses grands yeux dans les siens.

— Mais la prochaine fois, on fera comme je veux.

— Top-là, dit-elle, lui tendant sa main, paume en l'air.

A cet instant, elle sut qu'elle pouvait passer le reste de sa vie dans ses bras sans avoir d'arrière-pensée.

Restait à prier le ciel que rien ne lui arrive d'ici là.

— Tu es certaine d'avoir toujours gardé un œil sur ton médaillon ?

C'était la énième fois qu'on lui posait la même question, et elle en avait par-dessus la tête de répondre chaque fois la même chose.

Elle foudroya Max du regard.

— Je te l'ai déjà dit cent fois, je ne m'en suis jamais séparée, sauf quand Alexon me l'a pris lors de notre quarantaine.

— Tu en es bien sûre ? la pressa Max.

— Oui, certaine, martela-t-elle, exaspérée.

Elle ne se séparait jamais de son médaillon. Son père le lui avait offert pour ses seize ans, et elle ne l'avait jamais quitté depuis. Sauf pendant les trois semaines où elle avait été enfermée chez Alexon.

Max s'approcha des baies vitrées et admira le paysage qui s'étendait à perte de vue depuis le loft de Simon. Une succession de pelouses, d'arbres et de gratte-ciel.

— Mais, commença Braxton qui attendait son tour pour intervenir, il vous arrive bien parfois de dormir ?

Nonchalant, comme à l'accoutumée, il était assis sur le bras du canapé.

— On a pu introduire une puce dans votre médaillon pendant votre sommeil.

Elle haussa les épaules, ronchon.

Ils l'épuisaient à ce feu croisé de questions. Elle voulait agir. Devoir rester là, assise à ne rien faire, inutile, la rendait folle. De plus, elle n'avait toujours rien dit à Max sur le bébé, et sa lâcheté l'irritait. Toute la journée, elle avait été grognon. Il était bientôt 2 heures et elle voulait qu'on bouge.

— Possible, concéda-t-elle. Cela pourrait s'être produit pendant mon sommeil.

Son oncle Harold avait passé deux nuits chez elle à Houston. Et elle lui avait rendu visite une fois ou deux ici. Mais il était mort maintenant. On n'allait quand même pas le mettre en cause ? C'était trop facile d'accuser un mort qui n'était plus là pour se défendre. Par acquit de conscience, Cooper avait demandé au médecin légiste de lui remettre les photos du corps d'Harold.

Son estomac se mit à gargouiller.

Elle ne se sentait pas assez courageuse pour regarder les clichés du cadavre de son oncle. Aucun cadavre, d'ailleurs.

Et puis, son oncle l'aimait. Pourquoi aurait-il cherché à lui nuire ?

— Quelqu'un a introduit une puce électronique dans ton médaillon et c'est grâce à lui qu'ils t'ont suivie à la trace. On pouvait prendre toutes les précautions qu'on voulait, ils savaient en temps réel où tu te trouvais.

Max, perplexe, se tourna vers elle.

— Contrairement à ma première impression, tout porte à croire que c'est Alexon qui a fait le coup.

Ryan approuva de la tête.

— Mobile, occasion, tout y est.

— Pas tout, intervint Max. Pour moi, ton cher copain Kimble est aussi dans le coup.

Le ton était glacial.

— Gage n'a rien à voir là-dedans, s'offusqua Scout. Je ne vois pas pourquoi vous refusez d'admettre que c'est Alexon. Moi, je sais que ce sont eux. Ils m'ont retenue prisonnière, je sais de quoi ils sont capables.

Elle avait raison, se dit Max. C'était indéniable, elle avait vu juste. Pour lui, Alexon — Brandon — cachait quelque chose. De là à affirmer que son groupe avait orchestré toute l'affaire, c'était un pas qu'il ne fallait pas franchir trop hâtivement. Kimble, en revanche, lui semblait faire un suspect beaucoup plus crédible... mais Max savait qu'il était loin d'être impartial.

— Tiens !

Il rendit son médaillon à Scout.

— On s'est chargés d'enlever la puce.

Ils avaient également fait autre chose qu'il préférait lui taire pour l'instant.

Elle prit la chaîne et le médaillon et les passa autour de son cou. Max préféra ne pas la regarder faire. Elle avait des gestes si délicats qu'elle lui faisait penser à une madone. Une madone qui lui donnait envie de commettre un péché.

Le *bip* du système de sécurité les avertit soudain que quelqu'un avait emprunté l'ascenseur pour monter. C'était probablement Simon, puisque sa femme était partie à Atlanta rendre visite à son père. Sur ses gardes, malgré tout, Max se raidit. Il n'aimait pas la situation dans laquelle ils se trouvaient et se demandait où elle allait les mener. Scout était plus déterminée que jamais à servir de leurre pour attirer l'ennemi dans un piège. Mais Max avait imaginé une autre stratégie qui était déjà sur les rails. Scout ne serait sans doute pas ravie quand elle apprendrait qu'il avait agi à son insu, mais il ferait de son mieux pour la convaincre que c'était pour son bien.

Ils entendirent les portes de l'ascenseur coulisser et virent Cooper apparaître dans le hall. Devant leurs regards interrogateurs, il secoua la tête.

— L'entrepreneur des pompes funèbres n'a pas pris de photos, mais quand il a regardé les clichés d'Atkins que j'avais apportés, il a admis qu'il pouvait en effet s'agir de l'homme qu'il avait préparé avant sa mise en bière.

— Il n'a pas été formel ?

De nouveau, Cooper secoua la tête.

— Il a déclaré qu'il était impossible d'être catégorique, dans la mesure où la balle était ressortie par la face. Mais, a-t-il ajouté, les responsables de chez Alexon l'ont formellement identifié.

— Harold a reçu une balle dans la poitrine, déclara Scout. Ce qu'il dit est inexact.

— Comment le sais-tu ? Tu as dit toi-même que tu t'étais enfuie en courant en entendant le coup de feu, répliqua Max en s'approchant d'elle.

Il souffrait pour elle. Sans se soucier de ce qu'elle ressentait, on la soumettait au pire supplice en lui imposant de revivre un moment atroce.

— Le tueur ou ses complices, s'ils étaient plusieurs, ont pu tirer encore après ton départ.

Elle se prit la tête dans les mains.

— Peut-être. Je n'en sais rien. J'ai entendu un coup, oncle Harold est tombé. Je me suis enfuie.

Elle haussa les épaules et les laissa retomber, anéantie et, surtout, honteuse de s'être enfuie, abandonnant son oncle à cette tragédie. Mais, dans cette situation déjà, elle avait fait un choix. Celui de son bébé.

— J'ignore ce qui est arrivé ensuite.

— Selon l'employé des pompes funèbres, il y avait deux impacts à l'arrière du crâne. Mais le plus étonnant…

Il se tut pour ménager ses effets, cherchant le regard de ses collègues, puis reprit.

— C'est que le rapport de l'embaumeur a disparu du dossier.

La tension dans la pièce se fit plus perceptible. Max et Braxton échangèrent un clin d'œil.

— Voilà une information qui éclaire notre affaire d'un jour nouveau, commenta Braxton. Soit Harold Atkins est toujours en vie, soit…

— Quelqu'un cherche à nous faire croire qu'il l'est toujours, acheva Max.

— Quel intérêt y aurait-il à nous faire croire qu'il est toujours vivant ? interrogea Scout, l'esprit ralenti par le stress.

Elle semblait bouleversée et terriblement fatiguée, et Max aurait aimé la prendre dans ses bras pour la rassurer.

— Et Kimble ? demanda Braxton.

— Quoi, Braxton ? s'étonna Max.

— Quel est son rôle dans tout cela ?

Max se raidit. Entendre prononcer le nom de cet homme devant lui lui donnait des poussées d'urticaire. S'il l'avait eu sous la main, il lui aurait brisé le cou.

— Je pense qu'il est impliqué jusqu'au cou dans l'affaire, lança Max qui savait que sa réponse était davantage motivée par la haine qu'il nourrissait pour l'individu que par la raison.

— Je ne vois pas comment, le contra Scout. Nous sommes sortis ensemble, mais cela fait des mois. Depuis, nous avons rompu et je n'ai plus entendu parler de lui.

Max chercha son regard et le soutint mais, agacée par ce qu'elle considérait comme de la mauvaise foi de sa part, elle détourna les yeux. De toute façon, elle ne voyait pas comment ces détails faisaient progresser leur affaire.

— Comment vous êtes-vous connus ? demanda Braxton.

Il se leva, s'étira et se dirigea vers le bar qui séparait la cuisine du salon.

— Il avait été recruté dans l'armée par mon père, expliqua-t-elle en s'avançant vers Braxton qui débouchait une bouteille d'eau.

— Dans les forces spéciales ? s'enquit-il.

La bouteille d'eau débouchée, il but au goulot et la passa à Scout qui l'imita.

Max se taisait. Cette histoire le touchait de trop près pour qu'il intervienne en toute sérénité. Mieux valait donc que ce soit Braxton qui pose les questions.

— Mon père l'a invité à la maison à plusieurs reprises, reprit-elle. Et puis il a disparu de la circulation. Je ne l'ai revu qu'un an après la mort de mon père. Il était effondré quand il a appris la nouvelle. Il est resté quelque temps au Texas et, finalement, nous sommes sortis ensemble. Notre relation est devenue sérieuse à ce moment-là.

Max serra les dents et regarda au loin. Il aurait préféré ne pas entendre la suite, mais il fallait bien tenter de savoir si Kimble avait quelque chose à voir avec le meurtre d'Harold et si sa présence, chaque fois qu'un meurtre était commis, était le fait du hasard. Max en doutait.

— Et il a de nouveau disparu, dit Braxton.

Elle avala une gorgée d'eau.

— Oui. Je ne l'ai revu que deux semaines après être sortie de quarantaine chez Alexon.

« Et ils ont dîné ensemble, ajouta Max en silence. Et ils ont fait l'amour. »

Son cœur cognait de rage impuissante. Il chercha à

repousser les images insupportables qui s'imposaient à lui. En vain.

Il n'avait aucun droit sur le passé de Scout. Il n'allait pas lui en vouloir d'avoir vécu avant de le connaître ! C'était déraisonnable et injuste, envers elle et envers le bébé.

Il se força à la regarder et, malgré sa rancœur, ne vit qu'une femme qu'il aimait. Les autres images et les pensées indésirables s'évanouirent aussitôt.

— Selon toi, était-il en relation avec ton oncle ?

Elle hocha la tête.

— Ils se sont rencontrés une fois quand nous sortions ensemble, mais ils n'avaient pas l'air de se connaître. Mon oncle n'a ensuite jamais fait allusion à lui et inversement.

Braxton et Max réfléchissaient.

— Son manque d'implication dans ta vie, ces derniers temps, semblerait indiquer qu'il n'est pas partie prenante, déclara Max qui avait recouvré ses esprits. Mais sa réapparition soudaine m'empêche de le rayer une fois pour toutes de la liste des suspects plausibles.

— Je comprends, répondit Scout. A moi aussi, sa soudaine réapparition me paraît douteuse. Encore qu'il ne soit pas tellement étrange de sa part d'agir de la sorte.

Elle fronça les sourcils.

— J'ai noté qu'il était très secret la première fois que mon père me l'a présenté. On ne savait jamais ce qu'il pensait. Il était expert dans l'art de cacher ses sentiments.

Elle se mordilla les lèvres. La voyant faire, Max se rappela leur douceur et leur goût.

— C'est peut-être à cause de l'entraînement qu'il a reçu dans l'armée comme agent de couverture, reprit-elle. Il est fuyant.

Max, lui aussi, avait remarqué le caractère secret de

Kimble et son talent pour la comédie, mais il s'était demandé si la haine qu'il lui portait n'altérait pas son jugement.

— Passons à la deuxième phase de notre stratégie, proposa Braxton.

Scout redressa la tête.

— Quelle stratégie ?

Elle fixa Braxton, puis Max.

— Personne ne m'a parlé de plan.

Les difficultés se profilaient.

— J'ai parlé avec Cooper pendant que tu dormais, avoua Max, s'attendant à la voir réagir avec violence.

Comme prévu, un éclair de colère zébra son regard.

— Et vous n'avez pas jugé utile de m'en informer ?

— Quand Cooper a téléphoné pour expliquer la situation, l'interrompit Braxton, c'est Simon Ruhl qui a pris la décision.

Eberlué, Max regarda Braxton. Il rejetait la responsabilité sur Simon, de sorte que Scout ne puisse s'en prendre qu'à lui. Simon avait effectivement pris la décision, mais des décisions de cette importance ne se prenaient jamais seul, sans l'approbation des échelons supérieurs. Max, qui redoutait une réaction violente, se sentit soulagé. Il devait une fière chandelle à ses collègues…

— Max va appeler Alexon et arranger un rendez-vous pour négocier les conditions de votre coopération.

— Qui dit que j'ai l'intention de collaborer ? aboya Scout.

Elle jeta un coup d'œil à Max.

— C'est ça ton idée ?

— L'objectif, expliqua Max, c'est de leur faire croire que nous acceptons de négocier, afin de les pousser à se dévoiler. S'ils mijotent un mauvais coup contre toi, ils en profiteront. Le but est de vérifier si Alexon est vraiment l'ennemi.

Scout ne se détendit pas. Au contraire.

— D'accord pour débusquer l'ennemi, déclara-t-elle, mais j'aurais aimé être consultée et pouvoir établir le plan avec vous. Je déteste être reléguée au rôle de simple exécutante.

Qu'ils ne l'aient pas consultée blessait son ego.

Après ce que Max et elle avaient partagé la nuit dernière, elle se serait attendue à plus de franchise et à un minimum de concertation de sa part.

Elle le regarda. De quel droit lui faisait-elle des reproches ? Comment osait-elle exiger concertation et franchise de sa part quand elle-même n'avait pas été capable d'honnêteté avec lui ?

— Si Alexon n'a rien à se reprocher, nous le saurons tout de suite, et la réunion se déroulera sans encombre. Si, en revanche, ils ne sont pas clairs, on le verra à leurs actes.

— A quelle heure doit-on les rencontrer ?

Max et Ryan échangèrent un nouveau coup d'œil.

— Il vaudrait mieux que vous vous teniez à l'écart, lui répondit Ryan.

Quand elle eut fini de tempêter, il lui lança un regard sévère.

— Si vous voulez vraiment protéger votre enfant, vous devez éviter les endroits dangereux. Pensez à vos priorités, mademoiselle Jackson.

Il accompagna sa dernière phrase d'un regard appuyé sur son pansement.

Ses envies de se battre finirent par se dissiper. Ils avaient raison. Si elle tenait à son enfant, elle devait se mettre à l'abri du danger. C'était de l'inconscience de penser qu'elle pourrait, à elle seule, mettre Alexon à genoux. C'était de la présomption pure et simple. Tout ce qu'elle risquait, c'était de perdre la vie et celle de son bébé.

A regret, elle acquiesça.

— D'accord.

L'heure suivante passa très vite. Un tourbillon. Le rendez-vous avec Alexon avait déjà été fixé à son insu. Nicole Reed Michael jouerait le rôle de Scout et accompagnerait Max. Ryan Braxton les couvrirait. Pendant ce temps, Cooper tiendrait compagnie à Scout dans le loft où elle ne risquait rien. Max et elle avaient discuté des termes de sa coopération avec Alexon, si coopération il devait y avoir. A contrecœur, elle avait donné son accord.

Il n'en restait pas moins qu'elle était extrêmement déçue de ne pas participer à l'opération. Elle aurait voulu les accompagner et contraindre Alexon à avouer son crime. Mais c'était impossible, elle devait avant tout penser à son enfant.

La peur la saisit soudain. Elle ne pouvait pas laisser Max s'embarquer dans cette aventure sans lui avoir dit auparavant la vérité. Si quelque chose devait lui arriver...

En proie à une vive émotion, elle traversa la pièce et l'attira loin des autres.

— Il faut qu'on parle, lui dit-elle brusquement.

Il jeta un coup d'œil à ses collègues et la suivit dans la chambre. Les draps étaient encore défaits et il flottait dans l'air des effluves d'amour. Une envie de pleurer lui piqua soudain les yeux.

— Ne t'inquiète pas, lui dit-il en l'embrassant sur la joue. Tout va bien se passer, fais-moi confiance.

Il lui avait passé un bras autour de la taille et la serrait contre lui.

Refoulant à grand-peine les larmes qui lui brûlaient les yeux, elle sourit.

— Je te fais confiance, Max.

A son tour, il sourit. Un sourire irrésistible qui la faisait immanquablement fondre. Submergée par une envie de pleurer, elle fondit en larmes. De grosses larmes chaudes qui dévalaient ses joues.

Max s'inquiéta.

— Je n'ai pas été tout à fait honnête avec toi, expliqua-t-elle d'une voix que l'émotion rendait mal assurée.

— Je t'en prie, ne pleure pas…

Il essuya une larme sur sa joue.

— … de toute façon, cela ne changera rien à ce que je ressens pour toi.

Il la regarda et son visage s'éclaira d'un immense sourire.

— Je t'aime, tu le sais ?

Il fallait qu'elle lui dise. Elle ne devait plus attendre. Mais c'était difficile. Il allait la rejeter, partir…

— Ce bébé que j'attends, Max, il est de toi. Je me suis toujours demandé comment tu ne t'en étais pas douté et pourquoi tu avais cru les mensonges de Gage. C'est ton bébé, ton enfant, le nôtre, à toi et à moi. C'est pour cela qu'Alexon voulait garder un œil sur moi, même après m'avoir relâchée. Ils savaient que ce bébé avait été conçu pendant notre quarantaine, et c'est ça qui a tout déclenché.

— Mais…

Elle hocha la tête.

— Il n'y a pas de *mais*.

C'était la phrase qu'il avait lui-même prononcée la veille.

— C'est vrai. Je te le jure. Cet enfant est le tien.

14

Appuyé à son 4x4, Max essayait de mettre de l'ordre dans ses idées. Les grands pontes d'Alexon n'allaient plus tarder à arriver, et il devait rester concentré. Braxton avait pris position sur un toit en face. S'il remarquait quelque chose d'anormal, il interviendrait aussitôt. Nicole attendait dans le 4x4, ses longs cheveux blonds dissimulés sous une perruque noire. Yann Michael, son mari et adjoint de Victoria, avait insisté pour apporter son concours. Au cas où les événements tourneraient mal, mieux valait un autre homme pour venir à la rescousse. Il ne devait pas être loin.

On ne pouvait lui reprocher d'avoir peur pour sa femme, songea Max. A sa place, il aurait été dans le même état d'esprit.

Femme.

Enfant.

Les mots se télescopaient dans sa tête. Bien qu'il n'ait pas de femme — pas encore, corrigea-t-il —, il avait un enfant en route. Un enfant !

Jamais nouvelle ne l'avait autant bouleversé. Dire que Scout le lui avait caché. Pourquoi ?

Il était encore furieux, mais il savait qu'il ne pourrait pas lui en tenir rigueur trop longtemps. Il l'aimait trop.

Elle portait son enfant.

Il avait du mal à l'imaginer.

De nouveau, la colère le saisit. Kimble était au courant, c'est pour cela qu'il lui avait menti au début. Mais puisqu'il n'était pas le père et qu'il savait que Scout était enceinte, cela le plaçait en tête de liste des suspects.

Max réfléchit. En fait, Kimble avait essayé de le déstabiliser, de le monter contre Scout. Hélas pour lui, cela n'avait pas fonctionné. Max aimait tellement Scout qu'il était prêt à tout accepter, même qu'elle soit enceinte d'un autre homme. Restait à savoir pourquoi Kimble avait agi ainsi.

Pour l'instant, seul importait le fait que l'enfant qu'elle portait était de lui. Et puisqu'il était de lui, il s'en occuperait. La question n'était plus de savoir si leur relation avait de l'avenir : ils allaient avoir un enfant. Il aimait Scout. Il la désirait. Et il allait s'employer à faire cesser la menace qui pesait sur elle. La nouvelle extraordinaire de sa paternité décuplait encore sa motivation et son désir d'agir vite. Cet enfant ne viendrait pas au monde avec une menace au-dessus de la tête.

— Le rideau se lève ! murmura Max entre ses dents en apercevant les faisceaux des phares d'un véhicule.

Ils étaient tous équipés de mini écouteurs, si petits qu'ils étaient invisibles à l'œil nu quand ils étaient en place au creux de l'oreille, et de micros tout aussi minuscules accrochés à un revers ou au col.

— Cinq sur cinq, répondit en écho la voix de Braxton dans l'écouteur.

— Relax, chuchota Nicole. On voit que tu es tendu, Max.

Il regarda le 4x4 et se força à sourire à la femme qui était à l'intérieur. Savait-elle qu'elle lui demandait l'impossible ?

Une limousine interminable, noire, glissa dans le parking du vieil entrepôt délabré que Max avait choisi comme lieu de rendez-vous. C'était maintenant à Max d'imposer sa loi.

La portière arrière s'ouvrit et Régis Brandon apparut.

Après avoir ajusté la veste de son costume — belle coupe, au demeurant —, il traversa le parking en direction de Max.

— Où est Mlle Jackson ? s'enquit-il aussitôt.

D'un signe de tête, Max désigna son 4x4. Brandon dirigea son regard vers le véhicule, mais les vitres teintées empêchaient de voir avec précision le visage de la personne assise à l'intérieur.

— Je vous explique maintenant la marche à suivre, déclara Max en regardant l'homme droit dans les yeux. C'est moi et moi seul qui décide. Sinon vous n'obtiendrez rien.

— Attention, il a six types avec lui, l'avertit la voix de Braxton, tout bas dans l'écouteur.

Derrière Brandon, Max perçut des mouvements.

— Que demandez-vous en échange de la collaboration de Mlle Jackson ? interrogea Brandon, qui ne se méfiait plus.

Fixant son attention sur les ombres mouvantes derrière Brandon, Max poursuivit.

— Si Alexon peut faire la preuve que ses travaux sont commandités par le gouvernement des Etats-Unis, Mlle Jackson est d'accord pour vous remettre le cordon ombilical à la naissance de son enfant.

Max fixa son interlocuteur.

— Il n'y aura aucun — absolument aucun — autre contact avec elle jusqu'à la naissance. Qui aura lieu dans l'hôpital de son choix. Seule une personne de chez Alexon sera admise à l'hôpital à cette occasion. Si jamais Alexon essaie une fois encore d'entrer en contact avec Mlle Jackson ou son enfant, une procédure sera intentée contre Alexon.

Max le toisa. Cet homme devait comprendre qu'il ne plaisantait pas.

— Nous avons des contacts au plus haut niveau du gouvernement. Si Alexon souhaite se voir attribuer d'autres contrats de recherche, je vous conseille fortement de respecter nos conditions.

Brandon, crispé, claqua des doigts. Aussitôt, six hommes les entourèrent. Six hommes vêtus de noir et qui portaient des masques, exactement comme les agresseurs et l'assassin d'Harold que Scout avait décrits.

Max fronça les sourcils. Se pouvait-il qu'elle ait vu juste depuis le début ?

— Prêts, l'informa Braxton par écouteur interposé.

L'information rassura Max.

— Vous manquez déjà à votre parole ? fit remarquer Max à Brandon.

Celui-ci hocha la tête.

— Je crois que vous ne comprenez pas, monsieur Maxwell. Biogenesis n'accepte aucune condition. Si nous ne mettons pas Mlle Jackson en sécurité jusqu'à la naissance de l'enfant, Biogenesis l'enlèvera à votre barbe et à votre nez quand vous vous y attendrez le moins. Pour Biogenesis, qu'elle et son enfant survivent est le cadet de ses soucis, je peux vous l'assurer.

Max fit un signe en direction des hommes masqués.

— Je vois que vous, en revanche, êtes soucieux de sa sécurité ! Vous n'avez pas hésité à vous faire accompagner de six hommes armés pour assurer notre protection, à vous et à moi, ironisa-t-il. C'est sans doute aussi au nom de cette sécurité que ces mêmes hommes ont fait feu sur nous l'autre soir et qu'ils ont tué Harold Atkins il y a une semaine. M. Kimble travaille aussi pour vous, j'imagine ?

Brandon leva la main et les hommes baissèrent aussitôt les armes, à la grande surprise de Max.

— Quels hommes ? Qui a tiré sur vous ?

— Pourquoi croyez-vous que nous fuyons de cachette en cachette ? reprit Max. Vos hommes nous ont poursuivis jusqu'à mon chalet la nuit même où j'ai trouvé Scout. Nous avons failli être tués dans la course poursuite qui s'en est suivie, sans parler des coups de feu. Et vous venez me parler de sécurité alors que Mlle Jackson a été blessée. Comment voulez-vous que je croie un mot de ce que vous me dites ?

Les yeux écarquillés, Brandon semblait saisi par la peur.

— Comment va-t-elle ? Je n'ai pas été informé de ces événements.

— Elle va bien. La blessure n'était que superficielle. Mais lors de l'explosion de la maison de son oncle, nous avons échappé de justesse à la mort. Bien entendu, votre homme, Kimble, était présent.

Brandon secoua la tête.

— Nous n'avons rien à voir avec ces événements. Je n'avais pas la moindre idée de l'endroit où vous étiez. Comme tout le monde, j'ai appris dans les journaux l'explosion de la maison, mais j'ignorais qu'elle se trouvait là. Quant à ce Kimble dont vous me parlez, je n'en ai jamais entendu parler. Je tiens à vous préciser que je ne me suis pas absenté une minute de mon bureau tous ces jours passés, de peur de manquer un éventuel appel de votre part.

Il reprit son souffle.

— C'est Biogenesis. Ils sont à vos trousses.

Max haussa les épaules. Si Kimble ne travaillait pas pour Alexon, il travaillait pour Biogenesis.

— Manifestement, quelqu'un est à nos trousses. On a introduit une puce électronique dans le médaillon de Mlle Jackson, qui permet de connaître en temps réel sa position géographique. Par chance, nous l'avons découvert à temps.

Brandon hocha la tête.

— Vous devez me croire. Rien ne les arrêtera. Ils emploieront tous les moyens pour la retrouver et l'enlever.

S'ils mettent l'antidote au point les premiers, le gouvernement des Etats-Unis sera à leur merci.

D'un geste de la main, il montra ses hommes en armes.

— Par les temps qui courent, il faut être très prudent. Notre activité est très exposée.

— Je ne demande qu'à vous croire, monsieur Brandon, dit Max. Mais je sais que vous ne me dites pas tout. Puis-je me permettre une remarque ? Vous mentez mal.

Brandon regarda au loin.

— Vous avez raison, ce n'est pas tout. Nous sommes responsables de la mort d'Atkins. Ce sont mes hommes que Mlle Jackson a vus. Mais nous avons agi pour la protéger. Harold espionnait pour le compte de Biogenesis. Il leur a vendu des secrets nous appartenant. Nous avons été trahis.

Il regarda la femme assise dans le 4x4 dont les vitres teintées dissimulaient les traits.

— Il s'est servi d'elle et elle ne s'en est jamais rendu compte. Quand nous avons voulu l'arrêter…

Il haussa les épaules.

— Les choses ont mal tourné.

— Mais êtes-vous certain, le pressa Max, qu'Atkins est bien mort ? Qui a identifié le corps ?

Brandon commença à s'énerver.

— Moi, c'est moi qui l'ai fait. Mais ce n'était pas facile de le reconnaître car il avait la figure très abîmée.

Le souvenir du visage qu'il avait vu le fit grimacer.

Il soupira.

— Malgré la balle qu'il a reçue en pleine poitrine, il a réussi à abattre un de mes hommes. Mais le coup mortel, il l'a reçu en pleine tête. C'est pour cela que je vous dis que j'ai eu du mal à le reconnaître. Mais c'était lui. Je n'étais pas là quand il a été abattu mais je sais que c'était lui. Pour en être certain, d'ailleurs, on a fait procéder au relevé de ses empreintes digitales.

Il secoua la tête, l'air sincèrement navré.

— J'aurais préféré que les choses se passent autrement, qu'on ne soit pas obligés d'en arriver là, hélas… si nous n'avions pas mis fin à ses agissements, Mlle Jackson et son bébé seraient des cobayes chez Biogenesis à l'heure qu'il est. Nous avons fait ce que nous pensions devoir faire. Jusqu'à organiser à ce pauvre malheureux des funérailles dignes d'un chef d'Etat.

Il regarda Max en face.

— Il fallait le faire. Maintenant, j'aimerais parler à Mlle Jackson.

La portière s'ouvrit et Nicole descendit en ôtant sa perruque.

— C'est…

Brandon resta interloqué.

— Où est-elle ? rugit-il, la surprise passée.

Il se tourna vers Max et le fusilla du regard.

— Où est-elle, bon sang ? Je ne cesse de vous répéter que Biogenesis la recherche, vous ne comprenez donc pas qu'ils vont mettre la main dessus !

— Maintenant, c'est à votre tour de m'écouter, monsieur, et de me croire, enchaîna Max. Mlle Jackson est en sûreté quelque part. Quand vous nous aurez fourni la preuve que nous vous demandons et signé notre protocole d'accord, elle vous remettra un contrat signé de sa main, en bonne et due forme.

Résigné, Brandon opina.

— Parfait, parfait. Mais veillez à ce qu'elle soit en sécurité.

— Vous avez ma parole, dit Max en guise de conclusion.

L'attente commençait à lui porter sur les nerfs. Enfermée dans la chambre, Scout trépignait. Pourquoi le rendez-vous se prolongeait-il autant ? Pourquoi n'avaient-ils pas encore eu de nouvelles ? Ils auraient déjà dû être de retour.

— Détends-toi, la supplia Doug. Si les choses s'étaient mal passées, nous en aurions été informés. Max et Ryan savent ce qu'ils font.

Mais les hommes qui étaient à leurs trousses étaient des brutes, prêtes à tout.

Elle jugea préférable de ne pas argumenter.

Deux minutes plus tard, sans même s'en rendre compte, elle recommençait à faire les cent pas.

— Cette attente me tape sur les nerfs ! s'exclama-t-elle. Pourquoi n'avons-nous pas de nouvelles ?

— Nous devons attendre qu'ils nous contactent, répondit Doug d'une voix rassurante. Nous risquerions sinon d'appeler à un mauvais moment.

Certes. Quoi qu'il en soit, cette attente lui était insupportable.

Soudain, le téléphone sonna. Doug sortit son appareil, mais la sonnerie provenait d'un autre combiné. Tous deux se tournèrent vers le bar où se trouvait le téléphone qu'un expéditeur anonyme lui avait fait porter alors qu'elle se trouvait dans la maison de Victoria.

— Si j'étais vous, je ne répondrais pas, suggéra Doug.

— Mais… si c'était oncle Harold ? dit-elle, effrayée.

Il était mort, non ? Oh ! Elle ne savait plus.

— Et si c'était Alexon et qu'ils retiennent Max et Nicole ?

Doug secoua la tête.

— On le saurait.

— Vraiment ? répliqua-t-elle, sceptique.

Avant qu'il ait eu le temps de répondre, elle avait saisi le portable et décroché.

— Allô ?

— Ah, c'est toi, Scout. Tout va bien.

C'était Gage.

Pourquoi lui téléphonait-il ?

Qu'attendait-elle pour se débarrasser de lui une fois pour toutes ? Il avait menti à Max. Peut-être lui avait-il menti à elle aussi ?

— Qu'y a-t-il, Gage ?

En l'entendant prononcer le nom de son interlocuteur, Doug fronça les sourcils.

— Alexon va tuer Max. Tu dois absolument venir.

— Quoi ?

Une boule d'angoisse se logea dans sa gorge. Mon Dieu ! S'il arrivait quelque chose à Max…

— Max est…

— Le rendez-vous avec Max était un traquenard, ajouta Kimble précipitamment. Ils se doutaient que tu ne l'accompagnerais pas, alors ils ont prévu un plan B, si j'ose dire. Si tu ne viens pas tout de suite, Max est un homme mort. C'est Harold qui tire les ficelles. Oui, c'est lui. Il voulait que je participe à la négociation, mais j'ai refusé. J'y vais, là. Je vais essayer de l'arrêter.

Il marqua une pause.

— Laisse-moi t'aider, Scout, insista-t-il. On ne peut pas les laisser tuer Max. Je sais que c'est le père de ton enfant et qu'il n'y aura jamais rien entre nous. Il faut agir… Viens, on va aider Max, et tu pourras enfin faire traduire en justice l'auteur du meurtre de ton père.

Tétanisée, Scout essayait de retenir ce que Gage lui disait parmi le flot d'informations.

Et si tout cela était un coup monté ? se demanda-t-elle. Harold était mort : il ne pouvait avoir manigancé tout cela.

« Mais le rapport du médecin légiste a disparu, lui

rappela une petite voix à l'intérieur. Et l'employé des pompes funèbres n'a pas été capable d'identifier formellement Harold. » Cet appel… cette voix, c'était la sienne. Elle l'aurait juré.

Peut-être que Gage disait vrai ? Harold était-il toujours en vie ? Et, avec Alexon, peut-être s'en prenaient-ils à cet instant même à Max ?

Elle se passa la main sur le visage, ne sachant plus qui croire.

— Je ne sais pas, Gage. Je…

— Tu dois me croire, Scout. Je sais que je me suis mal conduit vis-à-vis de toi. J'aurais dû m'opposer à ton oncle et le faire arrêter, mais il faut que tu me croies.

— Attends, dit-elle, péremptoire.

Elle appuya l'appareil contre son épaule et regarda Doug.

— Y a-t-il un moyen de savoir comment ça se passe entre Max, Nicole et Alexon ?

Son cœur se mit à battre à coups redoublés. Elle voulait être sûre. Doug hésita.

— Je veux le savoir. Tout de suite !

Doug composa un numéro sur son mobile et, après une courte attente, demanda à être informé de l'opération Alexon/Max.

L'œil rivé sur Scout, il écouta la réponse et lui répéta ce qu'on venait de lui dire.

— La rencontre s'est passée sans problème. Ils sont sur le chemin du retour. Arrivée prévue dans vingt minutes.

Gage mentait.

Elle déglutit avec peine et porta le mobile à son oreille.

— Gage ?

Rien.

Elle coupa la communication. Pourquoi l'avait-il appelée ?

Dans quel but ? Pour qui travaillait-il ? S'il était au courant du rendez-vous avec Alexon, c'est que…

La réponse s'imposa à elle dans toute sa violence.

Affolée, elle appuya sur la touche Menu du portable qu'elle serrait encore et fit défiler le programme. *Durée du dernier appel* : *soixante-cinq secondes.*

Il était en train de l'espionner. Par portable interposé, il remontait l'appel.

Il savait où elle était.

Son regard se posa sur Doug.

— Il faut partir d'ici tout de suite, dit-elle.

Comprenant à demi-mots, il la saisit par la main et, ensemble, se précipitèrent vers l'ascenseur.

— Mauvais choix, dit-il. Prenons plutôt l'escalier.

Quatre à quatre, ils dévalèrent les quatorze étages. Elle avait les poumons en feu. Mais ils devaient faire vite s'ils voulaient éviter que Gage les rattrape.

Pourquoi Gage agissait-il ainsi ? Tout ceci n'avait aucun sens.

Au premier étage, Doug s'arrêta et se tourna vers elle.

— Reste derrière moi.

Ils descendirent jusqu'au parking qui se trouvait au sous-sol. La porte dépourvue de vitre ne permettait pas de jeter un coup d'œil avant de sortir. Selon toute probabilité, la porte principale devait être surveillée. Doug sortit son arme et pénétra le premier dans le parking. Un silence de mort y régnait. Soudain, un crissement de pneus déchira l'air. Doug se plaça devant Scout pour la protéger.

Des coups de feu claquèrent.

Doug se baissa, mais Scout ne réagit pas assez vite : une balle effleura sa cuisse. Elle pointa son arme en direction de l'endroit d'où provenait le coup de feu.

Trop tard. Gage braquait sur elle le canon de son 9 mm.

Scout s'agita dans le noir. Il fallait qu'elle se réveille.

Elle se força à ouvrir les yeux et essaya de surmonter l'impression de vertige qu'elle ressentait. Mais la pièce tournait. Elle avait la bouche sèche.

Où était-elle ?

La course dans l'escalier et les coups de feu lui revinrent soudain à la mémoire.

Gage.

Soudain, elle se rappela Doug gisant au sol dans une mare de sang…

Elle essaya de remuer et hurla de douleur. Elle avait été touchée à la cuisse gauche. Relevant la tête autant qu'elle pouvait, elle essaya d'évaluer si sa blessure était grave. La blessure semblait superficielle. Elle avait les pieds et les mains liées ; du sang maculait le pansement sommaire qu'on lui avait fait à la jambe.

Tout se remit à tourner et elle se rallongea.

Elle s'obligea à réfléchir, à photographier son environnement. La pièce était à peine éclairée. Elle était étendue sur une espèce de table d'examen… comme en salle des urgences. Un labo…

Elle fut saisie de tremblements. Alexon avait réussi à l'enlever, preuve s'il en était que Gage travaillait pour eux.

Elle réprima un cri. Il fallait qu'elle garde la tête froide et qu'elle réfléchisse à un plan pour s'enfuir.

Elle refoula les larmes qui lui brûlaient les yeux. Ce salaud de Gage ne gagnerait pas. Elle trouverait un moyen de s'échapper.

Max.

Elle fut submergée par une vague d'inquiétude. Pourvu qu'il soit sain et sauf. Sans doute était-il parti à sa recherche. Restait à espérer qu'il arrive à temps pour secourir Doug.

Elle s'efforça de se calmer et entreprit de défaire ses

liens. Mais ils étaient si serrés qu'elle pouvait à peine bouger. La volonté décuplée par la rage et la peur, elle commença à frotter ses poignets l'un contre l'autre. De tout petits mouvements qui, à la longue, finiraient bien par produire leur effet. C'était une question de temps.

Soudain, la porte s'ouvrit brutalement et des bruits de pas résonnèrent. Quelqu'un venait d'entrer. Paniquée, elle ferma les yeux pour feindre de dormir, mais son cœur battait si fort qu'elle craignait qu'on l'entende à des mètres à la ronde.

— Inutile de faire semblant, Scout. Je sais que tu ne dors pas.

Elle ouvrit les yeux.

C'était Gage.

Elle fut saisie d'une incroyable fureur. Pour la première fois de sa vie, elle eut envie de tuer. Elle continua de se frotter les mains l'une contre l'autre. Encore un peu de temps et elle allait l'étrangler.

— Salaud ! siffla-t-elle entre ses dents. Qui t'a payé pour faire ça ?

Il ricana.

— Qui ? Mais ton cher oncle Harold, bien sûr.

Oncle Harold ?

Elle crut que son cœur s'arrêtait. Gage avait dit qu'Harold avait tué son père et essayé de la trahir. C'était impossible ! Il l'aimait trop pour vouloir lui faire du mal ! Il l'aimait comme un père…

Gage eut un sourire cynique.

— Je sais que tu ne veux pas le croire. Pourtant, c'est la vérité. Il t'aimait et aimait ton père, mais l'argent s'en est mêlé…

— Dis-moi s'il a tué mon père.

Cette question n'avait cessé de l'obséder. Maintenant,

elle voulait être sûre que ce que Gage lui avait raconté sur Harold et son père était vrai.

— Oui.

Gage la gratifia d'un nouveau sourire sardonique.

— Je le jure sur la tombe de ma mère.

— Ordure !

Cet être immonde ne reculait devant rien.

— Est-ce qu'il t'a fait chanter pour que tu te taises ?

Sans cesser de le fixer, elle s'évertuait, les mains dans le dos, à détendre ses liens.

— Ce que je t'ai dit est vrai, reprit-il, mais Harold m'a en quelque sorte coupé l'herbe sous le pied. En fait, j'étais l'interface d'Harold. C'est moi qui avais les contacts au gouvernement, au ministère de la Défense.

Elle s'immobilisa. Son père était mort à cause de ce voyou minable, de cet être abject. Et à cause de son partenaire tout aussi véreux, Harold Atkins. Gage Kimble ne l'emporterait pas au paradis. Elle allait le descendre. Froidement. Dommage, Harold était déjà mort. A moins que…

— Où est Harold ? demanda-t-elle.

— Là encore, j'ai menti. Harold est mort et enterré. Comme tu le pensais.

— Alors qui a téléphoné ?

— Pour tout te dire, je suis assez fier de cette ruse. Un soupçon d'ingéniosité, un zeste de technique… Je m'étais procuré la cassette de ton répondeur… Bref, l'enfance de l'art. Je dois reconnaître que je suis assez fier aussi du vol du rapport du médecin légiste.

Son répondeur ? Il s'était donc introduit chez elle.

— Tu es entré chez moi ?

Il acquiesça.

— Oui. Il fallait que je supprime les messages de ton ami. Je ne pouvais pas laisser Maxwell mettre son nez dans cette histoire. D'ailleurs, grand bien m'en a pris, puisque cette cassette m'a servi par la suite.

— Ça ne tient pas debout. Alexon a engagé Max.

Nouveau sourire.

— Alexon n'a rien à voir dans cette affaire. Ils ne m'ont pas engagé. Alexon dit la vérité. Ils essaient vraiment de te protéger de nous. Dommage pour eux, mais nous sommes beaucoup plus intelligents.

Scout était perdue dans toutes ces explications.

— Mais oncle Harold travaillait pour Alexon.

— Il espionnait pour nous.

— Pour vous ?

— Pour Biogenesis. C'est le labo qui m'emploie. D'habitude, je reste dans l'ombre, mais nos hommes cette fois-ci se sont mal débrouillés…

Il regarda le pansement de Scout.

— Il a donc fallu que j'intervienne personnellement. Autrement, tu n'aurais jamais su que j'étais impliqué. Il fallait te mettre en confiance, tu comprends. J'étais la personne tout indiquée. Quand j'ai fait sauter la maison d'Harold, j'ai pensé que tu me croirais moi, plutôt que Maxwell. Après tout, tu croyais que j'avais reçu le même coup de téléphone me demandant de me rendre chez Harold.

Il jeta un coup d'œil à sa montre.

— Je pense qu'ils ne vont plus tarder à s'occuper de toi. Et du petit trésor que tu as là, ajouta-t-il en désignant son ventre.

Scout le fusilla du regard. Jamais, ils ne toucheraient à son enfant.

Gage hocha la tête en soupirant.

— Si tu n'avais pas fabriqué d'anticorps qui t'immunisent contre le K-141, rien ne serait arrivé. Harold regrettait de te voir impliquée mais, que veux-tu, l'appât du gain…

Quand il a découvert que Max et toi étiez immunisés et que tu étais enceinte de lui, il a compris que le fœtus était une véritable mine d'or. Dommage qu'il soit mort avant d'en profiter.

Une sonnerie de téléphone retentit dans la pièce.

— Excuse-moi, dit Gage en sortant son mobile de sa poche. Oui. Kimble.

Scout avait presque réussi à libérer sa main gauche. Il fallait maintenant qu'elle se procure une arme. Profitant de la distraction apportée par le coup de fil, elle observa la pièce. Il devait bien y avoir quelque chose…

Elle remarqua un plateau sur une table près d'elle, sur lequel étaient placés une seringue hypodermique et deux instruments de chirurgie.

Elle comprit très vite.

Gage lui avait administré une drogue. Elle se rappelait maintenant qu'elle pouvait à peine tenir sur ses jambes lorsqu'il l'avait poussée dans son 4x4. Après, cela avait été le black-out complet. Les hommes à la solde de Biogenesis allaient probablement la droguer encore, mais elle ignorait l'endroit où ils avaient l'intention de l'emmener.

« Faites que Max me retrouve à temps », pria-t-elle tout bas.

Mais il ignorait où Gage l'avait emmenée.

Tandis que Gage raccrochait, Scout réussit à dégager complètement sa main gauche. Elle tendit le bras et attrapa la seringue.

— Non ! hurla Gage en lui attrapant le poignet.

D'un coup d'épaule, elle le déstabilisa. Elle lui planta ensuite l'aiguille dans la poitrine et poussa le piston.

Réalisant ce qu'elle venait de faire, Gage lui cracha à la figure une bordée d'injures et retira la seringue de sa poitrine. Il la jeta à l'autre bout de la pièce.

— Sale p…, hurla-t-il.

Il la saisit par le cou. Elle avait beau lutter, Gage était beaucoup plus fort qu'elle. Il réussit à l'allonger de nouveau sur la table. Les deux mains autour de son cou, il serrait toujours plus fort. Scout n'arrivait plus à respirer. Animée par l'énergie du désespoir, elle lui planta ses doigts dans les yeux. Hurlant de douleur, Gage la lâcha et se protégea le visage de ses deux mains.

Haletante, Scout défit les liens qui lui ligotaient les chevilles. Mais Gage ne renonçait pas. Se protégeant les yeux d'une main, il sortit son arme et la visa en pleine poitrine.

Scout sut qu'il n'hésiterait pas à la tuer.

Il fallait qu'elle bouge.

Un coup de feu retentit autour d'elle.

Le souffle coupé, elle baissa la tête, s'attendant à voir du sang sur son T-shirt.

Elle entendit comme un froissement.

Gage s'écroula au sol.

— Scout ! Ça va ?

Son cœur bondit dans sa poitrine.

Max !

Tout se précipita. Max la prit dans ses bras, la souleva et l'emmena hors de cette pièce hideuse. Il longea un couloir interminable. Enfin, ils se retrouvèrent à l'air libre.

Ils étaient sains et saufs, le bébé et elle.

Puis, de nouveau, l'inquiétude.

— Doug ? demanda-t-elle. Comment va-t-il ?

— Ça va aller. On l'a récupéré peu de temps après les coups de feu. Il se traînait vers sa voiture et essayait de se servir de son mobile.

Hésitant entre le rire et les pleurs, Scout essaya de plaisanter.

— Vous êtes une bande de trompe-la-mort chez Colby.

Mais sa voix tremblait.

Max l'embrassa sur le front.

— Si tu savais comme je suis heureux que tu ailles bien. Je n'ai jamais eu aussi peur de ma vie.

Scout le regarda dans les yeux. Des mots d'amour se bousculaient dans sa tête, et elle avait envie qu'il les entende. Une douleur soudaine lui déchira l'abdomen, l'empêchant de parler.

— Ça ne va pas ? demanda Max, alarmé.

— Conduis-moi à l'hôpital. Tout de suite !

Un second coup de poignard lui arracha un cri de douleur.

Le bébé.

Quelque chose n'allait pas.

Max faisait les cent pas dans la salle d'attente. Il aurait déjà dû avoir des nouvelles. Que se passait-il ? Combien de temps encore allait-il devoir attendre ?

Braxton entra dans la salle d'attente, deux tasses de café fumant dans les mains. Il en offrit une à Max.

— Tiens, bois ça. Ça te fera du bien.

Braxton s'assit.

— J'ai pris des nouvelles de Cooper, poursuivit-il d'un ton calme. Il va bien. Il quitte les urgences ce soir. Ils vont le monter dans une chambre particulière.

— Dieu soit loué.

Enfin de bonnes nouvelles !

Max se laissa tomber sur un siège et se força à avaler une gorgée de café. Il se sentait pris de vertige, comme l'autre matin et avait la nausée.

— On a été bien inspirés de placer la puce électronique dans son médaillon, déclara Braxton. Oui, on a eu une riche idée.

Max acquiesça.

— Effectivement. On a ainsi pu la localiser et la retrouver à temps. A dire vrai, j'avais peur qu'elle essaie encore de me fausser compagnie. D'autant que notre plan lui déplaisait.

Il poussa un soupir. Cette attente lui sapait le moral. La blessure de Scout à la jambe était superficielle, mais la douleur qui lui tordait le ventre ressemblait fort à une contraction. Et dans ce cas, on pouvait s'attendre au pire.

— Tu devrais demander à Victoria quelques jours de congé, lui conseilla Braxton. Scout et toi devez avoir pas mal de choses à discuter ensemble.

— C'est le moins qu'on puisse dire !

Et si elle perdait son bébé ?

Il ferma les yeux, au bord des larmes. Son bébé. L'émotion qui le submergeait était trop forte. Il s'en voulait de n'avoir pas réussi à les mettre en lieu sûr. Doug lui avait expliqué comment Kimble avait trafiqué le téléphone portable qu'il lui avait fait porter, ce qui lui avait permis de continuer de la suivre à la trace.

— Allez, bois ton café, lui dit Braxton. J'ai le sentiment que tu vas avoir besoin de forces.

Avant qu'il ait pu répondre, une infirmière, tout de bleu vêtue, fit irruption dans la salle d'attente.

— Monsieur Maxwell ?

Max tendit sa tasse de café à Braxton et se leva.

— Oui.

— Voulez-vous bien venir avec moi, s'il vous plaît ?

Max lui emboîta le pas et la suivit dans un couloir blanc et interminable. L'odeur d'alcool et d'éther renforçait sa nausée. L'infirmière finit par s'arrêter devant une porte sur laquelle était écrit *Salle de soins*.

— Entrez. Le Dr Lanza vous attend.

S'attendant au pire, Max pénétra dans la pièce. Scout était allongée sur une table d'examen, le ventre découvert. Elle souriait. Le médecin promenait une sorte de gros stylo sur son abdomen rebondi.

— Max !

Ses yeux gris brillaient de bonheur. Et son sourire, si beau, si contagieux, le remplit d'une immense joie.

— Regarde, dit-elle. C'est notre bébé.

Il s'approcha. Elle lui prit la main et l'attira plus près.

— Regarde l'écran.

Il fixa des yeux le moniteur.

— Tu vois ? dit Scout, tout excitée.

Bouleversé, Max était incapable de prononcer le moindre mot. Un contour, une forme. A peine visible… Mais bien là. Son bébé.

Le nœud qui lui serrait la poitrine se relâcha et il sourit, le cœur léger.

— Tout va bien, mademoiselle Jackson, affirma l'échographiste. Plus de peur que de mal. Trop de fatigue et de stress. Il faut éviter les efforts physiques et les émotions trop violentes. Tout va rentrer dans l'ordre. Par précaution, il vaudrait mieux que vous restiez en observation cette nuit à l'hôpital.

— C'est d'accord.

Elle serra les doigts de Max dans les siens.

— C'est formidable, non ? Tu as vu comme il est déjà bien formé ?

Max quitta l'écran des yeux et posa le regard sur Scout.

— Il ou elle, rectifia-t-il.

Son cœur battait à tout rompre. Il allait être père. Il n'en croyait pas ses yeux.

— Ou elle, tu as raison, acquiesça-t-elle.

— Je vais demander à l'infirmière d'imprimer ces

images pour vous, dit le médecin en s'éloignant de la table d'examen. Détendez-vous pendant ce temps. On vous montera ensuite dans une chambre individuelle.

Le médecin parti, Max s'arracha à la contemplation de l'image restée fixe sur l'écran.

— Il est sûr que tout va bien ?

Elle acquiesça.

— Positif ! Je reste uniquement par précaution, mais je t'assure que je me sens très bien. Ils m'ont fait une prise de sang pour voir si j'ai éliminé le sédatif que Gage m'a injecté. Le Dr Lanza dit que ça n'aura pas de conséquence sur le bébé.

Au seul nom de ce vaurien, Max se crispa.

— Encore une chance ! grommela-t-il.

— Max, je m'en veux de ne pas te l'avoir dit plus tôt.

Elle regarda l'image à l'écran.

— Je n'aurais pas dû garder ce secret pour moi.

Il se pencha et l'embrassa sur le front. Il ne lui en voulait pas, il était si heureux que tout se termine bien pour elle et le bébé.

— Je ne t'en veux pas, répondit-il. Nous avons tous les deux commis des erreurs.

Elle le regarda avec tendresse. Il avait dans les yeux tout l'amour du monde.

— Qu'allons-nous faire maintenant ?

— Les activités de Biogenesis vont être suspendues. Le gouvernement a diligenté une enquête sur les recherches menées dans leurs laboratoires et un audit exhaustif de la société. Tout cela va prendre un certain temps. Quant à Alexon, ils ont accepté les termes de notre contrat. Je crois pouvoir dire que rien ne t'empêche de reprendre une vie normale. Dorénavant, ta vie t'appartient.

— Enfin ! soupira-t-elle.

Une incertitude se lisait dans ses yeux.

— Mais… nous ?

Il lui sourit, le cœur prêt à exploser de joie.

— Je ne sais pas ce que tu en penses, mais je crois que nous avons beaucoup de choses à voir ensemble.

Il marqua une légère pause.

— La date de notre mariage, une maison plus grande… A condition, bien sûr, que tu le veuilles. J'avais oublié que tu travailles à Houston.

Elle se mordilla la lèvre, habitude qu'il trouvait terriblement sexy.

— Je me disais que je pourrais peut-être vendre mon affaire à Donna et rejoindre les rangs de l'agence Colby. A condition, bien sûr…

Elle le regarda, moqueuse.

— … qu'ils aient besoin d'un autre bon agent.

— Cela devrait pouvoir se faire, répondit Max avec un clin d'œil. J'ai une relation privilégiée avec le boss.

Un sourire s'épanouit sur les lèvres de Scout. Ces lèvres gourmandes qu'il tardait à Max de goûter encore.

— Mais si on ne s'entend pas ? Je veux dire, on aime tous les deux commander.

Max se pencha sur ses lèvres qu'il embrassa avidement.

— On établira un roulement.

Elle lui rendit son baiser. Un baiser doux, tendre, langoureux.

— A condition que je sois la première, rétorqua-t-elle, l'air coquin.

— Comme tu veux, mon amour. Comme tu veux, pourvu que je sois près de toi.

— Top-là !

Elle lui tendit ses lèvres qu'il réclamait pour sceller leur contrat d'un long baiser passionné.

Épilogue

Doug Cooper s'installa dans le bureau de Victoria, inquiet de la teneur de l'entretien qui allait suivre. Cela faisait six semaines que, pour cause de blessure, il était confiné à l'agence. Par chance, la balle n'avait pas touché d'organe vital, mais elle l'avait interdit de mission.

Maintenant, il se sentait d'attaque pour de nouvelles affectations. Victoria lui avait promis de lui confier la direction de la prochaine enquête, mais cette conversation avait eu lieu avant la fusillade. Il espérait que le rendez-vous de ce matin avait pour but de confirmer cette promesse et donc de lui communiquer les éléments du dossier qu'il allait devoir prendre en charge.

Scout Jackson — Scout Maxwell, rectifia-t-il — récupérait bien, elle aussi. Grâce au ciel, l'un des chercheurs d'Alexon avait découvert qu'une plante, à laquelle ils avaient été exposés Max et elle lors de leurs séjours répétés en Colombie, avait stimulé leurs défenses immunitaires au K-141. Forts de cette découverte, les scientifiques d'Alexon allaient pouvoir mettre au point le fameux antidote sans recourir aux cellules souches de Scout et de son enfant. Doug, comme tous les autres agents de Colby, étaient soulagés. Le cauchemar prenait fin.

— Désolée de t'avoir fait attendre, Douglas, s'excusa Victoria en entrant, tout essoufflée, dans son bureau.

Comme à l'accoutumée, elle était d'une élégance extrême. Elle s'installa à son bureau d'acajou et sourit.

— Tu m'as l'air en forme et prêt à reprendre du service actif, plaisanta-t-elle. Je me trompe ?

Doug s'empressa d'acquiescer.

— Je vais très bien, dit-il. Et j'aimerais bien retourner sur le terrain sans plus attendre.

Elle le fixa longuement.

— J'ai un dossier sensible ici et je réfléchis depuis un moment à qui je vais le confier. Finalement, je crois que tu es la personne toute désignée pour le prendre en charge.

Un large sourire éclaira le visage de Doug.

— Merci, Victoria. Je peux vous dire que vous ne le regretterez pas.

— Ne me remercie pas déjà. Tu ignores encore de quoi il s'agit.

Une légère inquiétude le saisit.

— Je sais que tu ne tiens pas à faire état de tes origines sociales, dit-elle. Néanmoins, ce dossier demande à être traité par quelqu'un de bonne extraction, comme toi. Ou comme Simon. Mais celui-ci n'est pas disponible. Comme tu le sais, Max lui a confié ses dossiers le temps de son voyage de noces.

— De quoi s'agit-il ?

— Solange de Muse était censée être la dernière héritière vivante de l'empire industriel de Muse, société basée en Amérique, mais avec des ramifications dans le monde entier.

Doug connaissait cette famille de nom. Si ses souvenirs étaient exacts, les de Muse avaient une propriété à Martha's Vineyard, comme ses parents.

— Je connais bien ce nom, se contenta-t-il de dire.

— Il semblerait que le fils de Solange de Muse, qui avait été kidnappé et assassiné il y a environ vingt ans, ait laissé derrière lui une héritière dont l'existence n'a été révélée que très récemment.

Doug avait entendu parler de cette affaire. Le fils était l'unique héritier de l'empire familial. Il avait été enlevé dans un but crapuleux, contre une rançon, mais les choses avaient mal tourné. Son père était mort peu de temps après d'une crise cardiaque, conséquence probable de la tragédie.

— Tu comprends qu'il s'agit d'un dossier extrêmement sensible.

Doug acquiesça.

— L'héritière, une jeune femme, a besoin d'un garde du corps, le temps que sa filiation soit reconnue. Mme de Muse craint que, si les médias ont vent de son existence, sa sécurité ne soit compromise. Après ce qui est arrivé au fils, je comprends ses inquiétudes. Elle souhaite que la jeune femme soit sous haute surveillance vingt-quatre heures sur vingt-quatre sept jours sur sept jusqu'à ce que sa véritable identité soit rendue officielle.

Doug fronça les sourcils.

— Annonce qui aura lieu quand ? Après que l'analyse d'ADN aura prouvé qu'elle est bien l'héritière légitime ?

Victoria secoua la tête.

— Cet élément est déjà établi.

— Qu'attend-on, alors ?

— La jeune femme ignore qu'elle est à la tête d'un fabuleux héritage.

Doug se redressa sur son siège.

— Personne ne le lui a dit ?

Il hocha la tête.

— Comment, dès lors, ont-ils pu établir la filiation ?

— L'argent peut tout acheter, commenta Victoria doctement.

Doug était bien placé pour le savoir.

— Bien, et qu'attend de moi Mme de Muse ?

— Que tu sois présent quand l'avocat annoncera à la jeune femme qui elle est vraiment, et que tu restes ensuite avec elle.

— Soyons clairs. Je suis censé lui tenir compagnie une fois que l'avocat lui aura dit que toute sa vie repose sur un mensonge, que celui qu'elle croyait être son père est… ou, plutôt, n'est pas…

— Parfaitement, l'interrompit Victoria.

Son sourire malicieux n'échappa pas à Douglas.

— Cette héritière, s'aventura Doug, quelle est sa vie actuellement ?

— Plan plan, m'a-t-on dit. Elle est plombier dans une petite ville du Maryland.

Ahuri, Doug ne put s'empêcher d'éclater de rire.

— Plombier ?

Victoria acquiesça.

— C'est pour cela que j'ai besoin de toi pour cette mission. Tu es le mieux indiqué, me semble-t-il, pour savoir ce qui attend cette jeune femme. Elle aura besoin d'être aidée et je ne vois personne mieux que toi pour le faire.

Ce n'est qu'à ce moment que Doug comprit.

— Je vois. Toute cette histoire de garde du corps est en fait un prétexte…

Victoria lui coupa la parole.

— Les inquiétudes quant à sa sécurité sont bien réelles. En présence de telles fortunes, il y a toujours un risque. En l'occurrence, le danger est d'autant plus grand que le kidnappeur et assassin de l'héritier du fils n'a jamais été retrouvé.

Douglas la poussa dans ses retranchements.

— Si je comprends bien, vous me demandez, le temps que toutes les démarches soient terminées, de faire de votre Cendrillon une princesse.

Victoria opina du chef.

— C'est exactement cela, Douglas.

Retrouvez prochainement,
dans votre collection

BLACK ROSE

Étroite protection, de Carla Cassidy - N°706

Kate en a l'intime conviction : son père n'est pas mort dans un accident, il a été assassiné. Pourquoi, sinon, chercherait-on à la faire taire ? Gagnée par une peur irrépressible, et révoltée par l'attitude de la police qui refuse de la croire, elle se résout à demander son aide à Zack West, un détective privé réputé qu'elle connaît depuis l'enfance – et qu'elle déteste...

Pour sauver celle que j'aime encore, d'HelenKay Dimon

Avec hésitation, Connor ouvre l'étrange paquet qu'un inconnu vient de lui livrer. Un anneau d'or s'en échappe et se met à tourner sur lui-même. Connor sent alors son cœur manquer un battement : cette alliance, c'est celle de Jana, sa femme dont il vit séparé depuis des mois, et qui vient d'être enlevée par des hommes sans scrupule...